射鵰英雄傳

金庸

THE EAGLE-SHOOTING HEROES

4

華山論劍

齊白石「秋風紅豆」

吳作人「鷹擊長空」：吳作人，當代著名畫家，原在比利時專攻油畫，後來在國畫上也有很大成就，尤其水墨畫獨創風格。

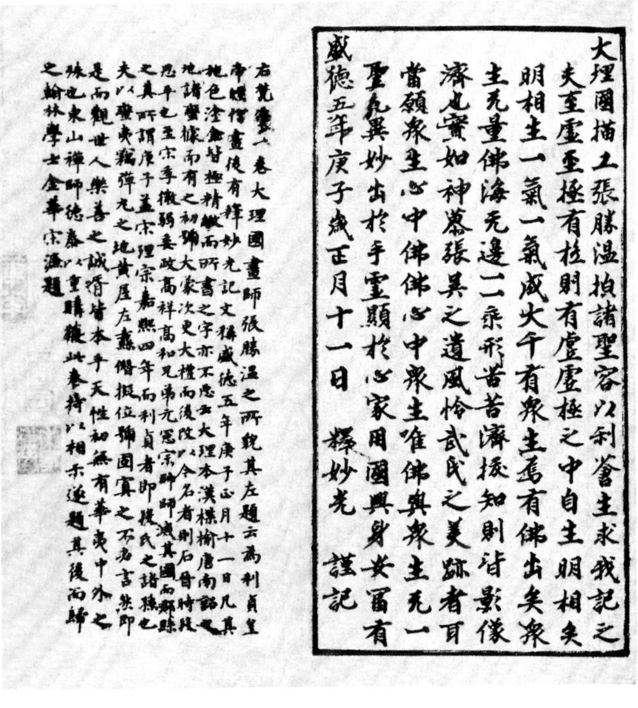

大理國描工張勝温揹諸聖容以利蒼生求我記之
夫至虛至極有極則有虛虛極之中自生明相矣
明相生一氣一氣成大千有衆生焉有佛出矣衆
生无量佛海无邊二乘形皆菩薩援知則皆影像
濟也實如神慕張吳之遺風怜武氏之美跡者百
當願衆生心中佛佛心中衆生唯佛與衆生无一
聖无異妙出於手靈顯於心家用國興身安富有
盛德五年庚子歲正月十一日　釋妙光謹記

右梵像一卷大理國畫師張勝温之所貌其左題云為利貞皇
帝𤦲信畫後有釋妙光記文稱盛德五年庚子正月十一日凡其
施色塗金皆極精緻而所書之字亦不惡蓋大理本漢楪榆唐南詔之
地諸蠻據而有之初號大蒙次更大禮而後改以今名者則石晉時段
思平也至宋季微弱委政高祥高和兄弟元憲宗帥師滅其國而郡縣
之真所謂庚子蓋宋理宗嘉熙四年而利貞者即段氏之諸孫也
夫以蠻夷竊彈丸之地黃屋左纛僭擬位號固寘之不足言然即
是而觀世人樂善之誠皆本乎天性初無有華夷中外之
殊也東山禪師德泰以重購獲此卷持以相示遂題其後而歸
之翰林學士金華宋濂題

上圖／張勝溫繪佛像：原圖藏故宮博物院。張勝溫，大理國人，此圖繪於大理盛德五年，即一燈大師（段智興）在大理做皇帝之時。

下圖／張勝溫佛像圖上的題記：右為釋妙光題。左為明翰林學士宋濂題，宋濂所考訂的年代有誤，詳見本書後記。

上圖／嘉興南湖煙雨樓。

下圖／錢松喦「南湖曉霽」圖：錢松喦，當代國畫家。

左頁圖／張茂「雙鴛鴦圖」：張茂，臨安人，宋光宗時畫院畫師，與周伯通是同時代人。圖中的一對白頭鴛鴦，正有「春波碧草，曉寒深處，相對浴紅衣」之境。

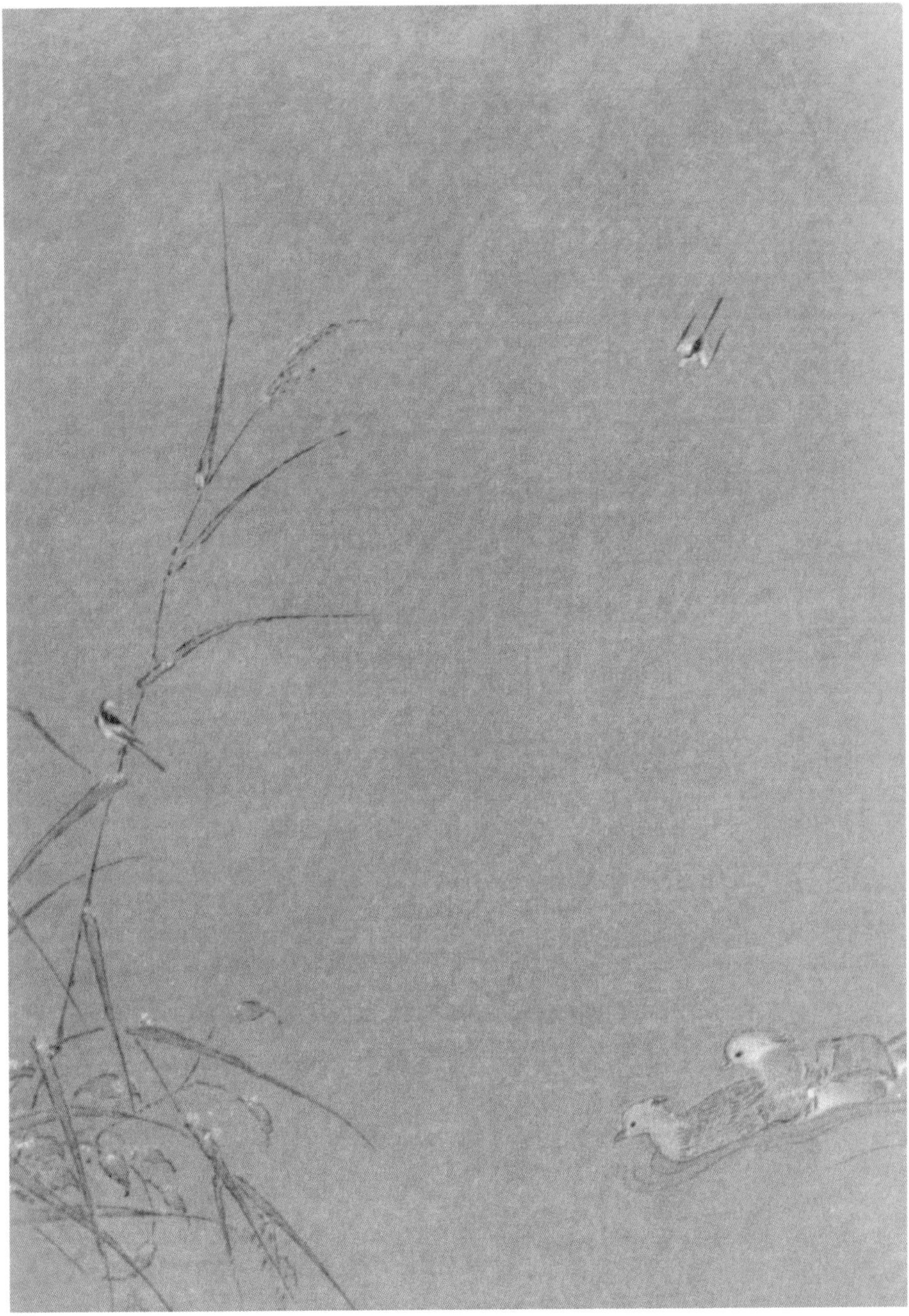

上圖／成吉思汗像：原圖藏故宮博物院。圖中的成吉思汗相貌過於慈和，似乏英氣。

左頁圖／四大帝國的比較：（自上至下）一、成吉思汗的蒙古帝國；二、亞力山大帝國；三、羅馬帝國；四、拿破崙帝國。

成吉思汗的蒙古帝國，只指在他生時所征服的土地，他後代子孫更向北、向南、向西大舉擴充，領域遠較圖中的紅色部分為大。

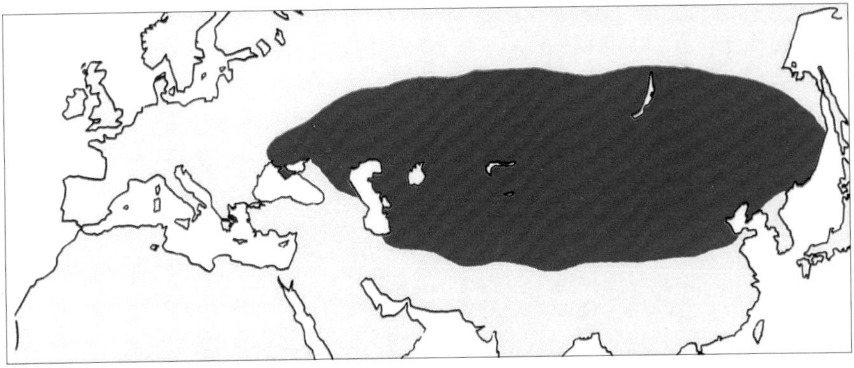

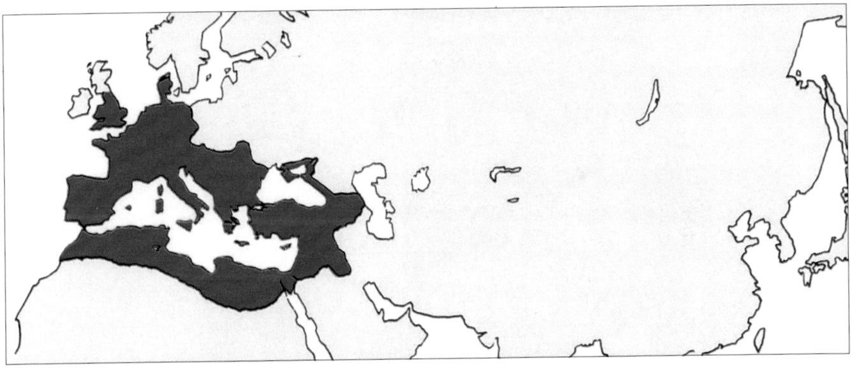
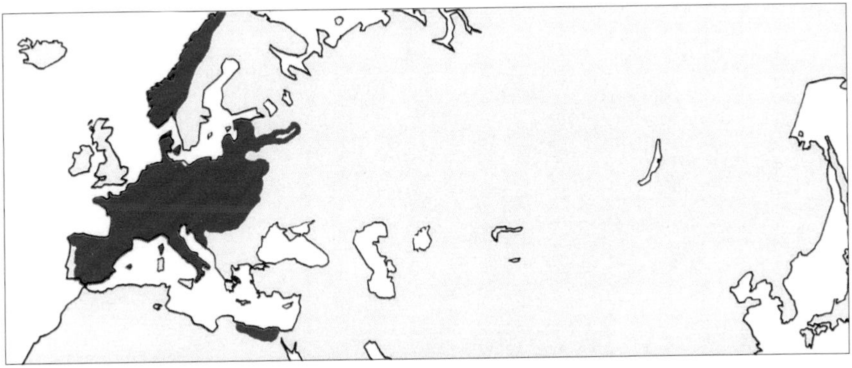

上右圖／俄國人所製之蒙古式頭盔，現藏莫斯科克里姆林宮博物院。俄國曾為蒙古人統治達四百年之久。

上左圖／成吉思汗用過的木碗，現藏 Mandal Gobi 附近的一所喇嘛寺中。

下圖／成吉思汗聽道圖：波斯畫家所繪，或許即繪他聽丘處機講述長生之道。

左頁圖／窩闊台像：原圖藏故宮博物院。此圖可能比較近似窩闊台的原貌，左眼角的大黑斑，相信不會是畫家胡亂加上去的。所戴尖頂氈帽是蒙古人的帽式。

上圖／成吉思汗所用的馬鐙。他死後傳給其婿，其婿又傳給子孫。

下右圖／蒙古武士圖：意大利十五世紀時著名畫家Pisanello作。現藏巴黎羅浮博物院。

下左圖／蒙古大汗行帳：錄自Yule本「馬可波羅行記」。該行帳由二十二匹牛拖拉。該圖是十九世紀畫家的作品，史家認為圖中細節均與記載相符。

左頁上圖／波斯人為蒙古兵所俘圖：波斯畫家作。

左頁下圖／成吉思汗致訓圖：成吉思汗攻破花剌子模城池，在回教寺院中致訓。古波斯畫家繪。

下圖／成吉思汗伐金圖：波斯畫家繪。現藏大英博物館。

左頁圖／成吉思汗攻打花剌子模城池：古波斯歷史家拉施特所作「黃金史」中的插畫。

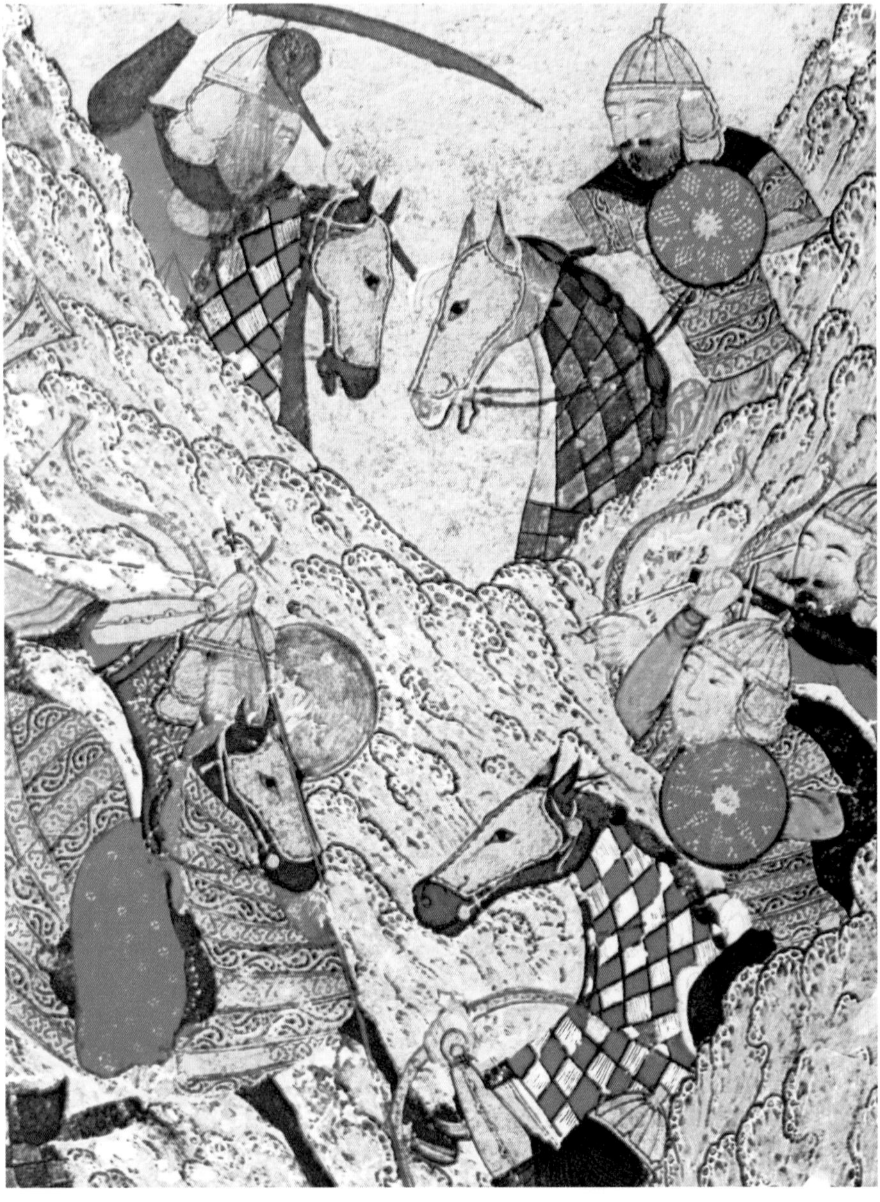

羣獸圖：波斯畫家作。羣獸是波斯畫的筆法，背景竹木花卉則是中國畫風格。由此圖可見到蒙古人西征，將中國文化傳播到了西方。原圖現藏伊斯坦堡大學圖書館。

旭烈兀汗大宴圖：波斯畫家作，現藏伊朗德黑蘭皇家圖書館。

圖一

圖二

圖三

圖四

圖五

圖六

圖一／王重陽像：錄自「列仙全傳」。以下五圖均錄自此書。

圖二／馬鈺像。

圖三／譚處端像。

圖四／丘處機像。

圖五／郝大通像。

圖六／王處一像。

射鵰英雄傳

4

華山論劍

金庸 著

目錄

第三十一回

鴛鴦錦帕

一燈大師述說當年
與劉貴妃之間的種種恩怨愛憎。
郭靖與黃蓉坐在他面前蒲團上傾聽。
漁樵耕讀四弟子侍立一燈大師身後。

一燈大師低低嘆了口氣道：「其實真正的禍根，還在我自己。我大理國小君，雖不如中華天子那般後宮三千，但后妃嬪御，人數也是眾多，唉，這當真作孽。想我自來好武，少近婦人，連皇后也數日難得一見，其餘貴妃宮嬪，那裏還有親近的日子？」說到此處，向四名弟子道：「這事的內裏因由，你們原也不知其詳，今日好教你們明白。」

黃蓉心道：「他們當真不知，總算沒有騙我。」只聽一燈說道：「我眾妃嬪見我日常練功學武，有的瞧著好玩，纏著要學，我也就隨便指點一二，好教她們練了健身延年。內中有一個姓劉的貴妃，天資特別穎悟，竟然一教便會，一點即透，難得她年紀輕輕，整日勤修苦練，武功大有進境。也是合當有事，那日她在園中練武，卻給周伯通周師兄撞見了。那位周師兄是個第一好武之人，生性又是天真爛漫，不知男女之防，眼見劉貴妃練得起勁，立即上前和她過招。周師兄得自他師哥王真人的親傳，劉貴妃那裏是他對手……」

黃蓉低聲道：「啊喲，他出手不知輕重，定是將劉貴妃打傷了？」

一燈大師道：「人倒沒有打傷，他是三招兩式，就以點穴法將劉貴妃點倒，隨即問她服是不服。劉貴妃自然欽服。周師兄解開她的穴道，甚是得意，便即高談闊論，說起點穴功夫的秘奧來。劉貴妃本來就在求我傳她點穴功夫，可是你們想，這門高深武功，我如何能傳給後宮妃嬪？她聽周師兄這麼說，正是投其所好，當即恭恭敬敬的向他請教。」

黃蓉道：「咳，那老頑童可得意啦。」一燈道：「你識得周師兄？」黃蓉笑道：「咱們是老朋友了，他在桃花島上住了十多年沒離開一步。」一燈道：「他這樣的性兒，怎能躭得住？」黃蓉笑道：「是給我爹爹關著的，最近才放了他。」一燈點頭道：「這就是了。周師兄身子好罷？」黃蓉道：「身子倒好，就是越老越瘋，不成樣兒。」指著郭靖，抿嘴笑道：「老頑童跟他拜了把子，結成了義兄義弟。」

一燈大師忍不住莞爾微笑，接著說道：「這點穴功夫除了父女、母子、夫婦，向來是男師不傳女徒，女師不傳男徒的……」黃蓉道：「為甚麼？」一燈道：「男女授受不親啊。你想，若非周身穴道一一摸到點到，這門功夫焉能授受？」黃蓉道：「那你不是點了我周身穴道麼？」那漁人與農夫怪她老是打岔，說些不打緊的閒話，齊向她橫了一眼。黃蓉也向兩人白了一眼，道：「怎麼？我問不得麼？」一燈微笑道：「問得問得。你是小女孩兒，又是救命要緊，那自作別論。」黃蓉道：「好罷，就算如此。後來怎樣？」

一燈道：「後來一個教一個學，周師兄血氣方剛，劉貴妃正當妙齡，兩個人肌膚相接，日久生情，終於鬧到了難以收拾的田地……」黃蓉欲待詢問，口唇一動，終於忍住，只聽一燈接著道：「有人前來對我稟告，我心中雖氣，礙於王真人面子，只是裝作不曉，那知後來卻給王真人知覺了，想是周師兄性子爽直，不善隱瞞……」黃蓉再也忍不住，問道：「甚麼事啊？甚麼事鬧到難以收拾？」一燈一時不易措辭，微一躊躇才道：「他們並非夫婦，卻有了夫婦之事。」

黃蓉道：「啊，我知道啦，老頑童和劉貴妃生了個兒子。」一燈道：「唉，那倒不是。他們相識才十來天，怎能生兒育女？王真人發覺之後，將周師兄綑縛了，帶到我跟前來讓我處置。我們學武之人義氣為重，女色為輕，豈能為一個女子傷了朋友交情？我當即解開他的綑縛，並把劉貴妃叫來，命他們結成夫婦。那知周師兄大叫大嚷，說道本來不知這是錯事，既然這事不好，那就殺他頭也決計不幹，無論如何不肯娶劉貴妃為妻。當時王真人嘆道：若不是早知他傻裏傻氣，不分好歹，做出這等大壞門規之事來，早已一劍將他斬了。」

黃蓉伸了伸舌頭，笑道：「老頑童好險！」

一燈接著道：「這一來我可氣了，說道：『周師兄，我確是甘願割愛相贈，豈有他意？自古道：兄弟如手足，夫妻如衣服。區區一個女子，又當得甚麼大事？』」

黃蓉急道：「呸，呸，伯伯，你瞧不起女子，這幾句話簡直胡說八道。」那農夫再也忍不住了，大聲道：「你別打岔，成不成？」黃蓉道：「他說話不對，我定然要駁。」在漁樵耕讀四人，一燈大師既是君，又是師，對他說出來的話，別說口中決不會辯駁半句，連心中也是奉若神聖，這時聽得黃蓉信口恣肆，都不禁又驚又怒。

一燈大師卻並不在意，繼續講述：「周師兄聽了這話，只是搖頭。我心中更怒，說道：『你若愛她，何以堅執不要？倘若並不愛她，又何以做出這等事來？我大理國雖是小邦，難道容得你如此上門欺辱？』周師兄呆了半晌不語，突然雙膝跪地，向著我磕了幾個響頭，說道：『段皇爺，是我的不是，你要殺我，也是該的，我不敢還手。』我萬料不到他竟會如此，一時無言可對，只道：『我怎會殺你？』他道：『那麼我走啦！』從懷中抽出一塊錦帕，遞給劉貴妃道：『還你。』劉貴妃慘然一笑，卻不接過。周師兄鬆了手，那錦帕就落在我的足邊。周師兄更不打話，揚長出宮，一別十餘年，此後就沒再聽到他的音訊。王真人向我道歉再三，跟著也走了，聽說他是年秋天就撒手仙遊。王真人英風仁俠，並世無出其右，唉……」

黃蓉道：「王真人的武功或許比你高些，但說到英風仁俠，我看也就未必勝得過伯伯。他收的七個弟子就都平平無奇，差勁得很。那塊錦帕後來怎樣？」

四弟子心中都怪她女孩兒家就只留意這些手帕啦、衣服啦的小事，卻聽師父說道：「我見劉貴妃失魂落魄般的呆著，心中好生氣惱，拾起錦帕，只見帕上織著一幅鴛鴦戲水之圖，咳，這自是劉貴妃送給他的定情之物啦。我冷笑一聲，卻見一對鴛鴦之旁，還繡著一首小詞……」黃蓉心中一凜，忙問：「可是『四張機，鴛鴦織就欲雙飛』？」那農夫厲聲喝道：「正是這首詞，你也知道了？」

「連我們也不知，你怎麼又知道了？老是瞎說八道的打岔！」那知一燈大師卻嘆道：「正是這首詞，你也知道了？」

此言一出，四大弟子相顧駭然。

郭靖跳了起來，叫道：「我想起啦。那日在桃花島上，周大哥給毒蛇咬了，神智迷糊，嘴裏便反來覆去的念這首詞。正是，正是……四張機，鴛鴦織就……又有甚麼甚麼頭先白。蓉兒，還有甚麼？我記不得了。」黃蓉低聲念道：「四張機，鴛鴦織就欲雙飛。可憐未老頭先白。春波碧草，曉寒深處，相對浴紅衣。」

郭靖伸掌一拍大腿，道：「一點兒也不錯。周大哥曾說美貌女子見不得，一見就會得罪好朋友，惹師哥生氣，又說決不能讓她摸你周身穴道，否則要倒大霉。蓉兒，他還勸我別跟你好呢。」黃蓉嗔道：「呸，老頑童，下次見了，瞧我擰不擰他耳朵！」忽然噗哧一聲笑了出來，道：「那天在臨安府，我隨口開了個玩笑，說他娶不成老婆，老頑童忽然發了半天脾氣，顛倒為了這個。」郭靖道：「我聽瑛姑念這首詞，總好像是聽見過的，可是始終想不起來。咦，蓉兒，瑛姑怎麼也知道？」黃蓉嘆道：「唉，瑛姑就是那位劉貴妃啊。」

四大弟子中只有那書生已猜到了五六成，其餘三人都極是驚異，一齊望著師父。

一燈低聲道：「姑娘聰明伶俐，果真不愧是藥兄之女。劉貴妃小名一個『瑛』字。那日我將錦帕擲了給她，此後不再召見。我鬱鬱不樂，國務也不理會，整日以練功自遣……」

黃蓉插嘴道：「伯伯，你心中很愛她啊，你知不知道？若是不愛，就不會老是不開心啦。」四大弟子惱她出言無狀，齊聲叫道：「姑娘！」黃蓉道：「怎麼？我說錯了？伯伯，你說我錯了麼？」

一燈黯然道：「此後大半年中，我沒召見劉貴妃，但睡夢之中卻常和她相會。一天晚上半夜夢迴，再也忍耐不住，決意前去探望。我也不讓宮女太監知曉，悄悄去她寢宮，想瞧瞧她在幹些甚麼。剛到她寢宮屋頂，便聽得裏面傳出一陣兒啼之聲。咳，屋面上霜濃風寒，我竟怔怔的站了半夜，直到黎明方才下來，就此得了一場大病。」

黃蓉心想他以帝皇之尊，深更半夜在宮裏飛簷走壁，去探望自己妃子，實在大是奇事。四弟子卻想起師父這場病不但勢頭兇猛，而且纏綿甚久，以他這身武功，早就風寒不侵，縱有疾病，也不致久久不愈，此時方知當年是心中傷痛，自暴自棄，才不以內功抵禦病魔。

黃蓉又問：「劉貴妃給你生了個兒子，豈不甚好？伯伯你幹麼要不開心？」一燈道：「傻孩子，這孩子是周師兄生的。」黃蓉道：「周師兄早就走啦，難道他又偷偷回來跟她相會？」一燈道：「不是的。你沒聽見過『十月懷胎』這句話嗎？」

黃蓉恍然大悟，道：「啊，我明白啦。那小孩兒一定生得很像老頑童，兩耳招風，鼻子翹起，否則你怎知不是你生的呢？」一燈大師道：「那又何必見到方知？這些日子中我不曾和劉貴妃親近，孩子自然不是我的了。」黃蓉似懂非懂，但知再問下去必定不妥，也就不再追問。

只聽一燈道：「我這場病生了大半年，痊愈之後，勉力排遣，也不再去想這回事。過了兩年有餘，一日夜晚，我正在臥室裏打坐，忽然門帷掀起，劉貴妃衝了進來。門外的太監和兩名侍衛急忙阻攔，但那裏攔得住，都被她揮掌打了開去。我抬起頭來，只見她臂彎裏抱著孩子，臉上神色驚恐異常，跪在地下放聲大哭，只是磕頭，叫道：『求皇爺開恩，大慈大悲，饒了孩子！』

「我起身一瞧，只見那孩子滿臉通紅、氣喘甚急，抱起來細細查察，他背後肋骨已折斷了五根。劉貴妃哭道：『皇爺，賤妾罪該萬死，但求皇爺赦了孩子的小命。』我聽她說得奇怪，問道：『孩子怎麼啦？』她只是磕頭哀求。我問：『是誰打傷他的？』劉貴妃不答，只哭叫：『求皇爺開恩饒了他。』我摸不著頭腦。她又道：『皇爺賜我的死，我決無半句怨言，這孩子，這孩子……』我道：『誰又來賜你死啦？到底孩子是怎生傷的？』劉貴妃抬起頭來，顫聲道：『難道不是皇爺派侍衛來打死這孩子麼？』我知事出蹺蹊，忙問：『是侍衛打傷的？那個奴才這麼大膽？』劉貴妃叫道：『啊，不是皇爺的聖旨，那麼孩子有救啦！』說了這句話，就昏倒在地下。

「我將她扶起，放在床上，把孩子放在她身邊。過了半晌，她才醒了轉來，拉住我手哭訴。原來她正拍著孩子睡覺，窗中突然躍進一個蒙了面的御前侍衛，拉起孩子，在他背上拍了一掌。劉貴妃急忙上前阻攔，那侍衛一把將她推開，又在孩子胸口拍了一掌，這才哈哈大笑，越窗而出。那侍衛武功極高，她又認定是我派去殺她兒子，當下不敢追趕，逕行來我寢宮哀求。

「我越聽越是驚奇，再細查孩子的傷勢，卻瞧不出是被甚麼功夫所傷，只是帶脈已被震斷，那刺客實非庸手。可是他又顯然手下留情，嬰兒如此幼弱，居然身受兩掌尚有氣息。當下我立即到她的臥室查看，瓦面和窗檻上果然留著極淡的足印。我對劉貴妃道：『這刺客本領甚高，尤其輕功非同小可。大理國中除我之外，再無第二人有此功力。』劉貴妃忽然驚呼：『難道是他？他幹麼要殺死自己兒子？』她此言一出，臉色登時有如死灰。」

黃蓉也是低低驚呼一聲，道：「老頑童不會這麼壞罷？」一燈大師道：「當時我卻以為定是周師兄所為。除他之外，當世高手之中，又有誰會無緣無故的來加害一個嬰兒？料得他是不願留下孽種，貽羞武林。劉貴妃說出此言，又羞又急，又驚又愧，不知如何是好，忽然又道：『不，決不是他！那笑聲定然不是他！』我道：『你在驚惶之中，怎認得明白？』她道：『這笑聲我永遠記得，我做了鬼也忘不了！不，決不是他！』」

眾人聽到這裏，身上都驟感一陣寒意。郭靖與黃蓉心中泛起瑛姑的言語容貌，想像當日她說那幾句話時咬牙切齒的神情，不禁凜然畏怖。

一燈大師接著道：「當時我見她說得如此斬釘截鐵，也就信了。只是猜想不出刺客到底是誰。我也曾想，難道是王真人的弟子馬鈺、丘處機、王處一他們之中的一個？為了保全全真教的令譽，竟爾千里迢迢的趕來殺人滅口……」

郭靖口唇動了一下，要待說話，只是不敢打斷一燈大師的話頭。一燈見了，道：「你想說甚麼，但說不妨。」郭靖道：「馬道長、丘道長他們都是俠義英雄，決不會做這等事。」一燈道：「王處一我曾在華山見過，人品確是很不錯的。旁人如何就不知了。不過若是他們，輕輕一掌就打死了嬰兒，卻何以又打得他半死不活？」

他抬頭望著窗子，臉上一片茫然，十多年前的這個疑團，始終沒能在心中解開，禪院中一時寂靜無聲，過了片刻，一燈道：「好，我再說下去……」

黃蓉忽然大聲說道：「確然無疑，定是歐陽鋒。」一燈道：「後來我也猜想到他。但歐陽鋒是西域人，身材極是高大，比常人要高出一個頭。據劉貴妃說，那兇手卻又較常人矮小。」黃蓉道：「這就奇了。」

一燈道：「我當時推究不出，劉貴妃抱著孩子只是哭泣。這孩子的傷勢雖沒黃姑娘這次所受的沉重，只是他年紀幼小，抵擋不起，若要醫愈，也要我大耗元氣。我躊躇良久，見劉貴妃哭得可憐，好幾次想開口說要給他醫治，但每次總想到只要這一出手，日後華山二次論劍，再也無望獨魁羣雄，九陰真經休想染指。唉，王真人說此經是武林的一大禍端，傷害人命，戕賊人心，實是半點不假。為了此經，我仁愛之心竟然全喪，一直沉吟了大半個時辰，方始決定為他醫治。唉，在這大半個時辰之中，我實是個禽獸不如的卑鄙小人。最可恨的是，到後來我決定出手治傷，也並非改過遷善，只是抵擋不住劉貴妃的苦苦哀求。」

黃蓉道：「伯伯，我說你心中十分愛她，一點兒也沒講錯。」

一燈似乎沒聽見她的話，繼續說道：「她見我答應治傷，喜得暈了過去。我先給她推宮過血，救醒了她，然後解開孩子的襁褓，以便用先天功給他推拿，那知襁褓一解開，露出了孩子胸口的肚兜，登時教我呆在當地，做聲不得。但見肚兜上織著一對鴛鴦，旁邊繡著那首『四張機』的詞，原來這個肚兜，正是用當年周師兄還給她那塊錦帕做的。

「劉貴妃見到我的神情，知道事情不妙，她臉如死灰，咬緊牙關，從腰間拔出一柄匕首對著自己胸口，叫道：『皇爺，我再無面目活在人世，只求你大恩大德，准我用自己性命換了孩子性命，我來世做犬做馬，報答你的恩情。』說著匕首一落，猛往心口插入。」

眾人雖明知劉貴妃此時尚在人世，但也都不禁低聲驚呼。

一燈大師說到此處，似乎已非向眾人講述過去事蹟，只是自言自語：「我急忙使擒拿法將她匕首奪下，饒是出手得快，但她匕首已傷了肌膚，胸口滲出大片鮮血。我怕她再要尋死，點了她手足的穴道，包紮了她胸前傷口，讓她坐在椅上休息。她一言不發，只是望著我，眼中盡是哀懇之情。我們兩人都不說一句話，那時寢宮中只有一樣聲音，就是孩子急促的喘氣聲。

「我聽著孩子的喘氣，想起了許多許多往事：她最初怎樣進宮來，我怎樣教她練武，對她怎樣寵愛。她一直敬重我、怕我，柔順的侍奉我，不敢有半點違背我的心意，可是她從來沒真心愛過我。我本來不知道，可是那天見到她對周師兄的神色，我就懂了。一個女子真正全心全意愛一個人的時候，原來竟會這樣的瞧他。她眼怔怔的望著周師兄將錦帕投在地下，眼怔怔的望著他轉身出宮。她這片眼光教我寢不安枕、食不甘味的想了幾年，現在又見到這片眼光了。她又在為一個人而心碎，不過這次不是為了情人，是為她的兒子，是她跟情人生的兒子！

「大丈夫生當世間，受人如此欺辱，枉為一國之君！我想到這裏，不禁怒火塡膺，一提足，將面前一張象牙圓凳踢得粉碎，抬起頭來，不覺呆了，我道：『你……你的頭髮怎麼啦？』她好似沒聽見我的話，只是望著孩子。我以前真的不懂，一個人的目光之中，能有這麼多的疼愛，這麼多的憐惜。她這時已知我是決計不肯救這孩子的了，在他還活著的時候，多看一刻是一刻。

「我拿過一面鏡子，放在她面前，道：『你看你的頭髮！』原來剛才這短短幾個時辰，在她宛似過了幾十年。那時她還不過十八九歲，這幾個時辰中驚懼、憂愁、悔恨、失望、傷心，諸般心情夾攻，鬢邊竟現出了無數白髮！

「她全沒留心自己的容貌有了甚麼改變，只怪鏡子擋住了她眼光，使她看不到孩子，她說：『鏡子，拿開。』她說得很直率，忘了我是皇爺，是主子。我很奇怪，心裏想：她一直愛惜自己的容顏，怎麼這時卻全不理會？當下將鏡子擲開，只見她目不轉瞬的凝視著孩子，我從來沒見過一個人會盼望得這麼懇切，只盼那孩子能活著。我知道，她恨不得自己的性命能鑽到孩子的身體裏，代替他那正在一點一滴失卻的性命。」

說到這裏，郭靖與黃蓉同時互望了一眼，心中都想：「當我受了重傷，眼見難愈之時，你也是這樣的瞧著我啊。」兩人不自禁的伸出手去，握住了對方的手，兩顆心勃勃跳動，感到全身溫暖，當聽到別人傷心欲絕的不幸之時，不自禁想到自己的幸福，因為親愛的人就在自己身旁坐著，因為她的傷勢已經好了，不會再死。是的，不會再死，在這兩個少年人的心中，對方是永遠不會死的。

只聽一燈大師繼續說道：「我實在不忍，幾次想要出手救她孩子，但那塊錦帕平平正正的包在孩子胸口。錦帕上繡著一對鴛鴦，親親熱熱的頭頸偎倚著頭頸，這對鴛鴦的頭是白的，這本來是白頭偕老的口彩，但為甚麼說『可憐未老頭先白』？我一轉頭見到她鬢邊的白髮，忽然出了一身冷汗，我心中又剛硬起來，說道：『好，你們倆要白頭偕老，卻把我冷冷清清的撇在宮裏做皇帝！這是你倆生的孩子，我為甚麼要耗損精力來救活他？』

「她向我望了一眼，這是最後的一眼，眼色中充滿了怨毒與仇恨。她以後永遠沒再瞧我，可是這一眼我到死也忘不了。她冷冷的道：『放開我，我要抱孩子！』她這兩句話說得十分嚴峻，倒像她是我的主子，教人難以違抗，於是我解開了她穴道。她把孩子抱在懷裏，孩子一定痛得難當，想哭，但哭不出半點聲音，小臉兒脹得發紫，雙眼望著母親，求她相救。可是我心中剛硬，沒半點兒慈心。我見她頭髮一根一根的由黑變灰，由灰變白，不知這是我心中的幻象，還是當真如此，只聽她柔聲道：『孩子，媽沒本事救你，媽卻能教你不再受苦，你安安靜靜的睡罷，睡罷，孩子，你永遠不會醒啦！』我聽她輕輕的唱起歌兒來哄著孩子，唱得真好聽，啱啱，就是這樣，就是這樣，你們聽！」

眾人聽他如此說，卻聽不到半點歌聲，不禁相顧駭然。那書生道：「師父，你說得累了，請歇歇罷。」

一燈大師恍若不聞，繼續說道：「孩子臉上露出一絲笑意，但隨即又痛得全身抽動。她又柔聲道：『我的寶貝心肝，你睡著了，身上就不痛啦，一點兒也不苦啦！』猛聽得波的一聲，她一匕首插在孩子心窩之中。」

黃蓉一聲驚呼，緊緊抓住郭靖手臂，其餘各人也是臉上均無半點血色。

一燈大師卻不理會，又道：「我大叫一聲，退了幾步，險些摔倒，心中混混沌沌，一片茫然。只見她慢慢站起身來，低低的道：『總有一日，我要用這匕首在你心口也戳一刀。』她指著自己手腕上的玉環，說道：『這是我進宮那天你給我的，你等著罷，那一天我把玉環還你，那一天這匕首跟著也來了！』」一燈說到這裏，把玉環在手指上又轉了一圈，微微一笑，說道：「就是這玉環，我等了十幾年，今天總算等到了。」

黃蓉道：「伯伯，她自己殺死兒子，與你何干？孩子又不是你打傷的。況且她用毒藥害你，縱使當年有甚麼仇怨，也是一報還一報的清償了。我到山下去打發她走路，不許她再來騷擾……」

她話未說完，那小沙彌匆匆進來，道：「師父，山下又送來這東西。」雙手捧著一個小小的布包。一燈接過揭開，眾人齊聲驚呼，原來包內正是那錦帕所做的嬰兒肚兜。錦緞色已變黃，上面織著的那對鴛鴦卻燦然如新。兩隻鴛鴦之間穿了一個刀孔，孔旁是一灘已變成黑色的血跡。

一燈呆望肚兜，淒然不語，過了良久，才道：「鴛鴦織就欲雙飛，嘿，欲雙飛，到頭來總成一夢。她抱著兒子的屍體，縱聲長笑，從窗中一躍而出，飛身上屋，轉眼不見了影蹤。我不飲不食，苦思了三日三夜，終於大徹大悟，將皇位傳給我大兒子，就此出家為僧。」

他指著四個弟子道：「他們跟隨我久了，不願離開，和我一起到大理城外的天龍寺住。

起初三年，四人輪流在朝輔佐我兒，後來我兒熟習了政務，國家清平無事。我們又遇上大雪山採藥、歐陽鋒傷人之事，大夥兒搬到了這裏，也就沒再回大理去。

「我心腸剛硬，不肯救那孩子性命，此後十來年中，日日夜夜教我不得安息，總盼多救世人，贖此大罪。他們卻不知我的苦衷，總是時加阻攔。唉，其實，就算救活千人萬人，那孩子總是死了，除非我把自己性命還了他，這罪孽又那能消除得了？我天天在等候瑛姑的消息，等她來把匕首刺入我心窩之中，怕只怕等不及她到來，我卻壽數已終，這場因果難了。好啦，眼下總算給我盼到了。她又何必在九花玉露丸中混入毒藥？我若知她下毒之後跟著就到，這幾個時辰總支持得住，也不用師弟費神給我解毒了。」

黃蓉氣憤憤的道：「這女人心腸好毒！她早已查到伯伯的住處，就怕自己功夫不濟，處心積慮的在等待時機，剛巧碰到我給裘鐵掌打傷，就指引我來求治。雙管齊下，既讓你耗損了真力，再乘機下毒，真想不到我竟成了這惡婦手中害人的利器。伯伯，歐陽鋒那幅畫又怎到了她的手裏？這畫又有甚麼干係？」

一燈大師取過小几上那部「大莊嚴論經」，翻到一處，讀道：「畫中故事出於天竺角城：昔有一王，名曰尸毘，精勤苦行，求正等正覺之法。一日有大鷹追逐一鴿，鴿飛入尸毘王腋下，舉身戰怖。大鷹求王見還，說道：『國王救鴿，鷹卻不免餓死。』王自念救一害一，於理不然，於是即取利刀，自割股肉與鷹。那鷹又道：『國王所割之肉，須與鴿身等重。』尸毘王命取天平，鴿與股肉各置一盤，但股肉割盡，鴿身猶低。王續割胸、背、臂、脇俱盡，仍不及鴿身之重，王舉身而上天平。於是大地震動，諸天作樂，天女散花，芳香滿路。天龍、夜叉等俱在空中嘆道：『善哉善哉，如此大勇，得未曾有。』」這雖是神話，但一燈說得慈悲莊嚴，眾人聽了都不禁感動。

黃蓉道：「伯伯，她怕你不肯為我治傷，是以用這幅畫來打動你的心。」

一燈微笑道：「正是如此。她當日離開大理，心懷怨憤，定然遍訪江湖好手，意欲學藝以求報仇，由此而和歐陽鋒相遇。那歐陽鋒得悉了她的心意，想必代她籌劃了這個方策，繪了這圖給她。此經在西域流傳甚廣，歐陽鋒是西域人，也必知道這故事。」黃蓉恨恨的道：「老毒物利用瑛姑，那瑛姑又來利用我，這是借刀殺人的連環毒計。」

一燈嘆道：「你也不須煩惱，你若不與她相遇，她也必會隨意打傷一人，指點他來求我醫治。只是若無武功高強之人護送，輕易上不得山來。歐陽鋒此圖繪成已久，安排下這個計謀，少說也已有十年。這十年之中竟遇不著一個機緣，那也是運數該當如此了。」

黃蓉道：「伯伯，我知道啦。她還有一件心事，比害你更是要緊。」一燈「啊」了一聲：「甚麼事？」黃蓉道：「老頑童被我爹爹關在桃花島上，她要去救他出來。」於是將她苦學奇門術數之事說了一遍，又道：「後來得知縱使再學一百年，也難及得上我爹爹，又見我正好受了傷，於是……」

一燈一聲長笑，站起身來，說道：「好了，好了，一了百了，諸事湊合，今日總算得遂她的心願。」沉著臉向四弟子道：「你們好好去接引劉貴妃，不，接引瑛姑上山，不得有半句不敬的言語。」

四弟子不約而同的伏地大哭，齊叫：「師父！」

一燈嘆道：「你們跟了我這許多年，難道還不明白師父的心事麼？」轉頭向靖蓉二人道：「我求兩位一件事。」靖蓉齊道：「但教所命，無有不遵。」一燈道：「好。現下你們這就下山去。我一生負瑛姑實多，日後她如遇到甚麼危難艱險，務盼兩位瞧在老僧之臉，盡力援手。兩位如能玉成她與周師兄的美事，老僧更是感激無量。」

靖蓉兩人愕然相顧，不敢答應。一燈見兩人不作聲，又追問一句：「老僧這個懇求，兩位難以答允麼？」黃蓉微一猶豫，說道：「伯伯既這麼說，我們遵命就是。」一扯郭靖的衣袖，下拜告別。一燈又道：「你們不必和瑛姑見面，從後山下去罷。」黃蓉又答應了，牽著郭靖的手轉身出門。

四弟子見她並無戚容，都暗罵她心地涼薄，眼見自己救命恩人危在頃刻，竟然漠不關心的說走就走。

郭靖卻知黃蓉決不肯袖手不顧，必然另有計謀，當下跟著她出門。走到門口，黃蓉俯口到他耳邊低低說了幾句話。郭靖停步遲疑，終於點頭，轉過身來，慢慢走回。

一燈道：「你宅心忠厚，將來必有大成。瑛姑的事，我重託你了。」郭靖道：「好！大師之事，晚輩自當盡心竭力。」突然反手抓出，拿住了一燈身旁那天竺僧人的手腕，左手乘勢戳去，閉住了他「華蓋」「天柱」兩個大穴。這兩穴一主手，一主足，兩穴被閉，四肢登時動彈不得。這一著大出人人意料之外，一燈與四大弟子俱各大驚失色，齊叫：「幹甚麼？」郭靖更不打話，左手又往一燈肩頭抓去。

一燈大師見郭靖抓到，右掌翻過，快似閃電，早已拿住他左手手腕。郭靖吃了一驚，心想此際一燈全身已在自己掌力籠罩之下，竟能破勢反擊，而且一擊正中要害，這功夫確是高深之極，只是一燈手掌與他手脈寸關尺甫觸，立顯真力虛弱，這一拿虛晃不穩。郭靖立時奪位逆拿，翻掌扣住他手背麻筋，右掌「神龍擺尾」，擊退漁人與樵子從後攻來的兩招，左手食指前伸，點中了一燈大師脅下的「鳳尾」「精促」二穴，說道：「伯伯，對不住之至。」

此時黃蓉已使開打狗棒法，將那農夫直逼到禪房門外。那書生以變起倉卒，未明靖蓉二人用意，連呼：「有話請說，不必動手。」那農夫見師父為人所制，勢如瘋虎，不顧性命的向禪房猛衝，但那打狗棒法何等精妙，連衝三次，都給黃蓉逼得退回原位。郭靖雙掌呼呼風響，使成一個圈子，從禪房裏打將出來，漁人、樵子、書生三人被他掌力所迫，一步一步退出房門。黃蓉猛地遞出一招，直取農夫眉心。這一棒迅捷無倫，那農夫一聲「啊也」，向後急仰，平平躍出數尺。黃蓉叫聲：「好！」反手關上背後的房門，笑咪咪的道：「各位住手，我有話說。」

那樵子和漁人每接郭靖一掌，都感手臂酸麻，足下踉蹌，眼見郭靖又是揮掌擊來，兩人並肩齊上，只待合力抵擋。郭靖聽得黃蓉此言，這一掌發到中途，忽地收住，抱拳說道：「得罪得罪。」漁樵耕讀愕然相顧。黃蓉莊容說道：「我等身受尊師厚恩，眼見尊師有難，豈能袖手不顧？適才冒犯，實是意圖相救。」

那書生上前深深一揖，說道：「家師對頭是我們四人的主母，尊卑有別，她找上山來，我們不敢出手。何況家師為了那……那小皇爺之死，十餘年來耿耿於心，這一次就算功力不損，身未中毒，見到那劉貴妃前來，也必袖手受她一刀。我們師命難違，心焦如焚，實是智窮力竭，不知如何是好。姑娘絕世才華，若能指點一條明路，我輩粉身碎骨，亦當相報大恩大德。」

黃蓉聽他說得如此懇切，倒也不便再如先前那樣和他嬉皮笑臉，說道：「我師兄妹對尊師感恩之心，與四位無異，定當全力以赴。如能阻止瑛姑踏進禪院，自是最好不過，但想她處心積慮，在山下黑泥沼中苦候十餘年，此次必是有備而來，只怕不容易阻擋。小妹想到的法子要冒一個奇險，若能成功，倒可一勞永逸，更無後患。只是風險甚大，那瑛姑精明狡猾，武功又高，此計未必能成。但我才智庸愚，實想不出一個萬全之策。」

漁樵耕讀齊道：「願聞其詳。」黃蓉秀眉微揚，說出一番話來，只把四人聽得面面相覷，半晌做聲不得。

酉牌時分，太陽緩緩落到山後，山風清勁，只吹得禪院前幾排棕櫚樹搖擺不定，荷塘中殘荷枯葉簌簌作響。夕陽餘暉從山峯後面映射過來，照得山峯的影子宛似一個極大怪人，橫臥在地。

漁樵耕讀四人盤膝坐在石樑盡處的地下，睜大了眼睛，只是向前望去，每人心中都是忐忑不安。等了良久，天漸昏暗，幾隻烏鴉啞啞鳴叫，飛入下面山谷，谷中白霧濛濛升起，但石樑彼端的山崖轉角處仍是無人出現。

那漁人心道：「但願得劉貴妃心意忽變，想起此事怪不得師父，竟然懸崖勒馬，從此不來。」那樵子心想：「這劉貴妃狡詐多智，定是在使甚奸計。」那農夫最是焦躁，心道：

「早一刻來，早一刻有個了斷，是禍是福，是好是歹，便也有個分曉。說來卻又不來，好教人惱恨。」那書生卻想：「她來得愈遲，愈是凶險，這件事也就愈難善罷。」他本來足智多謀，在大理國做了十餘年宰相，甚麼大陣大仗都見過了，但這時竟然心頭煩躁，思潮起伏，拿不出半點主意，眼見周圍黑沉沉地，遠處隱隱傳來幾聲梟鳴，突然想起兒時聽人說過的一番話來：「那夜貓子躲在暗裏，偷偷數人的眉毛。誰的眉毛根數給數清楚了，那就活不到天亮。」這明明是騙小孩兒的瞎說，但這時聽到這幾聲梟鳴，全身竟然不寒而慄：「難道師父當真逃不過這番劫難，要死在這女子手裏麼？」

正想到此處，忽聽那樵子顫聲低呼：「來啦！」一抬頭，只見一條黑影在石樑上如飛而至，遇到缺口，輕飄飄的縱躍即過，似乎絲毫不費力氣。四人心中更是駭然：「她跟我師學藝之時，我們早已得了我師的真傳。怎麼她的武功忽然勝過了我們？這十餘年之中，她又從甚麼地方學得這身功夫？」

眼見那黑影越奔越近，四人站起身來，分立兩旁。轉瞬之間，那黑影走完石樑，只見她一身黑衣，面目隱約可辨，正是段皇爺當年十分寵愛的劉貴妃。四人跪倒磕頭，說道：「小人參見娘娘。」

瑛姑「哼」了一聲，橫目從四人臉上掃過，說道：「甚麼娘娘不娘娘？劉貴妃早死了，我是瑛姑。嗯，大丞相，大將軍，水軍都督，御林軍總管，都在這裏。我道皇爺當真是看破世情，削髮為僧，卻原來躲在這深山之中，還是在做他的太平安樂皇帝。」這番話中充滿了怨毒，四人聽了，心下慄然。

那書生道：「皇爺早不是從前的模樣了。娘娘見了他必定再也認不出來。」瑛姑冷笑道：「你們娘娘長、娘娘短的，是譏刺我麼？直挺挺的跪在這裏，是想拜死我麼？」漁樵耕讀四人互視一眼，站起身來，說道：「小的向您請安。」瑛姑把手一擺，道：「皇爺是叫你們阻攔我來著，又鬧這些虛文幹麼？要動手快動手啊。你們君的君，臣的臣，不知害過多少百姓，對我這樣一個女子還裝甚麼假？」

那書生道：「我皇愛民如子，寬厚仁慈，大理國臣民至今無不稱頌。我皇別說生平絕無殘害無辜，就是別人犯了重罪，我皇也常常法外施恩。娘娘難道不知？」瑛姑臉上一紅，厲聲道：「你敢出言挺撞我麼？」那書生道：「微臣不敢。」瑛姑道：「你口中稱臣，心中豈有君臣之份？我要見段智興去，你們讓是不讓？」

那「段智興」正是一燈大師俗家的姓名，漁樵耕讀四人心中雖知，但從來不敢出之於口，耳聽得瑛姑直斥其名，都是不禁凜然。那農夫在朝時充任段皇爺的御林軍總管，這時再也忍耐不住，大聲喝道：「一日為君，終身是尊，你豈可出言無狀？」

瑛姑縱聲長笑，更不打話，向前便闖，四人各伸雙臂相攔，心想：「她功夫雖高，我四人合力，儘也阻攔得住。今日縱然違了師命，事急從權，那也說不得了。」豈知瑛姑既不出掌相推，也不揮拳毆擊，施展輕功，迎面直撞過來。

那樵子見她衝到，不敢與她身子相碰，微向旁閃，伸手便抓她肩頭。這一抓出手極快，抓力亦猛，但掌心剛觸到她肩頭，卻似碰到一件異常油膩滑溜之物一般，竟然抓之不住。就在此時，農夫與漁人齊聲猛喝，雙雙從左右襲到。

瑛姑一低頭，人似水蛇，已從漁人腋下鑽了過去。漁人鼻中只聞到一陣似蘭非蘭、似麝非麝的幽香，心中略感慌亂，手臂非但不敢內壓夾她身子，反而向外疾張，生怕碰著她身上甚麼地方。農夫怒道：「你怎麼啦！」十指似鉤，猛向瑛姑腰間插去。樵子急喝：「不得無禮！」那農夫充耳不聞，剎時之間，十指的指端都已觸及瑛姑腰間，但不知怎的，指端觸處只覺油光水滑，給她一溜便溜了開去。

瑛姑以在黑沼中悟出來的泥鰍功連過三人，已知這四人無法阻攔自己，反手發掌，猛向農夫拍去。書生迴臂出指，逕點她手腕穴道。豈知瑛姑突然伸出食指，快如電光石火，手指尖和他手指尖在空中對準了一碰。此時書生全身精力盡集於右手食指，突然間指尖正中一麻，身如電震，叫聲「啊喲」，一交跌翻在地。樵夫與漁人忙俯身相救。農夫左拳直出，猶似鐵鎚般往瑛姑身上擊去。

這一拳勢挾勁風，力道驚人，瑛姑眼見拳風撲面，竟不避讓。那農夫一驚，心想這一拳勢必將她打得腦漿迸裂，急忙收招，但拳面已然碰到瑛姑鼻尖。瑛姑腦袋微側，拳鋒便從她鼻尖滑落，在她臉頰上擦了過去。那農夫左臂不及回縮，手腕已被對方拿住，急忙後奪，只聽得喀的一聲，尚未覺得疼痛，卻知手肘關節已被她反拳打脫。那農夫一咬牙，更不理會，右手食指急往敵人臂彎裏點去。

漁樵耕讀四人的點穴功夫都得自一燈大師的親傳，雖不及乃師一陽指的出神入化，但在武林中也算得是第一流的功夫，豈知遇著瑛姑，剛好撞正了剋星。她處心積慮的要報喪子之仇，深知一燈大師手指功夫厲害，於是潛心思索剋制的手段。她是刺繡好手，竟從女紅中想出了妙法，在右手食指尖端上戴了一個小小金環，環上突出一枚三分來長的金針，針上餵以劇毒，她眼神既佳，手力又穩，苦練數年之後，空中飛過蒼蠅，伸指戳去，金針能將蒼蠅穿身而過。此際臨敵，她一針先將書生的食指傷了，待見那農夫手指點到，冷笑一聲，纖指輕曲，指尖對準指尖，一針又刺在他食指尖端的中心。

常言道：「十指連心」，那食指尖端屬手陽明大腸經，金針刺入，即抵「商陽穴」。那農夫敗中求勝，這一指點出時出了全力，瑛姑卻毫不使勁，只是在恰好時際將金針擺在恰好的處所，不是以針刺他指尖，卻是讓他用指尖自行戳在金針之上。這一針刺入，那農夫也是虎吼一聲，撲翻在地。

瑛姑冷笑道：「好個大總管！」搶步往禪院奔去。那漁人大呼：「娘娘留步。」瑛姑止步回身，冷笑道：「你待怎地？」這時她已奔至荷塘之前，荷塘與禪寺只有一條小石橋相通，瑛姑站在橋頭，瞪目而視，雖在黑夜，僅有微光可辨面目，但那漁人與她一對面，只覺兩道目光冷森森的直射過來，不禁心中凜然，不敢上前動手。瑛姑冷冷的道：「大丞相、大總管兩人中了我的七絕針，天下無人救得。你也想送死嗎？」說罷也不待他答話，轉身緩緩而行，竟不回頭，不理他是否從後偷襲。

一條小石橋只二十來步，將到盡頭，忽然黑暗中轉出一人，拱手道：「前輩您好。」

瑛姑吃了一驚，暗道：「此人悄無聲息的突然出現，我怎麼竟未知覺？若是他暗施毒手，此刻只怕我已非死即傷。」定睛看時，只見他身高膀闊、濃眉大眼，正是自己指點上山的郭靖，當下說道：「小姑娘的傷治好了嗎？」郭靖躬身說道：「多謝前輩指點，我師妹的傷蒙一燈大師治好了。」瑛姑哼了一聲道：「她怎麼不親來向我道謝？」口中說著，腳下不停，逕自前行。

郭靖站在橋頭，見她筆直走來，忙道：「前輩請回！」瑛姑那來理他，身形微側，展開泥鰍功，從他身側急滑而過。郭靖雖在黑沼茅屋中曾與她動過手，但料不到她說過就過，身子滑溜如此，情急之下，左臂後抄，迴振反彈，卻是周伯通所授「空明拳」的奇妙家數。瑛姑眼見已然滑過他的身側，那知一股柔中帶韌的拳風忽地迎面撲至，逼得她非倒退不可。她此來有進無退，不管郭靖拳勢猛烈，仍是鼓勇向前直衝。郭靖急叫：「留神！」只感一個女子溫軟的身軀已撲入自己臂彎，大驚之下，足下被瑛姑一勾，兩人同時落向荷塘。

兩人身在半空之時，瑛姑左手從郭靖右腋下穿過，繞至背後抓住他左肩，中指捲曲，扣向郭靖咽喉，大指食指施勁揑落。這是小擒拿手中的「前封喉閉氣」之法，只要一揑而中，敵人氣管封閉，呼吸立絕，最是厲害不過。郭靖身子斜斜下跌，又覺肩頭被拿，心知不妙，右臂立彎，挾向瑛姑頭頸，這也是小擒拿手中閉氣之法，稱為「後挾頸閉氣」。瑛姑知他臂力厲害，己所不及，雖然搶了先著，卻不能跟他硬碰硬的對攻，急忙鬆手放開他的肩頭，伸指戳出。郭靖左臂撞開了她手腕。

從石橋落入荷塘，只是一瞬之間，但兩人迅發捷收，頃刻間已各向對方施了三招，這近身肉搏，使的都是快速無倫的小擒拿手。瑛姑功力深厚，郭靖卻是力大招精，這三招誰也奈何不了誰，撲通一聲，雙雙落入塘中。

塘中污泥約有三尺來深，塘水直浸至兩人胸間。瑛姑左手下抄，撈起一把污泥往郭靖口中抹去。郭靖一怔，急忙低頭閃避。瑛姑在泥濘遍地的黑沼一居十餘年，見泥鰍穿泥遊行而悟出了一身泥鰍功，在陸上與人動手過招已是滑溜異常，一入軟泥浮沙，更是如虎添翼，她將郭靖拉入荷塘，也是知他武功勝己，非逼得他身處困境，難以過橋。她指戳掌打，在污泥中比陸上還要迅捷數倍，有時更撈起一團團爛泥，沒頭沒腦的向郭靖抹去。

郭靖雙足深陷，又不敢猛施掌力將她打傷，只拆了四五招，立時狼狽萬分。但聽風聲響處，一團塘泥挾著臭氣撲面而至，急忙側頭閃避，那知瑛姑數泥同擲，閃開了兩團污泥，第三團卻給迎面擲個正中，口鼻雙眼登被封住。他久經江南六怪指點，知道身上如中了暗器，若是手忙腳亂的去拔暗器、看傷口，敵人必然乘機搶攻，痛下殺手，此時呼吸已閉，眼目難開，當下呼呼呼連推三掌，教敵人不能近到自己五尺之內，這才伸左手抹去臉上污泥，睜開眼來，卻見瑛姑已躍上石橋，走向禪院。

瑛姑闖過郭靖這一關，心中暗叫：「慚愧！若非此處有個荷塘，焉能打退這傻小子？想來是老天爺今日教我得報此仇。」當下腳步加快，走向寺門，伸手推去，那門竟未上閂，呀的一聲，應手而開。這一下倒出乎她意料之外，生怕門後設有埋伏，在外面待了片刻，見屋內並無動靜，這才入內，只見大殿上佛前供著一盞油燈，映照著佛像寶相莊嚴。瑛姑心中一酸，跪倒在蒲團上暗暗禱祝。

剛默祝得幾句，忽聽身後格格兩聲輕笑，當即左手後揮，劃了個圈子，防敵偷襲，右手在蒲團上一按，借力騰起，在空中輕輕巧巧的一個轉身，落下地來。只聽得一個女子聲音喝了聲采：「好俊功夫！」定睛看時，只見她青衣紅帶，頭上束髮金環閃閃發光，一雙美目笑嘻嘻的凝視著自己，手中拿著一根晶瑩碧綠的竹棒，正是黃蓉。

只聽她說道：「瑛姑前輩，我先謝你救命之恩。」瑛姑森然道：「我指點你前來求醫，志在害人，並非為了救你，又何必謝我？」黃蓉嘆道：「世間恩仇之際，原也難明。我爹爹在桃花島上將老頑童周伯通關了一十五年，終也救不活我媽媽的性命。」瑛姑聽她提到「周伯通」三字，登時身子劇震，厲聲喝問：「你媽媽與周伯通有甚麼干係？」

黃蓉一聽她的語氣，即知她懷疑周伯通與自己母親有甚情愛糾纏，致被父親關在桃花島上，看來雖然事隔十餘年，她對老頑童並未忘情，否則怎麼憑空會吃起這份乾醋來？當下垂首淒然道：「我媽是給老頑童累死的。」

瑛姑更是懷疑，燈光下見黃蓉肌膚勝雪，眉目如畫，自己當年容顏最盛之時，也遠不及她美貌，她母親若與她相似，難保周伯通見了不動心，不禁蹙眉沉思。

黃蓉道：「你別胡思亂想，我媽媽是天人一般，那周伯通頑劣如牛，除了有眼無珠的女子，誰也不會對他垂青。」瑛姑聽她嘲罵自己，但心中疑團打破，反而欣慰，臉上卻仍是冷冷的不動聲色，說道：「既有人愛蠢笨如豬的郭靖，自也有人喜歡頑劣如牛之人。你媽媽又怎麼給老頑童害死了？」黃蓉慍道：「你罵我師哥，我不跟你說話啦。」說著拂袖轉身，佯作動怒。

瑛姑一心要問明究竟，忙道：「好啦，我以後不說就是。你師哥聰明得很。」黃蓉停步回頭，道：「那老頑童也不是存心害死我媽，可是我媽不幸謝世，卻是從他身上而起。我爹爹一怒之下，將他關在桃花島上，可是關到後來，心中卻也悔了。冤有頭，債有主，是誰害死你心愛之人，你該走遍天涯海角，找這兇手報仇才是。遷怒旁人，又有何用？」這幾句話猶如當頭棒喝，把瑛姑說得呆在當地，做聲不得。

黃蓉又道：「我爹爹早已將老頑童放了……」瑛姑驚喜交集，說道：「那麼不用我去救他啦？」黃蓉微笑道：「倘若我爹爹不肯放人，你又救得了老頑童嗎？」瑛姑默然。

瑛姑當年離了大理，即去找尋周伯通，起初幾年打探不到消息，後來才無意中從黑風雙煞口裏，得知他被黃藥師囚禁在桃花島上，只是為了甚麼原因，卻打探不出。那日周伯通在大理不顧她而去，甚是決絕，她知若非有重大變故，勢難重圓，這時得悉他失手被禁，不由得又悲又喜，悲的是意中人身遭劫難，喜的是這卻是個機緣，若是自己將他救出，他豈能不念恩情？那知桃花島上道路千迴百轉，別說救人，連自己也陷了三日三夜，險些餓死。還是黃藥師派啞僕帶路，才送她離島。她於是隱居黑沼，潛心修習術數之學。這時聽說周伯通已經獲釋，不禁茫然若失，甜酸苦辣諸般滋味，一齊湧上心來。

黃蓉笑吟吟的道：「老頑童最肯聽我的話，我說甚麼他從來不敢駁回。你若想見他，這就跟我下山。我為你們撮合良緣，就算是我報答你的救命之恩如何？」這番話只把瑛姑聽得雙頰暈紅，怦然心動。

眼見這場仇殺就可轉化為一樁喜事，黃蓉正自大感寬慰，忽聽拍的一聲，瑛姑雙掌反向背後相互一擊，臉上登似罩了一層嚴霜，厲聲說道：「憑你這黃毛丫頭，就能叫他聽你的話？他幹麼要聽你指使？為了你美貌嗎？我無恩於你，也不貪圖你的甚麼報答。快快讓路，再遲片刻，莫怪我下手無情。」

黃蓉笑道：「啊喲喲，你要殺我麼？」瑛姑雙眉豎起，冷冷的道：「殺了你又怎樣？別人忌憚黃老邪，我可是天不怕地不怕。」黃蓉笑嘻嘻的道：「殺了我不打緊，誰給你解那三道算題啊？」

那日黃蓉在黑沼茅屋的沙地上寫下了三道算題，瑛姑日夜苦思，絲毫不得頭緒。她當初研習術數原是為了相救周伯通，豈知任何複雜奧妙的功夫，既經鑽研，便不免令人廢寢忘食，欲罷不能。她明知這些算題即令解答得出，與黃藥師的學問仍是相去霄壤，對救人之事毫無裨益，但好奇之心迫使她殫精竭慮，非解答明白，實是難以安心，這時聽黃蓉提及，那三道算題立時清清楚楚的在腦海中顯現，不由得臉生躊躇之色。

黃蓉道：「你別殺我，我教了你罷。」從佛像前取過油燈，放在地下，取出一枚金針，在地下方磚上劃出字跡，登時將第一道「七曜九執天竺筆算」計了出來，只把瑛姑看得神馳目眩，暗暗讚嘆。

黃蓉接著又解明了第二道「立方招兵支銀給米題」，這道題目更是深奧。瑛姑待她寫出最後一項答數，不由得嘆道：「這中間果然機妙無窮。」頓了一頓，說道：「這第三道題呢，說易是十分容易，說難卻又難到了極處。『今有物不知其數，三三數之賸二，五五數之賸三，七七數之賸二，問物幾何？』我知道這是二十三，不過那是硬湊出來的，要列一個每數皆可通用的算式，卻是想破了腦袋也想不出。」

黃蓉笑道：「這容易得緊。以三三數之，餘數乘以七十；五五數之，餘數乘二十一；

七七數之，餘數乘十五。三者相加，如不大於一百零五，即為答數；否則須減去一百零五或其倍數。」瑛姑在心中盤算了一遍，果然絲毫不錯，低聲記誦道：「三三數之，餘數乘以七十；五五數之……」黃蓉道：「也不用這般硬記，我念一首詩給你聽，那就容易記了：三人同行七十稀，五樹梅花廿一枝，七子團圓正半月，餘百零五便得知。」

瑛姑聽到「三人同行」、「團圓半月」幾個字，不禁觸動心事，暗道：「這丫頭既識得他，自是早知我的陰私。三人同行是刺我一女事奉二男，團圓半月卻譏我與他只有十餘日的恩情？」她昔年做下了虧心之事，不免處處多疑，當下沉著聲音道：「好啦，多謝你指點。朝聞道，夕死可矣。你再囉唆，我可容你不得啦？」黃蓉笑道：「朝聞道，夕死可矣。死的是聞道之人啊，倒不曾聽說是要弄死那傳道之人的。」

瑛姑瞧那禪院情勢，知道段皇爺必居後進，眼見黃蓉跟自己不住糾纏，必有詭計，心想這丫頭年紀雖小，精靈古怪實不在乃父之下，莫要三十老娘倒繃嬰兒，運糧船撞翻在陰溝裏，為了看她計算，已躭擱了不少時刻，大事當前，怎地還在術數上耗那無謂的心思？當下更不打話，舉步向內。轉過佛殿，只見前面黑沉沉的沒一星燈火。她孤身犯險，不敢直闖，提高聲音叫道：「段智興，你到底見我不見?在黑暗裏縮頭藏尾，算得是甚麼大丈夫的行徑？」

黃蓉跟在她身後，接口笑道：「你嫌這裏沒燈麼?大師就怕燈火太多，點出來嚇壞了你，才教人熄了的。」瑛姑道：「哼，我是個命中要下地獄之人，還怕甚麼刀山油鍋？」黃蓉拍手笑道：「那好極了，我正要跟你玩玩刀山的玩意。」從懷中取出火摺晃亮了，俯身點燃了地下一個火頭。

豈知自己足邊就有油燈，這倒大出瑛姑意料之外，定睛看時，其實也不是甚麼油燈，只是一隻瓦茶杯中放了小半杯清油，浸著一根棉芯作燈心，茶杯旁豎著一根削尖的竹籤，約有一尺來長，一端插在土中，另一端向上挺立，甚是鋒銳。黃蓉足不停步，不住點去，片刻之間，地下宛似滿天繁星，布滿了燈火與竹籤，每隻茶杯之旁，必有一根尖棒。

待得黃蓉點完，瑛姑早已數得明白，共是一百一十三隻茶杯、一百一十三根竹籤，不禁大為狐疑：「若說這是梅花樁功夫，不是七十二根，就該是一百零八根，一百一十三根卻是甚麼道理？排列得又零零落落，既非九宮八卦，又不是梅花五出。而且這竹籤如此鋒利，上面那裏站得人？是了，她必是穿了鐵底的鞋子。」心想：「小丫頭有備而作，在這上面我必鬥她不過，且假作不知，過去便是。」當下大踏步走去，竹籤布得密密麻麻，難以通行，她橫腳踢去，登時踢倒了五六根，口中說道：「搗甚麼鬼？老娘沒空陪小娃娃玩。」

黃蓉急叫：「咦，咦，使不得，使不得。」瑛姑毫不理會，繼續踢去。黃蓉叫道：「好啊，你蠻不講理，我可要熄燈啦。快用心瞧一遍，把竹籤方位記住了。」瑛姑心中一驚：「若是數人合力在此處攻我，他們早已記熟了方位，黑暗裏我可要喪生在竹籤之上。快快離此險地！」一提氣，加快腳步，踢得更是急了。黃蓉叫道：「也不怕醜，胡賴！」竹棒起處，擋在瑛姑面前。

油燈映照下一條綠幽幽的棒影從面前橫掠而過，瑛姑那把這個十幾歲的少女放在心上，左掌直劈，就想一掌震斷竹棒。那知黃蓉這一棒使的是「打狗棒法」中的「封」字訣，棒法全是橫使，並不攻擊敵身，一條竹棒化成一片碧牆，擋在面門，只要敵人不踏上一步，那就無礙，若施攻擊，立受反打。瑛姑這一掌劈去，嗒的一聲，手背上反被棒端戳了一下，急忙縮手，已感又疼又麻。

這一下雖非打中要害穴道，痛得卻也甚是厲害，瑛姑本不把黃蓉的武功放在眼裏，斗然間受了這一下，不禁又驚又怒。她吃了這個小虧，毫不急躁，反而沉住了氣，先守門戶，要瞧明白對方武功的路子再說，暗道：「當年我見到黑風雙煞，功夫果然甚是了得，但他們都是三四十歲的壯年，怎麼這小小丫頭也有如此造詣？必是黃藥師已把生平絕藝授了他這獨生愛女。」她當年在桃花島上吃過大虧，沒見到黃藥師一面，便已險些命喪島上，對這位桃花島主心中向來著實忌憚。

她卻不知這「打狗棒法」是丐幫幫主的絕技，即令是黃藥師親至，一時之間也未必破解得了。就在她這只守不攻、暗自沉吟之際，黃蓉竹棒仍是使開那「封」字訣，擋住瑛姑的進路，足下卻不住移動走位，在竹籤之間如穿花蝴蝶般飛舞來去，片刻之間，已用足尖把一百一十三盞油燈踢滅了大半。妙的是只踢熄火頭，不但作燈的茶杯並未踏翻踢碎，連清油也濺出不多。

她足上使的是桃花島的「掃葉腿法」，移步迅捷，落點奇準，但瑛姑已瞧出她功夫未臻上乘，遠不如竹棒使得變化莫測，何況她傷勢雖愈，元氣未復，若是攻她下盤，數十招即可取勝，可是心中計算方定，那油燈已被踢得賸下七八盞，這幾盞油燈盡數留在東北角，在夜風中微微顫動，其餘三隅已是漆黑一片，突然間黃蓉竹棒搶攻兩招，瑛姑一怔，借著昏黃的燈光看準竹籤空隙，退後一步。黃蓉竹棒在地下一撐，身子平掠而起，長袖拂去，七八盤油燈應手而滅。

瑛姑暗暗叫苦：「我雖已有取勝之法，可是在這竹籤叢中，每踏一步都能給籤子刺穿足背，那又如何動手？」黑暗中只聽得黃蓉叫道：「你記住竹籤方位了罷？咱們在這裏拆三十招，只要你傷得了我，就讓你入內見段皇爺如何？」瑛姑道：「竹籤是你所布，又不知在這裏已練了多少時候，別人一瞬之間，怎能記得清這許多油燈的方位。」黃蓉年幼好勝，又自恃記心過人，笑道：「這有何難？你點著油燈，將竹籤拔出來重行插過，你愛插在那裏就插那兒，然後熄了燈再動手過招如何？」

瑛姑心想：「這不是考較武功，卻是考較記心來了。這機伶小鬼聰明無比，我大仇未報，豈能拿性命來跟她賭賽記心？」靈機一動，已有計較，說道：「好，那倒也公平，老娘就陪你玩玩。」取出火摺晃亮，點燃油燈。

黃蓉笑道：「你何必自稱老娘？我瞧你花容月貌，還勝過二八佳人，難怪段皇爺當年對你如此顛倒。」瑛姑正在拔著一根根竹籤挪移地位，聽了此言，呆了一呆，冷笑道：「他對我顛倒？我入宮兩年，他幾時理睬過人家？」黃蓉奇道：「咦，他不是教你武功了嗎？」瑛姑道：「教武功就算理睬人家了？」黃蓉道：「啊，我知道啦。段皇爺要練先天功，可不能跟你太要好啊。」瑛姑哼了一聲，道：「你懂甚麼？怎麼他又生皇太子？」黃蓉側過了頭，想了片刻，道：「皇太子是從前生的，那時他還沒練先天功呢。」

瑛姑又哼了一聲，不再言語，只是拔著竹籤移動方位。黃蓉見她插一根，心中便記一根，不敢有絲毫怠忽，此事性命攸關，只要記錯了數寸地位，待會動起手來，立時有竹籤穿腳之禍。

過了一會，黃蓉又道：「段皇爺不肯救你兒子，也是為了愛你啊。」瑛姑道：「你都知道了？哼，為了愛我？」語意中充滿怨毒。黃蓉道：「他是喝老頑童的醋。若是不愛你，為甚麼要喝醋？他見到你那塊『四張機』的鴛鴦錦帕，實是傷心之極。」瑛姑從沒想到段皇爺對己居然有這番情意，不禁呆呆出神。

黃蓉道：「我瞧你還是好好回去罷。」瑛姑冷冷的道：「除非你有本事擋得住我。」黃蓉道：「好，既是定要比劃，我只得捨命陪君子。只要你闖得過去，我決不再擋。若是闖不過呢？」瑛姑道：「以後我永不再上此山。要你陪我一年之約，也作罷論。」黃蓉拍手道：「妙極，要我在黑沼的爛泥塘裏住上一年，也真難熬得緊。」

說話之間，瑛姑已將竹籤換插了五六十根，隨即逐一踢滅油燈，說道：「其餘的不用換了。」黑暗中五指成抓，猛向黃蓉戳來。黃蓉記住方位，斜身竄出，左足不偏不倚，剛好落在兩根竹籤之間，竹棒抖出，點她左肩。那知瑛姑竟不回手，大踏步向前，只聽格格格一連串響聲過去，數十根竹籤全被她踏斷，逕入後院去了。

黃蓉一怔，立時醒悟：「啊也！上了她當。原來她換竹籤時手上使勁，暗中將籤條都捏斷了。」只因好勝心盛，於這一著竟沒料到，不由得大是懊惱。

瑛姑闖進後院，伸手推門，只見房內蒲團上居中坐著一個老僧，銀鬚垂胸，厚厚的僧衣直裏到面頰，正自低眉入定。漁樵耕讀四大弟子和幾名老和尚、小沙彌侍立兩旁。

那樵子見瑛姑進來，走到老僧面前，合什說道：「師父，劉娘娘上山來訪。」那老僧微微點了點頭，卻不說話。

禪房中只點著一盞油燈，各人面目都看不清楚。瑛姑早知段皇爺已經出家，卻想不到十多年不見，一位英武豪邁的皇爺竟已成為如此衰頹的老僧，想起黃蓉適才的話，似乎皇爺當年對自己確也不是全無情意，不禁心中一軟，握著刀柄的手慢慢鬆了開來。

一低頭，只見那錦帕所製的嬰兒肚兜正放在段皇爺蒲團之前，肚兜上放著一枚玉環，正是當年皇爺賜給她的。瞬時之間，入宮、學武、遇周、絕情、生子、喪兒的一幕幕往事都在眼前現了出來，到後來只見到愛兒一臉疼痛求助的神色，雖是小小嬰兒，眼光中竟也似有千言萬語，似在埋怨母親不為他減卻些微苦楚。

她心中斗然剛硬，提起匕首，勁鼓腕際，對準段皇爺胸口一刀刺了進去，直沒至柄。她知段皇爺武功了得，這一刀未必刺得他死，而且匕尖著肉之際，似乎略有異樣，當下向裏回奪，要拔出來再刺第二刀，那知匕首牢牢嵌在他肋骨之中，一時竟沒能拔動。只聽得四大弟子齊聲驚呼，同時搶上。

瑛姑十餘年來潛心苦修，這當胸一刺不知已練了幾千幾萬遍。她明知段皇爺必定衛護周密，右手白刃刺出，左手早已舞成掌花，守住左右與後心三面，這一奪沒將匕首拔出，眼見情勢危急，雙足一點，已躍向門口，回頭一瞥，只見段皇爺左手撫胸，想是十分痛楚。

她此刻大仇已報，心中卻殊無快慰之意，忽然想起：「我與人私通生子，他沒一言半語相責，仍是任由我在宮中居住，不但沒將我處死，一切供養只有比前更加豐厚。他實在一直待我好得很啊。」她向來只記住段皇爺不救自己兒子性命，心中全是怨毒，此刻當胸一刃，才想到他的諸般好處，長嘆一聲，轉身出門。

這一轉過身來，不禁尖聲驚呼，全身汗毛直豎，但見一個老僧合什當胸，站在門口。燈光正映在他的臉上，隆準方口，眼露慈光，雖然作了僧人裝束，卻明明白白是當年君臨南詔的段皇爺。瑛姑如見鬼魅，一個念頭如電光般在心中一閃：「適才定是殺錯了人。」眼光橫掃，但見被自己刺了一刀的僧人慢慢站起身來，解去僧袍，左手在頦下一扯，將一把白鬍子盡數拉了下來。瑛姑又是一聲驚呼，這老僧竟是郭靖假裝的。

這正是黃蓉安排下的計謀。郭靖點了一燈大師的穴道，就是存心要代他受這一刀。他只怕那天竺僧人武功厲害，是以先出手攻他，豈知此人竟是絲毫不會武藝。當黃蓉在院子中向瑛姑解明三道算題、以「打狗棒法」阻路、再布油燈竹籤之時，四弟子趕速給郭靖洗去身上泥污，剃光頭髮。他頦下白鬚，也是剃了一燈的鬍子黏上去的。四大弟子本覺這事戲弄師父，大大不敬，而且郭靖本身須得干冒大險，各人心中也感不安，可是為了救師父之命，除此實無別法，若是由四弟子中一人出來假扮，他們武功不及瑛姑，勢必被她一刀刺死。

瑛姑挺刃刺來之時，郭靖眼明手快，在僧袍中伸出兩指，捏住了刃鋒扁平的兩側。那知瑛姑這一刺狠辣異常，饒是郭靖指力強勁，終於刃尖還是入肉半寸，好在未傷肋骨，終無大礙。他若將軟蝟甲披在身上，原可擋得這一刀，只是瑛姑機伶過人，匕首中甲，定然知覺，那麼禍胎終是不去，此次一擊不中，日後又會再來尋仇。

這「金蟬脫殼之計」眼見大功告成，那知一燈突然在此時出現，不但瑛姑吃驚，餘人也是大出意料之外。原來一燈元氣雖然大傷，武功未失，郭靖又怕傷他身子，只點了他最不關緊要的穴道。一燈在隔房潛運內功，緩緩解開了自身穴道，恰好在這當口到了禪房門口。

瑛姑臉如死灰，自忖這番身陷重圍，定然無倖。

一燈向郭靖道：「把匕首還她。」郭靖不敢違拗，將匕首遞了過去。瑛姑茫然接過，眼望一燈，心想他不知要用甚麼法子來折磨我，只見他緩緩解開僧袍，又揭開內衣，說道：「大家不許難為她，要好好讓她下山。好啦，你來刺罷，我等了你很久很久了。」

這幾句話說得十分柔和，瑛姑聽來卻如雷轟電掣一般，呆了半晌，手一鬆，噹的一聲，匕首落在地下，雙手掩面疾奔而出。只聽她足步逐漸遠去，終於杳無聲息。

眾人相互怔怔的對望，都是默不作聲。突然間咕咚、咕咚兩聲，那書生和農夫一俯一仰的跌倒在地。原來兩人手指中毒，強自撐住，這時見師父無恙，心中一喜，再也支持不住。那樵子叫道：「快請師叔！」

話猶未了，黃蓉已陪同那天竺僧人走了進來。他是療毒聖手，取出藥來給二人服了，又將二人手指頭割開，放出黑血，臉上神色嚴重，口中嘰哩咕嚕的說道：「阿馬里，哈失吐，斯骨爾，其諾丹基。」

一燈懂得梵語，知道二人性命不妨，但中毒甚深，須得醫治兩月，方能痊愈。

此時郭靖已換下僧服，裹好胸前傷口，向一燈磕頭謝罪。一燈忙伸手扶起，嘆道：「你捨命救我，真是罪過罪過。」他轉頭向師弟說了幾句梵語，簡述郭靖的作為。那天竺僧人道：「斯里星，昂依納得。」

郭靖一怔，這兩句話他是會背的，當下依次背了下去，說道：「斯熱確虛，哈虎文缽英……」當日周伯通教他背誦九陰真經，最後一篇全是這些古怪說話，郭靖不明其意，可是心中囫圇吞棗的記得滾瓜爛熟，這時便順口接了下去。

一燈與那天竺僧人聽他居然會說梵語，都是一驚，又聽他所說的卻是一篇習練上乘內功的秘訣，更是詫異。一燈問起原委，郭靖照實說了。

一燈驚嘆無已，說道：「此中原委，我曾聽重陽真人說過。撰述九陰真經的那位高人黃裳不但讀遍道藏，更精通內典，識得梵文。他撰完真經，上卷的最後一章是真經的總旨，忽然想起，此經若是落入心術不正之人手中，持之以橫行天下，無人制他得住。但若將這章總旨毀去，總是心有不甘，於是改寫為梵文，卻以中文音譯，心想此經是否能傳之後世，已然難言，中土人氏能通梵文者極少，兼修上乘武學者更屬稀有。得經者如為天竺人，雖能精通梵文，卻不識中文。他如此安排，其實是等於不欲後人明他經義。因此這篇梵文總綱，連重陽真人也是不解其義。豈知天意巧妙，你不懂梵文，卻記熟了這些咒語一般的長篇大論，當真是難得之極的因緣。」當下要郭靖將經文梵語一句句的緩緩背誦，他將之譯成漢語，寫在紙上，授了郭靖、黃蓉二人。

這九陰真經的總綱精微奧妙，一燈大師雖然學識淵博，內功深邃，卻也不能一時盡解，說道：「你們在山上多住些日子，待我詳加鑽研，轉授你二人。」又道：「我玄功有損，原須修習五年，方得復元，但依這真經練去，看來不用三月，便能有五年之功。雖然我所習是佛門功夫，與真經中所述的道家內功路子頗不相同，但看這總綱，武學到得最高處，殊途同歸，與佛門所傳亦無大別。」

黃蓉說起洪七公為歐陽鋒擊傷之事，一燈大師甚是關心，說道：「你二人將這九陰神功告知你們師父，他必可由此恢復功力。」郭蓉二人聽了更是歡喜。

二人在山上一連住了十餘日，一燈大師每日裏講解九陰神功的要旨，黃蓉更藉此養傷。

這一日兩人正在禪寺外閒步，忽聽空中鵰鳴啾急，那對白鵰遠遠從東而至。黃蓉拍手叫道：「金娃娃來啦。」只見雙鵰斂翼落下，神態甚是委頓。兩人不由得一驚，但見雌鵰左胸血肉模糊，受了箭傷，箭枝已然不在，想是鵰兒自行拔去了，雄鵰腳上縛了一塊青布，卻無金娃娃的蹤跡。

黃蓉認得這青布是從父親衫上撕下，那麼雙鵰確是已去過桃花島了。瞧這情形，莫非桃花島來了強敵，黃藥師忙於迎敵，無暇替女兒做那不急之務？雙鵰神駿異常，雌鵰卻被射中一箭，發箭之人武功自必甚是高強。郭靖忙替雌鵰裹創敷藥。

黃蓉推詳半天，不得端倪。雙鵰不會言語，雖然目睹桃花島上情景，也不能透露半點消息。兩人掛念黃藥師安危，當即向一燈大師告別。

一燈道：「本期尚有多日相聚，桃花島上既然有事，我也不能再留你們了。但藥兄神通廣大，足智多謀，料來當世也無人能加害於他，兩位不必多慮。」當下將漁樵耕讀四人都傳來，命靖蓉二人坐在面前蒲團之上，講述武學中的精義，直說了一個多時辰，這才講畢。

靖蓉二人依依不捨的告別下山。書生與農夫未曾痊愈，送到山門。那漁人與樵子直送到山腳，待二人找到小紅馬，這才執手互道珍重而別。

回程熟路，景物依然，心境卻已與入山時大不相同。想起一燈大師的深恩厚意，黃蓉情不自禁的向著山峯盈盈下拜，郭靖跟著跪倒磕頭。

一路上黃蓉雖然掛念父親，但想他一生縱橫天下，罕有受挫，縱遇強敵，即或不勝，也必足以自保，正如一燈大師所云：「料來當世也無人能加害於他」，是以也不怎麼擔心。兩人坐在小紅馬背上，談談說說，甚是暢快。

黃蓉笑道：「咱倆相識以來，不知遇了多少危難，但每吃一次虧，多少總有點好處，像這次我挨了裘千仞那老傢伙兩掌，卻換得了九陰神功的秘奧，就算當年王重陽，卻也不知。」郭靖道：「我寧可一點兒武功也沒有，只要你平平安安。」黃蓉心中甚是喜歡，笑道：「啊喲，要討好人家，也不用吹這麼大的氣！你若是不會武功，早就給打死啦，別說歐陽鋒、沙通天他們，就是鐵掌幫的一名黑衣漢子，也一刀削了你的腦袋。」郭靖道：「不管怎樣，我可不能再讓你受傷啦。上次在臨安府自己受傷倒不怎樣，這幾天瞧著你挨痛受苦，唉，那當真不好過。」黃蓉笑道：「哼，你這人沒心肝的。」郭靖奇道：「怎麼？」黃蓉道：「你寧可自己受傷，讓我心裏不好過。」郭靖無言可答，縱聲長笑，足尖在小紅馬肋上輕輕一碰，那馬電馳而出，四足猶似凌空一般。

中午時分，已到桃源縣治。黃蓉元氣究未恢復，騎了半天馬，累得雙頰潮紅，呼吸頓促。桃源城中只有一家像樣的酒家，叫作「避秦酒樓」，用的是陶淵明「桃花源記」中的典故。兩人入座叫了酒菜。

郭靖向酒保道：「小二哥，我們要往漢口，相煩去河下叫一艘船，邀梢公來此處說話。」酒保道：「客官若是搭人同走，省錢得多，兩人單包一艘船花銀子可不少。」黃蓉白了他一眼，拿出一錠五兩的銀子往桌上一拋，道：「夠了麼？」店小二忙陪笑道：「夠了，夠了。」轉身下樓。

郭靖怕黃蓉傷勢有變，不讓她喝酒，自己也就陪她不飲，只吃飯菜。剛吃得半碗飯，那酒保陪了一個梢公上來，言明直放漢口，管飯不管菜，共是三兩六錢銀子。黃蓉也不講價，把那錠銀子遞給梢公。那梢公接了，行個禮道謝，指了指自己的口，嘶啞著嗓子「啊」了幾聲，原來是個啞巴。他東比西指的做了一陣手勢，黃蓉點點頭，也做了一陣手勢，姿式繁複，竟是長篇大論，滔滔不絕。啞巴喜容滿臉，連連點頭而去。郭靖問道：「你們兩個說些甚麼？」黃蓉說道：「他說等我們吃了飯馬上開船。我叫他多買幾隻雞、幾斤肉，好酒好菜，儘管買便是，回頭補錢給他。」郭靖嘆道：「這啞梢公若是遇上我，可不知怎生處了。」原來桃花島上侍僕均是啞巴，與啞巴打手勢說話，黃蓉在兩歲上便已會了。

那酒樓的一味蜜蒸臘魚做得甚是鮮美，郭靖吃了幾塊，想起了洪七公，道：「不知恩師現在何處，傷勢如何，教人好生掛懷。」恨不得將臘魚包起來，拿去給洪七公吃。

黃蓉正待回答，只聽樓梯腳步聲響，上來一個道姑，身穿灰布道袍，用遮塵布帕蒙著口鼻，只露出了眼珠。

那道姑走到酒樓靠角裏的一張桌邊坐下，酒保過去招呼，那道姑低低說了幾句話，酒保吩咐下去，不久端將上來，是一份素麵。黃蓉見這道姑身形好熟，卻想不出曾在那裏見過。郭靖見她留上了神，也向那道姑望了一眼，只見她急忙轉過頭去，似乎也正在打量著他。黃蓉低聲笑道：「靖哥哥，那道姑動了凡心，說你英俊美貌呢。」郭靖道：「呸，別瞎說，出家人的玩笑也開得的？」黃蓉笑道：「你不信就算啦。」

說著兩人吃完了飯，走向樓梯。黃蓉心中狐疑，又向那道姑一望，只見她將遮在臉上的布帕揭開一角，露出臉來。黃蓉一看之下，險些失聲驚呼。那道姑搖一搖手，隨即將帕子遮回臉上，低頭吃麵。郭靖走在前頭，並未知覺。

下樓後會了飯帳，那啞梢公已等在酒樓門口。黃蓉做了幾下手勢，意思說要去買些物事，稍待再行上船。那啞梢公點點頭，向河下一艘烏篷大船指了一指。黃蓉會意，卻見那梢公並不走開，於是與郭靖向東首走去。走到一個街角，在牆邊一縮，不再前行，注視著酒樓門口。

過不多時，那道姑出了酒樓，向門口的紅馬雙鵰望了一眼，似在找尋靖蓉二人，四下一瞥未見人影，當即逕向西行。黃蓉低聲道：「對，正該如此。」一扯郭靖衣角，向東疾趨。郭靖莫名其妙，卻不詢問，只跟著她一股勁兒的走著。

那桃源縣城不大，片刻間出了東門，黃蓉折而南行，繞過南門後，又轉向西。郭靖低聲道：「咱們去跟蹤道姑嗎？你可別跟我鬧著玩。」黃蓉笑道：「甚麼鬧著玩兒？這天仙般的道姑，你不追那才是悔之晚矣。」郭靖急了，停步不走，道：「蓉兒，你再說這些話我要生氣啦。」黃蓉道：「我才不怕呢，你倒生點兒氣來瞧瞧。」

郭靖無奈，只得跟著又走，約莫走出五六里路，遠遠見那道姑坐在一株槐樹底下，她見靖蓉來到，便即站起身來，循著小路走向山坳。

黃蓉拉著郭靖的手跟著走向小路。郭靖急道：「蓉兒，你再胡鬧，我要抱你回去啦。」黃蓉道：「我當真走得累了，你一個人跟罷。」郭靖滿臉關切之容，蹲低身子，道：「莫累很了，我揹你回去。」

黃蓉格格一笑，道：「我去揭開她臉上手帕，給你瞧瞧。」加快腳步，向那道姑奔去。那道姑回轉身子等她。黃蓉撲過去一把抱住了，伸手去揭她臉上布帕。

郭靖隨後跟來，只叫：「蓉兒，莫胡鬧！」突然見到道姑的臉，一驚停步，說不出話來，只見她蛾眉深蹙，雙目含淚，一副楚楚可憐的神色，原來卻是穆念慈。

黃蓉抱著她的腰道：「穆姊姊，你怎麼啦？楊康那小子又欺侮了你嗎？」穆念慈垂首不語。郭靖走近來叫了聲：「世妹。」穆念慈輕輕嗯了一聲。

黃蓉拉著穆念慈的手，走到小溪旁的一株垂柳下坐了，道：「姊姊，他怎樣欺侮你？咱們找他算帳去。我和靖哥哥也給他作弄得苦，險些兒兩條性命都送在他手裏。」

穆念慈低頭不語，她和黃蓉二人的倒影映在清可見底的溪水之中，水面一瓣瓣的落花從倒影上緩緩流過。

郭靖坐在離二人數尺外的一塊石上，滿腹狐疑：穆家世妹怎麼作了道姑打扮？在酒樓中怎麼又不招呼？楊康卻不知到那裏去了？

黃蓉見了穆念慈傷心的神色，也不再問，默默的握著她手。過了好一陣，穆念慈才道：「妹子，郭世哥，你們僱的船是鐵掌幫的。他們安排了鬼計，要加害你們。」靖蓉二人吃了一驚，齊聲道：「那啞巴梢公的船？」穆念慈道：「正是。不過他不是啞巴。他是鐵掌幫裏的好手，說話聲音響得很，生怕一開口引起你們的疑心，因此假裝啞巴。」黃蓉暗暗心驚，說道：「不是你說，我還真瞧不出來。這傢伙手勢倒打得好，想來他時時裝啞巴。」

郭靖飛身躍上柳樹，四下張望，見除了田中二三農人之外，再無旁人，心想：「若非她二人大兜圈子，只怕鐵掌幫定有人跟來。」

穆念慈嘆了一口長氣，緩緩的道：「我跟楊康的事，以前的你們都知道了。後來我運義父義母的靈柩南下，在臨安牛家村冤家路狹，又遇上了他。」黃蓉接口道：「那回事我們也知道，還親眼見他殺了歐陽克。」穆念慈睜大了眼睛，難以相信。

黃蓉當下將她與郭靖在密室養傷之事簡略說了，又說到楊康如何冒認丐幫幫主、兩人如何脫險等事。這回事經過曲折，說來話長，黃蓉急於要知道穆念慈的經歷，只扼要一提。

穆念慈切齒道：「這人作惡多端，日後總沒好下場，只恨我有眼無珠，命中有此劫難，竟會遇上了他。」黃蓉摸出手帕，輕輕替她拭去頰上淚水。穆念慈心中煩亂，過去種種紛至沓來，一時不知從何說起，定了定神，待心中漸漸寧定，才說出一番話來。

第三十二回

湍江險灘

那啞巴梢公突然取出一柄斧頭，兩下猛砍便斬斷了纜索，跟著伸手提起了鐵錨。那船給湍急的江水一沖，驀地裏側身橫斜，轉了個圈子，飛也似的往下游衝去。

穆念慈右手讓黃蓉握著，望著水面的落花，說道：「我見他殺了歐陽克，只道他從此改邪歸正，又見丐幫兩位高手恭恭敬敬的接他西去，那兩位丐幫大叔我本來相識，知道是七公他老人家的親信下屬，對他既如此相待，我心中喜歡，就和他同行。

「到了岳州後，丐幫大會君山。他事先悄悄對我說道：洪恩師曾有遺命，著他接任丐幫的幫主。我又驚又喜，實在難以相信，但見丐幫中連輩份最高的眾長老對他也是十分敬重，卻又不由得我不信。我不是丐幫的人，不能去參預大會，便在岳州城裏等他，心裏想著，他一旦領袖丐幫羣雄，必能為國為民，做一番轟轟烈烈的大事出來，將來也必能手刃大寇，為義父義母報仇。這一晚我東想西想，竟沒能安枕，只覺事事都美滿之極，直到黎明時分，才有倦意，正要矇矓睡去，他忽然從窗中跳了進來。

「我嚇了一跳，還道他忽又起了胡鬧的念頭。他卻低聲道：『妹子，大事不好啦，咱們快走。』我驚問原委，他道：『丐幫中起了內叛，污衣派不服洪幫主的遺命。淨衣派與污衣派為了立新幫主的事，大起爭鬥，已打死了好多人。』我大吃一驚，問道：『那怎麼辦？』他道：『我見傷人太多，甘願退讓，不做幫主了。』我想顧全大局，也只有如此。他又道：『可是淨衣派的長老們卻又不放我走，幸得鐵掌幫裘幫主相助，才得離開君山。眼下咱們且上鐵掌山去避一避再說。』我也不知鐵掌幫是好是歹，他既這麼說，便跟了他同去。

「到了鐵掌山上，那鐵掌幫的裘幫主也沒見著，只是我冷眼旁觀，見那鐵掌幫行事鬼鬼祟祟，處處透著邪門，就對他說：『你雖退讓不做丐幫的幫主，可也不能一走了之。我瞧還是去找你師父長春子丘道長，請他約齊江湖好漢，主持公道，由丐幫眾英雄在幫中推選一位德高望重之人出任幫主，免得幫中自相殘殺，負了洪恩師對你的重託。』他支支吾吾的不說是，也不說不是，卻只提跟我成親的事。我疾言厲色的數說了他幾句，他也生氣了，兩人吵了一場。

「過了一天，我漸漸後悔起來，心想他雖然輕重不分，不顧親仇，就只念著兒女之情，但總是對我好，而且我責備他的話確是重了些，也難怪他著惱。這天晚上我愈想愈是不安，點燈寫了個字條，向他陪個不是。我悄悄走到他的窗下，正想把字條從窗縫中塞進去，忽然聽得他正在跟人說話。我從窗縫中張望，見另一人是個身材矮小的白鬍子老頭，身穿黃葛短衫，手裏拿著一柄大葵扇。」

郭靖與黃蓉對視一眼，均想：「不知是裘千仞還是裘千丈？」

只聽穆念慈續道：「那老頭兒從懷裏摸了一個小瓷瓶出來，放在桌上，低聲道：『楊兄弟，你那位沒過門的夫人不肯就範，這事容易得緊，你將瓶裏的藥粉在清茶裏放下一些，給她喝了，我包你今晚就洞房花燭。』」靖蓉兩人聽到這裏，心中都道：「是裘千丈。」

穆念慈續道：「楊康這小子居然眉花眼笑，連聲道謝。我氣得幾乎要暈了過去。過不多時，那老頭兒便告辭出來。我悄悄跟在他後面，走遠之後，撲上去在他背心上一拳，打倒在地。若不是身在險地，真便要一刀殺了他。我接連幾拳將他打暈了，在他身上一搜，這老傢伙懷裏的東西倒也真多，甚麼戒指、斷劍、磚塊，古裏古怪一大套，想來都是害人的物事，另外有一本冊子，我想其中或許有甚麼名堂，便取了揣在懷裏，心裏越想越惱，決意去跟楊康理論。

「我重到楊康的房外，那知他已站在門口，笑吟吟的道：『妹子，請進來罷。』我早打定了主意，這晚非一切說個清楚不可，到了他房裏，他便指著桌上的瓷瓶，笑道：『妹子，你猜，這瓶子裏裝的是甚麼？』我怒道：『誰知道是甚麼髒東西了。』他笑道：『一個朋友剛才送給我的，說道這藥粉只要在清茶裏放上一些，騙你喝了，一切便能如我所願。』這句話倒是大出我意料之外，我登時消了氣，拿起瓷瓶，推開窗子丟了出去，說道：『你留著幹麼？』他說：『我敬重妹子猶如天人一般，怎會幹這種卑鄙齷齪的勾當？』」

郭靖點頭道：「楊兄弟這件事可做對了。」穆念慈哼了一聲，並不答話。黃蓉回想那日在鐵掌山上隔窗窺探，曾見到楊康坐在床沿，摟著穆念慈喁喁細語，當時穆念慈臉含微笑，神色溫柔，想來便是擲去瓷瓶之後的事。

郭靖問道：「後來怎樣？」他得周伯通教誨，凡是別人述說故事，中途停頓，便須追問「後來怎樣？」以助人談興，不料穆念慈突然滿臉通紅，轉過了頭去，垂頭不答。黃蓉叫了出來：「啊，姊姊，我知道啦，後來你就跟他拜天地，做了夫妻。」

穆念慈回過頭來，臉色卻已變得蒼白，緊緊咬住了下唇，眼中發出奇異的光芒。黃蓉嚇了一跳，知道自己說錯了話，忙道：「對不起，我胡說八道，好姊姊，你別見怪。」穆念慈低聲道：「你沒胡說八道，是我自己胡塗。我……我跟他做了夫妻，可是沒……沒有拜天地。只恨我自己把持不定……」說到這裏，淚水簌簌而下。

黃蓉見她神情淒苦，伸左臂摟住她肩頭，想說些話來安慰，過了好一會，指著郭靖道：「姊姊，你不用難過，那也沒甚麼。那天在牛家村，靖哥哥也想跟我做夫妻。」此言一出，郭靖登時張口結舌，忸怩不堪，說道：「我們……沒有……沒有……」黃蓉笑道：「那你想過沒有呢？」郭靖連耳根子也都羞得通紅，低頭道：「是我不好。」黃蓉右手伸過去拍拍他肩頭，柔聲道：「你想跟我做夫妻，我喜歡得很呢，你有甚麼不好了？」

穆念慈嘆了口氣，心想：「黃家妹子雖然聰明伶俐，畢竟年紀幼小，於男女之事還不大懂。她遇上了這個忠厚老實的郭大哥，真是福氣。」黃蓉問道：「姊姊，後來怎樣？」

穆念慈望著溪水，低聲道：「後來……後來……我聽得窗外有打鬥呼喝的聲音，他叫我別作聲，說是鐵掌幫他們幫裏自己的事，跟我們不相干。過了好一會，有人來敲房門，說是裘幫主求見。他急忙起身，叫我躲在被窩裏別動。他點亮了燈，進來一人，我隔著紗帳望出去，竟然便是剛才那糟老頭兒。我想原來他是鐵掌幫的幫主，心裏很是不安，怕他來責問我為甚麼暗算他。我那時候怎……怎見得人？幸好他也不提那回事，卻跟楊康商量怎生覆滅丐幫，怎樣迎接金兵南下。」

黃蓉笑道：「姊姊，這兩個老頭兒不是一個人。」穆念慈奇道：「不是一個人？」黃蓉笑道：「他兩個是雙生兄弟，相貌一模一樣。你打倒的那個叫裘千丈，武功稀鬆平常，淨會吹牛騙人。這個裘幫主裘千仞可了不起啦。幸好你打的是假幫主，倘若遇到的是真幫主，他鐵掌一揮，你的小命兒可難保得住了。」穆念慈黯然道：「原來如此。那日我遇上的若是那裘幫主，給他一掌打死了，倒也乾淨。」黃蓉笑道：「咱們的楊大哥可捨不得。」

穆念慈一扭身，將她手臂從自己肩頭摔了下來，怫然道：「你別再跟我說這些話。」黃蓉伸了伸舌頭，笑道：「好罷，是我捨不得。」

穆念慈站起身來，道：「郭大哥，黃家妹子，我走了。兩位保重，留神鐵掌幫船上的鬼計。」黃蓉忙站起來拉住她手，央求道：「好姊姊，你別生氣，以後我不敢跟你胡說了。」穆念慈嘆道：「我不是生你的氣，是……是我自己傷心。」黃蓉道：「怎麼？楊康這小子惹惱你了？」拉她又坐了下來。

穆念慈道：「那天晚上，我隔著帳子聽楊康和那姓裘的老兒商量諸般賣國害民的奸謀，越聽越是生氣，恨不得跳出來便將那老兒殺了。他們說了好久，忽然外面呼喊的聲音大作。那老兒說道：『小王爺，我出去瞧瞧，咱們再談。』說著便走出房去。」黃蓉插口道：「是了，他是來追我和靖哥哥。」

穆念慈道：「那老兒走後，楊康又來跟我囉唣。我問他，剛才跟那老兒說的這一番話到底是真心還是假意。他說：『我跟你已做了夫妻，一切都不用瞞你啦。大金國大軍不日南下，咱們得了鐵掌幫這樣的大援，裏應外合，兩湖唾手可得。』他說得興高采烈，說大金滅了宋朝後，他父王趙王爺將來必登大寶，做大金國皇帝，他便是皇太子，那時候富貴榮華，不可限量。

「我一言不發的聽著。他忽然說：『妹子，那時候你就是皇后娘娘了。』我……我再也忍耐不住，狠狠打了他一個耳光，奪門而出，直向山下急奔。這時鐵掌峯上已鬧得天翻地覆，無數幫眾嘍囉拿了燈籠火把，齊向那座最高的山峯上奔去。我獨自下山，倒也無人攔阻。

「經了這番變故，我心如死灰，只想一死了之。那時候也不知東西南北，只是亂走。後來見到一所道院，就闖了進去，剛踏進門，便暈倒了。幸好那裏的老道姑收留了我，我一場大病，病了十多天，這幾天才好了些。我換上了這身道裝，啓程回臨安牛家村去，不想在這裏遇上了你們。」

黃蓉喜道：「姊姊，我們要回桃花島，正好同路。咱三個兒便一塊走罷，道上也熱鬧些。你若不嫌棄，一路上我跟你說幾套武功。」穆念慈搖了搖頭，道：「不，我……我一個人走。妹子的好意可多謝了。」站起身來，從懷中取出一本冊子，交給郭靖，說道：「郭大哥，這本冊子中所記的事，跟鐵掌幫有關。你們見到七公之時，請交了給他老人家，說不定有些用處。」郭靖道：「是。」伸手接過。

穆念慈快步走遠，頭也不回的去了。

郭靖和黃蓉眼望她的背影在一排大柳樹後消失，兩人都是默然半晌。郭靖道：「她孤身一人，千里迢迢的回兩浙去，只盼她道上別再受歹人欺侮。好在她武功不弱，尋常壞人，她也不怕。」黃蓉道：「那也難說得很，就是像你我這樣，也免不了受歹人欺侮。」郭靖嘆道：「二師父常說：亂世之際，人不如狗，那也是沒法的事。」

黃蓉道：「好，咱們殺那啞巴狗去。」郭靖道：「甚麼啞巴狗？」黃蓉口中咦咦啊啊，指手劃腳的比了一陣。郭靖笑道：「咱們還坐這假啞巴的船？」黃蓉道：「自然要坐。裘千仞那老賊打得我好痛，怎麼能就此算了？老賊打不過，先去殺他幾個徒子徒孫再說。」

當下兩人又回酒樓來，只見那啞巴梢公正在酒樓前探頭探腦的張望，見到兩人回轉，臉露喜色，忙迎上來。靖蓉二人只作不知，隨他到碼頭落船。那船是一艘不大不小的烏篷船，載得八九十石米。沅江中這般船隻最多，湘西山貨下放，湖濱稻米上運，用的都是這些烏篷木船。只見船上兩名後生赤了膊正在洗刷甲板。

靖蓉二人上了船，那梢公解開船纜，把船撐到江心，張起布帆。這時南風正急，順風順水，那船如箭般向下游駛去。

郭靖想到楊康和穆念慈之事，不勝感歎，心想：「楊康是我義弟，結義兄弟該當是有福共享，有難同當。他如今誤入歧途，我不能不理，說甚麼也要勸得他改邪歸正才是。」斜倚在艙內船板之上，呆呆的出神。

黃蓉忽道：「穆姊姊給你的那本冊子讓我瞧瞧，不知寫著些甚麼。」郭靖從懷中取出給她。黃蓉一頁頁的翻閱，忽然叫道：「啊，原來如此。你快來瞧。」

郭靖挪動身子，坐到她身旁，從她手裏瞧那冊子。

此時天已向晚，朱紅的晚霞映射江心，水波又將紅霞反射到了黃蓉的臉上、衣上、書上，微微顫動。

原來這冊子是鐵掌幫第十三代幫主上官劍南所書，記著幫中逐年大事。那上官劍南原是韓世忠部下的將領。秦檜當權後岳飛遭害，韓世忠被削除兵權，落職閒住。他部下的官兵大半也是解甲歸田。上官劍南憤恨奸臣當道，領著一批兄弟在荊襄一帶落草，後來入了鐵掌幫。不久老幫主去世，他接任幫主之位。這鐵掌幫本來只是個小小幫會，經他力加整頓，多行俠義之事，兩湖之間的英雄好漢、忠義之士聞風來歸，不過數年聲勢大振，在江湖上駸尋已可以與北方的丐幫分庭抗禮。

上官劍南心存忠義，雖然身在草莽，卻是念念不忘衛國殺敵、恢復故土，經常派遣部屬在臨安、汴梁等地打探消息，以待時機。事隔多年，鐵掌幫中一名兄弟與當年看守岳飛的一名獄卒交好，得悉岳飛死後遺物入官，其中有一部兵法遺書，輾轉打聽之下，竟得悉是在皇宮之中。這訊息快馬報到鐵掌峯上，上官劍南即日盡點幫中高手，傾巢東下，夜入深宮，毫不費力的便將遺書盜了出來，當晚持書去見舊主韓世忠。

此時韓世忠年紀已老，與夫人梁紅玉在西湖邊上隱居，見到上官劍南送來的岳飛遺書，想起英雄冤死、壯志不售，不由得拔劍斫案、扼腕長嘆。他為紀念舊友，曾將岳飛生平所作的詩詞、書啓、奏議等等鈔成一卷，於是將這一卷鈔本也贈給了上官劍南，勉他繼承岳武穆的遺志，相率中原豪傑，盡驅異族，還我河山。

韓世宗與上官劍南談論之際，忽然想到：岳飛這部兵法中處處勉人忠義報國，以他生平抱負，此書定是有所為而作，決不是寫了要帶入墳墓的，料想因秦檜防範周密，以致無法傳遞出外。但想岳飛智計非凡，定有對策，卻不知他傳出來的消息輾轉落在何處，若是他所欲傳授之人得訊遲了，再到宮中去取，豈非要撲一個空？兩人商談之後，上官劍南於是繪了一幅鐵掌山的圖形，在夾層之中又藏一紙，上書：「武穆遺書，在鐵掌山，中指峯上，第二指節」十六個字。韓世忠只怕後來之人不解，又在畫上題了一首岳飛的舊詩，心想這部兵法的傳人若非岳飛的子弟，亦必是他舊部，自然知道此詩，當會對這畫細細參詳了。上官劍南再入皇宮，留下圖畫，以便後來者據此線索而到鐵掌幫取書。

上官劍南回到鐵掌山上，大會羣雄，計議北伐。豈知朝廷只是畏懼金人，對鐵掌幫一夥義士非但不加奬助，反而派兵圍剿。鐵掌幫畢竟人少勢弱，終於被打破山寨。上官劍南身受重傷，死在鐵掌峯上。

郭靖翻完冊子，喟然嘆道：「想不到這位上官幫主竟是一位好漢子。他臨死之時還牢牢抱著那部遺書。我只道他也和裘氏兄弟一般，勾結大金，賣國求榮，心中對他十分卑視，早知如此，對他的遺骨倒要恭恭敬敬的拜上幾拜。當年鐵掌幫中都是忠臣義士，到今卻變成了一夥奸賊。上官幫主地下有靈，不知要怎麼生氣了。」

說話之間，天已向黑，梢公駛船在一個村子旁攏了岸，殺雞做飯。黃蓉怕他在飯菜中做甚手腳，假意嫌他飯菜骯髒，自行拿了雞肉蔬菜，與郭靖上岸到村中農家做飯。那梢公吹鬚瞪眼，極是惱怒，苦於自裝啞巴，既無法出言相勸，又不便譏刺洩憤，又見黃蓉打起手勢來「妙語如珠、伶牙俐齒」，自己無論如何「辯」她不過，只得暗暗咬牙切齒，待靖蓉二人上了岸後，才在船艙中壓低了嗓子大罵。

飯罷，二人在農舍前樹蔭下乘涼。郭靖道：「那上官幫主當年逃上鐵掌峯後，官兵怎麼不上峯追捕？」黃蓉道：「這個我也想不通，多半中指峯地形險惡，眾官兵懶得要命，就不上去了；也說不定幫中好手扼守住峯上險要之處，官兵攻打不上，也就鳴金奏凱而去。」過了一會，又道：「想不到曲靈風曲師哥無意之中建了這個大功。」郭靖愕然不解。

黃蓉道：「這武穆遺書本來藏在大內翠寒堂旁的水簾石洞之中，上官劍南既將書盜了來，他畫的那幅畫，自然是放在原來藏書之處，是不是？」郭靖點頭道：「不錯。」黃蓉道：「我曲師哥被逐出桃花島後，眷戀師門，知道我爹爹喜愛書畫古玩，又想天下奇珍異寶，自然以皇宮之中最多，於是冒險入宮，盜了不少名畫法帖……」

郭靖接口道：「是啦，是啦。你曲師哥將這幅畫連同別的書畫一起盜了來，藏在牛家村密室之中，要想送給你爹爹，不幸被宮中侍衛打死。待完顏洪烈那奸賊到得皇宮之時，非但武穆遺書不見，連指點線索的這幅圖畫也不在了。唉，早知如此，咱們在水簾洞前大可不必拚命阻攔，我不會給老毒物打傷，你也不用操這七日七夜的心了。」黃蓉道：「那卻不然。你若不在牛家村密室養傷，又怎能見到這幅畫？又怎能……」

她想到也就是在牛家村中與華箏相見，不禁黯然，隔了一陣才道：「不知爹爹現今怎樣啦？」抬頭望著天邊一彎新月，輕輕的道：「八月中秋快到了。嘉興煙雨樓比武之後，你就回蒙古大漠了罷？」

郭靖道：「不，我先得殺了完顏洪烈那奸賊，給我爹爹和楊叔叔報仇。」黃蓉凝望月亮，道：「殺了他之後呢？」郭靖道：「還有很多事啊，要醫好師父身上的傷，要請周大哥到黑沼去找瑛姑。要到六位師父家裏，一家家的去瞧瞧；再得去找到我爹爹的墳墓。」黃蓉道：「這一切全辦好之後，你總得回蒙古去了罷？」

郭靖不能說去，又不能說不去，實在也不知該如何是好。黃蓉忽然笑道：「我真傻，儘想這些幹麼？乘著咱倆在一塊兒，多快活一刻是一刻，這樣的好日子過一天便少一天。咱們回船去，捉弄那假啞巴玩兒。」

兩人回到船中，梢公和兩個後生卻已在後梢睡了。郭靖在黃蓉耳邊道：「你睡罷，我留神著他們。」黃蓉低聲道：「我教你幾個啞巴罵人的手勢，明天你做給他看。」郭靖道：「你自己幹麼不做？」黃蓉輕笑道：「那是粗話，女孩兒家說不出口。」郭靖心想：「原來啞巴也會罵人。」說道：「你先休息一會，明天再罵他不遲。」黃蓉傷後元氣未復，確感倦怠，把頭枕在郭靖腿上，慢慢睡著了。

郭靖本擬打坐用功，但恐梢公起疑，當下橫臥艙板，默默記誦一燈大師所授九陰真經中梵文所錄內功，依法照練，練了約莫半個時辰，只覺四肢百骸都充塞勁力，正自歡喜，忽聽得黃蓉迷迷糊糊的道：「靖哥哥，你別娶那蒙古公主，我自己要嫁給你的。」郭靖一怔，不知如何回答，只聽她又道：「不，不，我說錯了。我不求你甚麼，我知道你心中喜歡我，那就夠啦。」郭靖低聲叫了兩聲：「蓉兒，蓉兒。」黃蓉卻不答應，鼻息微聞，又沉沉睡去，原來剛才說的是夢話。

郭靖又愛又憐，但見淡淡的月光鋪在黃蓉臉上，此時她重傷初痊，血色未足，臉肌被月光一照，白得有似透明一般。郭靖呆呆的望著，過了良久，只見她眉尖微蹙，眼中流出幾滴淚水來。郭靖心道：「她夢中必是想到了咱倆的終身之事，莫瞧她整日價似乎無憂無慮，嘻嘻哈哈的，其實心中卻不快活。唉，是我累得她這般煩惱，當日在張家口她若不遇上我，於她豈不是好？可是我呢？我又捨得撇下她嗎？」

一個人在夢中傷心，一個睜著眼兒愁悶，忽聽得水聲響動，一艘船從上游駛了下來。郭靖心想：「這沅江之中水急灘險，甚麼船隻恁地大膽，竟在黑夜行舟？」正想探頭出去張望，忽聽得坐船後梢上有人輕輕拍了三下手掌，拍掌之聲雖輕，但在靜夜之中，卻在江面上遠遠傳了出去。接著聽得收帆扳槳之聲，原在江心下航的船向右岸靠將過來，不多時，已與郭靖的坐船並在一起。

郭靖輕輕拍醒黃蓉，只覺船身微微一晃，忙掀起船篷向外張望，見一個黑影從自己船上躍往來船，瞧身形正是那啞巴梢公模樣。郭靖道：「我過去瞧瞧，你守在這兒。」黃蓉點了點頭。郭靖矮著身子，躡足走到船首，見來船搖晃未定，縱身躍起，落在桅桿的橫桁之上，落點正好在那船正中，船身微微往下一沉，並未傾側，船上各人絲毫未覺。他貼眼船篷，從縫隙中向下瞧去，只見船艙中站著三名黑衣漢子，都是鐵掌幫的裝束，其中一人身形高大，頭纏青布，似是首領。

郭靖身法好快，那假裝啞巴的梢公雖比他先躍上來船，但此時也剛走入船艙向那大漢躬身行禮，叫了聲：「喬寨主。」那喬寨主問道：「兩個小賊都在麼？」梢公道：「是。」喬寨主又問：「他們可起甚麼疑心？」那梢公道：「疑心倒沒有。只是兩個小賊不肯在船上飲食，做不得手腳。」喬寨主哼了一聲，道：「左右叫他們在青龍灘上送命。後日正午，你們船過青龍灘，到離灘三里的青龍集，你就折斷船舵，咱們候在那裏接應。」那啞梢公應了。喬寨主又道：「這兩個小賊功夫厲害得緊，可千萬小心了。事成之後，幫主必有重賞。你從水裏回去，別晃動船隻，驚動了他們。」那梢公道：「是。喬寨主還有甚麼吩咐？」喬寨主擺擺手道：「沒有了。」那梢公行禮退出，從船舷下水，悄悄游回。

郭靖雙足在桅桿上一撐，回到了坐船，將聽到的言語悄悄與黃蓉說了。黃蓉冷笑道：

「一燈大師那裏這般的急流，咱倆也上去了，還怕甚麼青龍險灘、白虎險灘？睡罷。」既知賊人陰謀，兩人反而寬懷，次日在舟中觀賞風景，安心休息，晚上也不必守夜。

到第三日早晨，那梢公正要啓錨開船，黃蓉道：「且慢，先把馬匹放上岸去，莫在青龍灘中翻船，送了性命。」那梢公微微變色，只是假裝不懂。黃蓉雙手揚起，忍不住要「說」幾句粗話罵他，桃花島上的啞僕個個邪惡狠毒，罵人的「言語」自也不凡，黃蓉幼時學會，其實也不明其中含意，這時她左手兩指剛圍成圓圈，終覺不雅，格格幾聲輕笑，放下手來，自與郭靖牽馬上岸。

郭靖忽道：「蓉兒，別跟他們鬧著玩了。咱們從這裏棄船乘馬就是啦。」黃蓉道：「為甚麼？」郭靖道：「鐵掌幫陰險小人，何必跟他們計較？咱倆只要太太平平的廝守在一起，比甚麼都強。」

黃蓉道：「難道咱倆當真能太太平平的廝守一輩子？」郭靖默然，眼見黃蓉鬆開小紅馬的轡繩，指著向北的途徑。那小紅馬甚有靈性，數次離開主人，這時知道主人又要暫離，當下更不遲疑，放開足步向北奔去，片刻間沒了蹤影。

黃蓉拍手道：「下船去罷。」郭靖道：「你身子尚未復原，何必定要干冒危險？」黃蓉道：「你不來就算了。」自行走下江邊斜坡，上了烏篷船。郭靖無奈，只得跟著上船。黃蓉笑道：「傻哥哥，咱們此刻在一起多些希奇古怪的經歷，日後分開了，便多有點事情回想，豈不是好？」郭靖道：「咱們日後難道……難道當真非分開不可？」黃蓉凝視著他臉不答。郭靖心頭一片茫然，當時在牛家村一時意氣，答應了拖雷要娶華箏，此後才體會到其中的傷痛慘酷。

又駛了一個多時辰，眼見日將當午，沅江兩旁羣山愈來愈是險峻，料想那青龍灘已不在遠。靖蓉二人站在船頭眺望，只見上行的船隻都由人拉縴，大船的縴夫多至數十人，最小的小船也有三四人。每名縴夫弓身彎腰，一步步的往上挨著，額頭幾和地面相觸，在急流衝激之下，船隻竟似釘住不動一般。眾縴夫都是頭纏白布，上身赤膊，古銅色的皮膚上滿是汗珠，在烈日下閃閃發光，口中大聲吆喝，數里長的河谷間呼聲此伏彼起，綿綿不絕。下行的船隻卻是順流疾駛而下，剎那間掠過了一羣羣縴夫。

郭靖見了這等聲勢，不由得暗暗心驚，低聲向黃蓉道：「蓉兒，我先前只道沅江水勢縱險，咱倆卻也不放在心上。現下瞧這情勢，只怕急灘極長，若是坐船翻了，你身子沒好全，怕有不測。」黃蓉道：「依你說怎生處？」郭靖道：「打倒啞巴梢公，攏船靠岸。」黃蓉搖頭道：「那不好玩。」郭靖急道：「現下怎是玩的時候？」黃蓉抿嘴笑道：「我就是愛玩嘛！」郭靖見混濁的江水束在兩旁陡峯之間，實是湍急已極，心中暗自計議，但他心思遲鈍，又計議得出甚麼來？

那江轉了個彎，遠遠望見江邊有數十戶人家，房屋高高低低的倚山而建。急流送船，勢逾奔馬，片刻間就到了房屋邊。只見岸上有數十名壯漢沿江相候，啞梢公將船上兩根纜索拋上岸去，眾壯漢接住了，套在一個大絞盤上。十多人扳動絞盤，把船拉到岸邊。

這時下游又駛上一艘烏篷船，三十多名縴夫到這裏都是氣喘吁吁，有的便躺在江邊，疲累之極，再也動彈不得。郭靖心道：「瞧來下面的江水比這裏更急得多。」又見縴夫中有幾個是花白頭髮的老者，有幾個卻是十四五歲的少年，都是面黃肌瘦，胸口肋骨根根凸出，驀地裏覺得世上人人皆苦，不由得喉頭似乎有物哽住了。

船靠岸後，那梢公拋下鐵錨，郭靖見山崖邊還泊著二十幾艘船。黃蓉問身旁一個男子道：「大哥，這兒是甚麼地方？」那男子道：「青龍集。」

黃蓉點點頭，留神啞梢公的神情，只見他與斜坡上一名大漢做了幾下手勢，突然取出一柄斧頭，兩下猛砍，便斬斷了纜索，跟著伸手提起了鐵錨。那船給湍急的江水一沖，驀地裏側身橫斜，轉了個圈子，飛也似的往下游衝去。岸上眾人都大聲驚呼起來。

一過青龍集，河床陡然下傾，江水噴濺注瀉。啞梢公雙手掌舵，雙眼目不轉睛的瞪視著江面。兩名後生各執長篙，分站在他兩側，似是預防急流中有甚不測，又似護衛啞梢公，怕靖蓉二人前來襲擊。

郭靖見水流愈來愈急，那船狂衝而下，每一瞬間都能撞上山石，碰成碎片，高聲叫道：「蓉兒，搶舵！」說著拔步奔往後梢。兩名後生聽見叫聲，長篙挺起，各守一舷。郭靖那把這兩人放在眼裏，疾往右舷衝去。

黃蓉叫道：「慢著！」郭靖停步回頭，問道：「怎麼？」黃蓉低聲道：「你忘了鵰兒？待船撞翻，咱倆乘鵰飛走，瞧他們怎麼辦。」郭靖大喜，心想：「蓉兒在這急流中有恃無恐，原來早就想到了這一著。」招手將雙鵰引在身旁。那啞梢公見他正要縱身搶來，忽又止步，不知兩人已有避難之法，還道兩個乳臭未乾的娃娃被湍急的江水嚇得手足無措，沒了主意，心中暗暗歡喜。

轟轟水聲之中，忽然遠處傳來縴夫的齊聲吆喝，剎時之間，已瞧見迎面一艘烏篷船逆水駛來，桅桿上一面黑旗迎風招展。啞梢公見了這船，提起利斧，喀喀幾聲，砍斷了舵柄，站在左舷，只待那黑旗船擦身而過時便即躍上。

郭靖按著雌鵰的背叫道：「蓉兒，你先上！」黃蓉卻道：「不用急！」心念一轉，叫道：「靖哥哥，擲鐵錨打爛來船。」郭靖依言搶起鐵錨。這時坐船失了舵掌，順水猛往來船衝去。眼見兩船相距已只丈餘，來船轉舵避讓，江上船夫與山邊縴夫齊聲大呼，郭靖奮力一擲，鐵錨疾飛出去，撞向來船船頭的縴桿。

那縴桿被幾條百丈竹索拉得緊緊的，扳成了弓形，鐵錨這麼攔腰撞到，喀喇一聲巨響，斷成了兩截。數十名縴夫正出全力牽引，竹索斗然鬆了，人人俯跌在地。那船登時有如紙鷂斷線，在水面上急轉幾圈，便即尾前首後的向下游衝去。眾人更是大聲驚呼，頃刻間人聲水聲，在山峽間響成一片。

啞梢公出其不意，驚得臉色慘白，縱聲大叫：「喂，救人哪，救人哪！」黃蓉笑道：「啞巴會說話啦，當真是天下奇聞。」郭靖擲出一錨，手邊尚有一錨，只見坐船與來船並肩順流衝下，相距甚近，當下吸一口氣，雙手舉錨揮了幾揮，身子連轉三個圈子，一半運力，一半借勢，脫手將鐵錨擲向前船尾舵。

眼見這一下要將舵柄打得粉碎，兩船俱毀已成定局，忽然前船艙中躍出一人，搶起長篙刺出，篙身輕顫，貼在鐵錨柄上，那人勁力運處，竹篙彎成弧形，拍的一響，篙身中折，但鐵錨被長篙這麼一掠，去勢偏了，只見水花飛濺，鐵錨和半截長篙都落入了江心。持篙那人身披黃葛短衫，一部白鬍子在疾風中倒捲到耳邊，站在顛簸起伏的船梢上穩然不動，威風凜凜，正是鐵掌幫幫主裘千仞。

靖蓉二人見他斗然間在這船上現身，不由得吃了一驚，心念甫轉，只聽喀喇喇一聲巨響，坐船船頭已迎面撞上一座礁石，這一下把兩人震得直飛出去，後心撞在艙門之上。江水來得好快，頃刻間已沒至足踝，這時要騎上鵰背，也已不及。

當此緊急關頭更無餘暇思索，郭靖飛身縱起，叫道：「跟我來！」一招「飛龍在天」，和身直撲，猛向裘千仞撞去。他知這時候生死間不容髮，若在敵船別處落足，裘千仞定然不待他站穩即行從旁襲擊，以他功力，自己必然禁受不起，現下迎面猛攻，逼他先取守勢，便有間隙在敵船取得立足之地。

裘千仞知他心意，半截竹篙一擺，在空中連刺數點，叫他拿不準刺來方向，虛虛實實，變幻不定。郭靖暗叫：「不好。」伸臂格向篙頭，身子續向敵船落去，但這麼出臂一格，那一招「飛龍在天」的勢頭立時減弱。裘千仞一聲長嘯，竹篙脫手，併掌往郭靖當胸擊去，已踏實地，敵在半空，掌力一交上了，非將他震入江中不可。

那竹篙尚在半空未落，突然橫來一根竹棒在篙上一搭，借勢躍來一人，正是黃蓉。她人未至，棒先到，凌虛下擊，連施三下殺手。裘千仞料不到她來勢竟是這般迅捷，左眼險被棒端戳中，只得還掌擋格。郭靖乘機站上船梢，出招夾擊。裘千仞不敢怠慢，側身避過竹棒，右腿橫掃，將郭靖逼開一步，隨即呼呼拍出兩掌。

這鐵掌功夫豈同尋常？鐵掌幫開山建幫，數百年來揚威中原，靠的就是這套掌法，到了上官劍南與裘千仞手裏，更多化出了不少精微招數，威猛雖不及降龍十八掌，可是掌法精奇巧妙，猶在降龍十八掌之上。兩人頃刻之間已在後梢頭拆了七八招，心中各存忌憚，掌未使足，已然收招，水聲雖響，卻也蓋不了四張手掌上發出的呼呼風聲。

這時鐵掌幫中早有幫眾搶上來掌住了舵，慢慢轉過船來，頭前尾後，向下游急駛。啞梢公所乘那船早已碎成兩截，船板、布帆、啞梢公和兩個後生都在一個大漩渦中團團打轉。啞梢公大聲慘呼，遠遠傳送過來，果然是聲音洪亮。黃蓉百忙中左手向身後揮出，做個手勢，終於還是「罵」了他一句，反正無人瞧見，也就不算不雅。啞梢公等三人雖竭力掙扎，那逃得出水流的牽引，轉眼間捲入了漩渦中心，直沒江底。

黑旗船順水疾奔。黃蓉回頭一望，漩渦已在兩三里之外。雙鵰在空中盤旋飛翔，不住啼鳴。黃蓉揮動竹棒，把船上幫眾逼向船頭，返身正要相助郭靖雙戰裘千仞，眼角間瞥見船艙中刀光閃動，有人舉刀猛向甚麼東西砍了下去。

她也不及看清那人要砍的是甚麼，左手一揚，一把金針飛出，都釘上他手腕手臂。那人的鋼刀順勢落下，卻砍在自己右腿之上，大聲叫了起來。黃蓉搶入船艙，舉腳將他踢開，只見艙板上橫臥著一人，手足被縛，動彈不得。只見那人一對眼冷冷的望著自己，卻是神算子瑛姑。

黃蓉萬料不到竟會在此處救了她性命，當即拾起艙板上鋼刀，割斷她手上繩索。瑛姑雙手脫縛，右手斗地伸出，施展小擒拿手從黃蓉手裏奪過鋼刀。黃蓉猝不及防，但見刀光閃動，瑛姑已一刀將那黑衣漢子殺死，這才彎腰割斷她自己腳上繩索，說道：「你雖救了我，可別盼我將來報答。」黃蓉笑道：「誰要你報答了？你救過我，今日我也救你一次，正好扯直，以後咱們誰也不欠誰的情。」

黃蓉說著後半句時，已搶到船梢，伸竹棒上前相助郭靖。裘千仞腹背受敵，掌上加勁，倒也支持得住。但聽得撲通、撲通、啊喲、啊唷之聲連響，瑛姑持刀將船上幫眾一一逼入了江中。在這激流之中，再好的水性也逃不了性命。

裘千仞與郭靖對掌，本已漸佔上風，但黃蓉使打狗棒法上來加攻，他以一敵二，十餘招以後，不由得左支右絀，繞著船舷不住倒退，他背心向著江面，教黃蓉攻不到他後背。郭靖連使狠招，裘千仞雙足猶似釘在船舷上一般，再也逼不動他半寸，這時只消退得一步，立時身墮江心。黃蓉心道：「你雖然外號『鐵掌水上飄』，但這『水上飄』三字也只是你自吹輕功了得，莫說在這江中的駭浪驚濤之上，就是湖平如鏡，畢竟也不能在水面飄行。除非學你老兄的法子，先在水底下打上幾千幾百根木樁。」又見他出掌沉穩，目光不住向江面上眺望，似在盼望再有船隻駛來援手，心想：「你這傢伙武功雖高，但今日是以三敵一之局，若再奈何不了你，咱們也算得膿包之至了。」

這時瑛姑已將船上幫眾掃數驅入水中，只留下掌舵的一人，見靖蓉二人一時不能得手，冷笑道：「小姑娘讓開了，我來。」黃蓉聽她言語中意存輕視，不禁有氣，竹棒前伸，連攻兩招，這是以進為退，待裘千仞側身相避，便即躍後兩步，拉了拉郭靖的衣襟，說道：「讓她來打。」郭靖收掌護身，退了下來。

瑛姑冷笑道：「裘幫主，你在江湖上也算名氣不小，卻乘我在客店中睡著不防，用迷香害我。這般下三濫的勾當，虧你也做得出來。」裘千仞道：「你給我手下人擒住，還說甚麼嘴？若是我自己出馬，只憑這雙肉掌，十個神算子也拿住了。」瑛姑冷冷的道：「我甚麼地方得罪鐵掌幫啦？」裘千仞道：「這兩個小賊擅闖我鐵掌峯聖地，你幹麼收留在黑沼之中？我好言求你放人，你竟敢謊言包庇，你當我裘千仞是好惹的麼？」瑛姑道：「啊，原來是為了這兩個小賊。你有本事儘管拿去，我才不理會這些閒事呢。」說著退後幾步，抱膝坐在船舷，神情閒逸，竟是存定了隔山觀虎鬥之心，要靖蓉二人和裘千仞拚個兩敗俱傷。她這麼一來，倒教裘千仞、郭靖、黃蓉三人都大出意料之外。

原來瑛姑當時行刺一燈大師，被郭靖以身相代，又見一燈袒胸受刃，忽然天良發現，再也不忍下手，下得山來，愛兒慘死的情狀卻又在腦際縈繞不去。她在客店中心煩意亂，憤怨糾結，於神不守舍之際，竟被鐵掌幫用迷藥做翻，否則以她的精明機伶，豈能折在無名小輩之手？這時見了靖蓉二人，滿腔怨毒無處發洩，竟盼他們三人在這急流中同歸於盡。

黃蓉心道：「好，我們先對付了裘千仞，再給你瞧些好的。」向郭靖使個眼色，兩人一使竹棒，一發雙掌，並肩向裘千仞攻去，頃刻間三人又打了個難解難分。瑛姑凝神觀鬥，見裘千仞掌力雖然淩厲，終是難勝二人，但見他不住移動腳步，似是要設法出奇制勝。

郭靖怕黃蓉重傷初愈，鬥久累脫了力，說道：「蓉兒，你且歇一會，待一忽兒再來助我。」黃蓉笑道：「好！」提棒退下。

瑛姑見二人神情親密，郭靖對黃蓉體貼萬分，心想：「我一生之中，幾時曾有人對我如此？」由羨生妒，因妒轉恨，忽地站起身來，叫道：「以二敵一，算甚麼本事？來來來，咱四人兩對兩的比個輸贏。」雙手在懷中一探，取出兩根竹籌，不待黃蓉答話，雙籌縱點橫打，向她攻了過去。黃蓉罵道：「失心瘋的婆娘，難怪老頑童不愛你。」瑛姑雙眉倒豎，攻勢更厲。她這一出手，船上形勢立變。黃蓉打狗棒法雖然精妙，畢竟遠不如她功力深厚，何況重傷之後，內力未復，身法頗減靈動，只得以「封」字訣勉力擋架。瑛姑滑溜如魚，在這顛簸起伏、搖晃不定的船上，更能大展所長。

那邊郭靖與裘千仞對掌，一時倒未分勝敗。郭靖自得一燈大師指點武學精要，這些日子來功力又深了一層，勉力支撐，居然尚能自保。裘千仞見瑛姑先由敵人變為兩不相助、忽又由兩不相助變為出手助己，雖感莫名其妙，卻不禁暗暗叫好，精神一振，掌力更為沉狠，料得定時候稍長，對手終究會抵敵不住，眼見郭靖揮掌猛擊而來，當即側身，避過正面鋒銳，右掌高，左掌低，同時拍出。郭靖回掌兜截，四掌相接，各使內勁。兩人同時「嘿」的一聲呼喊，都退出了三步。裘千仞退向後梢，拿住了勢子。郭靖左腳卻在船索上一絆，險些跌倒，他怕敵人乘虛襲擊，索性乘勢翻倒，一滾而起，使掌護住門戶。

裘千仞勝算在握，又見他跌得狼狽，不由得哈哈一聲長笑，踏步再上。

瑛姑已把黃蓉逼得氣喘吁吁，額頭見汗，正感快意，突然間聽到笑聲，不由得心頭大震，臉色劇變，左手竹籌發出了竟忘記撤回。黃蓉見此空隙，正是良機難逢，竹棒急轉，點向她的前胸，棒端正要戳中她胸口「神藏穴」，驀見瑛姑身子顫動，如中風邪，大叫一聲：「原來是你！」勢若瘋虎般直撲裘千仞。

裘千仞見她雙臂猛張，這一撲直已把性命置之度外，口中惡狠狠的露出一排白牙，似要牢牢將自己抱住，再咬下幾口肉來，他雖武功高強，見了這般拚命的狠勁，也不由得吃驚，急忙旁躍避開，叫道：「你幹甚麼？」

瑛姑更不打話，一撲不中，隨即雙足一登，又向他撲去。裘千仞左掌掠出，往她肩頭擊落，滿擬她定要伸手相格，豈知瑛姑不顧一切，對敵人來招絲毫不加理會，仍是向他猛撲。裘千仞大駭，心想只要給這瘋婦抱住了，只怕急切間解脫不開，那時郭靖上來一掌，自己那有性命？當下顧不得掌擊敵人，先逃性命要緊，疾忙矮身竄向左側。

黃蓉拉著郭靖的手，讓在一邊，見瑛姑突然發瘋，不禁甚感驚懼，但見她狂縱狠撲，口中荷荷發聲，張嘴露牙，拚著命要抱住裘千仞。

裘千仞武功雖高，但瑛姑豁出了性命不要，實是奈何她不得，只得東閃西避，眼見她臉上肌肉扭曲，神情猙獰，心中愈來愈怕，暗叫：「報應，報應！今日當真要命喪這瘋婦之手。」瑛姑再撲幾次，裘千仞已避到了舵柄之旁。瑛姑眼中如要噴血，一抓又是不中，手掌起處，蓬的一聲把掌舵漢子打入江中，接著飛起一腳，又踢斷了舵柄。

那船一失掌舵，在急流中立時亂轉。黃蓉暗暗叫苦：「這女子遲不遲，早不早，偏在這時突然發起瘋來，看來咱們四人都難逃命。」當下撮唇作嘯，要召雙鵰下來救命。就在此時，那船突然打橫，撞向岸邊岩石，砰的一聲巨響，船頭破了一個大洞。

裘千仞見瑛姑踢斷舵柄，已知她決意與己同歸於盡，眼見離岸不遠，心想不管是死是活，非冒險逃命不可，斗然提氣向岸上縱去。這一躍雖然使了全力，終究上不了岸，撲通一聲，跌入水裏，立時沉至江底，他知道身子一冒上來，立時被急流沖走，再也掙扎不得，當即牢牢攀住水底巖石，手足並用，急向岸邊爬去，仗著武功卓絕，岸邊水勢又遠不如江心湍急，雖吃了十多口水，終於爬上了岸。他筋疲力盡，坐在石上喘氣，但見那船在遠處已成為一個黑點，想起瑛姑咬牙切齒的神情，兀自心有餘悸。

瑛姑見裘千仞離船逃脫，大叫：「惡賊，逃到那裏去？」奔向船舷，跟著要躍下水去。這時那船又已給急流沖回江心，在這險惡的波濤之中，下去那有性命？郭靖心下不忍，奔上抓住她後心。瑛姑大怒，回手揮去，郭靖急忙低頭避過。

黃蓉見雙鵰已停在艙面，叫道：「靖哥哥，理這瘋婦作甚？咱們快走。」

江水洶湧，轉瞬間便要浸到腳面，郭靖鬆開了手，只見瑛姑雙手掩面，放聲大哭，不住慘呼：「兒啊！兒啊！」黃蓉連聲催促。郭靖想起一燈大師的囑咐，命他照顧瑛姑，叫道：「你快乘鵰上岸，再放回來接我們。」黃蓉急道：「那來不及啊。」郭靖道：「你快走！咱們不能負了一燈大師的託付。」

黃蓉想起一燈的救命之恩，登感躊躇，正自徬徨無計，突然身子一震，轟的一聲猛響，船身又撞中了江心一塊大礁，江水直湧進艙，船身頃刻間沉下數尺。黃蓉叫道：「跳上礁去！」郭靖點點頭，躍過去扶住瑛姑。

這時瑛姑如醉如癡，見郭靖伸手來扶，毫不抗拒，雙眼發直，望著江心。郭靖右手托住她的腋下，叫道：「跳！」三人一齊躍上了礁石。那礁石在水面下約有尺許，江水在三人身周奔騰而過，濺得衣衫盡濕，待得三人站定，那艘烏篷船已沉在礁石之旁。黃蓉雖然自幼與波濤為伍，但見滾滾濁流掠身瀉注，也不禁頭暈目眩，抬頭向天，不敢平視江水。

郭靖作哨呼鵰，要雙鵰下來揹人。不料雙鵰怕水，盤旋來去，始終不敢停到浸在水面下的礁石上來。黃蓉四下一望，見左岸挺立著一棵大柳樹，距礁石不過十來丈遠，當下心生一計，道：「靖哥哥，你拉住我手。」郭靖依言握住她左手，只聽咕咚一響，黃蓉溜入了江中。郭靖大驚，見她向水下沉船潛去，忙伏低身子，自己的上身也浸入了水中，儘量伸長手臂，雙足牢牢鉤住礁石上一塊凸出的尖角，右手用勁握住她左腕，唯恐江水沖擊之力太強，一個脫手，那她可永遠不能上來了。

黃蓉潛向沉船桅桿，扯下帆索，回身上礁，雙手交互將船上的帆索收了上來。待收到二十餘丈，她取出匕首割斷繩索，然後伸出臂去，招呼雌鵰停在她肩頭。這時雙鵰身量已長得頗為沉重，郭靖怕她禁受不起，伸臂接過。

黃蓉將繩索一端縛在雌鵰足上，向大柳樹一指，打手勢叫牠飛去。雌鵰拖著繩索在柳樹上空打了幾個盤旋，重又飛回。黃蓉急道：「唉，我是叫你在樹上繞一轉再回來。」可是那鵰不懂言語，只急得她不住嘆氣。直試到第八次上，那鵰才碰巧繞了柳樹一轉回來。靖蓉二人大喜，將繩索的兩端用力拉緊，牢牢縛在礁石凸出的尖角上。

郭靖道：「蓉兒，你先上岸罷。」黃蓉道：「不，我陪你，讓她先去。」瑛姑向兩人瞪了一眼，也不說話，雙手拉著繩子，交互換手，上了岸去。

黃蓉笑道：「小的侍候一套玩意兒，郭大爺，您多賞賜罷！」一躍上繩，施展輕身功夫，就像賣藝的姑娘空中走繩一般，揮舞竹棒，橫過波濤洶湧的江面，到了柳樹枝上。

郭靖沒練過這功夫，只怕失足，不敢依樣葫蘆，也如瑛姑那般雙手攀繩，身子懸在繩下，吊向岸邊，眼見離岸尚有數丈，忽聽黃蓉叫道：「咦，你到那裏去？」聽她語氣之中頗有驚訝之意，郭靖怕瑛姑神智未清，出了甚麼亂子，急忙雙手加快，不等攀到柳樹，已一躍而下。黃蓉指著南方，叫道：「她走啦。」郭靖凝目而望，只見瑛姑在亂石山中全力奔跑，說道：「她心神已亂，一個人亂走只怕不妥，咱們追。」黃蓉道：「好罷！」提足要跑，突然雙腿酸軟，隨即坐倒，搖了搖頭。

郭靖知她傷後疲累過度，不能再使力奔跑，說道：「你坐著歇歇，我去追她回來。」當下向瑛姑奔跑的方向發足急趕，轉過一個山坳，前面共有三條小路，瑛姑卻已人影不見，不知她從何而去。此處亂石嵯峨，長草及胸，四野無人，眼見夕陽下山，天漸昏暗，又怕黃蓉有失，只得廢然而返。

兩人在亂石中忍飢過了一宵，次晨醒來，沿著江邊小路而下，要尋到小紅馬再上大路。走了半日，找到一家小飯店打尖，買了三隻鷄，一隻自吃，兩隻餵了雙鵰。

雙鵰停在高樹之上，把兩頭公鷄啄得毛羽紛飛，酣暢吞食，驀地裏那雌鵰縱身長鳴，拋下半隻沒吃完的公鷄，振翅向北飛去。那雄鵰飛高一望，鳴聲啾急，隨後急趕。郭靖道：「兩頭鵰兒的叫聲似乎甚是忿怒，不知見到了甚麼？」黃蓉道：「瞧瞧去。」

兩人跑上大路，只見雙鵰在遠處盤翔兩周，突然同時猛撲而下，一撲即起，打了幾個圈子，又再撲下。郭靖道：「遇上了敵人。」兩人加快腳步趕去，追出兩三里，只見前面房屋櫛比鱗次，是個市鎮，雙鵰卻在空中交叉來去，似是失了敵蹤。

二人趕到鎮外，招手命雙鵰下來，雙鵰卻不理會，只是四下盤旋找尋。郭靖道：「這鵰兒不知跟誰有這麼大的仇。」過了好一陣，雙鵰才先後下來。只見雄鵰左足上鮮血淋漓，一條刀痕著實不淺，若非筋骨堅硬，那隻腳已給砍下來了，再看雌鵰，卻見牠右爪牢牢抓著一塊黑黝黝之物，取出看時，原來是塊人的頭皮，帶著一大叢頭髮，想來是被牠硬生生從頭上抓下來的，頭皮的一邊鮮血斑斑。

黃蓉替雄鵰在傷足上敷了金創藥。郭靖將頭皮翻來翻去的細看，沉吟道：「這對鵰兒自小十分馴良，若不是有人相犯，決不會輕意傷人，怎會突然跟人爭鬥？」黃蓉道：「其中必有蹊蹺，只要找到這失了一塊頭皮之人就明白了。」兩人在鎮上客店中宿了，分頭出去打聽。但那市鎮甚大，人煙稠密，兩人訪到天黑，絲毫不見端倪。郭靖道：「我到處找尋沒了一片頭皮之人，始終找不到。」黃蓉微笑道：「那人沒了頭皮，想必要戴上頂帽兒遮住。」郭靖大叫一聲：「咦！」恍然大悟，想起適才在鎮上所見，戴帽之人著實不少，卻也無法再去一一揭下他們的帽子來察看。

次晨雙鵰飛出去將小紅馬引到。兩人記掛洪七公的傷勢，又想中秋將屆，煙雨樓頭有比武之約，雙鵰與人結仇，也非大事，當即啓程東行。

兩人同騎共馳，小紅馬奔行迅速，雙鵰飛空相隨。一路上黃蓉笑語盈盈，嬉戲歡暢，尤勝往時，雖至午夜，仍是不肯安睡。郭靖見她疲累，常勸她早些休息，黃蓉只是不理，有時深夜之中，也抱膝坐在榻上，尋些無關緊要的話頭，和他有一搭沒一搭的胡扯。

這日從江南西路到了兩浙南路境內，縱馬大奔了一日，已近東海之濱。兩人在客店中歇了，黃蓉向店家借了一隻菜籃，要到鎮上買菜做飯。

郭靖勸道：「你累了一天，將就吃些店裏的飯菜算啦。」黃蓉道：「我是做給你吃，難道你不愛吃我做的菜麼？」郭靖道：「那自然愛吃，只是我要你多歇歇，待將養好了，慢慢再做給我吃也不遲。」黃蓉道：「待我將養好了，慢慢再做……」臂上挽了菜籃，一隻腳跨在門檻之外，竟自怔住了。

郭靖尚未明白她的心思，輕輕從她臂上除下菜籃，道：「是啊，待咱們找到師父，一起吃你做的好菜。」

黃蓉呆立了半晌，回來和衣倒在床上，不久似乎是睡著了。

店家開飯出來。郭靖叫她吃飯。黃蓉一躍而起，笑道：「靖哥哥，咱們不吃這個，你跟我來。」郭靖依言隨她出店，走到鎮上。

黃蓉揀一家白牆黑門的大戶人家，繞到後牆，躍入院中。郭靖不明所以，跟著進去。黃蓉逕向前廳闖去，只見廳上燈燭輝煌，主人正在請客。

黃蓉大喜，叫道：「妙極！這可找對了人家。」笑嘻嘻的走上前去，喝道：「通統給我滾開。」廳上筵開三席，賓主三十餘人一齊吃了一驚，見她是個美貌少女，個個相顧愕然。黃蓉順手揪住一個肥胖客人，腳下一勾，摔了他一個觔斗，笑道：「還不讓開？」眾客一轟而起，亂成一團。主人大叫：「來人哪，來人哪！」

嘈雜聲中，兩名教頭率領十多名莊客，掄刀使棒，打將入來。黃蓉笑吟吟的搶上，不兩招已將兩名教頭打倒，奪過一把鋼刀，舞成一團白光，假意向前衝殺。眾莊客發一聲喊，跌跌撞撞，爭先恐後的都逃了出去。

主人見勢頭不對，待要溜走，黃蓉縱上去一把扯住他鬍子，右手掄刀作勢便砍。那主人慌了手腳，雙膝跪倒，顫聲道：「女……女大王……好……姑娘……你要金銀，立時……馬上取出獻上，只求你饒我一條老命……」黃蓉笑道：「誰要你金銀？快起來陪我們飲酒。」左手揪著他鬍子提了上來。那主人吃痛，卻是不敢叫喊。

黃蓉一扯郭靖，兩人居中在主賓的位上坐下。黃蓉叫道：「大家坐啊，怎麼不坐了？」手一揚，一把明晃晃的鋼刀插在桌上。眾賓客又驚又怕，擠在下首兩張桌邊，無人敢坐到上首的桌旁來。黃蓉喝道：「你們不肯陪我，是不是？誰不過來，我先宰了他？」眾人一聽，紛紛擁上，你推我擠，倒把椅子撞翻了七八張。黃蓉喝道：「又不是三歲小孩，好好兒坐也不會嗎？」眾賓客推推擠擠，好半晌才分別在三張桌邊坐定了。

黃蓉自斟自飲，喝了一杯酒，問主人道：「你幹麼請客，家裏死了人嗎？死了幾個？」主人結結巴巴的道：「小老兒晚年添了個孩兒，今日是彌月湯餅之會，驚動了幾位親友高鄰。」黃蓉笑道：「那很妙啊，把小孩抱出來瞧瞧。」

那主人面如土色，只怕黃蓉傷害了孩子，但見到席上所插的鋼刀，卻又不敢不依，只得命奶媽抱了孩子出來。黃蓉抱過孩子，在燭光下瞧瞧他的小臉，再望望主人，側頭道：「一點也不像，只怕不是你生的。」那主人神色尷尬，全身顫抖，只道：「是，是！」也不知他說確是他自己生的，還是說：「姑娘之言甚是。」眾賓客覺得好笑，卻又不敢笑。黃蓉從懷裏掏出一錠黃金，交給奶媽，又把孩子還給了她，道：「小意思，算是他外婆的一點見面禮罷。」眾人見她小小年紀，竟然自稱外婆，又見她出手豪闊，個個面面相覷。那主人自是喜出望外，連聲稱謝。

黃蓉道：「來，敬你一碗！」取一隻大碗來斟了酒，放在主人面前。那主人道：「小老兒量淺，姑娘恕罪則個。」黃蓉秀眉上揚，伸手一把扯住他鬍子喝道：「你喝是不喝？」主人無奈，只得端起碗來，骨都骨都的喝了下去。

黃蓉笑道：「是啊，這才痛快，來，咱們來行個酒令。」她要行令就得行令，滿席之人誰敢違拗？但席上不是商賈富紳，就是腐儒酸丁，那有一個真才實學之人？各人戰戰兢兢的胡謅，黃蓉一會兒就聽得不耐煩了，喝道：「都給我站在一旁！」眾人如逢大赦，急忙站起來。只聽得咕咚一聲，那主人連人帶椅仰天跌倒，原來他酒力發作，再也支持不住了。

黃蓉哈哈大笑，自與郭靖飲酒談笑，傍若無人，讓眾人眼睜睜的站在一旁瞧著，直吃到初更已過，郭靖勸了幾次，這才盡興而歸。

回到客店，黃蓉笑問：「靖哥哥，今日好玩嗎？」郭靖道：「無端端的累人受驚擔怕，卻又何苦來？」黃蓉道：「我但求自己心中平安舒服，那去管旁人死活。」郭靖一怔，覺得她語氣頗不尋常，但一時也不能體會到這言語中的深意。黃蓉忽道：「我要出去逛逛，你去不去？」郭靖道：「這陣子還到那裏？」黃蓉道：「我想起剛才那孩兒倒也有趣，外婆去抱來玩上幾天，再還給人家。」郭靖驚道：「這怎使得？」

黃蓉一笑，已縱出房門，越牆而出。郭靖急忙追上，拉住她手臂勸道：「蓉兒，你已玩了這麼久，難道還不夠麼？」黃蓉站定身子，說道：「自然不夠！」她頓了一頓，又道：

「要你陪著，我才玩得有興致。過幾天你就要離開我啦，你去陪那華箏公主，她一定不許你再來見我。和你在一起的日子，過得一天，就少了一天。我一天要當兩天、當三天、當四天來使。這樣的日子我過不夠。靖哥哥，晚間我不肯安睡休息，卻要跟你胡扯瞎談，你現下懂了罷？你不會再勸我了罷？」

郭靖握著她的手，又憐又愛，說道：「蓉兒，我生來心裏胡塗，一直不明白你對我這番心意，我……我……」說到這裏，卻又不知如何說下去。

黃蓉微微一笑，道：「從前爹爹教我念了許多詞，都是甚麼愁啦、恨啦。我只道他記著我那去世了的媽媽，因此儘愛念這些話。今日才知在這世上，歡喜快活原只一忽兒時光，愁苦煩惱才當真是一輩子的事。」

柳梢頭上，淡淡一彎新月，夜涼似水，微風拂衣。郭靖心中本來一直渾渾噩噩，雖知黃蓉對自己一片深情，卻不知情根之種，惱人至斯，這時聽了她這番言語，回想日來她的一切光景，心想：「我是個粗魯直肚腸的人，將來與蓉兒分別了，雖然常常會想著她、念著她，但總也能熬得下來。可是她呢？她一個人在桃花島上，只有她爹爹相伴，豈不寂寞？」隨即又想：「將來她爹爹總是要去世的，那時只有幾個啞巴僕人陪著她，她小心眼裏整日就愛想心思、轉念頭，這可不活活的坑死了她？」思念及此，不由自主的打了個寒顫，雙手握住了她手，癡癡望著她臉，說道：「蓉兒，就算天塌下來了，我也在桃花島上陪你一輩子！」

黃蓉身子一顫，抬起頭來，道：「你……你說甚麼？」郭靖道：「我再也不理甚麼成吉思汗、甚麼華箏公主，這一生一世，我只陪著你。」黃蓉低呼一聲，縱體入懷。郭靖伸臂摟住了她，這件事一直苦惱著他，此時突然把心一橫，不顧一切的如此決定，心中登感舒暢。兩人摟抱在一起，一時渾忘了身外天地。

過了良久，黃蓉輕輕道：「你媽呢？」郭靖道：「我接她到桃花島上住。」黃蓉道：「你不怕你師父哲別、義兄拖雷他們麼？」郭靖道：「他們對我情深義重，但我的心分不成兩個。」黃蓉道：「你江南的六位師父呢？馬道長、丘道長他們又怎麼說？」郭靖嘆了口氣道：「他們定要生我的氣，但我會慢慢求懇。蓉兒，你離不開我，我也離不開你呢。」

黃蓉笑道：「我有個主意。咱們躲在桃花島上，一輩子不出來，島上我爹爹的布置何等玄妙，他們就是尋上島來，也找不到你來責罵。」

郭靖心想這法兒可不妥當，正要叫她另籌妙策，忽聽十餘丈外腳步聲響，兩個夜行人施展輕身功夫，從南向北急奔而去，依稀聽得一人說道：「老頑童已上了彭大哥的當，不用怕他，咱們快去。」

第三十三回

來日大難

黃蓉斥道：「你作死嗎？」在靈智上人肩頭輕輕一推。那藏僧應手而倒，橫臥於地，雙手雙腳蜷曲不動，仍是作著盤膝打坐的姿式，模樣十分古怪。

郭靖與黃蓉此刻心意歡暢，原不想理會閒事，但聽到「老頑童」三字，心中一凜，同時躍起，忙隨後跟去。前面兩人武功平平，並未知覺。出鎮後奔了五六里，那兩人轉入一個山坳，只聽得呼喊叫罵之聲，不斷從山後傳出。

靖蓉二人足下加勁，跟入山坳，只見一堆人聚在一起，有兩人手持火把，人叢中周伯通坐在地下，僵硬不動，不知生死；又見周伯通對面盤膝坐著一人，身披大紅袈裟，正是靈智上人，也是一動不動。

周伯通左側有個山洞，洞口甚小，只容一人彎腰而入。洞外有五六人吆喝叫罵，卻是不敢走近離山洞數丈之內，似乎怕洞中有甚麼東西出來傷人。

郭靖記起那夜行人曾說「老頑童上了彭大哥的當」，又見周伯通坐著宛如一具殭屍，只怕他已然遭難，心下惶急，縱身欲上。黃蓉拉住他手臂，低聲道：「瞧清楚了再說。」二人縮身在山石之後，看那洞外幾人時，原來都是舊相識：參仙老怪梁子翁、鬼門龍王沙通天、千手人屠彭連虎、三頭蛟侯通海，還有兩人就是適才所見的夜行人，火光照在他們臉上，認得是梁子翁的弟子，郭靖初學降龍十八掌時曾和他們交過手。

黃蓉心想這幾人現下已不是郭靖和自己的對手，四下一望，不見再有旁人，低聲道：「以老頑童的功夫，這幾個傢伙怎能奈何得了他？瞧這情勢，西毒歐陽鋒必定窺伺在旁。」正擬設法探個明白，只聽彭連虎喝道：「賊廝鳥，再不出來，老子要用煙來燻了。」洞中一人沉著聲音道：「有甚麼臭本錢，盡數抖出來罷。」

郭靖聽得聲音正是大師父柯鎮惡，那裏還理會歐陽鋒是否在旁，大聲叫道：「師父，徒兒郭靖來啦！」一人隨聲至，手起掌落，已抓住侯通海的後心甩了出去。

這一出手，洞外眾人登時大亂。沙通天與彭連虎並肩攻上，梁子翁繞到郭靖身後，欲施偷襲。柯鎮惡在洞中聽得明白，揚手一枚毒菱往他背心打去。暗器破空，風聲勁急，梁子翁急忙低頭，毒菱從頂心掠過，割斷了他頭髻的幾絡頭髮，只嚇得他背上冷汗直冒，知道柯鎮惡的暗器餵有劇毒，當日彭連虎就險些喪生於此下，急忙躍開丈許，伸手一摸頭頂，幸未擦破頭皮，當即從懷中取出透骨釘，從洞左悄悄繞近，要想射入洞中還報；手剛伸出，突然腕上一麻，已被甚麼東西打中，錚的一聲，透骨釘落地，只聽得一個女子聲音笑道：「快跪下，又要吃棒兒啦！」

梁子翁急忙回頭，只見黃蓉手持竹棒笑吟吟的站著，不覺又驚又怒，左手發掌擊她肩頭，右手逕奪竹棒。黃蓉閃身避開他左手一掌，卻不移動竹棒，讓他握住了棒端。梁子翁大喜，伸手回奪，心想這小姑娘若不放手，定是連人帶棒拖將過來。一奪之下，竹棒果然是順勢而至，豈知棒端忽地抖動，滑出了他手掌。這時棒端已進入他守禦的圈子，他雙手反在棒端之外，急忙回手抓棒，那裏還來得及，眼前青影閃動，拍的一聲，夾頭夾腦給竹棒猛擊一記。總算他武功不弱，危急中翻身倒地，滾開丈餘，躍起身來，怔怔望著這個明眸皓齒的小姑娘，頭頂疼痛，心中胡塗，臉上尷尬。

黃蓉笑道：「你知道這棒法的名字，既給我打中了，你可變成甚麼啦？」梁子翁當年吃過這「打狗棒法」的苦頭，曾給洪七公整治得死去活來，雖然事隔多年，仍是心有餘悸。眼見棒是洪七公的打狗棒，棒法是洪七公的打狗棒法，打中的偏偏是自己身子，看來這小姑娘確已得了洪七公的真傳，瞥眼又見沙彭二人不住倒退，在郭靖掌力催迫下只賸招架之功，叫道：「衝著洪老幫主的面子，咱們就避一避罷！」招呼了兩名弟子，轉身便奔。

郭靖左肘回撞，把沙通天逼得倒退三步，左手隨勢橫掃。彭連虎見掌風凌厲，不敢硬接，急忙避讓。郭靖右手勾轉，已抓住他後心，提將起來。彭連虎身子矮小，被他高高提起，登時雙足凌空，想要揮拳踢足抗禦，但四肢全然沒了力氣，眼見郭靖左手握拳，就要如鐵椎般當胸擊來，這一下如何經受得起，急忙叫道：「今兒是八月初幾？」郭靖一怔，問道：「甚麼？」彭連虎又道：「你顧不顧信義？男子漢大丈夫說了話算不算數？」郭靖再問：「甚麼？」右手仍將他身子提著。彭連虎道：「咱們約定八月十五在嘉興煙雨樓比武決勝，此刻地非嘉興，時非中秋，你怎能傷我？」

郭靖心想不錯，正要放開他，忽然想起一事，問道：「你們把我周大哥怎麼了？」彭連虎道：「老頑童跟那藏僧賭賽誰先動彈誰輸，關我甚事？」

郭靖向地下坐著的兩人望了一眼，登時寬懷，心道：「原來如此。」當下高聲叫道：「大師父，您老人家安好罷？」柯鎮惡在洞中哼了一聲。郭靖怕放手時彭連虎突然出足踢己前胸，右手向外揮出，將他擲開數尺，叫道：「去罷！」

彭連虎借勢縱躍，落在地下，只見沙通天與梁子翁早已遠遠逃走，心中暗罵他們不夠朋友，向郭靖抱拳道：「七日之後，煙雨樓頭再決勝負。」轉身施展輕功，疾馳而去。一路之上心中大惑不解：「每見一次這小子，他武功便增長了幾分，那是甚麼古怪？到底是服了靈丹妙藥，還是得了仙法秘笈？」

黃蓉走到周伯通與靈智上人身旁，只見兩人各自圓睜雙眼，互相瞪視，真是連眼皮也不眨一眨。黃蓉見到這情勢，再回想那夜行人的說話，已知是彭連虎的奸計，必是他們忌憚老頑童武功了得，出言相激，讓這藏僧與他賭賽誰先動彈誰輸。靈智上人的武功本來與他相去何止倍蓰，但用這法兒卻可將他穩穩絆住，旁人就可分手去對付柯鎮惡了。老頑童既喜有人陪他嬉耍，又無機心，自不免著了道兒，旁邊雖然打得天翻地覆，他卻坐得穩如泰山，連小指頭兒也不敢動一動，一心要贏靈智上人。

黃蓉叫道：「老頑童，我來啦！」周伯通耳中聽見，只怕輸了賭賽，卻不答應。黃蓉道：「你們倆這般對耗下去，再坐幾個時辰，也未必分得出勝敗，那有甚麼勁兒？這樣罷，我來做個見證。我同時在你們笑腰穴上呵癢，雙手輕重一模一樣，誰先笑出聲來，誰就輸了。」周伯通正坐得不耐煩，聽黃蓉這麼說，大合心意，只是不敢示意贊成。

黃蓉更不打話，走到二人之間，蹲下身來，將打狗棒放在地下，伸直雙臂，兩手食指分別往兩人笑腰穴上點去。

她知周伯通內功遠勝藏僧，是以並未使詐，雙手勁力果真不分輕重，但說也奇怪，周伯通固然並未動彈，靈智上人竟也渾如不覺，毫不理會。黃蓉暗暗稱奇，心想：「這和尚的閉穴功夫當真了得，若是有人如此相呵，我早已大笑不止了。」當下雙手加勁。

周伯通潛引內力，與黃蓉點來的指力相抗，只是那笑腰穴位於肋骨末端，肌肉柔軟，最難運勁，若是挺腰反擊，借力卸力，又怕是動彈身子，輸了賭賽，但覺黃蓉的指力愈來愈強，只得拚命忍耐，忍到後來實在支持不住了，肋下肌肉一縮一放，將黃蓉手指彈開，躍起身來，呵呵大笑，說道：「胖和尚，真有你的，老頑童服了你啦！」

黃蓉見他認輸，心中好生後悔：「早知如此，我該作個手腳，在胖和尚身上多加些勁。」一站直身子，向靈智上人道：「你既贏了，姑奶奶也不要你性命啦，快走，快走！」靈智上人渾不理會，仍是一動不動的坐著。黃蓉伸手往他肩頭推去，喝道：「誰來瞧你這副蠢相，作死麼？」她這麼輕輕一推，靈智上人胖大的身軀竟應手而倒，橫在地下，卻仍擺著盤膝而坐的姿態，竟似一尊泥塑木彫的佛像。

這一來周伯通和靖蓉二人都吃了一驚。黃蓉心道：「難道他用勁閉穴，功夫不到，竟把自己閉死了？」伸手探他的鼻息，好端端的卻在呼吸，一轉念間，不由得又好氣又好笑，向周伯通道：「老頑童，你上了人家的大當還不知道，真是蠢才！」周伯通圓睜雙眼，氣鼓鼓的道：「甚麼？」黃蓉笑道：「你先解開他的穴道再說。」

周伯通一楞，俯身在靈智上人身上摸了幾下，拍了幾拍，發覺他周身八處大穴都已被人閉住，跳起身來，大叫：「不算，不算！」黃蓉道：「甚麼不算？」周伯通道：「他同黨待他坐好後點了他的穴道，這胖和尚自然不會動彈。咱們便再耗三天三夜，他也決不會輸。」轉頭向弓身躺在地下的靈智上人叫道：「來來來，咱們再比過。」

郭靖見周伯通精神奕奕，並未受傷，心中記掛師父，不再聽他胡說八道，逕自鑽進山洞中去看柯鎮惡。

周伯通彎腰替靈智上人解開了穴道，不住口的道：「來，再比，再比！」黃蓉冷冷的道：「我師父呢？你把他老人家丟到那裏去了？」周伯通一呆，叫聲：「啊也！」轉身就往山洞奔去。這一下去勢極猛，險些與從洞中出來的郭靖撞個滿懷。

郭靖把柯鎮惡從洞中扶出，見師父白布纏頭，身穿白衣，不禁呆了，問道：「師父，您家裏有喪事麼？二師父他們那裏去啦？」柯鎮惡抬頭向天，並未回答，兩行眼淚從面頰上簌簌流下。郭靖愈是驚疑，不敢再問，忽見周伯通從山洞中又扶出一人，那人左手持葫蘆，右手拿著半隻白鷄，口裏咬著條鷄腿，滿臉笑容，不住點頭，正是九指神丐洪七公。靖蓉二人大喜，齊聲叫道：「師父！」

柯鎮惡臉上突現煞氣，舉起鐵杖，猛向黃蓉後腦擊落。這一杖出手又快又狠，竟是「伏魔杖法」中的毒招，是他當年在蒙古大漠中苦練而成，用以對付失了目力的梅超風，叫她雖聞杖上風聲，卻已趨避不及。黃蓉乍見洪七公，驚喜交集，全沒提防背後突然有人偷襲，待得驚覺，鐵杖上的疾風已將她全身罩住。

郭靖眼見這一杖要打得她頭破骨碎，情急之下，左手疾帶，把鐵杖撥在一邊，右手伸出，已抓住杖頭，只是他心慌意亂之際用力過猛，又沒想到自己此時功力大進，左掌這一帶使的是「降龍十八掌」中的手法，柯鎮惡只覺一股極大力量突然逼來，勢不可當，登時鐵杖撒手，俯衝摔倒。

郭靖大驚，急忙彎腰扶起，連叫：「大師父！」只見他鼻子青腫，撞落了兩顆門牙。柯鎮惡呸的一聲，把兩顆門牙和血吐在手掌之中，冷冷的道：「給你！」郭靖一呆，雙膝跪地，說道：「弟子該死，求師父重重責打。」柯鎮惡仍是伸出了手掌，說道：「給你！」郭靖哭道：「大師父……」語音哽咽，不知如何是好。

周伯通笑道：「自來只見師父打徒弟，今日卻見徒弟打師父，好看啊好看！」柯鎮惡聽在耳裏，怒火愈盛，說道：「好啊，常言道：打落牙齒和血吞。我給你作甚？」伸手將兩顆牙齒拋入口中，仰頭一咽，吞進了肚子。周伯通拍手大笑，高聲叫好。

黃蓉眼見事起非常，柯鎮惡神情悲痛決絕，又不知他何以要殺死自己，心下驚疑，慢慢靠向洪七公身畔，拉住了他手。

郭靖磕頭道：「弟子萬死也不敢冒犯大師父，一時胡塗失手，只求大師父責打。」柯鎮惡道：「師父長、師父短，誰是你的師父？你有了桃花島主做岳父，還要師父作甚？江南七怪這點微末道行，那配做你郭大爺的師父？」郭靖聽他愈說愈厲害，只是磕頭。

洪七公在旁瞧得忍不住了，插口說道：「柯大俠，師徒過招，一個失手也是稀鬆平常之事。適才靖兒帶你這一招是我所授，算是老叫化的不是，這廂跟你陪禮了。」說著作了一揖。

周伯通聽洪七公如此說，心想我何不也來說上幾句，於是說道：「柯大俠，師徒過招，一個失手也是稀鬆平常之事，適才郭靖兄弟抓你鐵杖這下手法是我所授，算是老頑童的不是，這廂跟你陪禮了。」說著也是一揖。

他如此依樣葫蘆的說話原意是湊個熱鬧，但柯鎮惡正當狂怒不可抑制，聽來卻似有意譏刺，連洪七公一片好心也當作了歹意，當下大聲說道：「你們東邪西毒，南帝北丐，自恃武藝蓋世，就可橫行天下了？哼，我瞧多行不義，必無善果。」

周伯通奇道：「咦，南帝又犯著你甚麼了，連他也罵在裏頭？」

黃蓉在一旁聽著，知道愈說下去局面愈僵，有這老頑童在這裏糾纏不清，終是難平柯鎮惡的怒火，接口說道：「老頑童，『鴛鴦織就欲雙飛』找你來啦，你還不快去見她？」

周伯通大驚，一躍三尺，叫道：「甚麼？」黃蓉道：「她要和你『曉寒深處，相對浴紅衣』。」周伯通更驚，大叫：「在那裏？在那裏？」黃蓉向南一指，說道：「就在那邊，快找她去。」周伯通道：「我永不見她。好姑娘，以後你叫我做甚麼我就做甚麼，可千萬別跟她說曾見到過我……」話未說完，已拔足向北奔去。黃蓉叫道：「你說了話可要作數。」周伯通遠遠的道：「老頑童一言既出，決無反悔。」「反悔」兩字一出口，早已一溜煙般奔得人影不見。黃蓉本意是要騙他去找瑛姑，豈知他對瑛姑畏若蛇蝎，避之惟恐不及，倒是大出意料之外，但不管怎樣，總是將他騙開了。

這時郭靖仍然跪在柯鎮惡面前，垂淚道：「七位師父為了弟子，遠赴絕漠，弟子縱然粉身碎骨，也難報七位師父的大恩。這隻手掌得罪了大師父，弟子也不能要啦！」從腰間拔出短劍，就往左腕上砍去。

柯鎮惡鐵杖橫擺，擋開了這一劍，雖然劍輕杖重，但兩件兵刃相交，火花迸發，柯鎮惡虎口隱隱發麻，知道郭靖這一劍用了全力，確是真心，說道：「好，既然如此，那就須得依我一件事。」郭靖大喜，道：「大師父但有所命，弟子豈敢不遵？」

柯鎮惡道：「你若不依，以後休得再見我面，咱們師徒之義，就此一刀兩斷。」郭靖道：「弟子盡力而為，若不告成，死而後已。」

柯鎮惡鐵杖在地上重重一頓，喝道：「去割了黃老邪和他女兒的頭來見我。」

郭靖這一驚真是非同小可，顫聲道：「大……師……師父……」柯鎮惡道：「怎麼？」郭靖道：「不知黃島主怎生得罪了你老人家？」柯鎮惡嘆道：「咳，咳！」突然咬牙切齒道：「我真盼老天爺賜我片刻光明，讓我見見你這忘恩負義小畜生的面目！」舉起鐵杖，當頭往郭靖頭頂擊落。

黃蓉當他要郭靖依一件事時，便已隱約猜到，突見他舉杖猛擊，郭靖卻不閃讓，心想不管如何，救人要緊，竹棒從旁遞出，一招「惡狗攔路」，攔在鐵杖與郭靖頭頂之間，待鐵杖擊到，竹棒側抖旁纏，向外斜甩。這「打狗棒法」實是精妙無比，她雖力弱，但順勢借力，將鐵杖掠在一旁。

柯鎮惡一個踉蹌，不等站穩，便伸手在自己胸口猛搥兩拳，向北疾馳而去。郭靖發足追上，叫道：「大師父慢走。」柯鎮惡停步回頭，厲聲喝道：「郭大爺要留下我的老命麼？」臉色猙獰。郭靖一呆，不敢攔阻，低垂了頭，耳聽得鐵杖點地之聲愈來愈遠，終於完全消失，想起師父的恩義，不禁伏地大哭。

洪七公攜著黃蓉的手，走到他身邊，說道：「柯大俠與黃老邪的性子都古怪得緊，兩人總是結了甚麼極深的樑子。說不得，只好著落在老叫化身上給他們排解。」郭靖收淚起身，說道：「師父，你可知……可知為了甚麼？」

洪七公搖頭道：「老頑童受了騙，要跟人家賭賽身子不動。那些奸賊正要害我，你大師父在牛家村外撞見了，護著我躲進了這山洞之中，仗著他毒菱暗器厲害，眾奸賊不敢強闖，才支撐了這些時候。唉，你大師父為人是極仗義的，他陪著我在洞中拒敵，明明是決意饒上了自己一條性命。」說到這裏，喝了兩大口酒，把一隻鷄腿都塞入了口裏，三咬兩嚼，吞入肚中，伸袖一抹口邊油膩，這才說道：「適才打得猛惡，我又失了功夫，不能插手相助，和你大師父見了面，還沒空和他說甚麼呢。瞧他這生著惱，決非為了你失手摔他一交。他是俠義英雄，豈能如此胸襟狹小？好在沒幾天就到八月中秋，待煙雨樓比武之後，老叫化給你們說開罷。」郭靖哽咽著連聲稱謝。

洪七公笑道：「你兩個娃娃功夫大進了啊，柯大俠也算是武林中響噹噹的腳色，兩個娃娃一出手就叫他下不了台，那是怎麼一回子事？」

郭靖心中慚愧，一時說不出話來。黃蓉卻咭咭咯咯的將別來諸般情由說了個大概。洪七公聽得楊康殺死了歐陽克，大聲叫好；聽丐幫長老受楊康欺騙，連罵：「小雜種！四個老胡塗！魯有腳有腳沒腦子。」待聽到一燈大師救治黃蓉、瑛姑子夜尋仇等等事端，只呆呆出神，最後聽到瑛姑在青龍灘上忽然發瘋，不覺面色微變，「噫」了一聲。黃蓉道：「師父，怎麼？你也識得瑛姑？」心想：「師父一生沒娶妻，難道也給瑛姑迷上了？哼，這瑛姑又有甚麼好了？陰陽怪氣、瘋瘋顛顛的，卻迷倒了這許多武林高手？」

幸好聽洪七公接下去道：「沒甚麼。我不識瑛姑，但段皇爺落髮出家之時，我就在他身旁。那日他送信到北邊來，邀我南下。我知他若無要事，決不致驚動老叫化，又想起雲南火腿、過橋米線和餌塊的美味，當即動身。會面之後，我瞧他神情頹傷，與華山論劍時那生龍活虎的模樣已大不相同，心中好生奇怪。我到達後數日，他就藉口切磋武功，要將先天功和一陽指傳給我。老叫化心想：他當日以一陽指和我的降龍十八掌、老毒物的蛤蟆功、黃老邪的劈空掌與彈指神通打成平手，如今又得王重陽傳授了先天功，二次華山論劍，武功天下第一的名號非他莫屬，為甚竟要將這兩門絕技平白無端的傳給老叫化？如說切磋武功，為甚麼又不肯學我的降龍十八掌，其中必有蹺蹊。後來老叫化細細琢磨，又背著他與他的四大弟子一商量，終於瞧出了端倪，原來他把這兩門功夫傳了給我之後，就要自戕而死。至於他為甚麼如此傷心，他的弟子卻不知情。」

黃蓉道：「師父，段皇爺怕他一死之後，沒人再制得住歐陽鋒。」

洪七公道：「是啊，我瞧出了這一節，說甚麼也不肯學他的。他終於吐露真情，說他的四個弟子雖然忠誠勤勉，可是長期來分心於國事政務，未能專精學武，難成大器。全真七子的武功似也不能臻登峯造極之境。一陽指我不肯學，那也罷了，先天功倘若失傳，他卻無面目見重陽真人於地下。我想此事他已深思熟慮，勸也無用，只有堅執不學，方能留得他的性命。段皇爺無法可施，只得退一步退位為僧。他落髮那日，我就在他旁邊。說起來也是十多年前的事了。唉，這場仇冤如此化解，那也很好。」

黃蓉道：「師父，我們的事說完了，現下要聽你說啦。」

洪七公道：「我的事麼？嗯，在御廚裏我連吃了四次鴛鴦五珍膾，算是過足了癮，又吃了荔枝白腰子、鵪子羹、羊舌簽、薑醋香螺、牡蠣釀羊肚……」不住口的將御廚中的名菜報將下去，說時不住價大吞饞涎，回味無窮。黃蓉插嘴道：「怎麼後來老頑童找你不到啦？」

洪七公笑道：「御廚的眾廚師見煮得好好的菜肴接二連三的不見，都說又鬧狐狸大仙啦，大家插香點燭的來拜我。後來給侍衛的頭兒知道了，派了八名侍衛到御廚來捉狐狸。老叫化心想這可乖乖不得了，老頑童又人影不見，只得溜到一個偏僻的處所躲了起來。那地方叫甚麼『蕚綠華堂』，種滿了梅樹，瞧來是皇帝小子冬天賞梅花的地方，這大熱天，除了每天早晨有幾名老太監來掃掃地，平時鬼影兒也沒一個，落得老叫化一個兒逍遙自在。皇宮中到處都是吃的，就是多一百個老叫化也餓不了，正好安安靜靜的養傷。在那兒獃了十來天，半夜裏忽聽得老頑童裝鬼哭，又裝狗叫貓叫，在宮中吵了天翻地覆，又聽得幾個人大叫：『洪七公洪老爺子，洪七公洪老爺子！』我出去一張，原來是彭連虎、沙通天、梁子翁這一夥鬼傢伙。」

黃蓉奇道：「咦，他們找你幹麼？」洪七公道：「我也是奇怪得很啊。我一見他們，立刻縮身，那知已給老頑童瞧見了。他十分歡喜，奔上來抱住我，說道：『謝天謝地，總算讓老頑童找著啦。』他當即命梁子翁他們殿後……」

黃蓉奇道：「梁子翁他們怎能聽老頑童的指派？」洪七公笑道：「當時我也是丈二金剛摸不著頭腦。總之這夥奸賊見了老頑童害怕得緊，他說甚麼，大家不敢違拗。他命梁子翁他們殿後，自己負了我到牛家村去，要來尋你們兩個。在路上他才對我說起，他到處尋我不著，心中著急，卻在城中撞到了梁子翁他們，情急無奈之際，便抓著那些人個個飽打一頓，叫他們白天夜晚不斷在大街小巷中尋找。他說他們在皇宮中已搜尋了幾遍，只是地方太大，我又躲得隱秘，始終找我不著。」

黃蓉笑道：「瞧不出老頑童倒有這手，將那些魔頭制得服服貼貼，不知他們怎麼又不逃走？」洪七公笑道：「老頑童自有他的頑皮法兒。他在身上推下許多污垢來，搓成了十幾顆藥丸，逼他們每人服上三顆，說道這是七七四十九天後發作的毒藥，劇毒無比，除他之外，天下無人解得。他們若能聽話，到第四十八天上就給解藥。這些惡賊雖然將信將疑，但性命可不是鬧著玩的，終於是寧可信其有，不可信其無，只得乖乖的聽老頑童呼來喝去，不敢違抗。」郭靖本來心裏難過，聽洪七公說到這裏，也不禁笑了出來。

洪七公又道：「到了牛家村後，找你們兩個不見，老頑童仍是逼他們出去尋找。昨兒晚上，個個又垂頭喪氣的回來，老頑童臭罵了他們一頓。他罵得興起，忽然說道：『倘若明天仍是找不到郭靖與黃蓉那兩個娃娃，老子再撒泡尿搓泥丸給你們吃！』這句話引起了他們疑心，不住用話套問。老頑童越說越露馬腳，他們才知上了當，所服藥丸壓根兒不是毒藥。我知情勢危險，這批奸賊留著終究後患不小，叫老頑童盡數殺了算啦。那知彭連虎也瞧出情形不妙，便使詭計，要那西藏胖和尚跟老頑童比試打坐的功夫。我攔阻不住，只得逃出牛家村，在村外遇到柯大俠，他護著我逃到這裏，彭連虎他們一路追了下來。老頑童雖然胡塗，也知離了我不妥，忙趕到這裏。那些奸賊不住用言語相激，老頑童終於忍不得，跟那和尚比賽起來了。」

黃蓉聽了這番話，又好氣又好笑，說道：「若不是撞得巧，師父你的性命是送在老頑童手裏啦。」洪七公道：「我的性命本就是撿來的，送在誰手裏都是一樣。」

黃蓉忽然想起一事，道：「師父，那日咱們從明霞島回來……」洪七公道：「不是明霞島，是壓鬼島。」黃蓉微微一笑，道：「好罷，壓鬼島就壓鬼島，那歐陽克這會兒是半點不假的成了鬼啦。那日咱們在木筏上救了歐陽鋒叔姪，曾聽老毒物說道，天下只一人能治得你的傷，可是此人武功蓋世，用強固然不行，你又不願損人利己，求他相救。當時你不肯說出此人姓名，現下我和靖哥哥湘西一行，自然知道此人除了當年的段皇爺、今日的一燈大師，再無別個。」

洪七公嘆道：「他若以一陽指功夫打通我的奇經八脈，原可治我之傷，只是這一出手，他須得大傷元氣，多則五年，少則三年，難以恢復。就算他把世情看得淡了，不在乎二次華山論劍的勝負，但他已是六十幾歲的人了，還能有幾年壽數？老叫化又怎能出口相求？」

郭靖喜道：「師父，這可好了，原來不須旁人相助，奇經八脈自己也能通的。」洪七公奇道：「甚麼？」黃蓉道：「靖哥哥背熟了的那篇嘰哩咕嚕、咕嚕嘰哩，一燈大師譯出來教給了我們。他吩咐我們跟你老人家說，可以用這功夫打通自己的奇經八脈。」當下將一燈的譯文唸了一遍。洪七公傾聽之後，思索良久，大喜躍起，連叫：「妙，妙！瞧來這法兒能行，只是至少也得一年半載才見功效。」

黃蓉道：「煙雨樓比武，對方定會邀歐陽鋒前來壓陣。老頑童的功夫雖不輸於他，但此人瘋瘋顛顛，臨場時難保不出亂子，須得到桃花島去請我爹爹來助戰，才有必勝把握。」洪七公道：「這話不錯。我先赴嘉興，你們兩個同到桃花島去罷。」郭靖不放心，定要先護送洪七公到嘉興。

洪七公道：「我騎你這小紅馬去，路上有甚危難，老叫化拍馬便走，任誰也追趕不上。」

說著便上了馬，骨都都喝了一大口酒，雙腿一夾。小紅馬向靖蓉二人長嘶一聲，似是道別，向北風馳而去。

郭靖望著洪七公影蹤不見，又想起柯鎮惡欲殺黃蓉之事，心中悶悶不樂。黃蓉也不相勸，自去僱了船，揚帆直赴桃花島來。

到得島上，打發船夫走後，黃蓉道：「靖哥哥，我求你一件事，你答不答允？」郭靖道：「你先說出來聽聽，別又是我做不到的。」黃蓉笑道：「我可不是要你去割你六位師父的頭。」郭靖不悅道：「蓉兒，你還提這個幹麼？」黃蓉道：「我為甚麼不提？這事你忘得了，我可忘不了。我雖然跟你好，卻也不願給你割下腦袋來。」

郭靖嘆道：「我真不明白大師父幹麼生這麼大的氣。他知道你是我心愛之人，我寧可自己死一千次一萬次，也決不肯傷害你半點。」

黃蓉聽他說得真誠，心裏感動，拉住他手，靠在他身上，指著水邊的一排柳樹，輕聲問道：「靖哥哥，你說這桃花島美麼？」郭靖道：「真像是神仙住的地方。」黃蓉嘆道：「我只想在這兒活下去，不願給你殺了。」郭靖撫著她的頭髮道：「好蓉兒，我怎會殺你？」黃蓉道：「要是你六位師父、你的媽媽，你的好朋友們都逼你來殺我，你動不動手？」郭靖昂然道：「就是普天下的人要一齊跟你為難，我也始終護著你。」

黃蓉把他的手握得更緊了，問道：「你為了我，肯把這一切人都捨下麼？」郭靖遲疑不答。黃蓉微微仰頭，望著他的雙眼，臉上神色焦慮，等他回答。

郭靖道：「蓉兒，我說過要在這桃花島上陪你一輩子，我說的時候，便已打定了主意，可不是一時興起而信口說的。」黃蓉道：「好！那麼從今天起，你就不離開這島啦。」郭靖奇道：「打從今天起？」黃蓉道：「嗯，打從今天起！我會求爹爹去煙雨樓助戰，我和爹爹去殺了完顏洪烈給你報仇，我和爹爹到蒙古去接你媽媽。甚至，我求爹爹去向你六位師父陪不是。我要叫你心裏再沒一件放不下的事。」

郭靖見她神色甚是奇特，說道：「蓉兒，我跟你說過的話，決沒說了不作數的，你放心好啦，那又何必這樣。」

黃蓉嘆道：「天下的事難說得很。當初你答允那蒙古公主的婚事，何嘗想到日後會要反悔？從前我只知道自己愛怎麼就怎麼，現今才知道……唉！你想得好好的，老天偏偏儘跟你鬧別扭。」說到這裏不禁眼圈兒紅了，垂下頭去。

郭靖不語，心中思潮起伏，見黃蓉對自己如此情深愛重，原該在這島上陪她一輩子才是，但就此把世事盡數拋開，實是異常不妥，可是甚麼地方不妥，一時卻又想不明白。

黃蓉輕輕的道：「我不是不信你，也不是定要強你留在這兒，只是，只是……我心裏害怕得緊。」說到這裏，忽然伏在他肩頭啜泣了起來。

這一下大出郭靖意料之外，呆了一呆，忙道：「蓉兒，你害怕甚麼？」黃蓉不語，只是低頭哭泣。郭靖與她相識以來，一起經歷過不少艱險困苦，始終見她言笑自若，這時她回到故居，立時就可與爹爹見面，怎麼反而害怕起來？問道：「你怕你爹爹有甚不測麼？」黃蓉搖搖頭。郭靖再問：「你怕我離開此島後，永遠不肯再回來？」黃蓉又搖頭。郭靖連問四五句，她總是搖頭。

過了好一陣，黃蓉抬起頭來，說道：「靖哥哥，到底害怕甚麼，我也說不上來。只是我想到你大師父要殺我的神情，便忍不住心中慌亂，總覺得有一天，你會聽他話而殺了我的。因此我求你別再離開這裏。你答允我罷！」

郭靖笑道：「我還道甚麼大事，原來只為了這個。那日在北京，我六位師父不也罵你小妖女甚麼的？後來我跟著你走了，到後來也沒怎樣。我六位師父好似嚴厲兇狠，心中卻是再也慈祥不過。你跟他們熟絡了，他們定會喜歡你的。二師父摸人家口袋的本事神妙無比，你跟他學學，一定有趣得緊。七師父更是溫柔和氣……」

黃蓉截斷他的話，問道：「這麼說，你定是要離開這兒的了？」郭靖道：「咱倆一起離開，一起到蒙古去接我母親，一起去殺完顏洪烈，再一起回來，豈不很好？」黃蓉怔怔的道：「若是這樣，咱倆永遠不會一起回來，永遠不會廝守一輩子。」郭靖奇道：「為甚麼？」黃蓉搖頭道：「我不知道。但我見了你大師父的模樣，我猜想得到的。他單是殺了我也還不夠，他已把我恨到了骨頭裏去。」

郭靖見她說這句話時似乎心也碎了，臉上雖然還帶著那股孩子的稚氣，但眉梢眼角間的神情，似乎已親見了來日的不測大禍，心想她料事向來不錯，這次我若不聽她的話，日後若是有甚災難降臨到她頭上，這便如何是好？言念及此，心中一酸，再也顧不得旁的，一句話衝口而出：「好！我不離開這裏就是！」

黃蓉聽了這話，向他呆望半晌，兩道淚水從面頰上緩緩的流了下來。郭靖低聲道：「蓉兒，你還要甚麼？」黃蓉道：「我還要甚麼？甚麼也不要啦！」秀眉微揚，叫道：「若是再要甚麼，老天爺也不容我。」長袖輕舉，就在花樹底下舞蹈起來。但見她轉頭時金環耀日，起臂處白衣凌風，到後來越舞越急，又不時伸手去搖動身邊花樹，樹上花瓣亂落，紅花、白花、黃花、紫花，如一隻隻蝴蝶般繞著她身子轉動，好看煞人。她舞了一會，忽地縱起身子，躍到一株樹上，隨即跳到另一株樹上，舞蹈中夾雜著「逍遙遊」與「落英神劍掌」的身法，想見喜悅已極。

郭靖心想：「媽媽從前給我講故事，說東海裏有座仙山，山上有許多仙女。難道世上還能有甚麼仙山比桃花島更好看，有甚麼仙女比蓉兒還美？」

第三十四回 島上巨變

室內桌傾凳翻，書籍筆硯散得滿地，
壁上懸著的幾張條幅也給扯爛了半截。
郭靖一動不動的站在房中，
雙眼發直，神情木然。

黃蓉飛舞正急，忽然「咦」的一聲低呼，躍下樹來，向郭靖招招手，拔步向林中奔去。郭靖怕迷失道路，在後緊緊跟隨，不敢落後半步。黃蓉曲曲折折的奔了一陣，突然停住腳步，指著前面地下黃鼓鼓的一堆東西，問道：「那是甚麼？」

郭靖搶上幾步，只見一匹黃馬倒在地下，急忙奔近俯身察看，認得是三師父韓寶駒的坐騎黃馬，伸手在馬腹上一摸，著手冰涼，早已死去多時了。這馬當年隨韓寶駒遠赴大漠，郭靖自小與牠相熟，便似是老朋友一般，忽見死在這裏，心中甚是難過，尋思：「此馬口齒雖長，但神駿非凡，這些年來馳驅南北，腳步輕健，一如往昔，絲毫不見老態，怎麼竟會倒斃在此？三師父定要十分傷心了。」

再定神看時，見那黃馬並非橫臥而死，卻是四腿彎曲，癱成一團。郭靖一凜，想起那日黃藥師一掌擊斃華箏公主的坐騎，那馬死時也是這副神態，急忙運力左臂，擱在馬項頸底下一抬，伸右手去摸死馬的兩條前腿，果覺腿骨都已碎裂，鬆手再摸馬背，背上的脊骨也已折斷了。他愈來愈是驚疑，提起手來，不由得嚇了一跳，只見滿手是血。血跡已變紫黑，但腥氣尚在，看來染上約莫已有三四天。他忙翻轉馬身細細審視，卻見那馬全身並無傷口，不禁坐倒在地，心道：「難道是三師父身上的血？那麼他在那裏？」

黃蓉在旁瞧著郭靖看馬，一言不發，這時才低聲道：「你別急，咱們細細的查個水落石出。」拂開花樹，看著地下，慢慢向前走去。郭靖只見地下斑斑點點的一道血跡，再也顧不得迷路不迷路，側身搶在黃蓉前面，順著血跡向前急奔。

血跡時隱時現，好幾次郭靖找錯了路，都是黃蓉細心，重行在草叢中岩石旁找到，有時血跡消失，她又在地下尋到了蹄印或是馬毛。追出數里，只見前面一片矮矮的花樹，樹叢中露出一座墳墓。黃蓉急奔而前，撲在墓旁。

郭靖初次來桃花島時見過此墓，知是黃蓉亡母埋骨的所在，見墓碑已倒在地下，當即扶起，果見碑上刻著「桃花島女主馮氏埋香之塚」一行字。

黃蓉見墓門洞開，隱約料知島上已生巨變。她不即進墳，在墳墓周圍察看，只見墓左青草被踏壞了一片，墓門進口處有兵器撞擊的痕跡。她在墓門口傾聽半晌，沒聽到裏面有甚響動，這才彎腰入門。郭靖恐她有失，亦步亦趨的跟隨。

眼見墓道中石壁到處碎裂，顯見經過一番惡鬥，兩人更是驚疑不定。走出數丈，黃蓉俯身拾起一物。墓道中雖然昏暗，卻隱約可辨正是全金發的半截秤桿。這秤桿乃鑌鐵鑄成，粗若兒臂，這時卻被人生生折成兩截。黃蓉與郭靖對望了一眼，誰也不敢開口，心中卻知能空手折斷這鐵秤的，舉世只寥寥數人而已，在這桃花島上，自然除了黃藥師外更無旁人。黃蓉拿著斷秤，雙手只是發抖。

郭靖從黃蓉手裏接過鐵秤，插在腰帶裏，彎腰找尋另半截，心中只如十五隻吊桶打水，七上八落，又盼找到，又盼找不著。再走幾步，前面愈益昏暗，他雙手在地下摸索，突然碰到一個圓鼓鼓的硬物，正是秤桿上的秤錘，全金發臨敵之時用以飛鎚打人的。

郭靖放在懷裏，繼續摸索，手上忽覺冰涼，又軟又膩，似乎摸到一張人臉。他大驚躍起，蓬的一聲，在墓道頂上結結實實的撞了一頭，這時卻也不知疼痛，忙取出火摺晃亮，只叫得一聲苦，腦中猶似天旋地轉，登時暈倒在地。

火摺卻仍拿在他手中，兀自燃著，黃蓉在火光下見全金發睜著雙眼，死在地下，胸口插著另外半截秤桿。

到此地步，真相終須大白，黃蓉定一定神，鼓起勇氣從郭靖手裏接過火摺，在他鼻子下薰炙。煙氣上冒，郭靖打了兩個噴嚏，悠悠醒來，呆呆的向黃蓉望了一眼，站起身來逕行入內。兩人走進墓室，只見室中一片凌亂，供桌打缺了一角，南希仁的鐵扁擔斜插在地。墓室左角橫臥一人，頭戴方巾，鞋子跌落，瞧這背影不是朱聰是誰？

郭靖默默走近，扳過朱聰身子，火光下見他嘴角仍留微笑，身上卻早已冰涼。當此情此境，這微笑顯得分外詭異，分外淒涼。郭靖低聲道：「二師父，弟子郭靖來啦！」輕輕扶起他身子，只聽得玎玎琤琤一陣輕響，他懷中落下無數珠寶，散了一地。

黃蓉撿起些珠寶來看了一眼，隨即拋落，長嘆一聲，說道：「是我爹爹供在這裏陪我媽媽的。」郭靖瞪視著她，眼中如要噴出血來，低沉著聲音道：「你說……說我二師父來偷珠寶？你竟敢說我二師父……」

在這目光的逼視之下，黃蓉毫不退縮，也怔怔的凝望著他，只是眼神中充滿了絕望與愁苦。

郭靖又道：「我二師父是鐵錚錚的漢子，怎會偷你爹爹的珠寶？更不會……更不會來盜你媽媽墓中的物事。」但眼看著黃蓉的神色，他語氣漸漸從憤怒轉為悲恨，眼前事物俱在，珠寶確是從朱聰懷中落下，又想二師父號稱「妙手書生」，別人囊中任何物事，都能毫不費力的手到拿來。難道他當真會來偷盜這墓中的珠寶麼？不，不，二師父為人光明磊落，決不能作此等卑鄙勾當，其中定然另有別情。他又悲又怒，腦門發脹，眼前但覺一陣黑一陣亮，雙掌只捏得格格直響。

黃蓉輕輕的道：「我那日見了你大師父的神色，已覺到你我終是難有善果。你要殺我，就下手罷。我媽媽就在這裏，你把我葬在她的身邊。葬我之後，你快快離島，莫讓我爹爹撞見了。」

郭靖不答，只是大踏步走來走去，呼呼喘氣。

黃蓉凝望壁上亡母的畫像，忽見畫像的臉上有甚麼東西，走近瞧時，原來釘著兩枚暗器。她輕輕拔了下來，交給郭靖，正是柯鎮惡所用的毒菱。

她拉開供桌後的帷幕，露出亡母的玉棺，走到棺旁，不禁「啊」的一聲，只見韓寶駒與韓小瑩兄妹雙雙死在玉棺之後。韓小瑩是橫劍自刎，手中還抓著劍柄。韓寶駒半身伏在棺上，腦門正中清清楚楚的有五個指孔。

郭靖走過去抱起韓寶駒的屍身，自言自語：「我親眼見到梅超風已死，天下會使這九陰白骨爪的，除了黃藥師還能有誰？」把韓寶駒的屍身輕輕放在地下，又把韓小瑩的屍身扶得端正，邁步向外走去，經過黃蓉時眼光茫然，竟似沒見到她。

黃蓉心中一陣冰涼，呆立半晌，突然眼前一黑，火摺子竟已點完，這墓室雖是她來慣之地，但現下墓內多了四個死人，黑暗之中不由得又驚又怕，急忙奔出墓道，腳下一絆，險些摔了一交，奔出墓門後才想起是絆到了全金發的屍身。

眼見墓碑歪在一旁，伸手放正，待要扳動機括關上墓門，心中忽然一動：「我爹爹殺了江南四怪之後，怎能不關上墓門？他對媽媽情深愛重，即令當時匆忙萬分，也決計不肯任由墓門大開。」想到此處，疑惑不定，隨即又想：「爹爹怎能容四怪留在墓內與媽媽為伴？此事萬萬不可。莫非爹爹也身遭不測了？」當下將墓碑向右推三下，又向左推三下，關上墓門，急步往居室奔去。

郭靖雖比她先出，但只走了數十步，就左轉右圈的迷失了方向，眼見黃蓉過來，當即跟在她身後。兩人一言不發的穿過竹林，跨越荷塘，到了黃藥師所居的精舍之前，但見那精舍已給打得東倒西歪，遍地都是斷梁折柱。

黃蓉大叫：「爹爹，爹爹！」奔進屋中，室內也是桌傾凳翻，書籍筆硯散得滿地，壁上懸著的幾張條幅也給扯爛了半截，卻那裏有黃藥師的人影？

黃蓉雙手扶著翻轉在地的書桌，身子搖搖欲倒，過了半晌，方才定神，急步到眾啞僕所居屋中去找了一遍，竟是一個不見。廚房灶中煙消灰冷，眾人就算不死，也已離去多時，看來這島上除了她與郭靖之外，更無旁人。

她慢慢回到書房，只見郭靖直挺挺的站在房中，雙眼發直，神情木然。黃蓉顫聲道：「靖哥哥，你快哭罷，你先哭一場再說！」她知郭靖與他六位師父情若父子，此時心中傷痛已到極處，他內功已練至上乘境界，突然間大悲大痛而不加發洩，定致重傷。那知郭靖宛似不聞不見，只是呆呆的瞪視著她。黃蓉欲待再勸，自己卻也已經受不起，只叫得一聲「靖哥哥」，再也接不下去了。

兩人呆了半晌，郭靖喃喃的道：「我不殺蓉兒，不殺蓉兒！」黃蓉心中又是一酸，說道：「你師父死了，你痛哭一場罷。」郭靖自言自語：「我不哭，我不哭。」

這兩句話說罷，兩人又是沉寂無聲。遠處海濤之聲隱隱傳來，剎時之間，黃蓉心中轉過了千百種念頭，從兒時直到十五歲之間在這島上種種經歷，突然清清楚楚的在腦海中一晃而過，但隨即又一晃而回。只聽得郭靖又自言自語：「我要先葬了師父。是嗎？是要先葬了師父嗎？」黃蓉道：「對，先葬了師父。」

她當先領路，回到母親墓前。郭靖一言不發的跟著。黃蓉伸手待要推開墓碑，郭靖突然搶上，飛起右腿，掃向碑腰。那墓碑是極堅硬的花崗石所製，郭靖這一腿雖然使了十成力，也只把墓碑踢得歪在一旁，並不碎裂，右足外側卻已碰得鮮血直流，但他竟似未感疼痛，雙掌在碑上一陣猛拍猛推，從腰間拔出全金發的半截秤桿，撲上去在墓碑上亂打。只見石碑上火星四濺，石屑紛飛，突然拍的一聲，半截秤桿又再折斷，郭靖雙掌奮力齊推，石碑斷成兩截，露出碑中的一根鐵桿來。他抓住鐵桿使力搖晃，鐵桿尚未拗斷，呀的一聲，墓門卻已開了。郭靖一呆，叫道：「除了黃藥師，誰能知道這機關？誰能把我恩師騙入這鬼墳之中？不是他是誰？是誰？」仰天大喊一聲，鑽入墓中。

斷碑上裂痕斑斑，鋪滿了鮮血淋漓的掌印。黃蓉見他對自己母親的墳墓怨憤如此之深，心意已決：「他若毀我媽媽玉棺出氣，我先一頭撞死在棺上。」正要走進墓去，郭靖卻已抱了全金發的屍體走出。

他放下屍體，又進去逐一將朱聰、韓寶駒、韓小瑩的屍體恭恭敬敬的抱了出來。黃蓉偷眼望去，只見他一臉虔誠愛慕的神色，登時心中冰涼：「他愛他眾位師父，遠勝於愛我。我要去找爹爹，我要去找爹爹！」

郭靖將四具屍身抱入樹林，離墳墓數百步之遙，這才俯身掘坑。他先用韓小瑩的長劍掘了一陣，到後來愈掘愈快，長劍拍的一聲，齊柄而斷，猛然間胸中一股熱氣上湧，一張口，吐出兩大口鮮血，俯身雙手使勁抓土，一把把的抓了擲出，勢如發瘋。

黃蓉到種花啞僕的屋中去取了兩把鏟子，一把擲給了他，自己拿了一把幫著掘坑。郭靖一語不發的從她手中搶過鏟子，一拗折斷，拋在地下，拿另一把鏟子自行挖掘。

到此地步，黃蓉也不哭泣，只坐在地下觀看。郭靖全身使勁，只一頓飯功夫，已掘了大小兩坑。他把韓小瑩的屍身放在小坑之中，跪下磕了幾個頭，呆呆的望著韓小瑩的臉，瞧了半晌，這才捧土掩上，又去搬朱聰的屍身。

他正要將屍體放入大坑，心念一動：「黃藥師的骯髒珠寶，豈能陪我二師父入土？」於是伸手到朱聰懷內，將珠玉珍飾一件件的取了出來，看也不看，順手拋在地下，取到最後，卻見囊底有一張白紙，展開看時，見紙上寫道：

「江南下走柯鎮惡、朱聰、韓寶駒、南希仁、全金發、韓小瑩拜上桃花島島主前輩尊前：頃聞傳言，全真六子過信人言，行將有事於桃花島。晚生等心知實有誤端，唯恨人微言輕，不足為兩家解憾言和耳。前輩當世高人，唯可與王重陽王真人爭先賭勝，豈能紆尊自降，與後輩較一日之短長耶？昔藺相如讓路以避廉頗，千古傳為盛事。蓋豪傑之士，胸襟如海，鷄蟲之爭，非不能為，自不屑為也。行見他日全真弟子負荊於島主階下，天下英雄皆慕前輩高義，豈不美哉？」

郭靖眼見二師父的筆跡，捧著紙箋的雙手不住顫抖，心下沉吟：「全真七子與黃藥師在牛家村相鬥，歐陽鋒暗使毒計，打死了長真子譚處端。當時歐陽鋒一番言語，嫁禍於黃藥師，這黃老邪目中無人，不屑分辯，全真教自然恨他入骨。想是我六位師父得知全真教要來大舉尋仇，生怕兩敗俱傷，是以寫這信勸黃藥師暫且避開，將來再設法言明真相。我師實是一番美意，黃藥師這老賊怎能出手加害？」

轉念又想：「二師父既寫了這封信，怎麼並不送出，仍是留在衣囊之中？是了，想是事機緊迫，全真六子來得快了，送信已然不及，因此我六位師父也匆匆趕來，要想攔阻雙方爭鬥。」隨即又想：「黃老邪啊黃老邪，你必道我六位師父是全真教邀來的幫手，便不分青紅皂白的痛下毒手。」

他呆呆的想了一陣，摺起紙箋要待放入懷中，忽見紙背還寫得有字，忙翻過來，心中怦的一跳，只見歪歪斜斜的寫著：「事情不妙，大家防備丁……」最後一字只寫了三筆，想是禍事突作，未及寫完。郭靖叫道：「這明明是個『東』字，二師父叫大家防備『東邪』，可惜來不及了。」順手把紙箋揑成一團，咬牙切齒的道：「二師父，二師父，你滿腔好心，卻全教黃老邪看成惡意了。」手一鬆，紙團跌在地下，俯身又去抱朱聰的屍身。

黃蓉當他觀看紙箋之時，見他神色閃爍不定，心知紙上必有重大關鍵，見紙團落下，便慢慢走近拾起展開，正反兩面看了一遍，心道：「他六位師父到桃花島來，原是一番美意。恨只恨這妙手書生為德不卒，生平做慣了賊，見到我媽這許多奇珍異寶，不由得動心，終於犯了我爹爹的大忌……」正自悲怨，見郭靖又放下朱聰的屍身，扳開他左手緊握著的拳頭，取出一物，托在手中。黃蓉凝目看去，見是一隻翠玉琢成的女鞋，長約寸許，晶瑩碧綠，雖然是件玩物，但雕得與真鞋一般無異，精緻玲瓏，確是珍品，只是在母親墓中從未見過，不知朱聰從何處得來。

郭靖翻來翻去一看，見鞋底刻著一個「招」字，鞋內底下刻著一個「比」，此外再無異處。他恨極了這些珍寶，呸的一聲，抛在地下。

他呆立一陣，緩緩將朱聰、韓寶駒、全金發三人的屍身搬入坑中，要待掩土，但望著三位師父的臉，終是不忍，叫道：「二師父，三師父、六師父，你們……你們死了！」聲音柔和，卻仍是帶著往昔和師父們說話時的尊敬語氣。過了半晌，他斜眼見到坑邊那堆珍寶，怒從心起，雙手捧了，拔足往墳墓奔去。

黃蓉怕他入墓侵犯母親玉棺，忙急步趕上，張開雙臂，攔在墓門之前，凜然道：「你待怎地？」郭靖不答，左臂輕輕推開她身子，雙手用力往裏摔出，只聽得珠寶落地，琮琤之聲好一陣不絕。黃蓉見那翠玉小鞋落在腳邊，俯身拾起，說道：「這不是我媽的。」說著將玉鞋遞了過去。郭靖木然瞪視，也不理睬。黃蓉便順手放在懷裏，只見郭靖轉身又到坑邊，鏟了土將三人的屍體掩埋了。

忙了半日，天漸昏暗，黃蓉見他仍是不哭，越來越是擔憂，心想讓他獨自一人，或許能哭出聲來，當下回到屋中找些醃魚火腿，胡亂做了些飯菜，放在籃中提來，只見他仍是站在師父的墳邊。

她這一餐飯做了約莫半個時辰，可是他不但站立的處所未曾移動，連姿式亦未改變。黑暗中望著他石像一般的身子，黃蓉大是驚懼，叫道：「靖哥哥，你怎麼了？」郭靖不理。黃蓉又道：「吃飯罷，你餓了一天啦！」郭靖道：「我餓死也不吃桃花島上的東西。」

黃蓉聽他答話，稍稍放心，知他性子執拗，這一次傷透了心，這島上的東西說甚麼也不吃的了，於是緩緩放下飯籃，緩緩坐在地下。一個站，一個坐，時光悄悄流轉，半邊月亮從海上升起，漸漸移到兩人頭頂。籃中飯菜早已冰涼，兩人心中也是一片冰涼。

就在這淒風冷月、濤聲隱隱之中，突然遠處傳來了幾聲號叫，聲音淒厲異常，似是狼嗥虎嘯，卻又似人聲呼叫。

叫聲隨風傳來，一陣風吹過，呼號聲隨即消失。黃蓉側耳傾聽，隱約聽到那聲音是在痛苦掙扎，只不知是人是獸，當下辨明了方向，發足便奔。她本想叫郭靖同去，但一個念頭在心中一轉：「這多半不是好事，讓他見了徒增煩惱。」身當此境，黑夜獨行委實害怕，好在桃花島上一草一木盡皆熟識，雖然心下驚懼，還是鼓勇前行。

走出十餘步，突覺身邊風聲過去，郭靖已搶在前面。他不識道路，迅即迷了方向，只見他掌劈足踢，猛力摧打攔在身前的樹木，似乎又失了神智。黃蓉道：「你跟我來。」郭靖大叫：「四師父，四師父！」他已認出這叫聲是四師父南希仁所發。

黃蓉心中又是一涼，尋思：「他四師父見了我，不要了我性命才怪。」但這時她早已不顧一切，明知大禍在前，亦不想趨避，領著郭靖奔到東邊樹叢之中，但見桃樹下一個人扭曲著身子正在滾來滾去。

郭靖大叫一聲，搶上抱起，只見南希仁臉露笑容，口中不住發出荷荷之聲。郭靖又驚又喜，突然哇的一聲哭了出來，邊哭邊叫：「四師父，四師父。」

南希仁一語不發，反手就是一掌。郭靖全沒防備，不由自主的低頭避開。南希仁一掌不中，左手跟著一拳，這一次郭靖想到是師父在責打自己，心中反而喜歡，一動不動的讓他打了一拳。那知南希仁這一拳力道大得出奇，砰的一聲，把郭靖打了個觔斗。郭靖自幼與他過招練拳也不知已有幾千百次，於他的拳力掌勁熟知於胸，料不到這一拳竟然功力陡增，不由得大是驚疑。他剛站定身子，南希仁跟著又是一拳，郭靖仍不閃避。這一拳勁力更大，郭靖只覺眼前金星亂冒，險些就要暈去。南希仁俯身拾起一塊大石，猛往他頭頂砸下。

郭靖仍不閃避，這塊大石擊將下去，勢非打得他腦漿迸裂不可。黃蓉在旁看得凶險，急忙飛身搶上，左手在南希仁臂上一推。南希仁連人帶石，摔在地下，口中荷荷呼叫，竟然爬不起來了。郭靖怒喝：「你幹麼推我四師父？」

黃蓉只是要救郭靖，不提防南希仁竟如此不濟，一推便倒，忙伸手去扶，月光下見他滿臉笑容，但這笑容似是強裝出來，反而顯得異樣可怖。黃蓉驚呼一聲，伸出了手不敢碰他身子。驀然間南希仁回手一拳，打中她的左肩，兩人同聲大叫。黃蓉雖然身上披著軟蝟甲，這一拳也給打得隱隱作痛，跌開幾步。南希仁的拳頭卻被甲上尖刺戳得鮮血淋漓。

兩人大叫聲中夾著郭靖連呼「四師父」。南希仁向郭靖望了一眼，似乎忽然認出是他，張口要待說話，嘴邊肌肉牽動，出盡了力氣，仍是說不出話，臉上兀自帶著笑容，眼神中卻流露出極度失望之色。郭靖叫道：「四師父，你歇歇，有甚麼話，慢慢再說。」

南希仁仰起脖子，竭力要想說話，但嘴唇始終無法張開，撐持片刻，頭一沉，往後便倒。郭靖叫了幾聲「四師父」，搶著要去相扶。黃蓉在旁看得清楚，說道：「你師父在寫字。」郭靖眼光斜過，果見南希仁右手食指慢慢在泥上劃字，月光下見他一個字一個字的寫道：「殺……我……者……乃……」

黃蓉看著他努力移動手指，心中怦怦亂跳，突然想起：「他身在桃花島上，就是最笨之人，也會知道是我爹爹殺他。可是他命在頃刻，還要盡最後的力氣來寫殺他之人的姓名，難道兇手另有其人嗎？」凝神瞧著他的手指，眼見手指越動越是無力，心中不住禱祝：「如他要寫別人姓名，千萬快寫出來。」只見他寫到第五個字時，在左上角短短的一劃一直，寫了個小小的「十」字，手指一顫，就此僵直不動了。

郭靖一直跪在地上抱著他，只覺得他身子一陣劇烈的抽搐，再無呼吸，眼望著這小小的「十」字，叫道：「四師父，我知道你要寫個『黃』字，你是要寫個『黃』字！」撲在南希仁身上，縱聲大慟。

這一場搥胸痛哭，才把他悶了整天的滿腔悲憤盡情發洩，哭到後來，竟伏在南希仁的屍身上暈了過去。

也不知過了多少時候，他悠悠醒來，但見日光耀眼，原來天已大明。起身四下一望，黃蓉已不知去了那裏，南希仁的屍身仍是睜著雙眼。郭靖想到「死不瞑目」那句話，不禁又流下淚來，伸手輕輕把他眼皮合下，想起他臨終時神情十分奇特，不知到底受了甚麼傷而致命，於是解開他衣服全身檢視。說也奇怪，除了昨晚拳擊黃蓉而手上刺傷之外，自頂至踵竟然一無傷痕，前胸後心也無受了內功擊傷的痕跡，皮色不黑不焦，亦非中毒。

郭靖抱起南希仁的屍身，要想將他與朱聰等葬在一起，但樹林中道路怪異，走出數十步便已覓不到來路，只得重行折回，就在桃樹下掘了個坑，將他葬了。

他一天不食，腹中飢餓之極，欲待覓路到海濱乘船回歸大陸，卻越走越是暈頭轉向。他坐著休息片刻，鼓起精神再走，這時打定主意，不管前面有路無路，只是筆直朝著太陽東行。走了一陣，前面出現一片無法穿過的密林，這林子好不古怪，每株樹上都生滿了長籐鉤刺，實難落腳，尋思：「今日有進無退！」縱身躍上樹頂。

只在樹上走得一步，就聽嗤的一聲，褲腳被鉤刺撕下了一塊，小腿上也被劃了幾條血痕。再走兩步，幾條長籐又纏住了左腿。他拔出匕首割斷長籐，放眼遠望，前面刺籐樹密密層層，無窮無盡，叫道：「就算腿肉割盡了，也要闖出這鬼島去！」正要縱身躍出，忽聽黃蓉在下面叫道：「你下來，我帶你出去。」低下頭來，只見她站在左首的一排刺籐樹下。

郭靖也不答話，縱下地來，見黃蓉容顏慘白，全無血色，不由得心中一驚，要待相問是否舊傷復發，卻又強行忍住。黃蓉見他似欲與自己說話，但嘴唇皮微微一動，隨即轉過了頭。她等了片刻不見動靜，輕輕嘆了口氣，說道：「走罷！」兩人曲曲折折向東而行。

黃蓉傷勢尚未痊愈，斗然遭此重大變故，一夜之間柔腸百轉，心想這事怨不得靖哥哥，怨不得爹爹，只怕也怨不得江南六怪。可是自己好端端的，幹麼要受老天爺這等責罰？難道說老天爺當真妒恨世人太快活了麼？她引著郭靖走向海灘，心知他此去永無回轉之日，兩人再難見面，每走一步，似乎自己的心便碎裂了一塊。待穿出刺籐樹叢，海灘就在面前，再也支持不住，不禁搖搖欲倒，忙伸竹杖在地下一撐，那知手臂也已酸軟無力，竹杖一歪，身子往前直摔下去。

郭靖疾伸右手去扶，手指剛要碰到她臂膀，師父的大仇猛地在腦海中閃過，左手疾出，拍的一聲，在自己右腕上擊了一拳。這是周伯通所授的雙手左右互搏之術，右手被擊，翻掌還了一招，隨即向後躍開。黃蓉已一交摔倒。

眼見她這一交摔下，登時悔恨、愛憐、悲憤，種種激情一時間湧向郭靖胸臆，他再是心似鐵石，也禁不住俯身抱了她起來，要待找個柔軟的所在將她放下，四下一望，只見東北巖石中有些青布迎風飄揚。

黃蓉睜開眼來，見到郭靖的眼光正凝望遠處，順著他眼光望去，也即見到了青布，驚呼一聲：「爹爹！」郭靖放下她身子，兩人攜手奔過去，卻見一件青布長袍嵌在岩石之中，旁邊還有一片人皮面具，正是黃藥師的服飾。

黃蓉驚疑不定，俯身拾起，只見長袍襟上清清楚楚有一張血掌之印，指痕宛然，甚是怕人。郭靖斗然想起：「這是黃藥師使九陰白骨爪害了我三師父後揩拭的。」他本來握著黃蓉的手，此際胸口熱血上湧，使勁摔開她手，搶過長袍，嗤的一聲，撕成了兩截，又見袍角已被扯去了一塊，瞧那模樣，所缺的正是縛在鵰足上的那塊青布。

這血掌印清清楚楚，連掌中紋理也印在布面，在日光下似要從衣上跳躍而出，撲面打人一掌，只把郭靖看得驚心動魄，悲憤欲狂。

他捲起自己長袍的下襬塞入懷裏，涉水走向海邊一艘帆船。船上的聾啞水手早已個個不知去向。他終不回頭向黃蓉再瞧一眼，拔出匕首割斷船纜，提起鐵錨，昇帆出海。

黃蓉望著帆船順風西去，起初還盼他終能回心轉意，掉舵迴舟，來接她同行，但見風帆越來越小，心中越來越是冰涼。

她呆呆望著大海，終於那帆船在海天相接處消失了蹤影，突然想起自己一個人孤零零的留在島上，靖哥哥是見不到了，也不知爹爹是否還會回來，今後的日子永遠過不完，難道就一輩子這樣站在海邊麼？蓉兒，蓉兒，你可千萬別尋死啊！

郭靖獨駕輕舟，離了桃花島往西進發，駛出十數里，忽聽空中鵰鳴聲急，雙鵰飛著追來，停在帆桁之上。郭靖心想：「鵰兒隨我而去，蓉兒一個兒在島上，那可更加寂寞了。」憐惜之念，不禁油然而生，忍不住轉過了舵，要去接她同行，駛出一程，忽想：「大師父吩咐我割了黃藥師與蓉兒的頭去見他。大師父和二師父他們同到桃花島，黃藥師痛下毒手，他雖目不能見，卻是清清楚楚聽到了的。不知如何，他天幸逃得性命。他舉鐵杖要打死蓉兒，要我殺死蓉兒，這事還有甚麼錯？我不能殺蓉兒，二師父他們不是蓉兒害死的。可是我怎麼還能跟她在一起？我要割了黃藥師的頭，拿去見大師父。打不過黃老邪，我就讓他殺了便是。」當下又轉過舵來。坐船在海面上兜了個圈子，又向西行。

第三日上，帆船靠岸，他恨極了桃花島上諸物，舉起鐵錨在船底打了個大洞，這才躍上岸去，眼見帆船漸漸傾側，沉入海底，心中不禁茫然若有所失。西行找到農家，買米做飯吃了，問明路程，逕向嘉興而去。

這一晚他宿在錢塘江邊，眼見明月映入大江，水中冰輪已有團欒意，驀地心驚，只怕錯過了煙雨樓比武之約，一問宿處的主人，才知這日已是八月十三，急忙連夜過江，買了一匹健馬，加鞭奔馳，午後到了嘉興城中。

他自幼聽六位師父講述當年與丘處機爭勝的情景，醉仙樓頭銅缸賽酒、逞技比武諸般豪事，六人都是津津樂道，是以他一進南門即問醉仙樓所在。

醉仙樓在南湖之畔，郭靖來到樓前，抬頭望去，依稀仍是韓小瑩所述的模樣。這酒樓在他腦中已深印十多年，今日方得親眼目睹，但見飛簷華棟，果然好一座齊楚閣兒。店中直立著塊大木牌，寫著「太白遺風」四字，樓頭蘇東坡所題的「醉仙樓」三個金字只擦得閃閃生光。郭靖心跳加劇，三腳兩步搶上樓去。

一個酒保迎上來道：「客官請在樓下用酒，今日樓上有人包下了。」郭靖正待答話，忽聽有人叫道：「靖兒，你來了！」郭靖抬起頭來，只見一個道人端坐而飲，長鬚垂胸，紅光滿臉，正是長春子丘處機。

郭靖搶上前去，拜倒在地，只叫了一句：「丘道長！」聲音已有些哽咽。

丘處機伸手扶起，說道：「你早到了一天，那可好得很。我也早到了一天。我想明兒要跟彭連虎、沙通天他們動手，早一日到來，好跟你六位師父先飲酒敘舊。你六位師父都到了麼？我已給他們定下了酒席。」郭靖見樓上開了九桌枱面，除丘處機一桌放滿了杯筷之外，其餘八桌每桌都只放一雙筷子，一隻酒杯。丘處機道：「十八年前，我在此和你七位師父初會，他們的陣仗就這麼安排。這一桌素席是焦木大師的，只可惜他老人家與你五師父兩位已不能在此重聚了。」言下甚有憮然之意。郭靖轉過頭去，不敢向他直視。

丘處機並未知覺，又道：「當日我們賭酒的銅缸，今兒我又去法華寺裏端來了。待會等你六位師父到來，我們再好好喝上一喝。」

郭靖轉過頭去，只見屏風邊果然放著一口大銅缸。缸外生滿黑黝黝的銅綠，缸內卻已洗擦乾淨，盛滿佳釀，酒香陣陣送來。郭靖向銅缸獃望半晌，再瞧著那八桌空席，心想：「除大師父之外，再也沒人來享用酒席了，只要我能眼見七位恩師再好端端的在這裏喝酒談笑，盡一日之醉，就是我立刻死了，也是喜歡不盡。」

只聽丘處機又道：「當初兩家約定，今年三月廿四，你與楊康在這兒比武決勝。我欽服你七位師父雲天高義，一起始就盼你能得勝，好教江南七怪名揚天下，加之我東西飄遊，只顧鋤奸殺賊，實是不曾在楊康身上花多少心血。沒讓他學好武功，那也罷了，最不該沒能將他陶冶教誨，成為一條光明磊落的好漢子，實是愧對你的楊叔父了。雖說他現下已痛改前非，究屬邪氣難除，此刻想來，好生後悔。」

郭靖待要述說楊康行止不端之事，但說來話長，一時不知從何講起。丘處機又道：「人生當世，文才武功都是末節，最要緊的是忠義二字。就算那楊康武藝勝你百倍，論到人品，醉仙樓的比武還是你師父勝了。嘿嘿，丘處機當真是輸得心服口服啊。」說著哈哈大笑，突見郭靖淚如雨下，奇道：「咦，幹麼這麼傷心？」

郭靖搶上一步，拜伏在地，哭道：「我……我……我五位恩師都已不在人世了。」丘處機大吃一驚，喝問：「甚麼？」郭靖哭道：「除了大師父，其餘五位都……都不在了。」

這兩句話只把丘處機聽得猶如焦雷轟頂，半晌做聲不得。他只道指顧之間就可與舊友重逢歡聚，那知驀地裏竟起禍生不測。他與江南七怪雖聚會之時甚暫，但十八年來肝膽相照，早已把他們當作生死之交，這時驚聞噩耗，心中傷痛之極，大踏步走到欄干之旁，望著茫茫湖水，仰天長嘯，七怪的身形面貌，一個個在腦海中一晃而過。他轉身捧起銅缸，高聲叫道：「故人已逝，要你這勞什子作甚？」雙臂運勁，猛力往外摔去。撲通一聲大響，水花高濺，銅缸跌入了湖中。

他回頭抓住郭靖手臂，問道：「怎麼死的？快說！」郭靖正要答話，突然眼角瞥處，見一人悄沒聲的走上樓頭，一身青衣，神情瀟灑，正是桃花島主黃藥師。郭靖眼睛一花，還道看錯了人，凝神定睛，卻不是黃藥師是誰？

黃藥師見他在此，也是一怔，突覺勁風撲面，郭靖一招「亢龍有悔」隔桌衝擊而來。這一掌他當真是使盡了平生之力，聲勢猛惡驚人。黃藥師身子微側，左手推出，將他掌勢卸在一旁。只聽得喀喇喇幾聲響，郭靖收勢不住，身子穿過板壁，向樓下直墮而落。也是醉仙樓合當遭劫，他這一摔正好跌在碗盞架上，乒乒乓乓一陣響聲過去，碗兒、碟兒、盤兒、杯兒，也不知打碎了幾千百隻。

這日午間，酒樓的老掌櫃聽得丘處機吩咐如此開席，又見他托了大銅缸上樓，想起十八年前的舊事，心中早就惴惴不安，這時只聽得樓上樓下響成一片，不由得連珠價的叫苦，顛三倒四的只念：「救苦救難觀世音菩薩，玉皇大帝，城隍老爺……」

郭靖怕碗碟碎片傷了手掌，不敢用手去按，腰背用勁，一躍而起，立時又搶上樓來。只見灰影閃動，接著青影一晃，丘處機與黃藥師先後從窗口躍向樓下。郭靖心想：「這老賊武功在我之上，空手傷他不得。」從身上拔出兩般武器，口中橫咬丘處機所贈短劍，右手執著成吉思汗所賜金刀，心道：「拚著挨那老賊一拳一腳，好歹也要在他身上刺兩個透明窟窿。」奔到窗口，湧身便跳。

這時街上行人熙熙攘攘，聽得酒樓有人跳下，都擁來觀看，突見窗口又有人凌空躍落，手上兵刃白光閃閃，眾人發一聲喊，互相推擠，早跌倒了數人。

郭靖在人叢中望不見黃丘二人，忙取下口中短劍，向身旁一個老者問道：「樓上跳下來的兩人那裏去了？」那老者大吃一驚，只叫：「好漢饒命，不關老漢的事。」郭靖連問數聲，只把那老者嚇得大叫「救命」。郭靖展臂輕輕將他推開，闖出人叢，丘黃二人卻已影蹤不見。

他又奔上酒樓，四下瞭望，但見湖中一葉扁舟載著丘黃二人，正向湖心土洲上的煙雨樓划去。黃藥師坐在船艙，丘處機坐在船尾盪槳。

郭靖見此情景，不由得一怔，心道：「二人必是到煙雨樓去拚個你死我活，丘道長縱然神勇，那能敵此老賊？」當下急奔下樓，搶了一艘小船，撥槳隨後跟去。眼見大仇在前，再也難以寧定，可是水上之事，實是性急不得，一下子使力大了，拍的一聲，木槳齊柄折斷。他又急又怒，搶起一塊船板當槳來划，這時欲快反慢，離丘黃二人的船竟愈來愈遠。好容易將小船撥弄到岸邊，二人又已不見。郭靖自言自語：「得沉住了氣，可別大仇未報，先送了性命。」深深吐納三下，凝神側耳，果聽得樓後隱隱有金刃劈風之聲，夾著一陣陣吆喝呼應，卻是不止丘黃二人。

郭靖四下觀看，摸清了周遭情勢，躡足走進煙雨樓去，樓下並無人影，當即奔上樓梯，只見窗口一人憑欄而觀，口中尚在嚼物，嗒嗒有聲，正是洪七公。郭靖搶上去叫聲：「師父！」洪七公點了點頭，向窗下一指，舉起手中半隻熟羊腿來咬了一口。郭靖奔到窗邊，只見樓後空地上劍光耀眼，八九個人正把黃藥師圍在垓心，眼見敵寡己眾，心中稍寬，但得看清了接戰眾人的面目，卻又不覺一驚。

只見大師父柯鎮惡揮動鐵杖，與一個青年道士靠背而立，心道：「怎麼大師父也在此處？」再定睛看時，那青年道士原來是丘處機的弟子尹志平，手挺長劍，護定柯鎮惡的後心，卻不向黃藥師進攻。此外尚有六個道人，便是馬鈺、丘處機等全真六子了。

郭靖看了片刻，已瞧出全真派乃是布了天罡北斗陣合戰，只是長真子譚處端已死，「天璇」之位便由柯鎮惡接充，想是他武功較遜，又不諳陣法，是以再由尹志平守護背後，臨時再加指點。但見全真六子各舞長劍，進退散合，圍著黃藥師打得極是激烈。

那日牛家村惡鬥，全真七子中只二人出劍，餘人俱是赤掌相搏，戰況已凶險萬狀，此時七柄長劍再加一根鐵杖，更是猛惡驚人。黃藥師卻仍是空手，在劍光杖影中飄忽來去，似乎已給逼得只有招架之功，卻無還手之力，數十招中只是避讓敵刃，竟未還過一拳一腳。郭靖心中暗喜：「任你神通廣大，今日也叫你難逃公道。」

突然見黃藥師左足支地，右腿繞著身子橫掃三圈，逼得八人一齊退開三步。郭靖暗讚：「好掃葉腿法！」黃藥師回過頭來，向樓頭洪郭兩人揚了揚手，點頭招呼。郭靖見他滿臉輕鬆自在，渾不是給迫得喘不過氣來的神氣，不禁起了疑竇，只見黃藥師左掌斜揮，向長生子劉處玄頭頂猛擊下去，竟是從守禦轉為攻擊。

這一掌劈到，劉處玄原是不該格擋，須由位當天權的丘處機和位當天璇的柯鎮惡從旁側擊解救，可是柯鎮惡目不見物，與常人接戰自可以耳代目，遇著黃藥師這般來無影去無蹤的高明掌法，那裏還能隨機應變？丘處機劍光閃閃，直指黃藥師的右腋，柯鎮惡待得聽到尹志平指點出杖，已然遲了一步。

劉處玄只覺風聲颯然，敵人手掌已拍到頂門，大駭之下，急忙倒地滾開。馬鈺與王處一在旁眼見這一下手實是千鈞一髮之險，雙劍齊出。劉處玄危難雖脫，天罡北斗之陣卻也已散亂，黃藥師哈哈一笑，向孫不二疾衝過去，衝出三步，突然倒退，背心撞向廣寧子郝大通。郝大通從未見過這般怪招，不禁微一遲疑，待要挺劍刺他脊梁，黃藥師動如脫兔，早已闖出了圈子，在兩丈外站定。

洪七公笑道：「黃老邪這一手可帥得很啊！」郭靖叫道：「我去！」發足向樓梯奔去。洪七公道：「不忙，不忙！你岳丈初時老不還手，我很為你大師父擔心，現在瞧來他並無傷人之意。」郭靖回到窗邊，問道：「怎見得？」洪七公道：「若是他有意傷人，適才那瘦皮猴道士那裏還有命在？小道士們不是對手，不是對手。」他咬了一口羊腿，又道：「你岳丈與丘處機未來之時，我見那幾個老道和你大師父在那邊排陣，可是這天罡北斗陣豈是頃刻之間便能學得成的？那幾個老道勸你大師父暫不插手助陣，你大師父咬牙切齒的只是不答應。不知你大師父為了甚麼事，跟你岳丈結了那麼大的冤家。他跟那小道士合守天璇，終究擋不住你岳丈的殺手。」

郭靖恨恨的道：「他不是我岳丈。」洪七公奇道：「咦，怎麼又不是岳丈了？」郭靖咬牙切齒的道：「他，他，哼！」洪七公道：「蓉兒怎麼啦？你們小兩口吵架了，是不是？」郭靖道：「不關蓉兒的事。這老賊，他，他害死了我五位師父，我跟他仇深似海。」洪七公嚇了一跳，忙問：「這話當真？」

這句話郭靖卻沒聽見，他全神貫注的正瞧著樓下的惡鬥。這時情勢已變，黃藥師使出劈空掌法，只聽得呼呼風響，對手八人攻不近身去。若論馬鈺、丘處機、王處一等人的武功，黃藥師原不能單憑一對肉掌便將他們擋在丈許之外，但那天罡北斗陣是齊進齊退之勢，孫不二、柯鎮惡、尹志平三人武功較弱，只要有一人給逼退了，餘人只得跟著後卻。只見眾人進一步退兩步，和黃藥師愈離愈遠，但北斗之勢仍是絲毫不亂。

到這時全真派的長劍早已及不著黃藥師身上，他卻可以俟隙而攻。再拆數招，洪七公道：「嗯，原來如此。」郭靖忙問：「怎麼？」洪七公道：「黃老邪故意引逗他們展開陣法，要看清楚天罡北斗陣的精奧，是以遲遲不下殺手。十招之內，他就要縮小圈子了。」

洪七公武功雖失，眼光仍是奇準，果然黃藥師劈出去的掌力一招弱似一招，全真諸子逐漸合圍，不到一盞茶功夫，眾人似已擠成一團。眼見劉處玄、丘處機、王處一、郝大通四人的劍鋒便可同時插在黃藥師身上，不知怎的，四柄長劍卻都貼身而過，終究差了數寸，若不是四人收劍迅捷，竟要相互在同門師兄弟身上刺個透明窟窿。

在這小圈子中相鬥，招招相差只在毫髮之間。郭靖心知黃藥師只要一熟識陣法，就不會再跟眾人磨耗，破陣破弱，首當其衝的自然是大師父與尹志平兩人，此處離眾人太遠，危急時不及相救，眼見陣中險象環生，向洪七公道：「弟子下去。」也不等他答話，飛奔下樓。

待得奔近眾人，卻見戰局又變，黃藥師不住向馬鈺左側移動，越移越遠，似乎要向外逃遁。郭靖手執短劍，只待他轉身發足，立時猛撲而上。忽聽得王處一撮唇而嘯，他與郝大通、孫不二三人組成的斗柄從左轉了上去，仍將黃藥師圍在中間。黃藥師連移三次方位，不是王處一轉動斗柄，就是丘處機帶動斗魁，始終不讓他搶到馬鈺左側，到第四次上，郭靖猛然醒悟：「啊，是了，他要搶北極星位。」

那日他在牛家村療傷，隔牆見到全真七子布「天罡北斗陣」，先後與梅超風、黃藥師相鬥，其後與黃蓉參詳天上的北斗星宿與北極星，得知若將北斗星宿中「天樞」「天璇」兩星聯一直線，向北伸展，即遇北極星。此星永居正北，北斗七星每晚環之而轉。其後他在洞庭湖君山為丐幫所擒，又再仰觀天文，悟到天罡北斗陣的不少訣竅，但也只是將北斗陣連環救援、此擊彼應的巧妙法門用入自己武功而已。黃藥師才智勝於郭靖百倍，又精通天文術數、陰陽五行之學，牛家村一戰未能破得全真七子的北斗陣，事後凝思多日，即悟到了此陣的根本破綻之所在。郭靖所想的只是「學」，黃藥師不屑去學王重陽的陣法，所想的卻是「破」，知道只須搶到北極星的方位，北斗陣散了便罷，否則他便要坐鎮中央，帶動陣法，那時以逸待勞，自是立於不敗之地。

全真諸子見他窺破陣法的關鍵，各自暗暗心驚，若是譚處端尚在，七子渾若一體，決不容他搶到北極星位。此時「天璇」位上換上了柯鎮惡與尹志平二人，武功固然遠遜，陣法又是不熟，天罡北斗陣的威力登時大減。馬鈺等明知纏鬥下去必無善果，而且郭靖窺伺在旁，只要黃藥師當真遇到危險，他翁婿親情，豈有不救？但師叔與同門被殺之仇不能不報，重陽先師當年武功天下第一，他的弟子合六人之力尚且鬥不過一個黃藥師，全真派號稱武學正宗，那實是威名掃地了。

只聽黃藥師笑道：「不意重陽門下弟子，竟不知好歹至此！」斗然間欺到孫不二面前，刷刷刷連劈三掌。馬鈺與郝大通挺劍相救。黃藥師身子略側，避開二人劍鋒，刷刷刷，向孫不二又劈三掌。桃花島主掌法何等精妙，這六掌劈將下來，縱然王重陽復生，洪七公傷愈，也得避其鋒銳，孫不二如何抵擋得住？眼見掌來如風，只得連挽劍花，奮力守住面門。黃藥師驀地裏雙腿連環，又向她連踢六腿。這「落英神劍掌」與「掃葉腿」齊施，正是桃花島的「狂風絕技」，六招之下敵人若是不退，接著又是六招，招數愈來愈快，六六三十六招，任是英雄好漢，也要教他避過了掌擊，躲不開腿踢。

馬鈺等見他專對孫不二猛攻，團團圍上相援，在這緊迫之際，陣法最易錯亂。柯鎮惡目不見物，斗魁橫過時起步稍遲，黃藥師一聲長笑，已越過他的身後。忽聽得一人在半空中大叫「啊喲」，飛向煙雨樓屋角，原來尹志平被他捉住背心，擲了上去。

這一來陣法破綻更大，黃藥師那容對方修補，立時低頭向馬鈺疾衝，滿以為他必定避讓，那知馬鈺劍守外勢，左手的劍訣卻直取敵人眉心，出手沉穩，勁力渾厚。黃藥師側身避過，讚了聲：「好，不愧全真首徒。」一猛地裏回身一腳，把郝大通踢了個觔斗，俯身搶起長劍，當胸直刺下去。劉處玄大驚，揮劍來格。黃藥師哈哈大笑，手腕震處，拍的一聲，雙劍齊斷。但見青影閃動，桃花島主疾趨北極星位。此時陣法已亂，無人能阻。諸子不住價叫苦，眼見他要恃主驅奴，全真派潰於今日。

馬鈺一聲長嘆，正要棄劍認輸，任憑敵人處置，忽見青影閃晃，黃藥師反奔而回，北極星位上多了一人，原來卻是郭靖。諸子中只有丘處機大喜過望，他在醉仙樓上曾見郭靖與黃藥師拚命。馬鈺與王處一識得郭靖，知他心地純厚，縱然相助岳丈，也決不致向師父柯鎮惡反噬。餘人卻更是心驚，眼見郭靖已佔住北極星位，他翁婿二人聯手，全真派實無死所，正驚疑間，卻見郭靖左掌右劍，已與黃藥師鬥在一起，不由得驚詫不已。

黃藥師破亂了陣法，滿擬能將全真派打得服輸叫饒，那知北極星位上突然出現了一人。他全神對付全真諸子，並未轉身去看此人面目，反手施展劈空掌手段，當胸就是一掌。那人伸左掌卸開來勢，身子卻穩凝不動。黃藥師大吃一驚，心想：「世上能憑一人之力擋得住我一掌的，實是寥寥可數。此人是誰？」回過頭來，卻見正是郭靖。

此時黃藥師後前受敵，若不能驅開郭靖，天罡北斗陣從後包抄上來，實是危險萬分。他向郭靖連劈三掌，一掌猛似一掌，但每一掌都被郭靖運勁化開。第四掌他虛實並用，料著郭靖要乘隙還手，那知郭靖仍是只守不攻，短劍豎擋胸口，左掌在自己下腹緩緩掠過，叫他雖是一招雙攻，但雙攻都失了標的。黃藥師一驚更甚：「這傻小子竟也窺破了陣法的秘奧，居然穩守北極星位，竟不移動半步。是了，他必是受了全真諸子傳授，在這裏合力對我。」

他自不知這一下只猜對了一半。郭靖確是通悉了天罡北斗陣的精要，然而是從九陰真經中習得，卻非全真諸子所授。

郭靖面對殺師大仇，卻沉住了氣堅守要位，雙足猶似用鐵釘在地下牢牢釘住，任憑黃藥師故意露出多大的破綻誘敵，他只是視而不見。黃藥師暗暗叫苦，心道：「傻小子不識進退！哼，拚著給蓉兒責怪，今日也只有傷你了，否則不能脫身。」他左掌劃了個圈子，待劃到胸前七寸之處，右掌斗地搭上了左掌，借著左掌這一劃之勁，力道大了一倍，正要向郭靖面門拍去，心念忽動：「若是他仍然呆呆的不肯讓開，這掌勢必將他打成重傷。真要有甚麼三長兩短，蓉兒這一生可永遠不會快活的了。」

郭靖見他借勁出掌，眼看這一下來勢非同小可，咬一咬牙，出一招「見龍在田」，只得以降龍十八掌的功夫硬拚，自知武功遠為不及，硬碰硬的對掌有損無益，但若不強接對方這一招而閃身避開，他必佔住北極星位，那時再要除他可就千難萬難了。這一招出去，實是豁出了性命的蠻幹，那知黃藥師掌出尺許，突然收回，叫道：「傻小子，快讓開，你為甚麼跟我過不去？」

郭靖弓背挺劍，凝神相望，防他有甚麼詭計，卻不答話。這時全真諸子已整頓了陣勢，遠遠的圍在黃藥師身後，俟機攻上。黃藥師又問：「蓉兒呢？她在那裏？」郭靖仍是不答，臉色陰沉，眼中噴出怒火。黃藥師見了他的臉色，疑心大起，只怕女兒已有甚不測，喝道：「你把她怎樣了？快說！」郭靖牙齒咬得更緊，持劍的右手微微發抖。

黃藥師凝目相視，郭靖每一個細微的動作都逃不過他的眼光，見他神色大異，心中更是驚疑，叫道：「你的手幹麼發抖？你為甚麼不說話？」郭靖想起桃花島上諸位師父慘死的情狀，悲憤交迸，全身不由自主的劇烈顫動，眼眶也自紅了。

黃藥師見他始終不語，目中含淚，愈想愈怕，只道女兒與他因華箏之事起了爭鬧，被他害死，雙足一點，和身直撲過去。他這麼忽地縱起，丘處機長劍揮動，天罡北斗陣同時發難，王處一、郝大通兩人一劍一掌，左右攻上。郭靖掌卸來勢，短劍如電而出，還擊一招。黃藥師卻不閃避，反手逕拿他手腕奪劍。這一拿雖然既狠且準，但王處一長劍已抵後心，不得不挺腰躲過，就此一讓，奪劍的五指差了兩寸，郭靖已乘機迴劍刴刺。

這一番惡鬥，比適才更是激烈數倍。全真諸子初時固欲殺黃藥師而甘心，好為周伯通與譚處端報仇，黃藥師卻明知其中生了誤會。只是他生性傲慢，又自恃長輩身分，不屑先行多言解釋，滿擬先將他們打得一敗塗地、棄劍服輸，再行說明真相，重重教訓他們一頓，是以動武之際手底處處留情。否則馬鈺、丘處機等縱然無礙，孫不二、尹志平那裏還有命在？那知郭靖突然出現，不但不出手相助，反而捨死狠拚，心想他如不是害死了黃蓉，何必如此懼怕自己。

這時黃藥師再不容情，一意要抓住郭靖問個明白，若是當真如己所料，雖將他碎屍萬段亦不足以洩心中之憤。但此際郭靖佔了北極星位，尹志平雖在煙雨樓頂上尚未爬下，雙方優劣之勢已然倒轉。天罡北斗陣法滾滾推動，攻勢連綿不絕。黃藥師連搶數次，始終不能將郭靖逼開，心中焦躁起來，每當用強猛衝，全真諸子必及時救援，欲待回身下殺手先破陣法，北斗陣越縮越小，合圍之勢已成，自忖雖有震古爍今的能為，亦已難脫厄運。

鬥到分際，馬鈺長劍一指，叫道：「且住！」全真諸子各自收勢，牢牢守住方位。馬鈺說道：「黃島主，你是當代武學宗主，後輩豈敢妄自得罪？今日我們恃著人多，佔了形勢，我周師叔、譚師弟的血債如何了斷，請你說一句罷！」

黃藥師冷笑一聲，說道：「有甚麼說的？爽爽快快將黃老邪殺了，以成全真派之名，豈不美哉？看招！」身不動，臂不抬，右掌已向馬鈺面門劈去。

馬鈺一驚閃身，但黃藥師這一掌發出前毫無先兆，發出後幻不可測，虛虛實實，原是落英神劍掌法中的救命絕招，他精研十年，本擬在二次華山論劍時用以爭勝奪魁，這一招羣毆之際使用不上，單打獨鬥，丹陽子功力再深，如何能是對手？馬鈺不避倒也罷了，這向右一閃，剛好撞上他的後著，暗叫一聲：「不好！」待要伸手相格，敵掌已抵在胸口，只要他勁力一發，心肺全被震傷。

全真五子盡皆大驚，劍掌齊上，卻那裏還來得及？眼見馬鈺立時要命喪當場，那知黃藥師哈哈一笑，撤掌回臂，說道：「我如此破了陣法，諒你們輸了也不心服。黃老邪死則死耳，豈能讓天下英雄笑話？好道士，大夥兒齊上吧！」

劉處玄哼了一聲，揮拳便上，王處一長劍緊跟遞出，天罡北斗陣又已發動。這時使的是第十七路陣法，王處一之後該由馬鈺攻上。王處一疾刺一劍後讓出空檔，但馬鈺不向前攻，反而退後兩步，叫道：「且慢！」眾人又各住手。

馬鈺道：「黃島主，多承你手下容情。」黃藥師道：「好說。」馬鈺道：「按理說，此時晚輩命已不在，先師遺下的這個陣法，已然為你破了，我們若知好歹，該當垂手服輸，聽憑處置。只是師門深仇，不敢不報，了結此事之後，晚輩自當刎頸以謝島主。」黃藥師臉色慘然，揮手道：「多說無益，動手罷。世上恩仇之事，原本難明。」

郭靖心想：「馬道長等與他動手，是為了要報師叔師弟之仇。其實周大哥好端端的活著，譚道長之死也與黃島主無涉。但若我出言解釋明白，全真諸子退出戰團，單憑大師父和我二人，那裏還是他對手？別說殺師大仇決計難報，連自己的性命也必不保。」轉念一想：「我若隱瞞此事，豈非成了卑鄙小人？眾位師父時時言道：頭可斷，義不可失。」於是朗聲說道：「馬道長，丘道長，王道長，你們的周師叔並沒死，譚道長是歐陽鋒害死的。」丘處機奇道：「你說甚麼？」

郭靖於是述說當時如何在牛家村密室養傷，隔牆如何耳聞目睹裘千丈造謠、雙方激鬥、歐陽鋒誣陷等情。他雖口齒笨拙，於重大關節之處卻也說得明明白白。

全真諸子聽得將信將疑。丘處機喝道：「你這話可真？」郭靖指著黃藥師道：「弟子恨不得生啖這老賊之肉，豈肯助他？只是實情如此，弟子不得不言。」六子知他素來誠信，何況對黃藥師這般切齒痛恨，所說自必是實。

黃藥師聽他居然為自己分辯，也是大出意料之外，說道：「你幹麼如此恨我？蓉兒呢？」柯鎮惡接口道：「你自己做的事難道還不明白？靖兒，咱們就算打不贏，也得跟這老賊拚了。」說著舉起鐵杖，向黃藥師橫掃過去。

郭靖聽了師父之言，知他已原諒了自己，心中感到一陣喜慰，隨即眼淚流了下來，叫道：「大師父，二師父他們……他們五位，死得好慘！」

黃藥師伸手抓住柯鎮惡鐵杖的杖頭，問郭靖道：「你說甚麼？朱聰、韓寶駒他們好好在我島上作客，怎會死了？」柯鎮惡奮力回奪，鐵杖紋絲不動。黃藥師又問郭靖道：「你目無尊長，跟我胡說八道，動手動腳，是為了朱聰他們麼？」郭靖眼中如要出血，叫道：「你親手將我五位師父害了，還要假作不知？」提起短劍，挺臂直刺。

黃藥師揮手將鐵杖甩出，噹的一聲，杖劍相交，火花四濺，那短劍鋒銳無倫，鐵杖上給砍了一條缺口。

黃藥師又道：「是誰見來？」郭靖道：「五位師父是我親手埋葬，難道還能冤了你不成？」黃藥師冷笑道：「冤了又怎樣？黃老邪一生獨來獨往，殺幾個人難道還會賴帳？不錯，你那些師父通統是我殺的！」

忽聽一個女子聲音叫道：「不，爹爹，不是你殺的，你千萬別攬在自己身上。」眾人一齊轉頭，只見說話的正是黃蓉。眾人全神酣鬥，竟未察覺她何時到來。

郭靖乍見黃蓉，呆了一呆，霎時間不知是喜是愁。

黃藥師見女兒無恙，大喜之下，痛恨郭靖之心全消，哈哈大笑，說道：「好孩子，過來，讓爹疼你。」這幾日來黃蓉受盡了熬煎，到此時才聽到一句親切之言，飛奔過去，投入父親懷中，哭道：「爹，這傻小子冤枉你，他……他還欺侮我。」

黃藥師摟著女兒笑道：「黃老邪自行其是，早在數十年前，無知世人便已把天下罪孽都推在你爹頭上，再加幾樁，又豈嫌多了？江南五怪是你梅師姊的大仇人，當真是我親手殺了。」黃蓉急道：「不，不，不是你，我知道不是你。」黃藥師微微一笑，道：「傻小子這麼大膽，竟敢欺侮我的好孩子，你瞧爹爹收拾他。」一言甫畢，突然回手出掌，快似電閃，當真來無影、去無蹤。郭靖正自琢磨他父女倆的對答，突然拍的一聲，左頰熱辣辣的吃了一記耳光，待要伸手擋架，黃藥師的手掌早已回了黃蓉頭上，輕輕撫摸她的秀髮。這一掌打得聲音甚響，勁力卻弱，郭靖撫著面頰，茫然失措，不知該上前動手，還是怎地。

柯鎮惡聽到郭靖被打之聲，只怕黃藥師已下毒手，急問：「靖兒，你怎麼？」郭靖道：「沒事。」柯鎮惡道：「別聽妖人妖女一搭一檔的假撇清，我雖沒有眼珠，但你四師父親口說道：他目睹這老賊害死你二師父，逼死你七……」郭靖不等他說完，已和身猛向黃藥師撲去。柯鎮惡鐵杖也已疾揮而出。

黃藥師放下女兒，閃開郭靖手掌，搶步來奪鐵杖，這次柯鎮惡已有了防備，便沒給他抓到。師徒二人聯手，剎時間已與黃藥師鬥得難解難分。郭靖雖屢逢奇人，學得不少神妙武功，但與這位武學大宗師的桃花島主相較，究竟相去甚遠，縱有柯鎮惡相助，亦是無濟於事，只拆得二三十招，已被逼得難施手腳。

丘處機心道：「全真派危急時他師徒出手相助，眼下二人落敗，我們豈可坐視？且不管周師叔生死若何，先打服了黃老邪再定分曉。」長劍一指，叫道：「柯大俠退回原陣！」此時尹志平已從煙雨樓頂爬下，雖被摔得臉青鼻腫，卻無大傷，奔到柯鎮惡身後仗劍守護。天罡北斗陣再行推動，將黃藥師父女圍在垓心。

黃藥師大是惱怒，心想：「先前誤會，攻我尚有可說，傻小子既已說明真相，你這羣雜毛仍是恃眾胡來，黃老邪當真不會殺人嗎？」身形閃處，直撲柯鎮惡左側。

黃蓉見父親臉露殺氣，知他下手再不容情，心中一寒，卻見王處一、馬鈺已擋開父親掌勢，柯鎮惡的鐵杖卻惡狠狠的向自己肩頭壓下，口中還在罵：「十惡不赦的小賤人、鬼妖女！桃花島上的賤貨！」黃蓉從來不肯吃半點小虧，聽他破口亂罵，怒從心起，叫道：「你有膽子再罵我一句？」

江南七怪都是生長市井的屠沽之輩，出口傷人有甚難處？柯鎮惡恨極了黃藥師父女，聽她如此說，當下甚麼惡毒的言語都罵了出來。黃蓉自幼獨居，那裏聽到過這些粗言穢語，饒是她聰明絕頂，柯鎮惡每罵一句，她都得一怔之後方明白言中之意，到後來越聽越不成話，越聽越是不解，啐了一口，說道：「虧你還做人家師父，也不怕說髒了嘴。」柯鎮惡罵道：「老子跟乾淨人說乾淨話，跟臭賤人說臭話！你這人越髒，老子的話跟著也是越髒。」

黃蓉大怒，提起竹棒迎面直點。柯鎮惡還了一杖，那知打狗棒法神妙絕倫，數招一過，鐵杖已被黃蓉用「引」字訣拖住，跟著她竹棒揮舞，棒東杖東，棒西杖西，全然不得自由。柯鎮惡在北斗陣中位居「天璇」，他一受制，陣法登時呆滯。

丘處機劍光閃閃，刺向黃蓉背後，本來這招原可解了柯鎮惡之厄，可是黃蓉恃著身披寶甲，竟不理會，棒法一變，連打三招。丘處機長劍已指到她背心，心念一動：「丘某是何等樣人，豈能傷這小小女孩？」劍尖觸背，卻不前送。就這麼救援稍遲，黃蓉已搶到空隙，竹棒疾搭急迴，借著伏魔杖法外崩之力，向左甩出。柯鎮惡力道全使反了，鐵杖不由自主的脫出掌握，飛向半空，撲通一聲，跌入了南湖。

王處一怕她乘勢直上，早已搶在柯鎮惡身前，挺劍擋住。他雖見多識廣，卻從未見過這打狗棒法，不禁大是驚疑。

郭靖見師父受挫，叫道：「大師父，你請歇歇，我來替你。」縱身離開北斗星位，搶到「天璇」。他此時武功已勝全真諸子，兼之精通陣法奧妙，一加推動，陣勢威力大增。北斗陣本以「天權」為主，但他一入陣，樞紐移至「天璇」，陣法立時變幻。這奇勢本來不及正勢堅穩，但黃藥師一時之間參詳不透，雖有女兒相助，仍是難以抵擋，幸而全真諸子下手各守分寸，只郭靖一人性命相搏，黃藥師勉強還可支撐。

鬥到分際，郭靖愈逼愈近。他有諸子為援，黃藥師傷他不得，只得連使輕功絕技，方避開了他勢若瘋虎的連環急攻。

黃蓉見郭靖平素和善溫厚的臉上這時籠罩著一層殺氣，猙獰可怖，似乎突然換了一人，變得從不相識，心中又驚又怕，擋在父親面前，向郭靖道：「你先殺了我罷！」郭靖怒目而視，喝道：「滾開！」黃蓉一呆，心想：「怎麼你也這樣對我說話？」郭靖搶上前去，伸臂將她推在一旁，縱身直撲黃藥師。

忽聽得身後一人哈哈大笑，叫道：「藥兄不用發愁，做兄弟的助你來啦！」語聲鏗鏗然十分刺耳。眾人不敢就此迴身，將北斗陣轉到黃藥師身後，這才見到湖邊高高矮矮的站著五六人，為首一人長手長腿，正是西毒歐陽鋒。

全真七子齊聲呼嘯。丘處機道：「靖兒，咱們先跟西毒算帳！」長劍一揮，全真六子都圍到了歐陽鋒身周。

那知郭靖全神貫注在黃藥師身上，對丘處機這話恍似不聞。全真六子一抽身，他已撲到黃藥師身前，兩人以快打快，倏忽之間拆了五六招。雙方互擊不中，均各躍開，沉肩拔背，相向瞪視。只聽郭靖大喊一聲，攻將上去，數招一過，又分別退開。

此時全真六子已布成陣勢，看柯鎮惡時，但見他赤手空拳，守在黃藥師身旁，側耳傾聽，雙掌張開，顯是要不顧自己安危，撲上去牢牢將他抱住，讓郭靖搏擊他的要害。丘處機向尹志平一招手，命他佔了「天璇」之位。馬鈺高聲吟道：「手握靈珠常奮筆，心開天籟不吹簫！」這是譚處端臨終之時所吟的詩句，諸子一聽，敵愾之心大起，劍光霍霍，掌影飄飄，齊向歐陽鋒攻去。

歐陽鋒手中蛇杖倏伸倏縮，把全真派七人逼開。他在牛家村見過全真派天罡北斗陣的厲害，心中好生忌憚，先守緊門戶，以待敵方破綻。北斗陣一經展開，前攻後擊，連環不斷。歐陽鋒遇招拆招，見勢破勢，片刻間已看出尹志平的「天璇」是陣法一大弱點，心想此陣少了一環，實不足畏，當下使開蛇杖堅守要害，遊目四顧，觀看周遭情勢。

郭靖與黃藥師貼身肉搏。黃蓉揮動竹棒，將柯鎮惡擋在距兩人丈餘之外，連叫：「且慢動手，聽我說幾句話。」但郭靖充耳不聞，一掌接著一掌的拍出，狠命撲擊。黃蓉見父親初時尚手下容情，但給郭靖纏得急了，臉上怒色漸增，出手愈重，眼見局勢危急，只要他兩人之中任誰稍有疏神，定有人遭致傷亡，一抬頭見洪七公在煙雨樓頭憑欄觀戰，忙叫：「師父，師父，你快來分說明白。」

洪七公也早瞧出情形不妙，苦於武功全失，無力排難解紛，正自焦急，聽得黃蓉叫喚，心想：「只要黃老邪對我有幾分故人之情，此事尚有可為。」雙手在欄干上一按，從半空輕飄飄的落下地來，叫道：「大家住手，老叫化有話說。」

九指神丐在江湖上何等威名，眾人見他忽然現身，個個心中一凜，不由自主的住手罷鬥。歐陽鋒第一個暗暗叫苦，心道：「怎麼老叫化的武功回來了？」他不知洪七公聽郭靖口述九陰真經中梵文書寫的神功之後，這幾日來照法而行，自通奇經八脈。洪七公武功原已精絕，既得聞上乘內功訣竅，如法修為，自是效驗如神，短短數日之中，已將八脈打通一脈，輕身功夫已回復了三四成。若論拳勁掌力、搏擊廝鬥，仍還不如一個全然不會武功的壯漢，但縱躍起伏，身法輕靈，即以歐陽鋒如此眼力，亦瞧不出他徒具虛勢，全無實勁。

洪七公見眾人對自己居然仍是如此敬畏，尋思：「老叫化若不裝腔作勢一番，難解今日危局，可是該當說些甚麼話，方能讓全真諸道俯首聽命、叫老毒物知難而退？」一時無計，且仰天打個哈哈再說，猛抬頭，卻見明月初昇，圓盤似的冰輪上緣隱隱缺了一邊，心念忽動，說道：「眼前個個是武林高手，不意行事混帳無賴，說話如同放屁。」

眾人一怔，知他向來狂言無忌，也不以為忤，但既如此見責，想來必有緣故。馬鈺行了一禮，說道：「請前輩賜教。」

洪七公怒道：「老叫化早聽人說，今年八月中秋，煙雨樓畔有人打架，老叫化最怕耳根子不清淨，但想時候還早，儘可在這兒安安穩穩睡個懶覺，那知道今兒一早便聽得砰砰嘭嘭的吵個不休。又是擺馬桶陣、便壺陣啦，又是漢子打婆娘、女婿打丈人啦，殺豬屠狗一般，鬧得老叫化睡不得個太平覺。你們抬頭瞧瞧月亮，今兒是甚麼日子？」

眾人聽了他這幾句話，斗然間都想起今天還是八月十四，比武之約尚在明日，何況彭連虎、沙通天等正主兒未到，眼下動手，確是有點兒於理不合。丘處機道：「老前輩教訓得是。我們今日原是不該在此騷擾。」他轉頭向歐陽鋒道：「歐陽鋒，咱們換個地方去拚個死活。」歐陽鋒笑道：「妙極，妙極，該當奉陪。」

洪七公把臉一沉，說道：「王重陽一歸天，全真教的一羣雜毛鬧了個烏七八糟。我跟你們說個好的，五個男道士加個女道姑，再湊上個武功低微的小道士，滿不是老毒物對手。王重陽沒留下甚麼好處給我，全真教的雜毛死光了也不放在老叫化心上，可是我倒要問一聲：你們訂下了比武約會，明兒怎生踐約啊？七個死道士跟人家打麼？」

這番話明裏是嘲諷全真諸子，暗中卻是好意點醒，與歐陽鋒動上了手實是有死無生。他全真派七道鬥不過黃藥師，自也不是歐陽鋒的對手。六子久歷江湖，怎不明他話中含意，只是大仇當前，焉能退縮？

洪七公眼角一橫，見郭靖向黃藥師瞪目怒視，黃蓉泫然欲淚，心知其中糾葛甚多，尋思：「待老頑童到來，憑他這身功夫，當可藝壓全場，那時老叫化自有話說。」於是喝道：「老叫化要睡覺，誰再動手動腳，就是跟我過不去。到明晚任你們鬧個天翻地覆，老叫化誰也不幫。馬鈺，你這夥雜毛都給我坐下來練練功夫，內力強得一分是一分，臨時抱佛腳，也勝於不抱。靖兒、蓉兒，來跟我搥腿。」

歐陽鋒對他心存忌憚，暗想他若與全真諸子聯手，實是難以抵敵，當即說道：「老叫化，藥兄與我哥兒倆跟全真教結上了樑子。九指神丐言出如山，今日給你面子，明兒你可得誰也不幫。」

洪七公暗暗好笑：「現在你伸個小指頭兒也推倒了我，居然怕我出手。」於是大聲說道：「老叫化放個屁也比你說話香些，不幫就不幫，你準能勝麼？」說著仰天臥倒，把酒葫蘆枕在腦後，叫道：「兩個孩兒，快搥腳！」

這時他啃著的羊腿已只剩下一根骨頭，可是還在戀戀不捨的又咬又舐，似乎其味無窮，望著天邊重重疊疊的雲層，說道：「這雲好不古怪，只怕要變天呢！」又見湖面上水氣瀰漫，用力吸了幾口氣，搖搖頭道：「好氣悶！」轉頭對黃藥師道：「藥兄，借你閨女給我搥腿成不成？」黃藥師微微一笑。黃蓉走過來坐在洪七公身畔，在他腿上輕輕搥著。洪七公嘆道：「唉，這幾根老骨頭從來沒享過這般福氣！」瞪著郭靖道：「傻小子，你的狗爪子沒給黃老邪打斷罷？」郭靖應了一聲：「是。」坐在另一邊給他搥腿。

柯鎮惡倚著水邊的一株柳樹，一雙無光的眼珠牢牢瞪著黃藥師。他以耳代目，黃藥師在湖邊走來走去，走到東他轉頭跟到東，走到西也跟到西。黃藥師並不理會，嘴角邊微帶冷笑。全真六子與尹志平各自盤膝坐在地下，仍是佈成天罡北斗之陣，低目垂眉，靜靜用功。歐陽鋒手下的蛇奴卻在船中取出桌椅酒菜，安放在煙雨樓下。歐陽鋒背向眾人，飲酒吃菜，只是凝思洪七公中了自己沉重之極的掌力之後，何以能得迅速康復。

其時天氣悶熱，小蟲四下亂飛，湖面上白霧濛濛。洪七公道：「我大腿骨發酸，非有大風雨不可，明天中秋若有月亮，老子把大腿砍了給你們。」斜眼看靖蓉兩人，見他們眼光始終互相避開，從沒對望一次，他生性爽直，見了這般尷尬之事，心裏怎彆得住？但問了幾次，兩人支支吾吾的總是不答。

洪七公高聲向黃藥師道：「藥兄，這南湖可還有個甚麼名稱？」黃藥師道：「又叫作鴛鴦湖。」洪七公道：「好啊！怎麼在這鴛鴦湖上，你女兒女婿小兩口鬧別扭，老丈人也不給勸勸？」

郭靖一躍而起，指著黃藥師道：「他……他……害死了我五位師父，我怎麼還能叫他丈人？」黃藥師冷笑道：「希罕麼？江南七怪沒死清，還剩一個臭瞎子。我要叫他也活不過明天……」柯鎮惡沒等他說完，已縱身撲將過去。郭靖搶在頭裏，竟是後發先至。黃藥師還了一招，雙掌相交，蓬的一聲，將郭靖震得倒退了兩步。

洪七公喝道：「我說過別動手，老叫化說話當真是放屁麼？」

郭靖不敢再上，恨恨的瞪視黃藥師。洪七公道：「黃老邪，江南六怪英雄俠義，你幹麼殺害無辜？老叫化瞧著你這副樣兒挺不順眼。」黃藥師道：「我愛殺誰就殺誰，你管得著麼？」黃蓉叫道：「爹，他五個師父不是你害死的，我知道。你說不是你害的。」

黃藥師在月光下見女兒容色憔悴，不禁大為愛憐，橫眼向郭靖一瞪，見到他滿臉殺氣，心腸又復剛硬，說道：「是我殺的。」黃蓉哽咽道：「爹，你為甚麼硬要自認殺人？」黃藥師大聲道：「世人都說你爹邪惡古怪，你難道不知？歹徒難道還會做好事？天下所有的壞事都是你爹幹的。江南六怪自以為是仁人俠士，我見了這些自封的英雄好漢們就生氣。」

歐陽鋒哈哈大笑，朗聲道：「藥兄這幾句話真是痛快之極，佩服佩服。」舉起酒杯一飲而盡，說道：「藥兄，兄弟送你一件禮物。」右手微揚，將一個包袱擲了過去。他與黃藥師相隔數丈之遙，但隨手揮擲，包袱便破空而至，旁觀眾人均感駭異。

黃藥師接在手中，觸手似覺包中是個人頭，打將開來，赫然是個新割下的首級，頭戴方巾，頦下有鬚，面目卻不相識。歐陽鋒笑道：「兄弟今晨西來，在一所書院歇足，聽得這腐儒在對學生講書，說甚麼要做忠臣孝子，兄弟聽得厭煩，將這腐儒殺了。你我東邪西毒，可說是臭味相投了。」說罷縱聲長笑。

黃藥師臉上變色，說道：「我平生最敬的是忠臣孝子。」俯身抓土成坑，將那人頭埋下，恭恭敬敬的作了三個揖。歐陽鋒討了個沒趣，哈哈笑道：「黃老邪徒有虛名，原來也是個為禮法所拘之人。」黃藥師凜然道：「忠孝乃大節所在，並非禮法！」

一言甫畢，半空突然打了個霹靂。眾人一齊抬頭，只見烏雲遮沒了半爿天，眼見雷雨即至。便在此時，只聽得鼓樂聲喧，七八艘大船在湖中划來，船上掛了紅燈，船頭豎著「肅靜」「迴避」的硬牌，一副官宦的氣派。

註：北斗七星即西方天文學中的大熊星座七星，道家稱為天罡。其中天樞、天璇、天璣、天權四星為斗魁，玉衡、開陽、搖光（又稱瑤光）三星為斗柄。如下圖：

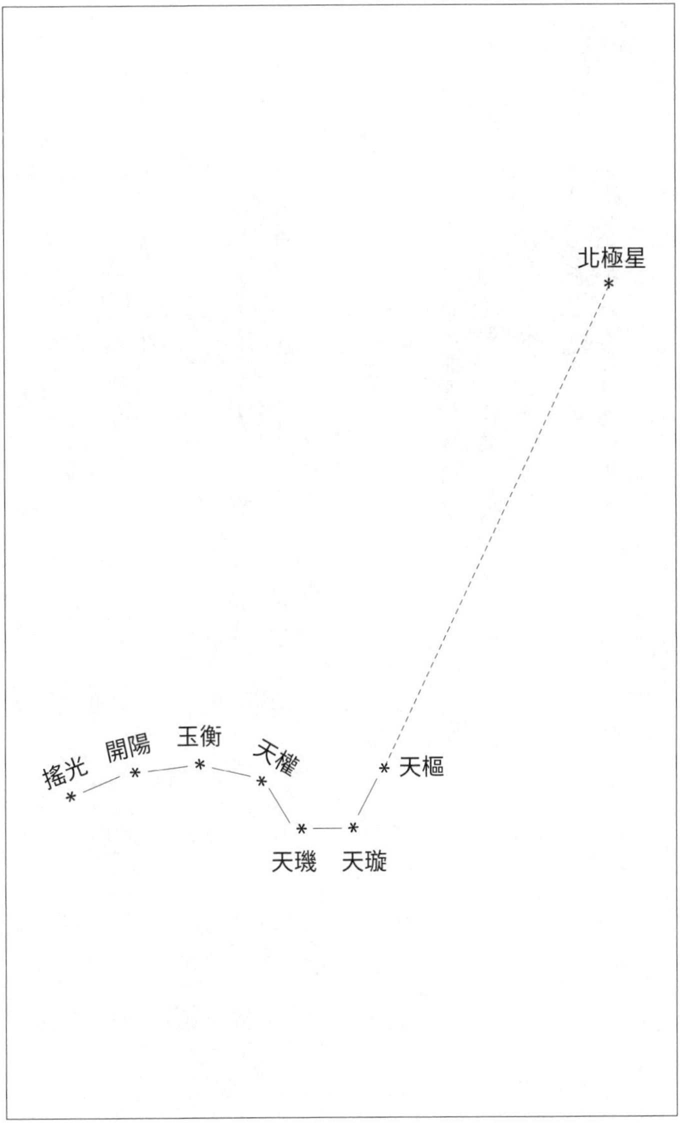

第三十五回

鐵槍廟中

——

兩名官軍被迫抬著柯鎮惡趕路。
黃蓉揮動竹棒，不住向兩人鞭打。
行到傍晚，來到鐵槍廟前。
廟旁高塔上羣鴉築巢，
幾千隻烏鴉在空中飛鳴來去。

船靠岸邊，走上二三十人來，彭連虎、沙通天等人均在其內。最後上岸的一高一矮，高的是大金國趙王完顏洪烈，矮的卻是鐵掌幫幫主裘千仞。看來完顏洪烈恃有歐陽鋒、裘千仞兩人出馬，這番比武有勝無敗，居然親自再下江南。

黃蓉指著裘千仞道：「爹，女兒曾中了這老兒一掌，險些送了性命。」黃藥師在歸雲莊上見過裘千仞出醜，卻不知是裘千丈冒充，心想憑他這點微末道行，怎能把女兒打傷，頗覺奇怪。這時歐陽鋒已與完顏洪烈等人會在一起，低聲計議。

過了半晌，歐陽鋒走到洪七公身前，說道：「七兄，待會比武，你兩不相助，這可是你親口說過的？」洪七公心想：「我是有心無力，要助也無從助起。」只得答道：「甚麼待會不待會的，我是說八月十五。」歐陽鋒道：「就是這樣。藥兄，全真派與江南七怪尋你晦氣，你是一代宗主，跟這些人動手失了身分，待兄弟給你打發，你只袖手旁觀如何？」

黃藥師眼看雙方陣勢：洪七公倘不出手，全真諸子勢必盡遭歐陽鋒的毒手，全真派不免就此覆滅；要是郭靖助守「天璇」，歐陽鋒就不是北斗陣的對手；但如這傻小子仍是一味與自己糾纏，形勢又自不同，心想：「郭靖這小子乳臭未乾，全真一派的存亡禍福卻繫於他一念之間，王重陽地下有知，也只有苦笑了。」

歐陽鋒見他神色漠然，不答自己的問話，心想時機稍縱即逝，若是老頑童周伯通到來，倒是不易對付，長嘯一聲，叫道：「大家動手啊，還等甚麼？」洪七公怒道：「你是說人話還是放狗屁？」歐陽鋒向天上一指，笑道：「子時早過，現下已是八月十五清晨了。」洪七公抬起頭來，只見月亮微微偏西，一半被烏雲遮沒，果然已是子末丑初。歐陽鋒蛇杖點處，斗然間襲到了丘處機胸前。

全真六子見大敵當前，彭連虎又在旁虎視眈眈，心想今日只要稍有不慎，勢必一敗塗地，當下抖擻精神，全力與歐陽鋒周旋，只接戰數合，六人不禁暗暗叫苦。這時西毒有意要在眾人之前逞威，施展的全是凌厲殺手，尤其蛇杖上兩條毒蛇或伸或縮，忽吞忽吐，更是令人防不勝防。丘處機、王處一等數次出劍攢刺，卻那裏刺得著？

黃蓉見郭靖怒視父親，只是礙著洪七公，遲遲不敢出手，靈機一動，說道：「整日價嚷甚麼報仇雪恨，哼，當真是殺父仇人到了，卻又害怕。」郭靖被她一言提醒，瞪了她一眼，心想：「先殺金狗，再找黃藥師不遲。」拔出匕首，向完顏洪烈直奔過去。

沙通天與彭連虎同時搶上，擋在完顏洪烈面前。郭靖匕首反腕斜刺，彭連虎舉起判官雙筆封架，錚的一響，只震得虎口發麻，郭靖卻已搶過二人。沙通天「移形換位」之術沒將他擋住，忙飛步追去。靈智上人與梁子翁各挺兵刃在前攔截。

郭靖閃過梁子翁發出的兩枚透骨釘，雙手連劍帶掌，使一招「羝羊觸藩」，和身衝將過去。梁子翁見來勢凌厲，急忙臥地滾避。靈智上人身軀肥大，行動不便，又想自己若也閃開，敵人便已搶到趙王爺面前，當即舉起雙鈸強擋他這一招，卻聽得噹噹兩聲大響，雙鈸被掌力震得飛向半空，郭靖的掌風卻又迎面劈到。靈智上人自恃掌力造詣深厚，兼之手上有毒，當即揮掌拍出，斗覺胸口氣窒，臂膀酸麻，手掌軟軟垂下，腕上關節已被震脫，毒掌功夫竟是半點也沒能使上。他頭腦中一團混亂，呆立不動。郭靖此時若乘勢補上一掌，立時便要了這藏僧的性命，但他志在擊殺完顏洪烈，更不向靈智上人多瞧一眼。兩面大銅鈸從空中黃光閃閃的先後落將下來。噹的一聲，第一面銅鈸正中靈智上人頭頂，幸好是平平跌落，否則鈸邊鋒利如刀，勢須將這藏僧的光頭一分為二，跟著又是噹的一聲，這一次更是響亮，卻是第二面銅鈸落下，雙鈸互擊，響聲嗡嗡不絕，從湖面上遠遠傳送出去。

完顏洪烈見郭靖足不停步的連過四名高手，倏忽間搶到面前，不禁大駭，叫聲：「啊也！」拔步飛奔。郭靖挺劍趕去，只追出數步，眼前黃影閃動，雙掌從斜刺裏拍到。郭靖側身避過，短劍刺出，身子卻被來掌帶得一晃，急忙踏上一步，見敵人正是鐵掌幫幫主裘千仞。郭靖知他武功在自己之上，顧不得再追殺仇人，當下右劍左掌，凝神接戰。

彭連虎見郭靖被裘千仞纏住，梁子翁與沙通天雙雙守在完顏洪烈身前，險境已過，當下縱到柯鎮惡身前，笑道：「柯大俠，怎麼江南七怪只來了一怪？」

柯鎮惡的鐵仗已被黃蓉甩入南湖，耳聽得敵人出言奚落，揮手發出一枚鐵菱，隨即向後躍開。月色朦朧下鐵菱來勢勁急，彭連虎吃過這劇毒暗器的大苦頭，當真是驚弓之鳥，實不敢揮判官筆去擋擊，忙挺雙筆在地下急撐，憑空躍起，只聽嗤的一聲，鐵菱剛好從腳底擦過。他見柯鎮惡手中並無兵刃，一咬牙，提筆疾上。

柯鎮惡足有殘疾，平時行走全靠鐵杖撐持，耳聽得敵人如風而至，只得勉力再向旁躍開兩步，落地時左足一軟，險些摔倒。彭連虎大喜，左筆護身，防他突施救命絕招，右筆便往他背心猛砸下去。柯鎮惡聽聲辨形，打滾避開。彭連虎的鑌鐵判官筆打在地下石上，濺起數點火星，罵道：「賊瞎子，恁地奸滑！」左筆跟著遞出。

柯鎮惡又是一滾，嗤的一聲，還了一枚鐵菱。靈智上人左手捧著右手手腕，正自以藏語嘰哩咕嚕的罵人，陡見柯鎮惡滾到身旁，便提腳直踹下去。柯鎮惡聽得風聲，左手在地下一撐，斜斜竄出。可是他避開了藏僧這一踹，再躲開不了雙筆齊至，只覺後心一痛，暗叫不好，只得閉目待死，卻聽一聲嬌叱：「去罷！」接著一聲：「啊唷！」又是蓬的一聲。原來黃蓉使打狗棒法帶住鐵筆，順勢旁甩，摔了彭連虎一交。這棒法便是適才甩去柯鎮惡鐵杖那一招，只是彭連虎緊緊抓住判官筆，說甚麼也不肯脫手，便連人帶筆一齊摔出。

彭連虎又驚又怒，爬起身來，見黃蓉使開竹棒護著柯鎮惡，讓他站起身來。柯鎮惡罵道：「小妖女，誰要你救我？」黃蓉叫道：「爹，你照顧這瞎眼渾人，別讓人傷了。」說著奔去相助郭靖，雙戰裘千仞。柯鎮惡呆立當地，一時迷茫不知所措。

彭連虎見黃藥師站得遠遠的，背向自己，似乎沒聽到女兒的言語，當下悄悄掩到柯鎮惡身後，判官筆斗然打出。這一招狠毒迅猛，兼而有之，即令柯鎮惡鐵杖在手，也未必招架得了，眼見得手，突聽嗤的一聲，一物破空飛至，撞在他判官筆上，炸得粉碎，卻是小小一粒石子。這一下只震得他虎口疼痛，判官筆摔在地下。彭連虎大吃一驚，不知此石從何而至，怎地勁力大得這般出奇，但見黃藥師雙手互握，放在背後，頭也不回的望著天邊烏雲。

柯鎮惡在歸雲莊上聽到過這彈指神通的功夫，知是黃藥師出手相救，反而怒火大熾，向他身後猛撲過去，叫道：「七兄弟死賸一個，留著何用？」黃藥師仍不回頭，待他欺近背心尚有三尺，左手向後輕輕揮出。柯鎮惡但覺一股大力推至，不由自主的向後仰跌，坐倒在地，只感氣血翻湧，一時再也站不起來。

此時天空愈黑，湖上迷迷濛濛的起了一陣濃霧，湧上土洲，各人雙腳都已沒入霧中。

郭靖得黃蓉相助，已與裘千仞戰成平手。那邊全真派卻已迫蹙異常，郝大通腿上給蛇杖掃中，孫不二的道袍給撕去了半邊。王處一暗暗心驚，知道再鬥下去，過不多時己方必有人非死即傷，乘著馬鈺與劉處玄前攻之際，從懷中取出一個流星點起，只聽嘶的一聲，一道光芒劃過長空。

原來全真七子每人均收了不少門徒，是以教中第三代弟子人數眾多，除尹志平外，如李志常、張志敬、王志坦、祁志誠、張志僊、趙志敬等均是其中的佼佼者。這次嘉興煙雨樓比武，七子深恐彭連虎、沙通天等攜帶大批門徒嘍囉企圖倚多為勝，是以將門下弟子也都攜來嘉興，要他們候在南湖之畔，若見流星升起，便趕來應援。這時王處一見局面不利，便放出了流星。但大霧瀰漫，相隔數尺便即人形難辨，只怕眾弟子未必能衝霧而至。

再鬥一陣，白霧愈重，各人裹在濕氣之中都感窒悶。天上黑雲也是越積越厚，穿過雲層透射下來的月光漸漸微弱，終於全然消失。眾人各自驚心，雖不罷鬥，卻是互相漸離漸遠，出招之際護身多而相攻少。

郭靖、黃蓉雙鬥裘千仞，突然一陣濃霧湧到，夾在三人之間。郭靖見裘黃二人身形忽隱，當即抽身去尋完顏洪烈。

他睜大雙目，要找完顏洪烈頭頂金冠的閃光，但大霧密密層層，看不出三尺之外，正東奔西突尋找間，忽聽霧中一人叫道：「我是周伯通，誰找我打架啊？」郭靖大喜，要待答話，丘處機已叫了起來：「周師叔，你老人家好啊？」

就在此時，烏雲中露出一個空隙，各人突見敵人原來近在咫尺，一出手就可傷到自己，不約而同的驚叫後躍。

周伯通笑嘻嘻的站在眾人之間，高聲說道：「人這麼多啊，熱鬧得緊，妙極，妙極！」右手在左臂彎裏推了幾下，搓下一團泥垢，說道：「給你吃毒藥！」往身旁沙通天嘴裏塞去。沙通天急閃，饒是他移形換位之術了得，仍是沒能閃開，被周伯通左手揪住，將泥垢塞入了口中。他吃過老頑童的苦頭，知道若是急忙吐出，勢須挨一頓飽打，只得悶聲不響的含在口裏，料知此丸無毒，倒也並不害怕。

王處一見周伯通突然到來，大喜過望，叫道：「師叔，原來你當真沒給黃島主害死。」周伯通怒道：「誰說我死了？黃老邪一直想害我，十多年來從沒成功。哈，黃老邪，你倒再試試看。」說著揮拳往黃藥師肩頭打去。

黃藥師不敢怠慢，還了一招落英神劍掌，叫道：「全真教的雜毛老道怪我殺了你，跟我纏夾不清，說是要為你報仇。」周伯通怒道：「你殺得了我？別吹牛！我幾時給你殺死過了？你瞧清楚了，我是人還是鬼？」胡言亂語，越打越快。黃藥師見他不可理喻，真正纏夾不清的倒是此公，但出招卻是精妙奇幻，只得全力接戰。

全真諸子滿以為師叔一到，他與黃藥師就可聯手對付歐陽鋒，那知這位師叔不會聽話，霎時之間與黃藥師鬥了個難解難分。馬鈺連叫：「師叔，別跟黃島主動手！」歐陽鋒接口道：「對，老頑童，你決不是黃老邪敵手，快逃命要緊。快逃，快逃！」周伯通被他一激，越加不肯罷手。黃蓉叫道：「老頑童，你用九陰真經上的功夫與我爹爹過招，你師兄在九泉之下怎生說？」周伯通哈哈大笑，得意之極，說道：「你瞧我使的是經上功夫麼？我費了好大勁兒才把經文忘記了。嘿嘿，學學容易，忘記可真麻煩！我使的是七十二路空明拳，老頑童自己想出來的，跟九陰真經有屁相干？」

黃藥師在桃花島上與他動手之時，覺得他拳腳勁力大得出奇，這時見他拳法雖然精奇，勁力卻已較前減弱，只堪堪與自己打了個平手，正自奇怪，聽他這麼說，不禁暗暗納悶，不知他使了甚麼希奇古怪法兒，方能將一門上乘武功硬生生從自身驅除出去。

歐陽鋒從霧中隱約見到周伯通與黃藥師鬥得緊急，暗自心喜，但又怕他打敗黃藥師後便與全真諸子聯手對付自己，心想乘此良機，正好先破北斗陣，當下揮動蛇杖，著著進擊，北斗陣頃刻間險象環生。王處一與劉處玄大叫：「周師叔，先殺歐陽鋒！」

周伯通見眾師姪情勢危急，於是左掌右拳，橫劈直攻，待打到黃藥師面前時，忽地哈哈一笑，拳變掌，掌成拳，橫直互易。黃藥師萬料不到他出此怪招，急伸臂相格時，眉梢已被他掌尖拂中，雖未受傷，卻是熱辣辣的一陣疼痛。周伯通一掌拂中對方，倏地驚覺，左手拍的一聲，在自己右腕上打了一記，罵道：「該死，該死，這是九陰真經中的功夫！」黃藥師微微一怔，手掌已遞了出去，這一招也是快速無倫，無聲無息的在周伯通肩上一拍。周伯通彎腰沉肩，叫聲：「哎唷！報應得好快。」

濃霧瀰漫，越來越難見物。郭靖怕兩位師父遭逢不測，伸手扶起柯鎮惡，挽著他臂膀走到洪七公身旁，低聲道：「兩位師父且到煙雨樓上歇歇，等大霧散了再說。」

只聽黃蓉叫道：「老頑童，你聽不聽我的話？」周伯通道：「我打不贏你爹爹，你放心。」黃蓉叫道：「我要你快去打老毒物，可不許殺了他。」周伯通道：「為甚麼？」他口中不停，拳腳上卻絲毫不緩。黃蓉叫道：「你不聽我吩咐，我可要將你的臭史抖出來啦。」周伯通道：「甚麼臭史？胡說八道。」黃蓉拖長了聲音道：「好，四張機，鴛鴦織就欲雙飛。」這兩句話只把周伯通嚇得魂飛魄散，忙道：「行，行，聽你話就是。老毒物，你在那裏？」只聽馬鈺的聲音從濃霧中透了出來：「周師叔，你佔北極星位圍他。」

黃蓉又道：「爹，這裘千仞私通番邦，是個大大奸賊，快殺了他。」黃藥師道：「孩子，到我身邊來。」重霧之中，卻不見裘千仞到了何處。但聽得周伯通哈哈大笑，叫道：「老毒物，快跪下來給你爺爺磕頭，今日才饒你性命。」

郭靖將洪柯二人送到樓邊，回身又來尋找完顏洪烈，豈知適才只到煙雨樓邊這一轉身，不但完顏洪烈影蹤不見，連沙通天、裘千仞等也已不知去向。又聽得周伯通叫道：「咦，老毒物呢？逃到那裏去啦？」

此時溼霧濃極，實是罕見的異象，各人近在身畔，卻不見旁人面目，只影影綽綽的見到些模糊的人形，說話聲音聽來也是重濁異常，似是相互間隔了甚麼東西。眾人雖屢經大敵，但這時斗然間都似變了瞎子，心中無不惴惴。黃蓉靠在父親身旁，馬鈺低聲發號施令，縮小陣勢。人人側耳傾聽敵人的動靜。

一時之間，四下裏寂靜無聲。過了一會，丘處機忽然叫道：「聽！這是甚麼？」只聽得周圍嗤嗤噓噓，異聲自遠而近。

黃蓉驚叫：「老毒物放蛇，真不要臉！」洪七公在樓頭也已聽到，高聲叫道：「老毒物布蛇陣，大夥快到樓上來。」周伯通的武功在眾人中算得第一，可是他生平怕極了蛇，發一聲喊，搶先往煙雨樓狂奔。他怕毒蛇咬自己腳跟，樓梯也不敢上了，施展輕功躍上樓去，坐在樓頂最高的屋脊之上，兀自心驚膽戰。

過不多時，蛇聲愈來愈響。黃蓉拉著父親的手奔上煙雨樓。全真諸子手牽著手，摸索上樓。尹志平踏了個空，一個倒栽蔥摔了下去，跌得頭上腫了一個瘤，忙爬起來重新搶上。

黃蓉沒聽到郭靖聲音，心中掛念，叫道：「靖哥哥，你在那裏？」叫了幾聲，不聽答應，更是擔心，說道：「爹，我去找他。」只聽郭靖冷冷的道：「何必你找？以後你也不用叫我。我不會應你的！」原來他就在身邊。

黃藥師大怒，罵道：「渾小子，臭美麼？」橫臂就是一掌。郭靖低頭避開，正要還手，卻聽颼颼箭響，幾枝長箭騰騰騰的釘在窗格之上。眾人吃了一驚，只聽得四下裏喊聲大作，羽箭紛紛射來，黑暗之中不知有多少人馬，又聽得樓外人聲喧譁，高叫：「莫走了反賊！」

王處一怒道：「定是金狗勾結嘉興府貪官，點了軍馬來對付咱們！」丘處機叫道：「衝下去殺他個落花流水。」郝大通叫道：「不好，蛇，蛇！」眾人聽得箭聲愈密，蛇聲愈近，才知原來完顏洪烈與歐陽鋒暗中安排下了毒計，只是這場大霧卻不在眾人意料之中，是禍是福，倒也難說。洪七公叫道：「擋得了箭，擋不了蛇；避得了蛇，又避不了箭！大夥兒快退。」只聽周伯通在樓頂破口大罵，雙手接住了兩枝長箭，不住撥打來箭。

那煙雨樓三面臨水。官軍乘了小舟圍著煙雨樓放箭，只因霧大，一時卻也不敢逼近。

洪七公叫道：「咱們向西，從陸路走。」他是天下第一大幫會的首領，隨口兩下呼喝，自有一股威勢。混亂之中，眾人都依言下樓，摸索而行，苦在睜目瞧不出半尺，那裏還辨東西南北？當下只得揀箭少處而行，各人手拉著手，只怕迷路落單。

丘處機、王處一手持長劍，當先開路，雙劍合璧，舞成一團劍花，抵擋箭雨。

郭靖右手拉著洪七公，左手伸出去與人相握，觸手處溫軟油膩，握到的卻是黃蓉的小手。他心中一怔，急忙放下，只聽黃蓉冷冷的道：「誰要你來睬我？」

猛聽得丘處機叫道：「快回頭，前面遍地毒蛇，闖不過去！」黃藥師與馬鈺殿後，阻擋追兵，聽到丘處機叫聲，急忙轉頭。黃藥師折下兩根竹枝，往外掃打。煙霧中只聽得蛇聲吱吱，一股腥臭迎面撲來。黃蓉忍耐不住，哇的一聲，嘔了出來。黃藥師嘆道：「四下無路可走，大家認了命罷！」擲下竹枝，把女兒橫抱在手。

以眾人武功，官兵射箭原本擋不住去路，但西毒的蛇陣中毒蛇成千成萬，只要給咬上一口，立時便送了性命。眾人聽到蛇聲，無不毛骨悚然。黃藥師玉簫已折，洪七公金針難施，最難的還是在大霧迷濛，目不見物，縱然有路可逃，也是無從尋找。

正危急間，忽聽一個人冷冷的道：「小妖女，竹棒給我瞎子。」卻是柯鎮惡的聲音。黃蓉聽他說到「瞎子」二字，即明其意，心中一喜，忙將打狗棒遞了過去。柯鎮惡不動聲色，接棒點地，說道：「大夥兒跟著瞎子逃命罷。煙雨樓邊向來多煙多霧，有啥希奇？否則又怎會叫作煙雨樓？」

他是嘉興本地人氏，於煙雨樓旁所有大道小路自幼便皆爛熟於胸，他雙目盲了，平時不及常人，這時大霧瀰漫、烏雲滿天，對他卻毫無障礙。他察辨蛇嘶箭聲，已知西首有條小路並無敵人，當下一蹺一拐的領先衝出。豈知這小路近數年來種滿青竹，其實已無路可通。

柯鎮惡幼時熟識此路，數十年不來，卻不知小路已成竹林，只走出七八步便竹叢擋道，無法通行。丘處機、王處一雙劍齊出，竹桿紛紛飛開，眾人隨後跟來。馬鈺大叫：「周師叔，快來，你在那裏？」周伯通坐在樓頂，聽得四周都是蛇聲，那敢答應？只怕毒蛇最愛咬的便是老頑童身上之肉，若給羣蛇聽到自己聲音，那還了得？

眾人行出十餘丈，竹林已盡，前面現出小路，耳聽得蛇聲漸遠，但官軍的吶喊聲卻愈來愈響，似是有人繞道從旁包抄。羣雄怕的只是蛇羣，區區官軍怎放在眼內。劉處玄道：「郝師弟，你我去衝殺一陣，殺幾名狗官出氣。」郝大通應道：「好！」兩人提劍欲上，突然箭如蝗至，兩人忙舞劍擋架。

再走一會，已至大路，電光亂閃，霹靂連響，大雨傾盆而下，只一陣急雨，霧氣轉瞬間給沖得乾乾淨淨，雖然仍是烏雲滿天，但人影已隱約可辨。眾人都道：「好了，好了，大霧可散啦。」柯鎮惡道：「危難已過，各位請便。」將竹棒遞給黃蓉，頭也不回的逕向東行。

郭靖叫道：「師父！」柯鎮惡道：「你送洪老俠往安穩處所養傷，再到柯家村來尋我。」郭靖應道：「是！」

黃藥師接住一枝射來的羽箭，走到柯鎮惡面前，說道：「若非你今日救我性命，我也不願對你明言……」柯鎮惡不待他話完，迎面一口濃痰，正好吐在他鼻梁正中，罵道：「今日之事，我死後無面目對六位兄弟！」黃藥師大怒，舉起手掌。郭靖見狀大驚，飛步來救，心想這一掌拍將下去，大師父那裏還有性命？

他與柯黃二人相距十餘步，眼見相救不及，微光中卻見黃藥師舉起了的手緩緩放下，哈哈大笑，說道：「我黃藥師是何等樣人，豈能跟你一般見識？」舉袖抹去臉上痰沫，轉身向黃蓉道：「蓉兒，咱們走罷！」郭靖聽了他這幾句話，心下大疑，疑心甚麼卻是模糊難明，只隱隱覺得有甚麼事情全然不對，霎時之間，又如眼前出現了一團濃霧。

猛聽得喊聲大作，一羣官兵衝殺過來。全真六子各挺長劍，殺入陣去。

黃藥師不屑與官兵動手，回身挽著洪七公手臂，說道：「七兄，咱們老兄弟到前面喝幾杯再說。」洪七公正合心意，笑道：「妙極，妙極！」轉瞬間兩人沒入黑暗之中。

郭靖欲去相扶柯鎮惡，一小隊官兵已衝到跟前。他不欲多傷人命，只伸雙臂不住將官兵推開。混亂中但聽得丘處機等大呼酣鬥，原來官兵隊中雜著完顏洪烈帶來的親軍，還有裘千仞手下的鐵掌幫眾，強悍殊甚，一時殺之不退，郭靖只怕師父在亂軍中遭害，大叫：「大師父，大師父，你在那裏？」這時廝殺聲、兵刃聲亂成一片，始終不聞柯鎮惡答應。

黃蓉從柯鎮惡手中接過竹棒後，便一直在他身旁，見他唾吐父親，爭端又起，心想這事鬧到這個地步，一生美夢，總是碎成片片了。此後軍馬衝殺過來，她卻倚樹悄然獨立，大隊兵馬在她身旁奔馳來去，她恍似不聞不見，只是呆呆出神，忽聽得「啊喲」一聲呼叫，正是柯鎮惡口音。她循聲望去，只見他倒在路邊，一名軍官舉起長刀，向他後心砍落。

柯鎮惡滾地避開，坐起身子回手一拳，將那軍官打得昏了過去，剛挺腰想要站起，又即摔倒。黃蓉奔近看時，原來他腿上中了一箭，當下拉住他臂膀扶了起來。柯鎮惡用力摔脫她手，可是他一足本跛，另一足中箭後酸軟無力，身子搖晃幾下，向前撲出，又要跌倒。黃蓉伸右手抓住他後領，冷笑道：「逞甚麼英雄好漢？」左手輕揮，已使「蘭花拂穴手」拂中了他右肩「肩貞穴」，這才放開他衣領，抓住他左臂。柯鎮惡待要掙扎，但半身酸麻，動彈不得，只得任由她扶住，口中不住喃喃咒罵。

黃蓉扶著他走出十餘步，躲在一株大樹背後，只待喘息片刻再行，官兵忽然見到二人，十餘枝羽箭颼颼射來。黃蓉搶著擋在前面，舞竹棒護住頭臉，羽箭都射在她軟蝟甲上。柯鎮惡聽著箭聲，知她捨命相救，心中一軟，低聲道：「你不用管我，自己逃罷！」黃蓉哼了一聲，道：「我偏要救你，偏要你承我的情。瞧你有甚麼法子？」二人邊說邊行，避到了一座矮牆之後。羽箭雖已不再射來，但柯鎮惡身子沉重，黃蓉只累得心跳氣喘，沒奈何倚牆稍息。柯鎮惡嘆道：「罷罷罷，你我之間，恩怨一筆勾銷。你去罷，柯瞎子今後算是死了。」黃蓉冷冷的道：「你明明沒死，幹麼算是死了？你不找我報仇，我卻偏要找你。」竹棒倏伸倏縮，已點中了他雙腿彎裏的兩處「委中穴」。這一下柯鎮惡全沒防備，登時委頓在地，暗暗自罵胡塗，不知這小妖女要用甚麼惡毒法兒折磨自己，心中急怒交迸，只聽得腳步細碎，她已轉出矮牆。

這時廝殺之聲漸遠漸低，似乎全真諸子已將這一路官兵殺散，人聲遠去之中，隱隱又聽得郭靖在大叫「大師父」，只是呼聲越來越遠，想是找錯了方向，待要出聲招呼，自己傷後中氣不足，料來他也難以聽見。又過片刻，四下一片寂靜，遠處公鷄啼聲此起彼和。柯鎮惡心想：「這是我最後一次聽到鷄啼了！明天嘉興府四下裏公鷄仍是一般啼鳴，我卻已死在小妖女手下，再也聽不到了。」

想到此處，忽聽腳步聲響，有三人走來，一人腳步輕巧，正是黃蓉，另外兩人卻是落腳重濁，起步拖沓。只聽黃蓉道：「就是這位大爺，快抬他起來。」說著伸手在他身上推拿數下，解開他被封的穴道。柯鎮惡只覺身子被兩個人抬起，橫放在一張竹枝紮成的抬床之上，隨即抬了行走。

他大是詫異，便欲詢問，忽想莫再給她搶白幾句，自討沒趣，正遲疑間，只聽刷的一響，前面抬他的那人「啊喲」叫痛，定是吃黃蓉打了一棒，又聽她罵道：「走快些，哼哼唧唧的幹麼？你們這些當官軍的就會欺侮老百姓，沒一個好人！」接著刷的一響，後面的人也吃了一棒，那人可不敢叫出聲來了。

柯鎮惡心想：「原來她去捉了兩名官軍來抬我，也真虧她想得出這個主意。」這時他腿上箭傷越來越疼，只怕黃蓉出言譏嘲，咬緊了牙關半聲不哼，但覺身子高低起伏，知是走上了一條崎嶇的小道。又走一陣，樹枝樹葉不住拂到身上臉上，顯是在樹林之中穿行。兩名官軍跌跌撞撞，呼呼喘氣，但聽黃蓉揮竹棒不住鞭打，只趕得兩人拚了命支撐。

約莫行出三十餘里，柯鎮惡算來已是巳末午初。此時大雨早歇，太陽將濕衣晒得半乾，耳聽得蟬鳴犬吠，田間男女歌聲遙遙相和，一片太平寧靜，比之適才南湖惡鬥，宛似到了另一個世界。

一行人來到一家農家休息。黃蓉向農家買了兩個大南瓜，和米煮了，端了一碗放在柯鎮惡面前。柯鎮惡道：「我不餓。」黃蓉道：「你腿疼，當我不知道麼？甚麼餓不餓的。我偏要你多痛一陣，才給你治。」

柯鎮惡大怒，端起那碗熱騰騰的南瓜迎面潑去，只聽她冷笑一聲，一名官兵大聲叫痛，想是她閃身避開，這碗南瓜都潑在官兵身上。黃蓉罵道：「嚷嚷甚麼？柯大爺賞南瓜給你吃，不識抬舉嗎？快吃乾淨了。」那官兵給她打得怕了，肚中確也飢餓，當下忍著臉上燙痛，拾起地下南瓜，一塊塊的吃了下去。

這一來，柯鎮惡當真惱也不是，笑也不是，半站半坐的倚在一隻板凳邊上，心下極是尷尬，要待伸手去拔箭，卻怕創口中鮮血狂噴，她當然見死不救，多半還會嘲諷幾句。正自沉吟，聽黃蓉說道：「去倒一盆清水來，快快！」話剛說完，拍的一聲，清清脆脆的打了一名官兵一個耳括子。柯鎮惡心道：「小妖女不說話則已，一開口，總是叫人吃點苦頭。」

黃蓉又道：「拿這刀子去，給柯大爺箭傷旁的下衣割開。」一名官兵依言割了。黃蓉道：「姓柯的，你有種就別叫痛，叫得姑娘心煩，可給你來個撒手不理。」柯鎮惡怒道：「誰要你理了？快給我滾得遠遠的。」話未說完，突覺創口一陣劇痛，顯是她拿住箭桿，反向肉裏插入。柯鎮惡又驚又怒，順手一拳，創口又是一下劇痛，手裏卻多了一枝長箭。原來黃蓉已將箭枝拔出，塞在他的手中。

只聽她說道：「再動一動，我打你老大個耳括子！」柯鎮惡知她說得出做得到，眼前不是小妖女的對手，給她一刀殺了，倒也乾淨爽脆，但若讓她打上幾個耳括子，臨死之前卻又多蒙一番恥辱，當下鐵青著臉不動，聽得嗤嗤聲響，她撕下幾條布片，在他大腿的創口上下用力縛住，止住流血，又覺創口一陣冰涼，知她在用清水洗滌。

柯鎮惡驚疑不定，尋思：「她若心存惡念，何以反來救我？倘說是並無歹意，哼，哼，桃花島妖人父女難道還能安甚麼好心？定是她另有毒計。唉，這種人詭計百出，要猜她的心思實是千難萬難。」轉念之間，黃蓉已在他傷處敷上金創藥，包紮妥當；只覺創口清涼，疼痛減了大半，可是腹中卻餓得咕嚕咕嚕的響了起來。

黃蓉冷笑道：「我道是假餓，原來當真餓得厲害，現下可沒甚麼吃的啦，好罷，走啦！」拍拍兩響，在兩名官軍頭上各擊一棒，押著兩人抬起柯鎮惡繼續趕路。

又走三四十里，天已向晚，只聽得鴉聲大噪，千百隻烏鴉在空中飛鳴來去。

柯鎮惡聽得鴉聲，已知到了鐵槍廟附近。那鐵槍廟祀奉的是五代時名將鐵槍王彥章。廟旁有座高塔，塔頂羣鴉世代為巢，當地鄉民傳說鐵槍廟的烏鴉是神兵神將，向來不敢侵犯，以致生養繁殖，越來越多。

黃蓉問道：「喂，天黑啦，到那裏投宿去？」柯鎮惡尋思：「若投民居借宿，只怕洩漏風聲，引動官兵捉拿。」說道：「過去不遠有座古廟。」黃蓉罵道：「烏鴉有甚麼好看？沒見過麼？快走！」這次不聽棒聲，兩名官軍卻又叫痛，不知她是指戳還是足踢。

不多時來到鐵槍廟前，柯鎮惡聽黃蓉踢開廟門，撲鼻聞到一陣鴉糞塵土之氣，似乎廟中久無人居，只怕她埋怨嫌髒，那知她竟沒加理會。耳聽她命兩名官軍將地下打掃乾淨，又命兩人到廚下去燒熱水；耳聽她輕輕唱著小曲，甚麼「鴛鴦雙飛」，又是甚麼「未老頭白」的。過了一會，官軍燒來了熱水。黃蓉先替柯鎮惡換了金創藥，這才自行洗臉洗腳。

柯鎮惡躺在地下，拿個蒲團當作枕頭，忽聽她啐道：「你瞧我的腳幹麼？我的腳你也瞧得的？挖了你一對眼珠子！」那官軍嚇得魂不附體，咚咚咚的直磕響頭。黃蓉道：「你說，你幹麼眼睜睜的瞧著我洗腳？」那官軍不敢說謊，磕頭道：「小的該死，小的見姑娘一雙腳生得……生得好看……」

柯鎮惡一驚，心想：「這賊廝鳥死到臨頭，還存色心！小妖女不知要抽他的筋，還是剝他的皮。」那知黃蓉笑道：「憑你這副蠢相，也知道好看難看。」砰的一聲，伸棒絆了他一個觔斗，居然沒再追究。兩名官軍躲向後院，再也沒敢出來。

柯鎮惡一語不發，靜以待變。只聽黃蓉在大殿上上下下走了一周，說道：「王鐵槍威震當世，到頭來還是落得個為人所擒，身首異處，又逞甚麼英雄？說甚麼好漢？嗯，這桿鐵槍只怕還當真是鐵鑄的。」

柯鎮惡幼時常與朱聰、韓寶駒、南希仁、張阿生等到這廟裏來玩耍，幾人雖是孩子，俱都力大異常，輪流抬了那桿鐵槍舞動玩耍，這時聽黃蓉如此說，接口道：「自然是鐵打的，還能是假的麼？」黃蓉「嗯」了一聲，伸手抽起鐵槍，說道：「倒有三十來斤。我弄丟了你的鐵杖，一時也鑄不及賠你。明兒咱們分手，各走各的，你沒兵器防身，暫且就拿這桿槍當鐵杖使罷。」也不等柯鎮惡答話，到天井中拿了一塊大石，砰砰嘭嘭的將鐵槍槍頭打掉，遞在他手中。

柯鎮惡自兄長死後，與六個結義弟妹形影不離，此時卻已無一個親人，與黃蓉相處雖只一日，不知不覺之間已頗捨不得與她分離，聽她說到「明兒咱們分手，各走各的」，不禁一陣茫然，迷迷糊糊的接過鐵槍，覺得比用慣了的鐵杖是沉了些，卻也將就用得，心想：「她給我兵器，那當真是不存惡意了。」

只聽她又道：「這是我爹爹配製的田七鯊膽散，對你傷口很有好處。你恨極了我父女，用不用在你！」說著遞了一包藥過來。柯鎮惡伸手接了，緩緩放入懷中，想說甚麼話，口中卻說不出來，只盼她再說幾句，卻聽她道：「好啦，睡罷！」

柯鎮惡側身而臥，將鐵槍放在身旁，心中思潮起伏，那裏睡得著。但聽塔頂羣鴉噪聲漸歇，終於四下無聲，卻始終不聽她睡倒，聽聲音她一直坐著，動也不動。又過半晌，聽她又輕輕吟道：「四張機，鴛鴦織就欲雙飛。可憐未老頭先白。春波碧草，曉寒深處，相對浴紅衣。」聽她翻覆低吟，似是咀嚼詞中之意。柯鎮惡不通文墨，不懂她吟的甚麼，但聽她語音淒婉，似乎傷心欲絕，竟不覺呆了。

又過良久，聽她拖了幾個蒲團排成一列，側身臥倒，呼吸漸細，慢慢睡熟，柯鎮惡手撫身旁鐵槍，兒時種種情狀，突然清清楚楚的現在眼前。他見到朱聰拿著一本破書，搖頭晃腦的誦讀；韓寶駒與全金發騎在神像肩頭，拉扯神像的鬍子；南希仁與自己併力拉著鐵槍一端，張阿生拉著鐵槍另一端，三人鬥力；韓小瑩那時還只四五歲，拖著兩條小辮子，鼓掌嘻笑。她小辮子上結著鮮紅的頭繩，在眼前一晃一晃的不住搖動。

突然之間，眼前又是漆黑一團。六個結義弟妹，還有親兄長，自己的一雙眼珠，都是先後毀在黃藥師和他門人的手下。胸中一叢仇恨之火，再也難以抑制。

他提著鐵槍，悄沒聲的走到黃蓉身前，只聽她輕輕呼吸，睡得正沉，尋思：「我這麼一槍下去，她就無知無覺的死了。嘿，若非如此，黃老邪武功蓋世，我今生怎能報得深仇？他女兒睡在這裏，正是天賜良機，教他嘗一嘗喪女之痛。」轉念又想：「這女子救我性命，我豈能恩將仇報？咳，殺她之後，我撞死她身旁，以酬今日之情就是。」言念及此，意下已決，心道：「我柯鎮惡一生正直，數十年來無一事愧對天地。此刻於人睡夢之中暗施偷襲，自非光明磊落的行徑，但我一死以報，也對得住她了。」舉起鐵槍，正要向黃蓉當頭猛擊下去，忽聽遠處有人哈哈大笑，聲音極是刺耳，靜夜之中更令人毛骨悚然。

黃蓉給笑聲驚醒，躍起身來，突見柯鎮惡高舉鐵槍，站在身前，不覺吃了一驚，叫道：「歐陽鋒！」

柯鎮惡聽她驚醒，這一槍再也打不下去，又聽得有數人說著話漸漸行近，只是隔得遠了，言語卻聽不清楚。再過片刻，腳步聲也隱隱聽到了，竟有三四十人之多。這廟中前殿後院他無一處不熟，當下低聲道：「老毒物他們定是見到了鴉塔，向這邊走來，咱們且躲一躲。」黃蓉道：「是。」將睡過的一列蒲團踢散。柯鎮惡牽著她手，走向後殿，伸手推門，通向後殿的門卻給閂上了。柯鎮惡罵道：「這兩個賊官軍！」料想兩名官軍乘黑逃走，怕黃蓉發覺，先行閂上了門。這時已不及舉鐵槍撞門，耳聽得大門被人推開，知道大殿中無處可以躲藏，低聲道：「神像背後。」

兩人剛在神像後坐定，便有十餘人走入殿中，跟著嗤的一響，柯鎮惡聞到一陣硫磺氣息，知道已有人晃亮火摺。只聽歐陽鋒道：「趙王爺，今日煙雨樓之役雖然無功，但也已大挫敵人的銳氣。」完顏洪烈笑道：「這全仗先生主持全局。」歐陽鋒嘿嘿的笑了數聲，說道：「小王爺安排下妙計，調集嘉興府官兵，萬箭齊發，本可將這批傢伙一網打盡，不料遲不遲，早不早，剛好有這場大霧，卻給羣奸溜了。」

一個年輕的聲音道：「有歐陽先生與裘幫主兩位出馬，羣奸今日雖然逃走，日後終能一一殲滅。只恨晚輩來遲了一步，沒能見到歐陽先生大展神威，實是可惜之極。」柯鎮惡認得是楊康的聲音，不由得怒火填膺，又聽梁子翁、彭連虎、沙通天等各出諛言，紛紛奉承歐陽鋒，說他如何獨鬥全真羣道，殺得眾道士狼狽不堪。裘千仞卻並未同來。

柯鎮惡聽這許多高手羣集於此，連大氣也不敢透一口，適才他要與黃蓉同歸於盡，不知怎的，此時卻又惟恐給敵人發見，傷了黃蓉與自己的性命。只聽完顏洪烈的從人打開鋪蓋，請完顏洪烈、歐陽鋒、楊康三人安睡。

楊康長長嘆了口氣，說道：「歐陽先生，令姪武功既高，人品又是瀟灑俊雅，晚輩與他投緣得很，只盼從此結成好友，不料他竟為全真教眾雜毛所害。晚輩每一想起，總是難過之極。全真教那羣惡道，晚輩立誓要一個個親手殺了，以慰歐陽世兄在天之靈。只可惜晚輩武功低微，實是心有餘而力不足。」

歐陽鋒默然良久，緩緩的道：「我姪兒不幸慘死，先前我還道是郭靖這小子下的毒手，適才聽你轉述丘處機之言，方知是全真教一羣惡道所為。現今我白駝山已無傳人，我收了你做徒兒罷。」楊康高聲叫道：「師父，徒兒磕頭。」聲音中充滿了喜悅之情，跟著咚咚咚咚幾聲，想是爬在地下向歐陽鋒磕頭。

柯鎮惡心想這人好好一個忠良之後，豈知不但認賊作父，更拜惡人為師，陷溺愈來愈深，只怕是再難回頭的了，心中愈益憤怒。

只聽完顏洪烈道：「客地無敬師之禮，日後再當重謝。」歐陽鋒喟然道：「珍珠寶物，白駝山也有一些，歐陽鋒只是瞧著這孩子聰明，盼望我一身功夫將來有個傳人罷了。」完顏洪烈道：「小王失言，先生勿罪。」梁子翁等紛紛向三人道喜。

正亂間，忽然一人叫了起來：「傻姑餓了，餓死啦，怎不給我吃的？」

柯鎮惡聽得傻姑叫喊，大是驚詫，心想此人怎會與完顏洪烈、歐陽鋒等人混在一起。只聽楊康笑道：「對啦，快找些點心給大姑娘吃，莫餓壞了她。」過了片刻，傻姑大聲咀嚼，吃起東西來。她一邊吃，一邊道：「好兄弟，你說帶我回家去，叫我乖乖的聽你話，怎麼還不到家？」楊康道：「明兒就到啦，你吃得飽飽的睡覺罷。」

又過一會，傻姑忽道：「好兄弟，那寶塔上悉悉索索的，是甚麼聲音？」楊康道：「不是鳥兒，就是老鼠。」傻姑道：「我怕。」楊康笑道：「傻姑娘，怕甚麼！」傻姑道：「我怕鬼。」楊康笑道：「這裏這許多人，鬼怪那裏敢來？」

傻姑道：「我就是怕那個矮胖子的鬼。」楊康強笑道：「別胡說八道啦，甚麼矮胖子不矮胖子的。」傻姑道：「哼，我知道的。矮胖子死在婆婆墳裏，婆婆的鬼會把矮胖子的鬼趕出來，不讓他住在墳裏。他要來找你討命。」楊康喝道：「你再多嘴，我叫你爺爺來領你回桃花島去。」傻姑不敢再說。忽聽沙通天喝道：「喂，踏著我的腳啦。給我安安靜靜的坐著別動！」想是傻姑怕鬼，在人叢中亂挨亂擠。

柯鎮惡聽了這番說話，疑雲大起：傻姑所說的矮胖子，定是指三弟韓寶駒了，他命喪桃花島上，明明是為黃藥師所殺，他的鬼魂怎會來找楊康討命？傻姑雖然癡呆，但這番話中必有原因，苦於強敵當前，無法出去問個明白。忽又想到：「黃藥師在煙雨樓前對我言道：『我黃藥師是何等樣人，豈能跟你一般見識？』他既不屑殺我，又怎能殺我五個弟妹？但若不是黃藥師，四弟又怎說親眼見他害死二弟、七妹？」

正自心中琢磨，忽覺黃蓉拉過自己左手，伸手指在他掌心中寫了一字：「求」，接著一字一字的寫道：「……你一事」。柯鎮惡在她掌心中寫道：「何事」。黃蓉寫道：「告我父何人殺我」。

柯鎮惡一怔，不明她用意何在，正想拉過她手掌來再寫字詢問，突覺身旁微風一動，黃蓉已躍了出去，只聽她笑道：「歐陽伯伯，您好啊。」

眾人萬料不到神像後面竟躲得有人，只聽得擦擦、錚錚一陣響處，各人抽出兵刃，將她團團圍住，紛紛呼喝：「是誰？」「有刺客！」「甚麼人？」

黃蓉笑道：「我爹爹命我在此相候歐陽伯伯大駕，你們大驚小怪的幹甚麼？」

歐陽鋒道：「令尊怎知我會來此？」黃蓉道：「我爹爹醫卜星相，無所不通，起個文王先天神課，自然知曉。」歐陽鋒有九成不信，但知就算再問，她也不會說真話，便笑笑不語。沙通天等到廟外巡視了一遍，不見另有旁人，當下環衛在完顏洪烈身旁。

黃蓉坐在一個蒲團上，笑吟吟的道：「歐陽伯伯，你害得我爹爹好苦！」

歐陽鋒微笑不答，他知黃蓉雖然年幼，卻是機變百出，只要一個應對不善，給她抓住了岔子譏嘲一番，在眾人之前可是難以下台，當下只靜待她說明來意，再定對策。只聽她說道：「歐陽伯伯，我爹爹在新塍鎮小蓬萊給全真教的眾老道圍住啦，你若不去解救，只怕他難以脫身。」歐陽鋒微微一笑，說道：「那有此事？」

黃蓉急道：「你說得好輕描淡寫！大丈夫一身做事一身當，明明是你殺了全真教的譚處端，不知怎的，那些臭道士始終糾纏著我爹爹。再加上個老頑童周伯通從中胡攪，我爹爹又不肯分辯是非，那怎麼得了？」

歐陽鋒暗暗心喜，說道：「你爹爹武功了得，全真教幾個雜毛，怎奈何得了他？」黃蓉道：「全真教的牛鼻子再加上個老頑童，我爹爹便抵擋不住。我爹爹又命我前來對你說，他苦思了七日七夜，已參透了一篇文字的意思。」歐陽鋒道：「甚麼文字？」黃蓉道：「斯里星，昂依納得。斯熱確虛，哈虎文缽英。」

這幾句嘰哩咕嚕的話，柯鎮惡與完顏洪烈等都聽得不明所以，歐陽鋒卻是大吃一驚，這是九陰真經上卷最後一篇中的古怪言語，難道黃藥師當真參詳透了？他心中雖怦然而動，臉上卻絲毫不動聲色，淡然說道：「小丫頭就愛騙人，這些胡言亂語，誰又懂得了？」黃蓉道：「爹爹已把這篇古怪文字逐句譯出，從頭至尾，明明白白。我親眼所見，怎會騙你？」歐陽鋒素服黃藥師之能，心想這篇古怪文字要是始終無人能解，那便罷了，若有一人解識得出，則普天下捨黃藥師之外更無旁人，仍是淡淡說道：「那可要恭賀你爹爹了。」

黃蓉聽他言中之意，仍是將信將疑，又道：「我看了之後，現下還記得幾句，不妨背給你聽聽。」當下唸道：「或身搔動，或時身重如物鎮壓，或時身輕欲飛，或時如縛，或時奇寒壯熱，或時歡喜躁動，或時如有惡物相觸，身毛驚豎，或時大樂昏醉。凡此種種，須以下法導入神通。」

這幾句經文只把歐陽鋒聽得心癢難搔。原來黃蓉所唸的，正是一燈大師所譯九陰真經總綱中的一段。這諸般怪異境界，原是修習上乘內功之人常所經歷，只是修士每當遭逢此境，總是戰戰兢兢的鎮攝心神，以防走火入魔，豈知竟有妙法將心魔導化而為神通，那真是無上寶訣了。只因黃蓉所唸確是真經經文，並非胡亂杜撰，歐陽鋒內功精湛，入耳即知真偽，至此更無疑念，問道：「下面怎樣說？」

黃蓉道：「下面有一大段我忘了，只記得下面又說甚麼『遍身毛孔皆悉虛疏，即以心眼見身內三十六物，猶如開倉見諸麻豆等，心大驚喜，寂靜安快。』」她所背經文，頭一段是怪異境界，次一段是修習後的妙處，偏偏將中間修習之法漏了。

歐陽鋒默然，心想憑你這等聰明，豈能忘了，必是故意不說，但不知你來說這番話是何用意。

黃蓉又道：「我爹爹命我來問歐陽伯伯，你是要得五千字呢，還是得三千字？」歐陽鋒道：「請道其詳。」黃蓉道：「若是你去助我爹爹，二人合力，一鼓滅了全真教，那麼這篇九陰神功的五千字經文，我盡數背給你聽。」歐陽鋒微笑道：「倘若我不去呢？」黃蓉道：「爹爹請你去給他報仇，待殺了周伯通與全真六子後，我說三千字與你。」歐陽鋒笑道：「你爹爹跟我交情向來平平，怎地這般瞧得起老毒物？」黃蓉道：「我爹爹說道：第一，害死你姪兒的，是全真教的嫡派門人，想來你該報仇……」

楊康聽了這話，不由得打個寒噤，他是丘處機之徒，黃蓉這話明明說的是他。傻姑正在他的身旁，問道：「好兄弟，你冷麼？」楊康含含糊糊的應了一聲。

黃蓉接著道：「第二，他譯出經文後就與全真道士動手，不及細細給我講解，想這部奇書曠世難逢，豈能隨他湮沒？當今只有你與他性情相投。承歐陽伯伯瞧得起，當日曾駕臨桃花島求親，你姪兒雖不幸為全真派門人所害，但我爹爹說，諒來你也還會顧念你姪兒，因此要你修習神功之後再轉而授我。」歐陽鋒胸口一酸，心下琢磨：「這番話倒也可信，若無高人指點，諒這小丫頭縱把經文背得滾瓜爛熟，也是無用。」轉念一想，說道：「我怎知你背的是真是假？」

黃蓉道：「郭靖這渾小子已將經文寫與你了，我說了譯文的關鍵訣竅，你一加核對，自知真假。」歐陽鋒道：「話倒不錯，讓我養養神，明兒趕去救你爹爹。」黃蓉急道：「救兵如救火，怎等得明日？」歐陽鋒笑道：「那麼我給你爹爹報仇，也是一樣。」他算計已定，經文在自己掌握之中，將來逼著黃蓉說出經文關鍵，自能參詳得透全篇文義，此時讓黃藥師與全真教鬥個兩敗俱傷，豈不妙哉？

柯鎮惡在神像背後，聽兩人說來說去，話題不離九陰真經，尋思黃蓉在他掌中寫了「告我父何人殺我」七字，不知是何用意。只聽黃蓉又道：「那你明日一早前去，好麼？」歐陽鋒笑道：「這個自然，你也歇歇罷！」

只聽黃蓉拖動蒲團，坐在傻姑身旁，說道：「傻姑，爺爺帶了你到桃花島上，怎麼你在這裏？」傻姑道：「我不愛跟著爺爺，我要回自己家去。」黃蓉道：「是這個姓楊的好兄弟到島上來，帶你坐船，一起來的，是不是？」傻姑道：「是啊，他待我真好。」

柯鎮惡心念一動：「楊康幾時到過桃花島上？」只聽黃蓉問道：「爺爺那裏去啦？」傻姑驚道：「你別說我逃走啊，爺爺要打我的。」黃蓉笑道：「我不說，不過我問你甚麼話，你須得好好回答。」傻姑道：「你可不能跟爺爺說，他要來捉我回去，教我認字。」黃蓉笑道：「我一定不說。你說爺爺要你認字？」傻姑道：「是啊，那天爺爺在書房裏教我認字，說我爹爹姓曲曲兒，我也姓曲曲兒，他寫了個曲曲兒的字，叫我記住。又說我爹爹的名字叫曲曲兒甚麼風。我老是記不得，爺爺就生氣了，罵我傻得厲害。我本來就叫傻姑嘛！」

黃蓉笑道：「傻姑自然是傻的。爺爺罵你，爺爺不好，傻姑好！」傻姑聽了很是高興。黃蓉道：「後來怎樣？」傻姑道：「我說我要回家，爺爺更加生氣。忽然一個啞巴僕人進來東指西指、咿咿啊啊的，爺爺說：『我不見客，叫他們回去罷！』過了一會，那啞巴送了一張紙來，爺爺看了一看，放在桌上，就叫我跟啞巴出去接客人。哈哈，那矮胖子生得真難看，我向他乾瞪眼，他也向我乾瞪眼。」

柯鎮惡回想當日赴桃花島求見之時，情景果真如此，初時黃藥師拒見六人，待朱聰將事先寫就的書信送入，傻姑才出來接待，可是二弟現時已不在人世，心中不禁酸痛。

只聽黃蓉又問：「爺爺見了他們麼？」傻姑道：「爺爺叫我陪客人吃飯，他自己走了。我不愛瞧那矮胖子，偷偷溜了出來，見爺爺坐在石頭後面向海裏張望，我也向海裏張望，看見一艘船遠遠開了過來，船裏坐的都是道士。」

柯鎮惡心道：「當日我們得悉全真派大舉赴桃花島尋仇，搶在頭裏向黃藥師報訊，請他暫行避讓，由江南六怪向全真派說明原委。可是在島上始終沒見全真諸子到來，怎麼這傻姑又說有道士坐船而來？」

只聽黃蓉又問：「爺爺就怎樣？」傻姑道：「爺爺向我招手，叫我過去。我嚇了一跳，原來我溜了出來玩，他早就瞧見啦。我不敢過去，怕他打。他說我不打你，你過來。我就過去。他說他要坐船出海釣魚，叫我等那些道士上岸之後，領他們進去，和矮胖子他們六個人一起吃飯。我說我也要去釣魚。爺爺說不許我去釣，叫我領道士進屋去，他們認不得島上的路。」黃蓉道：「後來呢？」

傻姑道：「後來爺爺就到大石頭後面去開船，我知道的，那些道士生得難看，爺爺不愛見他們。」黃蓉讚道：「是啊，你說得一點兒也不錯。爺爺甚麼時候再回來？」傻姑道：「甚麼回來？他沒回來。」

柯鎮惡身子一震，只聽黃蓉問道：「你記得清楚麼？後來怎麼？」只聽她問話的聲音也微微發顫，顯是問到了重大的關節所在。

傻姑道：「爺爺正要開船，忽然飛來了一對大鳥，就是你那對鳥兒啊。爺爺向鳥兒招手呼哨，這對鳥兒就飛了下來，鳥腳上還縛著甚麼東西，那真好玩呢。我大叫：『爺爺，給我，給我！』……」說到這裏，當真大叫起來。楊康叱道：「別吵啦，大家要睡覺。」

黃蓉道：「傻姑，你說下去好了。」傻姑道：「我輕輕的說。」果真放低了聲音說道：「爺爺不理我，在袍子上撕下一塊布來，縛在大鳥足上，把大鳥又放走了。」黃蓉嗯了一聲，自言自語：「爹爹要避開全真諸子，怪不得無暇去取金娃娃，但不知雌鵰身上那枝短箭是誰射的？」問道：「誰射了鳥兒一箭？」傻姑道：「射箭？沒有啊。」說著呆呆出神。黃蓉道：「好，再說下去。」傻姑道：「爺爺見袍子撕壞了，就脫了下來，叫我回去給他拿過一件。等我拿來，爺爺卻不見啦，道士的船也不見啦，只有那件撕壞的袍子抛在地下。」

她說到這裏，黃蓉不再詢問，似在靜靜思索，過了半晌，才道：「他們去了那裏呢？」傻姑道：「我瞧見的。我大叫爺爺，聽不到他答應，就跳到大樹頂上去張望，我見爺爺的小船在前面，道士的大船跟在後面，慢慢的就都開得不見了。我不愛去見那矮胖子，就在沙灘上踢石子玩，直到天黑，才領這爺爺和好兄弟回去。」黃蓉問道：「這爺爺，不是教你認字的那個爺爺罷？」傻姑嘻嘻笑了幾聲，說道：「這個爺爺好，不要我認字，還給我吃糕兒。」黃蓉道：「歐陽伯伯，你糕兒還有麼？再給她幾塊。」歐陽鋒乾笑道：「有啊！」柯鎮惡一顆心似乎要從腔子中跳躍而出：「原來歐陽鋒那日也在桃花島上。」

猛聽得傻姑「啊喲」一聲叫，接著拍拍兩響，有人交手，又是躍起縱落之聲，只聽黃蓉叫道：「你想殺她滅口嗎？」

歐陽鋒笑道：「這事瞞得了旁人，卻瞞不過你爹爹。我又何必殺這傻姑娘？你要問，痛痛快快的問個清楚罷。」但聽得傻姑哼哼唧唧的不住呻吟，卻再也說不出話來，想是被歐陽鋒打中了甚麼所在。

黃蓉道：「我就是不問，也早已猜到，只是要傻姑親口說出來罷了。」歐陽鋒笑道：「你這小丫頭也真鬼機伶，但你怎能猜到，倒說給我聽聽。」

黃蓉道：「我初時見了島上情形，也道是爹爹殺了江南五怪。後來想到一事，才知決然不是。你想，我爹爹怎能讓這些臭男子的屍身留在我媽媽墓中陪她？又怎能從墓中出來之後不掩上墓門？」

歐陽鋒伸手在大腿上一拍，叫道：「啊喲，這當真是我們疏忽了。康兒，是不是？」

柯鎮惡只聽得心膽欲裂，這時才悟到黃蓉原來早瞧出殺人兇手是歐陽鋒、楊康二人，她突然出去，原是捨了自己性命揭露真相，好為她爹爹洗清冤枉。她明知這一出去凶多吉少，是以要柯鎮惡將害死她之人去告知她爹爹。他又悲又悔，心道：「好姑娘，你只要跟我說明兇手是誰，也就是了，何必枉自送了性命？」轉念一想：「我飛天蝙蝠性兒何等暴躁，瞎了眼珠，卻將罪孽硬派在她父女身上。她縱然明說，我又豈肯相信？柯鎮惡啊柯鎮惡，你這殺千刀的賊廝鳥，臭瞎子，是你生生逼死這位好姑娘了！」

他自怨自艾，正想舉手猛打自己耳光，只聽歐陽鋒又道：「你怎麼又想到我身上？」黃蓉道：「想到你並不難，掌斃黃馬、手折秤桿，當世有這功力的寥寥無幾。不過初時我還當是別人。南希仁臨死時用手指在地下劃了幾個字，是『殺我者乃十』，第五個字沒寫完就斷了氣。我想你的姓名並非是『十』字開頭，只道是裘千仞的『裘』字。」

歐陽鋒呵呵大笑，說道：「南希仁這漢子倒也硬朗，竟然等得到見你。」黃蓉道：「我見他臨死時的情狀，必是中了怪毒，心想裘千仞練毒掌功夫，是以猜到了他的身上。」歐陽鋒笑道：「裘千仞武功了得，卻是在掌力不在掌毒。他掌上無毒，用毒物熬練手掌，不過是練掌力的法門，將毒氣逼將出來，掌力自然增強。那南希仁死時口中呼叫，說不出話，臉上卻露笑容，是也不是？」黃蓉道：「是啊，那是中了甚麼毒？」歐陽鋒不答，又問：「他身子扭曲，在地下打滾，力氣卻大得異乎尋常，是也不是？」黃蓉道：「是啊。如此劇毒之物，我想天下捨鐵掌幫外，再也無人能有。」

黃蓉這話明著相激，歐陽鋒雖心知其意，仍是忍耐不住，勃然怒道：「人家叫我老毒物，難道是白叫的嗎？」蛇杖在地下重重一頓，喝道：「就是這杖上的蛇兒咬了他，是咬中了他的舌頭，是以他身上無傷，說不出話。」柯鎮惡聽得熱血直湧入腦，幾欲暈倒。

黃蓉聽得神像後微有響動，急忙咳嗽數聲，掩蓋了下去，緩緩說道：「當時江南五怪給你盡數擊斃，逃掉的柯鎮惡又沒眼珠，以致到底是誰殺人都辨不清楚。」

柯鎮惡聽了此言，心中一凜：「她這話是點醒於我，叫我不可輕舉妄動，以免兩人一齊送命，死得不明不白。」

卻聽歐陽鋒乾笑道：「這個臭瞎子能逃得出我的手掌？我是故意放他走的。」黃蓉道：「啊，是啦。你殺了五人，卻教他誤信是我爹爹殺的，讓他出去宣揚此事，好令天下英雄羣起而攻我爹爹。」歐陽鋒笑道：「這倒不是我的主意，是康兒想出來的，是麼？」楊康又含含糊糊的應了聲。

黃蓉道：「這當真是神機妙算，佩服佩服。」歐陽鋒道：「咱們可把話題岔開去啦。後來你怎麼又想到是我？」黃蓉道：「我想裘千仞曾在兩湖南路和我交手，雖說他也可趕在頭裏，先到桃花島，但要快過小紅馬，終究難能。我再想朱聰在信後寫的那句話，他叫大家防備，後面那個字沒寫完，只寫了三筆，一劃、一直，再是一劃連鉤，說是『東』字的起筆固然可以，是『西』字也何嘗不能？若非東邪，定是西毒了。這一點我在桃花島上早就想到，但當時尚有許多枝節想不明白。」

歐陽鋒嘆道：「我只道一切都做得天衣無縫，原來仍是留下了這許多線索。那骯髒書生見機倒快，我就沒瞧見他動筆寫字。」

黃蓉道：「他號稱妙手書生，動手做甚麼事自然不會讓你看破。我苦苦思索南希仁所寫的那個小『十』字，到底他想寫甚麼字。只因我想這位小王爺武藝低微，決沒本事一舉殺了江南五怪，是以始終想不到是他。」楊康哼了一聲。

黃蓉道：「那天我孤身一人留在桃花島上，迷迷糊糊的醒了又睡，睡了又醒，始終猜不透。我夢見了很多人，後來夢到穆家姊姊，夢見她在北京比武招親。我突然從夢中驚醒，跳了起來，才知兇手原來是這位小王爺！」

楊康聽了她這幾句語音尖銳顫抖的話，不由得嚇出一身冷汗，強笑道：「難道是穆念慈託夢給你？」黃蓉道：「是啊，若不是這個夢，我怎會想到是你？你那隻翡翠小鞋呢？」楊康一怔，厲聲道：「你怎麼知道？又是穆念慈在夢中說的？」黃蓉冷笑道：「那何用說？你們二人將朱聰打死後，把我媽媽墓裏的珠寶放在他懷裏，好教旁人見了，只道他盜寶被我爹爹見到，因而喪生。這栽贓之計原本大妙，只是你忘了一節，朱聰的外號叫作妙手書生。」

歐陽鋒好奇心起，問道：「是妙手書生便又怎地？」黃蓉道：「哼，知道在他身上放寶，卻不知從他身上取寶。」歐陽鋒不解，問道：「甚麼取寶？」黃蓉道：「朱聰武功雖不及你，但他在臨死之前施展妙手，在這位小王爺身上取了一物，握在手中，你們居然始終不覺。若非此物，我萬萬料想不到小王爺竟曾光降過桃花島。」

歐陽鋒笑道：「此事有趣得緊，這妙手書生倒也厲害，性命雖已不在，卻能留下話來。

他取的那物，想必是甚麼翡翠小鞋了。」黃蓉道：「不錯。媽媽墓中寶物，我自幼見熟，這翡翠小鞋卻從未見過。朱聰死後仍是牢牢握住，其中必有緣故。這小鞋正面鞋底有個『比』字，反面有個『招』字，我苦苦思索，總是猜想不透，那晚做夢，見到穆家姊姊在北京街頭賣藝，豎一面『比武招親』的錦旗，這一下教我豁然而悟，全盤想通了。」

歐陽鋒笑道：「這鞋底的兩個字，原來尚有此香艷典故，哈哈，哈哈！」他笑得高興，柯鎮惡卻愈聽愈是忿怒，只是黃蓉如何想通，尚未全然明白。黃蓉料他不懂，當下明裏說給歐陽鋒聽，實則向他解釋：「那日穆姊姊在北京比武招親，小王爺下場大顯身手，我湊巧也趕上瞧這場熱鬧。比到後來，小王爺搶下了穆姊姊腳上一對繡鞋。這場比武是他勝了，說到招親，卻是糾葛甚多。」

只因這場比武招親，日後生出許多事來。當時梁子翁、沙通天等固在旁目睹，此後完顏洪烈喪妻、楊康會見本生親父等等情由，亦均從此而起。眾人聽到此處，心中各生感慨。

黃蓉道：「既然想到了此事，那就再也明白不過。小王爺與穆姊姊日後私訂終身，定情之物，最好自然是彫一雙玉鞋了。這雙玉鞋想來各執一隻，這一隻有『比、招』二字，那一隻鞋上定是『武、親』二字。小王爺，我猜得不錯罷？」楊康不答。

黃蓉又道：「這個關節既然解開，其他更無疑難。韓寶駒身中九陰白骨爪身亡，世上練這武功的原只黑風雙煞，可是這兩人早已身故，旁人只道黑風雙煞的師父亦必精擅，豈知我爹爹固然從未練過九陰真經中的任何武功，而銅屍梅超風生前卻還收過一位高足。至於南希仁所寫的那個小小『十』字，自然是『楊』字的起筆，想不到郭靖那渾小子定要說是個

『黃』字。」說到此處，不禁黯然。

歐陽鋒縱聲長笑，說道：「怪不得郭靖那小子在煙雨樓前要和你爹爹拚命。」

黃蓉嘆道：「你們的計策原本大妙，那渾小子悲怒之中更難明是非。我先前還道是你擒住了島上啞僕，逼著帶路，到今日才知是傻姑領你們進內。想必小王爺答應帶她回牛家村，傻姑喜歡之極，便對你們惟命是從。嗯，定是你們兩人埋伏在我媽媽墓內，命傻姑託言是我爹爹邀請，騙江南六怪進墓。歐陽伯伯攔在墓門，那江南六怪如何能再逃脫毒手？這是個甕中捉鱉之計啊。」

柯鎮惡聽她所說，宛若親見，當日在墓室中斗逢強敵的情況，立時又在腦中出現，只聽黃蓉又道：「歐陽伯伯在海邊撿了我爹爹的長袍，穿戴起來，墓室之中本甚昏暗，六怪一上來就給傷了幾人，餘人危急之中那裏還辨得出敵人是誰？是以南希仁親口對柯鎮惡言道，動手殺人的是我爹爹。朱聰與全金發是歐陽伯伯所殺，韓寶駒是小王爺所殺，韓小瑩自刎而死，柯南二人卻逃出墓穴，在精舍之中又苦鬥一場。你們故意放柯鎮惡逃命，待得南希仁最後得悉兇手姓楊之時，已然身中劇毒了。」

歐陽鋒嘆道：「小丫頭也算得料事如神，此事機緣湊合，也是六怪命該如此。我與康兒前赴桃花島之時，倒不知六怪是在島上。」

黃蓉道：「是啊，想江南六怪在江湖上名頭雖響，卻也只憑得俠義二字，若說到功夫武藝，如何在你歐陽伯伯眼裏。你們兩人這般大費周章，定是另有圖謀。」歐陽鋒笑道：「小丫頭聰明機伶，料來也瞞你不過。」

黃蓉道：「我猜上一猜，若是錯了，歐陽伯伯莫怪。我想你到島上之初，本盼全真諸子和我爹爹鬥得兩敗俱傷，你來個卞莊刺虎，一舉而滅了全真教和桃花島。那知到得遲了一步，我爹爹和全真教道士都已離島他往。小王爺盤問傻姑，得知六怪卻在，嗯，於是你們兩位大顯身手殺了五怪，裝作是我爹爹所為，再將島上啞僕盡數殺死，毀屍滅跡，從此更無對證。日後事發，洪七公、段皇爺等豈能不與我爹爹為難？小王爺又怕我爹爹回桃花島後毀去你們留下的種種痕跡，是以故意放柯鎮惡逃生。這人眼睛瞎了，嘴裏舌頭卻沒爛掉。他真相瞧不見，胡言亂語卻是會說的。」

柯鎮惡聽了這番話，不由得又是悲憤，又是羞愧。只聽歐陽鋒嘆道：「我真羨慕黃老邪生了個好女兒。諸般經過，委實曲折甚多，你卻一切猜得明明白白，有如親眼目睹一般。小女娃兒，你當真聰明得緊啊。」

第三十六回

大軍西征

柯鎮惡橫過槍桿，擋在胸前。
歐陽鋒振臂一格，柯鎮惡只覺一股大力衝到，
登時雙臂發麻，胸口震得隱隱作痛，
鐵槍桿脫手飛起，戳破屋瓦，穿頂而出。

黃蓉幽幽的道：「歐陽伯伯讚得我可太好了。現下郭靖中你之計，和我爹爹勢不兩立。等你明兒救了我爹爹，若是你姪兒尚在，唉，當日婚姻之約，難道不能舊事重提麼？」歐陽鋒心中一凜：「她忽提此事，是何用意？」

卻聽黃蓉說道：「傻姑，這個好兄弟待你好得很，是不是？」傻姑道：「是啊，他要帶我回家去。我不愛在那個島上玩。我要回家去。」黃蓉道：「你回家幹甚麼？你家裏死過人，有鬼。」傻姑「啊」的一聲，驚道：「啊，我家裏有鬼，有鬼！我不回去啦。」黃蓉道：「那個人是誰殺的？」

傻姑道：「我見到的，是好兄弟……」只聽叮噹兩響，兩件暗器跌落在地。黃蓉笑道：「小王爺，你讓她說下去好了，又何必用暗器傷她？」楊康怒道：「這傻子胡說八道，甚麼鬼話都說得出來。」黃蓉道：「傻姑，你說好啦，這位爺爺愛聽。」傻姑道：「不，好兄弟不許我說，我就不說。」

楊康道：「是啊，快躺下睡覺，你再開口說一個字，我叫惡鬼來吃了你。」傻姑很是害怕，連聲答應：「噢，噢。」只聽得衣服悉索之聲，她已蒙頭睡倒。

黃蓉道：「傻姑，你不跟我說話解悶兒，我叫爺爺來領你去。」傻姑叫道：「我不去，我不去。」黃蓉道：「那麼你說，好兄弟在你家裏殺人，他殺了個甚麼人？」

眾人聽她忽問楊康殺人之事，都覺甚是奇怪。楊康卻是心下怦怦亂跳，右手暗自運勁，心想這傻姑倘若當真要吐露他在牛家村的所作所為，縱然惹起歐陽鋒疑心，也只得以九陰白骨爪殺手將她斃於當場，又想：「我殺歐陽克時，只穆念慈、程瑤迦、陸冠英三人得見，難道消息終於洩漏了出去？嗯，多半這傻姑當時也瞧見了，只是我沒留意到她。」

這時古廟中寂靜無聲，只待傻姑開口。柯鎮惡更是連大氣也不敢透。過了半晌，傻姑始終不說，只聽得鼾聲漸響，她竟是睡著了。

楊康鬆了一口氣，但覺手心中全是冷汗，尋思：「這傻姑留著終是禍胎，必當想個甚麼法兒除了她。」斜目瞧歐陽鋒時，見他閉目而坐，月光照著他半邊臉，顯得神情漠然，似乎對適才的對答全未留意。

眾人都道黃蓉信口胡說，傻姑既已睡著，此事當無下文，於是或臥或倚，漸入睡鄉。正矇矓間，忽聽傻姑大喊一聲，躍起身來，叫道：「別扭我？好痛啊！」

黃蓉尖聲叫道：「鬼，鬼，斷了腿的鬼！傻姑，是你殺了那斷腿的公子爺，他來找你啦！」靜夜之中，這幾句話聽來當真令人寒毛直豎。傻姑叫道：「不，不是我殺的，是好兄弟殺……」一言未畢，呼、蓬、啊喲三聲連響，原來楊康突然躍起，伸手往傻姑天靈蓋上抓落，卻被黃蓉以打狗棒法甩了個觔斗。

這一動手，殿上立時大亂，沙通天等將黃蓉團團圍住。

黃蓉只如不見，伸左手指著廟門，叫道：「斷腿的公子爺，你來，傻姑在這兒！」傻姑向廟門望去，黑沉沉的不見甚麼，但她自幼怕鬼，忙扯住黃蓉的袖子，急道：「別來找我討命，是好兄弟用鐵槍頭殺的，我躲在廚房門後瞧見的……斷腿鬼，你，你別找我啊！」

歐陽鋒萬料不到愛子竟是楊康所殺，但想別人能說謊，傻姑所言必定不假，悲怒之下，反而哈哈大笑，橫目向楊康道：「小王爺，我姪兒當真該死，殺得好啊，殺得好！」笑聲森寒，話聲悽厲，各人耳中嗡嗡作響，似有無數細針同時在耳內鑽刺一般，忍不住身子顫抖，牙齒相擊。只聽得羣鴉亂噪，呀呀啞啞，夾著滿空羽翼振撲之聲，卻是塔頂千百頭烏鴉被歐陽鋒笑聲驚醒，都飛了起來。

楊康暗想此番我命休矣，雙目斜睨，欲尋逃路。完顏洪烈也是暗暗心驚，待鴉聲稍低，說道：「這女子瘋瘋顛顛，歐陽先生怎能信她的話？令姪是小王禮聘東來，小王父子倚重得緊，豈能無緣無故的傷他？」

歐陽鋒腳上微一用勁，人未站直，身子已斗然躍起，盤著雙膝輕輕落在傻姑身畔，左手抓住她的臂膀，喝道：「他幹麼要殺我姪兒？快說！」傻姑猛吃一驚，叫道：「不是我殺的，別捉我，別捉我。」她用力掙扎，但歐陽鋒手如鋼鉗，那裏掙扎得脫，又驚又怕，不由得哭出聲來，大叫：「媽呀！」

歐陽鋒連問數聲，只把傻姑嚇得哭也不敢哭了，只瞪著一雙眼睛發獃。黃蓉柔聲道：「傻姑別怕，這位爺爺要給糕子你吃。」這一語提醒了歐陽鋒，想到愈是強力威嚇，傻姑愈是不敢說，於是從懷中掏出一個作乾糧的冷饅頭來，塞在她手裏，左手又鬆開了她手臂，笑道：「是啊！給你吃糕！」傻姑抓住了饅頭，兀自驚懼，說道：「爺爺，你抓得我好痛，你別抓我。」歐陽鋒溫言道：「傻姑乖，傻姑聽話，爺爺不抓你了。」

黃蓉道：「那天斷了腿的公子爺抱著一個姑娘，你說她長得標緻麼？」傻姑道：「標緻得很啊，她到那裏去啦？」黃蓉道：「你知她是誰？你不知道的，是不是？」傻姑甚是得意，拍手笑道：「我知道的，我知道的，她是好兄弟的老婆！」

此言一出，歐陽鋒更無半點疑心，他素知自己的私生子生性風流，必是因調戲穆念慈起禍，只是歐陽克武功高強，雖然雙腿受傷，楊康也仍然遠不是他敵手，不知如何加害，當下轉頭向楊康道：「我姪兒不知好歹，冒犯了小王妃，真是罪該萬死了。」楊康道：「不……不……不是我殺的。」歐陽鋒厲聲喝問：「是誰殺的？」楊康只嚇得手腳麻軟，額頭全是冷汗，平時的聰明機變突然消失，竟說不出半句話來。

黃蓉嘆道：「歐陽伯伯，你不須怪小王爺狠心，也不須怪你姪兒風流，只怪你自己本領太高。」歐陽鋒奇道：「為甚麼？」黃蓉道：「我也不知道為甚麼。只是我在牛家村時，曾聽得一男一女在隔壁說話，心中好生不解。」歐陽鋒聽了這幾句渾沒來由的話，如墮五里霧中，連問：「甚麼話？」

黃蓉道：「我一字一句的說給你聽，決不增減一字，請你解給我聽。我沒見兩人的面，不知那男的是誰，也不知女的是誰。只聽得那男的說道：『我殺了歐陽克之事，若是傳揚出去，那還了得。』那女的道：『大丈夫敢作敢為，你既害怕，昨日就不該殺他。他叔父雖然厲害，咱們遠走高飛，他也未必能找得著。』」

歐陽鋒聽黃蓉說到這裏便住了口，接著道：「這女子說得不錯啊，那男的又怎麼說？」

他們二人一問一答，只把楊康聽得更是驚懼。這時月光從廟門中斜射進來，照在神像之前，楊康避開月光，悄悄走到黃蓉背後，但聽她道：「那男的說道：『妹子，我心中另有一個計較。他叔父武功蓋世，我是想拜他為師。我早有此意，只是他門中向來有個規矩，代代都是一脈單傳。此人一死，他叔父就能收我啦！』」黃蓉雖未說出那說話之人的姓名，但語言音調，將楊康的口吻學得維妙維肖。楊康自幼長於中都，母親包惜弱卻是臨安府人氏，是以語言兼混南北，黃蓉這麼一學，無人不知那人便是楊康。

歐陽鋒嘿嘿冷笑，一轉頭不見了楊康所在，忽聽拍的一響，又是「啊喲」一聲驚呼，只見楊康站在月光之下，右手鮮血淋漓，臉色慘白。

原來楊康聽黃蓉揭破自己秘密，再也忍耐不住，猛地躍起，伸手爪疾往她頭頂抓下。黃蓉學著他腔調說話之時，料知他必來暗算，早有提防，她武功遠比楊康為高，聽得風聲，當即側頭避過，這一抓便落在她肩頭。楊康這一下「九陰白骨爪」用上了全力，五根手指全插在軟蝟甲的刺上，十指連心，痛得他險些立時昏暈。

旁人在黑暗中沒看明白，都道他中了暗算，只不知是黃蓉還是歐陽鋒所為。眾人忌憚歐陽鋒了得，個個不敢出聲。

完顏洪烈上前扶住，問道：「康兒，怎麼啦？那裏受了傷？」隨手拔出腰刀，遞在他的手裏，料想歐陽鋒決計不能善罷，只盼仗著人多勢眾，父子倆今晚能逃得性命。楊康忍痛道：「沒甚麼。」剛接過腰刀，突然手一麻，嗆啷一響，那刀跌在地上，急忙彎腰去拾，說也奇怪，手臂僵直，已是不聽使喚。這一驚非同小可，左手在右手背上用力一捏，竟然絲毫沒有知覺。他抬頭望著黃蓉，叫道：「毒！毒！你用毒針傷我。」

彭連虎等雖然礙著歐陽鋒，但想完顏洪烈是金國王爺，歐陽克的仇怨總能設法化解，眼見楊康神色惶急，當下或搶上慰問，或奔至黃蓉眼前，連叫：「快取解藥來救治小王爺。」卻都儘量離得歐陽鋒遠遠地。

黃蓉淡淡的道：「我軟蝟甲上沒毒，不必庸人自擾。這裏自有殺他之人，我又何必傷他？」

卻聽楊康忽然大叫：「我……我……我動不來啦！」但見他雙膝彎曲，身子慢慢垂下，口中發出似人似獸的荷荷之聲。

黃蓉好生奇怪，一回頭見歐陽鋒臉上也有驚訝之色，再瞧楊康時，卻見他忽然滿面堆歡，裂嘴嘻笑，銀白色的月光映照之下，更顯得詭異無倫，心中突然一動，說道：「原來是歐陽伯伯下的毒手。」

歐陽鋒奇道：「瞧他模樣，確是中了我怪蛇之毒，我原是要他嚐嚐這個滋味，小丫頭給我代勞，妙極妙極。只是這怪蛇天下唯我獨有，小丫頭又從何處得來？」黃蓉道：「我那有怪蛇？這原是你下的毒，說不定你自己尚且不知。」歐陽鋒道：「這倒奇了。」

黃蓉道：「歐陽伯伯，我記得你曾跟老頑童打過一次賭。你將怪蛇的毒液給一條鯊魚吃了，這魚中毒死後，第二條鯊魚吃牠的肉，又會中毒，如此傳布，可說得上流毒無窮，是也不是？」歐陽鋒笑道：「我的毒物若無特異之處，那『西毒』二字豈非浪得虛名？」黃蓉道：「是啊。南希仁是第一條鯊魚。」

這時楊康勢如發瘋，只在地下打滾。梁子翁想要抱住他，卻那裏抱持得住？

歐陽鋒皺眉思索，仍是不解，說道：「願聞其詳。」

黃蓉道：「嗯，你用怪蛇咬了南希仁，那日我在桃花島上與他相遇，給他打了一拳。這拳打在我的左肩，軟蝟甲的尖刺上留了他的毒血。我這軟蝟甲便是第二條鯊魚。適才小王爺出掌抓我，天網恢恢，正好抓在這些尖刺之上，南希仁的毒血進了他的血中。嘿嘿，他是第三條鯊魚。」

眾人聽了這幾句話，心想歐陽鋒的怪蛇原來如此厲害，又想楊康設毒計害死江南五怪，到頭來卻沾上了南希仁的毒血，當真報應不爽，身上都感到一陣寒意。

完顏洪烈走到歐陽鋒面前，突然雙膝跪地，叫道：「歐陽先生，你救小兒一命，小王永感大德。」

歐陽鋒哈哈大笑，說道：「你兒子的性命是命，我姪兒的性命就不是命！」目光在彭連虎等人臉上緩緩橫掃過去，陰沉沉的道：「那一位英雄不服，請站出來說話！」眾人不由得同時後退，那敢開口？

楊康忽從地上躍起，砰的一聲，發拳將梁子翁打了一個觔斗。完顏洪烈站起身來，叫道：「快扶小王爺去臨安，咱們趕請名醫給他治傷。」歐陽鋒笑道：「老毒物下的毒，天下有那一個名醫治得？又有那一個名醫不要性命，敢來壞我的事？」完顏洪烈不去理他，向手下的家將武師喝道：「還不快扶小王爺？」

楊康突然高高躍起，頭頂險些撞著橫樑，指著完顏洪烈叫道：「你又不是我爹爹，你害死我媽，又想來害我！」完顏洪烈急退幾步，腳下一個踉蹌。

沙通天道：「小王爺，你定定神。」走上前去拿他雙臂，那知楊康右手反勾，擒住他的手腕，左手在他手臂上狠狠抓了一把。沙通天吃痛，急忙摔脫，呆了一呆，只覺手臂微微麻癢，不禁心膽俱裂。黃蓉冷冷的道：「第四條鯊魚。」

彭連虎與沙通天素來交好，他又善使毒藥，知道沙通天也已中毒，危急中抽出腰刀，颼的一聲，已將沙通天半條臂膀砍了下來。侯通海還未明白他的用意，大叫：「彭連虎，你敢傷我師哥？」和身撲上，要和他拚命。沙通天忍住疼痛，叫道：「傻子，快站住！彭大哥是為我好！」

此時楊康神智更加胡塗，指東打西，亂踢亂咬。眾人見了沙通天的情景，那裏還敢逗留，發一聲喊，一擁出廟。這一陣大亂，又將塔上羣鴉驚起，月光下只見廟前空地上鴉影飛舞，啞啞聲中混雜著楊康的嘶叫。

完顏洪烈跨出廟門，回過頭來，叫道：「康兒，康兒！」楊康眼中流淚，叫道：「父王，父王！」向他奔去。完顏洪烈大喜，伸出手臂，兩人抱在一起，說道：「孩子，你好些了？」月光下猛見楊康面目突變，張開了口，露出兩排白森森的牙齒咬將過來，完顏洪烈大駭，左手使勁推出。楊康力道全失，仰天摔倒，再也爬不起來。完顏洪烈不敢再看，急奔出廟，飛身上馬，眾家將前後簇擁，剎時間逃得影蹤不見。

歐陽鋒與黃蓉瞧著楊康在地下打滾，各自轉著念頭，都不說話。過了一會，楊康全身一陣扭曲，就此不動。

歐陽鋒冷冷的道：「鬧了半夜，天也快亮啦。咱們瞧瞧你爹去。」黃蓉道：「這會兒爹爹已回桃花島了罷，有甚麼好瞧的？」

歐陽鋒一怔，冷笑道：「原來小丫頭這番言語全是騙人。」黃蓉道：「起初那些話自然是騙你。我爹爹是何等樣人，豈能給全真教的臭道士們困住了？我若不說九陰真經甚麼的，諒你也不容我盤問傻姑。」

此時柯鎮惡對黃蓉又是佩服，又是憐惜，只盼她快些使個甚麼妙計，脫身逃走，卻聽歐陽鋒道：「你的謊話中夾著三分真話，否則老毒物也不能輕易上當。好罷，你將你爹爹的譯文從頭至尾說給我聽，不許漏了半句。」黃蓉道：「要是我記不得呢？」歐陽鋒道：「最好你能記得。否則你這般美貌伶俐的一個小丫頭給我怪蛇咬上幾口，可就大煞風景了。」

黃蓉從神像後躍出之時，原已存了必死之心，但這時親見楊康臨死的慘狀，不禁心驚膽戰，尋思：「即使我將一燈大師所授的經文說與他知曉，他仍是不能放過我，怎生想個法兒得脫此難？」一時彷徨無計，心想只有先跟他敷衍一陣再作打算，於是說道：「我見了原來的經文，或能譯解得出。你且一句句背來，讓我試試。」

歐陽鋒道：「這些嘰哩咕嚕的話，誰又背得了？你不用跟我胡混。」黃蓉聽他背誦不出，靈機一動，已有了計較，心道：「他既背不出，自然將經文當作性命。」當即說道：「好罷，你取出來讀。」歐陽鋒一意要聽她譯解，當下從懷中取出一個油紙包裹，接連打開三層，這才取出郭靖所默寫的經文。黃蓉暗暗好笑：「靖哥哥胡寫一氣，這老毒物竟然當作至寶。」

歐陽鋒晃亮火摺，在神枱上尋到半截殘燭點著了，照著經文念道：「忽不爾，肯星多得，斯根六補。」黃蓉道：「善用觀相，運作十二種息。」

歐陽鋒大喜，又念：「吉爾文花思，哈虎。」黃蓉道：「能愈諸患，漸入神通。」歐陽鋒道：「取達別思吐，恩尼區。」黃蓉沉吟片刻，搖頭道：「錯了，你讀錯啦！」歐陽鋒道：「沒錯，確是這麼寫的。」黃蓉道：「那卻奇了，這句渾不可解。」左手支頤，假裝苦苦思索。歐陽鋒甚是焦急，凝視著她，只盼她快些想通。

過了片刻，黃蓉道：「啊，是了，想是郭靖這傻小子寫錯了，給我瞧瞧。」歐陽鋒不虞有他，將經文遞了過去。黃蓉伸右手接著，左手拿過燭台，似是細看經文，驀地裏雙足急登，向後躍開丈餘，將那幾張紙放在離燭火半尺之處，叫道：「歐陽伯伯，這經文是假的，我燒去了罷。」

歐陽鋒大駭，忙道：「喂，喂，你幹甚麼？快還我。」黃蓉笑道：「你要經文呢，還是要我性命？」歐陽鋒道：「要你性命作甚？快還我！」語音急迫，大異常時，作勢撲上搶奪。黃蓉將經文又移近燭火兩寸，說道：「站住了！你一動我就燒，只要燒去一個字，就要你終身懊悔。」歐陽鋒心想不錯，哼了一聲，說道：「我鬥不過你這鬼靈精，將經文放下，你走你的罷！」

黃蓉道：「你是當代宗師，可不能食言。」歐陽鋒沉著臉道：「我說快將經文放下，你走你的路。」黃蓉知他是大有身分之人，雖然生性歹毒，卻不失信於人，當下將經文與燭台都放在地下，笑道：「歐陽伯伯，對不住啦。」提著打狗棒轉身便走。

歐陽鋒竟不回頭，斗然躍起，反手出掌，蓬的一聲巨響，已將鐵槍王彥章的神像打去了半邊，喝道：「柯瞎子，滾出來。」

黃蓉大吃一驚，回過頭來，只見柯鎮惡已從神像身後躍出，舞槍桿護住身前。黃蓉登時醒悟：「以老毒物的本領，柯大爺躲在神像背後，豈能瞞得了他？想來呼吸之聲早給他聽見了。只是他沒將柯大爺放在眼裏，是以一直隱忍不發。」當即縱身上前，竹棒微探，幫同守禦，向歐陽鋒道：「歐陽伯伯，我不走啦，你放他走。」

柯鎮惡道：「不，蓉兒你走，你去找靖兒，叫他給我們六兄弟報仇。」黃蓉悽然道：「他若肯信我的話，早就信了。柯大爺，你若不走，我和爹爹的冤屈終難得明。你對郭靖說，我並不怪他，叫他別難過。」柯鎮惡怎肯讓她捨命相救自己，兩人爭持不已。

歐陽鋒焦躁起來，罵道：「小丫頭，我答應放你走，你又囉唕甚麼？」黃蓉道：「我卻不愛走啦。歐陽伯伯，你把這惹厭的瞎子趕走，我好好陪你說話兒解悶。可別傷了他。」

歐陽鋒心想：「你不走最好，這瞎子是死是活跟我有甚相干？」大踏步上前，伸手往柯鎮惡胸口抓去。柯鎮惡橫過槍桿，擋在胸前。歐陽鋒振臂一格，柯鎮惡雙臂發麻，胸口震得隱隱作痛，嗆啷一聲，鐵槍桿直飛起來，戳破屋瓦，穿頂而出。

柯鎮惡急忙後躍，人在半空尚未落地，領口一緊，身子已被歐陽鋒提了起來。他久經大敵，雖處危境，心神不亂，左手微揚，兩枚毒菱往敵人面門打去。歐陽鋒料不到他竟有這門敗中求勝的險招，相距既近，來勢又急，實是難以閃避，當即身子後仰，乘勢一甩，將柯鎮惡的身子從頭頂揮了出去。

柯鎮惡從神像身後躍出時，面向廟門，被歐陽鋒這麼一拋，不由自主的穿門而出。這一擲勁力奇大，他身子反而搶在毒菱之前，兩枚毒菱飛過歐陽鋒頭頂，緊跟著要釘在柯鎮惡自己身上。黃蓉叫聲：「啊喲！」卻見柯鎮惡在空中身子稍側，伸右手將兩枚毒菱輕輕巧巧的接了過去，他這聽風辨形之術實已練至化境，竟似比有目之人還更看得清楚。

歐陽鋒喝了聲采，叫道：「真有你的，柯瞎子，饒你去罷。」柯鎮惡落下地來，猶是遲疑。黃蓉笑道：「柯大爺，歐陽鋒要拜我為師，學練九陰真經。你還不走，也想拜我為師麼？」柯鎮惡知她雖然說得輕鬆自在，可是處境其實十分險惡，站在廟前，只是不走。

歐陽鋒抬頭望天，說道：「天已大明了，走罷！」拉著黃蓉的手，走出廟門。黃蓉叫道：「柯大爺，記著我在你手掌裏寫的字。」說到最後幾個字時，人已在數丈之外。

柯鎮惡呆了良久，耳聽得烏鴉一羣羣的撲入古廟，啄食屍身，於是躍上屋頂，找到了鐵槍的槍桿。拄槍在廟頂呆立片刻，心想天地茫茫，我這瞎子更到何處去安身？忽聽得羣鴉悲鳴，撲落落的不住從半空跌落，原來羣鴉食了楊康屍身之肉，相繼中毒而死，不由得嘆了一口長氣，縱下地來，綽槍北行。

走到第三日上，忽聽空中鵰唳，心想雙鵰既然在此，只怕靖兒亦在左近，當下在曠野中縱聲大呼：「靖兒，靖兒！」過不多時，果聽馬蹄聲響，郭靖騎了小紅馬奔來。他與柯鎮惡在混戰中失散，此時見師父無恙，欣喜不已，不等馬停，便急躍下馬，奔上來抱住，連叫：「大師父！」

柯鎮惡左右開弓，打了他兩記耳光。郭靖不敢閃避，愕然放開了手。柯鎮惡左手繼續撲打郭靖，右手卻連打自己耳光。這一來郭靖更是驚訝，叫道：「大師父，你怎麼了？」柯鎮惡罵道：「你是小胡塗，我是老胡塗！」他連打了十幾下，這才住手，兩人面頰都已紅腫。柯鎮惡破口將郭靖與自己痛罵半天，才將古廟中的經歷一一說了出來。

郭靖又驚又喜，又痛又愧，心想：「原來真相如此，我當真是錯怪蓉兒了。」柯鎮惡喝道：「你說咱倆該不該死？」郭靖連聲稱是，又道：「是弟子該死。大師父眼睛不便，可怪不得你。」柯鎮惡怒道：「他媽的，我也該死！我眼睛瞎了，難道心裏也瞎了？」郭靖道：「咱們得趕緊想法子搭救蓉兒。」柯鎮惡道：「她爹呢？」郭靖道：「黃島主護送洪恩師到桃花島養傷去了。大師父，你說歐陽鋒把蓉兒帶到了那裏？」

柯鎮惡默然不語，過了一陣方道：「蓉兒給他捉了去，就算不死，也不知給他折磨成甚麼樣子。靖兒，你快去救她，我是要自殺謝她的了。」郭靖驚叫：「不行！你千萬別這麼想。」只是他素知師父性情剛愎，不聽人言，說死就死，義無反顧，於是道：「大師父，你到桃花島去報訊，待見到黃島主，請他急速來援，弟子實在不是歐陽鋒的對手。」

柯鎮惡一想不錯，持槍便行。郭靖戀戀不捨，跟在後面。柯鎮惡橫槍打去，罵道：「還不快去！你不把我乖蓉兒好好救回，我要了你的小命。」

郭靖只得止步，眼望著師父的背影在東邊桑樹叢中消失，實不知到那裏去找黃蓉，思索良久，策馬攜鵰，尋路到鐵槍廟來。只見廟前廟後盡是死鴉，殿上只餘一攤白骨殘屍。

郭靖雖恨楊康戕害師父，但想他既已身死，怨仇一筆勾消，念著結義一場，撿起骸骨到廟後葬了，拜了幾拜，祝道：「楊兄弟，你若念我今日葬你之情，須當佑我找到蓉兒，以補你生前之過。」

此後郭靖一路打聽，找尋黃蓉的蹤跡。這一找就是半年，秋去冬來，冬盡春回，他策紅馬，攜雙鵰，到處探訪，問遍了丐幫、全真教，以及各地武林同道，黃蓉的音訊竟是半點俱無。想到這半年中黃蓉不知已受了多少苦楚，真是心如刀割，自是決心走遍天涯海角，也要把她找到。他一赴燕京，二至汴梁，連完顏洪烈竟也不知去向。丐幫羣丐聽得幫主有難，也是全幫出動尋訪。這一日郭靖來到歸雲莊，卻見莊子已燒成一片白地，不知陸乘風、陸冠英父子已遭到了甚麼劫難。

一日行至山東境內，但見沿途十室九空，路上行人紛紛逃難，都說蒙古與金兵交戰，金兵潰敗，退下來的殘兵姦淫擄掠，無所不為。郭靖行了三日，越向北行，越是瘡痍滿目，心想兵凶戰危，最苦的還是百姓。

這天來到濟水畔山谷中的一個村莊，正想借個地方飲馬做飯，突然前面喧譁之聲大作，人喊馬嘶，數十名金兵衝進村來。兵士放火燒村，將眾百姓逼出屋來，見有年輕女子，一個個用繩縛了，其餘不問老幼，見人便砍。

郭靖見了大怒，縱馬上前，夾手將帶隊軍官手中大槍奪過，左手反掌揮出，正打在他太陽穴上。這些時日中他朝晚練功不輟，內力大進，這掌打去，那軍官登時雙睛突出而死。眾金兵齊聲呼喊，刀槍並舉，衝殺上來。小紅馬見遇戰陣，興高采烈，如飛般迎將上去。郭靖左手又奪過一柄大砍刀，右刺左砍，竟以左右互搏之術，大呼酣戰。

眾金兵見此人兇猛，敗軍之餘那裏還有鬥志，轉過身來奔逃出村。突然迎面飄出一面大旗，煙霧中一小隊蒙古兵急衝而至。金兵給蒙古兵殺得嚇破了膽，不敢迎敵，仗著人多，回頭又鬥郭靖，只盼奪路而逃。

郭靖惱恨金兵殘害百姓，縱馬搶先出村，一人單騎，神威凜凜的守在山谷隘口。十餘名金兵奮勇衝上，被他接連戳死數人。餘眾不敢上前，進又不得，退又不能，亂成一團。

蒙古兵見前面突然有人相助，倒也大出意料之外，一陣衝殺，將十幾名金兵盡數殲於村中。帶兵的百夫長正要詢問郭靖來歷，隊中一名什長識得郭靖，大叫：「金刀駙馬！」拜伏在地。百夫長聽得是大汗的駙馬爺，那敢怠慢，急忙下馬行禮，命人快馬報了上去。

郭靖急傳號令，命蒙古兵急速撲滅村中各處火頭。眾百姓扶老攜幼，紛紛來謝。正亂間，村外蹄聲急響，無數軍馬湧至。眾百姓大驚，不由得面面相覷。只見一匹棗騮馬如風馳到，馬上一個少年將軍大叫：「郭靖安答在那裏？」

郭靖見是拖雷，大喜叫道：「拖雷安答。」兩人奔近，抱在一起。雙鵰識得拖雷，上前挨挨擦擦，也是十分親熱。拖雷命一名千夫長率兵追擊金兵，下令在山坡上支起帳篷，與郭靖互道別來情事。

拖雷說起北國軍務，郭靖才知別來年餘，成吉思汗馬不停蹄的東征西伐，拓地無數。朮赤、察合台、窩闊台、拖雷四王子，木華黎、博爾朮、博爾忽、赤老溫四傑，都立下了不少汗馬功勞。現下拖雷與木華黎統兵攻打金國，山東數場大戰，將金兵打得潰不成軍。金國餘兵集於潼關，閉關而守，不敢出山東迎戰。

郭靖在拖雷軍中住了數日，快馬傳來急訊，成吉思汗召集諸王眾將，大會漠北。拖雷與木華黎不敢怠慢，將令旗交了副將，連夜北上。郭靖想念母親，當下與拖雷同行。

不一日來到斡難河畔，極目遠望，無邊無際的大草原之上，營帳一座連著一座，成千成萬的戰馬奔躍嘶叫，成千成萬的矛頭耀日生輝。千萬座灰色的營帳之中，聳立著一座黃綢大帳，營帳頂子以黃金鑄成，帳前高高懸著一枝九旄大纛。

郭靖策馬立在沙岡之上，望著這赫赫兵威，心想金帳威震大漠，君臨絕域，想像成吉思汗在金帳中傳出號令，快馬一匹接著一匹，將號令送到萬里外的王子和大將手中，於是號角嗚響，草原上烽火瀰天，箭如蝗發，長刀閃動，煙塵中鐵蹄奔踐。

他正想：「大汗要這許多土地百姓，不知有甚麼用？」忽見塵頭起處，一隊騎兵馳來相迎。拖雷、木華黎、郭靖三人進金帳謁見大汗，但見諸王諸將都已羣集在帳，排列兩旁。

成吉思汗見三人到來，心中甚喜。拖雷與木華黎稟報了軍情。郭靖上前跪下請罪，說道：「大汗命我去割金國完顏洪烈的腦袋，但數次相見，都給他逃了，甘受大汗責罰。」成吉思汗笑道：「小鷹長大了，終有一天會抓到狐狸，我罰你作甚？你來得正好，我時時記著你。」當下與諸將共議伐金大計。

木華黎進言：金國精兵堅守潼關，急切難下，上策莫如聯宋夾擊。成吉思汗道：「好，就是這麼辦。」當下命人修下書信，遣使南下。大會至晚間始散。

郭靖辭出金帳，暮色蒼茫中正要去母親帳中，突然間身後伸過一雙手掌，掩向他眼睛。以他此時武功，那能讓人在身後偷襲，側身正要將來人推開，鼻中已聞到一股香氣，又見那人是個女子，急忙縮手，叫道：「華箏妹子！」只見華箏公主似笑非笑的站在當地。

兩人睽別經年，此番重逢，只見她身材更高了些，在勁風茂草之中長身玉立，更顯得英姿颯爽。郭靖又叫了一聲：「妹子！」華箏喜極而涕，叫道：「你果然回來啦！」郭靖見她真情流露，心中也甚感動。一時間千言萬語，不知從何說起。

過了良久，華箏道：「去看你媽去。你活著回來，你猜是我歡喜多些呢，還是你媽歡喜多些？」郭靖道：「我媽定然歡喜萬分。」華箏嗔道：「難道我就不歡喜了？」蒙古人性子直率，心中想到甚麼，口裏就說了出來。郭靖與南人相處年餘，多歷機巧，此時重回舊地，聽到華箏這般說話口氣，不禁深有親切之感。

兩人手挽手的同到李萍帳中。郭靖母子相見，自有一番悲喜。

又過數日，成吉思汗召見郭靖，說道：「你的所作所為，我都已聽拖雷說了。你這孩子守信重義，我很歡喜。再過數日，我給你和我女兒成親罷！」郭靖大吃一驚，心想：「蓉兒此時存亡未卜，我如何能背她與別人結親？」但見成吉思汗儀容威嚴，滿心雖想抗命，卻是期期艾艾，半句話也說不出來。成吉思汗素知他樸實，只道他歡喜得傻了，當下賞了他一千戶奴隸，一百斤黃金，五百頭牛，二千頭羊，命他自去籌辦成親。

華箏是成吉思汗的嫡生幼女，自小得父王鍾愛。此時蒙古國勢隆盛，成吉思汗戰無不勝，攻無不克，各族諸汗聽得大汗嫁女，自是紛紛來賀，珍貴禮物堆滿了數十座營帳。華箏公主喜上眉梢，郭靖卻是滿腹煩惱，一臉愁容。

眼見喜期已在不遠，郭靖垂頭喪氣，不知如何是好。李萍見兒子神色有異，這天晚上在帳中問起。郭靖當下將黃蓉的種種情由，從頭細說了一遍。李萍聽了，半晌做聲不得。

郭靖道：「媽，孩兒為難之極，不知該怎麼辦才是？」李萍道：「大汗對我們恩深義重，豈能相負？但那蓉兒，那蓉兒，唉，我雖未見過她，想來也是萬般的惹人愛憐。」郭靖忽道：「媽，若是我爹爹遇上此事，他該怎地？」李萍不料他突然有此怪問，呆了半晌，想起丈夫生平的性情，當即昂然說道：「你爹爹一生甘願自己受苦，決不肯有半點負人。」郭靖站起身來，凜然道：「孩兒雖未見過爹爹，但該學爹爹為人。若是蓉兒平安，孩兒當守舊約，與華箏公主成親。倘若蓉兒有甚不測，孩兒是終身不娶的了。」

李萍心想：「當真如此，我郭氏宗嗣豈非由你而絕？但這孩子性兒與他爹爹一般，最是執拗不過，既經拿定了主意，旁人多說也是無用。」於是問道：「你如何去稟告大汗？」郭靖道：「我跟大汗也是說這幾句話。」李萍有心要成全兒子之義，說道：「好，此地也不能再留，你去謝過大汗，咱娘兒倆即日南歸。」郭靖點頭稱是。

母子倆當晚收拾行李，除了隨身衣物和些少銀兩，其餘大汗所賜，盡數封在帳中。

郭靖收拾已畢，道：「我去別過公主。」李萍躊躇道：「這話如何說得出口？你悄悄走了就是，免她傷心。」郭靖道：「不，我要親口對她說。」出了營帳，逕往華箏所住的帳中而來。

華箏公主與母親住在一個營帳之中，這幾日喜氣洋洋的正忙於籌辦婚事，忽聽郭靖在帳外叫喚，臉上一紅，叫了聲：「媽！」她母親笑道：「沒多幾天就成親啦，連一日不見也不成。好罷，你會會他去。」華箏微笑著出來，低聲叫道：「郭靖哥哥。」郭靖道：「妹子，我有話跟你說。」引著她向西走去。

兩人走了數里，離大營遠了，這才在草地上坐下。華箏挨著郭靖身子，低聲道：「郭靖哥哥，我也正有話要跟你說。」郭靖微微一驚，道：「啊，你都知道了？」心想她知道了倒好，否則真不知如何啓齒。華箏道：「知道甚麼？我是要跟你說，我不是大汗的女兒。」郭靖奇道：「甚麼？」

華箏抬頭望著天邊初昇的眉月，緩緩道：「我跟你成親之後，我就忘了是成吉思汗的女兒，我只是郭靖的妻子。你要打我罵我，你儘管打罵。別為了想到我爹爹是大汗，你就委屈了自己。」郭靖胸口一酸，熱血上湧，道：「妹子，你待我真好，只可惜我配不上你。」華箏道：「甚麼配不上？你是世界上最好的人，除了我爹爹，誰也及不上你。我的四位哥哥，連你的一半也沒有。」郭靖呆了半晌，自己明日一早就要離開蒙古南歸的事，這當兒再也說不出口。

華箏又道：「這幾天我真是高興啦。想到那時候我聽說你死了，真恨不得自己也死了方好。多虧拖雷哥哥從我手裏奪去了刀子，不然這會兒我怎麼還能嫁給你呢？郭靖哥哥，我若是不能做你妻子，我寧可不活著。」郭靖心想：「蓉兒不會跟我說這些話，不過兩人對我都是很好很好的。」想到黃蓉，不禁長長嘆了口氣。

華箏奇道：「咦，你為甚麼嘆氣？」郭靖遲疑道：「沒甚麼。」華箏道：「嗯，我大哥二哥不喜歡你，三哥四哥卻同你好。我在爹爹面前，就老說大哥二哥不好，說三哥四哥好，你不用愁。」郭靖道：「為甚麼？」華箏很是得意，道：「我聽媽媽說，爹爹年紀老了，這些時在想立汗太子，你猜會立誰？」郭靖道：「自然是你大哥朮赤了。他年紀最長，功勞又最大。」華箏搖頭道：「我猜不會立大哥，多半是三哥，再不然就是四哥。」

郭靖知道成吉思汗的長子朮赤精明能幹，二子察合台勇悍善戰，兩人互不相下，素來爭競極烈。三子窩闊台卻好飲愛獵，性情寬厚，他知將來父王死後，繼承大汗位子的不是大哥就是二哥，而父王在四個兒子之中，最寵愛的卻是幼弟拖雷，這大汗之位決計落不到自己身上，因此一向與人無爭，三個兄弟都跟他好。郭靖聽了華箏這話，難以相信，道：「難道憑你幾句話，大汗就換立了汗太子？」華箏道：「我也不知道啊，我只是瞎猜。不過就算大哥還是二哥將來做大汗，你也不用擔心。他們若是難為你，我跟他們動刀子拚命。」

華箏自幼得成吉思汗寵愛，四個哥哥向來都讓她三分。郭靖知她說得出做得到，微微一笑，道：「那也不必。」華箏道：「是啊，哥哥們若是待咱們不好，咱倆就一起回南去。」郭靖衝口說出：「我正要跟你說，我要回南去。」

華箏一呆，道：「就只怕爹爹媽媽捨不得我。」郭靖道：「是我一個人……」華箏道：「嗯，我永遠聽你的話。你說回南，我總是跟你走。爹媽要是不許，咱倆偷偷的走。」郭靖再也忍耐不住，跳起身來，叫道：「是我和媽媽兩個人回南邊去。」

此言一出，一個站著，一個坐著，四目交視，突然都似泥塑木彫一般，華箏滿臉迷惘，一時不明他的意思。

郭靖道：「妹子，我對不起你！我不能跟你成親。」華箏急道：「我做錯了甚麼事嗎？你怪我沒為你自殺，是不是？」郭靖叫道：「不，不，不是你不好。我不知道是誰錯了，想來想去，定然是我錯了。」當下將黃蓉與他之間的根由一事不隱的說了。待說到黃蓉被歐陽鋒擒去、自己尋她大半年不見諸般經過，華箏聽他說得動情，也不禁掉下淚來。

郭靖道：「妹子，你忘了我罷，我非去找她不可。」華箏道：「你找到她之後，還來瞧我不瞧？」郭靖道：「若是她平安無恙，我定然北歸。若是你不嫌棄我，仍然要我，我就跟你成親，決無反悔。」華箏緩緩的道：「你不用這麼說，你知道我是永遠想嫁給你的。你去找她罷，找十年，找二十年，只要我活著，我總是在這草原上等你。」郭靖心情激動，說道：「是的，找十年，找二十年，我總是要去找她。找十年，找二十年，我總時時刻刻記得你在這草原上等我。」

華箏躍起身來，投入他的懷裏，放聲大哭。郭靖輕輕抱著她，眼圈兒也自紅了。兩人相偎相倚，更不說話，均知事已如此，若再多言，徒惹傷心。

過了良久，只見四乘馬自西急奔而來，掠過兩人身旁，直向金帳馳去。一匹馬馳到離金帳數十丈時忽然撲地倒了，再也站不起來，顯是奔得筋疲力盡，脫力倒斃。乘者從地下翻身躍起，對地下死馬一眼也沒看，毫不停留的向金帳狂奔。

只過得片刻，金帳中奔出十名號手，分站東南西北四方，嗚嗚嗚的吹了起來。

郭靖知道這是成吉思汗召集諸將最緊急的號令，任他是王子愛將，若是大汗屈了十個手指還不趕到，立時斬首，決不寬赦，當即叫道：「大汗點將！」不及跟華箏多說，疾向金帳奔去，只聽得四方八面馬蹄急響。

郭靖奔到帳裏，成吉思汗剛屈到第三個手指，待他屈到第八根手指，所有王子大將全已到齊，只聽他大聲叫道：「那狗王摩訶末有這般快捷的王子麼？有這麼英勇的將軍麼？」

諸王眾將齊聲叫道：「他沒有。」成吉思汗挺胸叫道：「你們瞧，這是我派到花剌子模去的使者的衛兵，那狗王摩訶末把我忠心的僕人怎麼了？」諸將順著大汗的手指瞧去，只見幾名蒙古人個個面目青腫，鬍子被燒得清光。鬍子是蒙古武士的尊嚴，只要被人一碰都是莫大侮辱，何況燒光？諸將見到，都大聲怒叫起來。

成吉思汗叫道：「花剌子模雖然國大兵多，咱們難道便害怕了？咱們為了一心攻打金狗，才對他萬分容讓。朮赤我兒，你跟大夥兒說，摩訶末那狗王怎生對付咱們了。」

朮赤走上一步，大聲道：「那年父王命孩兒征討該死的蔑兒乞惕人，得勝班師。那摩訶末狗王派了大軍，也來攻打蔑兒乞惕人。兩軍相遇，孩兒命使者前去通好，說道父王願與花剌子模交朋友。那紅鬍子狗王卻道：『成吉思汗雖命你們不打我，真主卻命我打你們。』一場惡戰，咱們打了勝仗，但因敵人十倍於我，咱們半夜裏悄悄的退了兵。」

博爾忽說道：「雖然如此，大汗對這狗王仍是禮敬有加。咱們派去商隊，但貨物被狗王搶了，商人被狗王殺了。這次派使者去修好，那狗王聽了金狗王子完顏洪烈的唆使，把大汗的忠勇使者殺了，將使者的衛兵殺了一半，另一半燒了鬍子趕回來。」

郭靖聽到完顏洪烈的名字，心中一凜，問道：「完顏洪烈在花剌子模麼？」一個被燒了鬍子的使者護衛道：「我認得他，他就坐在狗王的旁邊，不住跟狗王低聲說話。」

成吉思汗叫道：「金狗聯了花剌子模，要兩邊夾擊我們，咱們害怕了麼？」眾將齊聲叫道：「咱們大汗天下無敵。你領我們去打花剌子模，去攻破他們的城池，燒光他們的房屋，殺光他們的男人，擄走他們的女人牲口！」成吉思汗叫道：「要捉住摩訶末，要捉住完顏洪烈。」眾將齊聲吶喊，帳幕中的燭火被喊聲震得搖晃不已。

成吉思汗拔出佩刀，在面前虛砍一刀，奔出帳去，躍上馬背。諸將蜂湧出帳，上馬跟在後面。成吉思汗縱馬奔了數里，馳上一個山岡。諸將知他要獨自沉思，都留在岡下，繞著山岡圍成圈子。

成吉思汗見郭靖在旁不遠，叫道：「孩子，你來。」郭靖馳馬上岡。

成吉思汗望著草原上軍營中繁星般的火堆，揚鞭道：「孩子，那日咱們給桑昆和札木合圍在山上，我跟你說過幾句話，你還記得麼？」郭靖道：「記得。大汗說，咱們蒙古人有這麼多好漢，只要大家不再自相殘殺，聯在一起，咱們能叫全世界都做蒙古人的牧場。」成吉思汗揮動馬鞭，吧的一聲，在空中擊了一鞭，叫道：「不錯，現今蒙古人聯在一起了，咱們捉那完顏洪烈去。」

郭靖本已決定次日南歸，忽然遇上此事，殺父之仇如何不報，又想起自己母子受大汗厚遇，正好為他出力，以報恩德，當下叫道：「咱們這次定要捉住完顏洪烈這狗賊。」

成吉思汗道：「那花剌子模號稱有精兵百萬，我瞧六七十萬總是有的。咱們卻只有二十萬兵，還得留下幾萬打金狗。十五萬人敵他七十萬，你說能勝麼？」郭靖於戰陣攻伐之事全然不懂，但年少氣盛，向來不避艱難，聽大汗如此相詢，昂然說道：「能勝！」

成吉思汗叫道：「定然能勝。那天我說過要當你是親生兒子一般相待，鐵木真說過的話，從來不會忘記。你隨我西征，捉了摩訶末和完顏洪烈，再回來和我女兒成親。」此言正合郭靖心意，當即連聲答應。

成吉思汗縱馬下岡，叫道：「點兵！」親兵吹起號角，成吉思汗急馳而回。沿途只見人影閃動，戰馬奔騰，卻不聞半點人聲。待他到得金帳之前，三個萬人隊早已整整齊齊的列在草原上，明月映照一排排長刀，遍野閃耀銀光。

成吉思汗進入金帳，召來書記，命他修寫戰書。那書記在一大張羊皮紙上寫了長長一大篇，跪在地下朗誦給大汗聽：「上天立朕為各族大汗，拓地萬里，滅國無數，自古德業之隆，未有如朕者。朕雷霆一擊，汝能當乎？汝國祚存亡，決於今日，務須三思，若不輸誠納款，行見蒙古大軍……」

成吉思汗越聽越怒，飛起一腳，將那白鬍子書記踢了個觔斗，罵道：「你跟誰寫信？成吉思汗跟這狗王用得著這麼囉唆？」提起馬鞭，夾頭夾腦劈了他十幾鞭，叫道：「你聽著，我怎麼唸，你就怎麼寫。」那書記戰戰兢兢的爬起來，換了一張羊皮紙，跪在地下，望著大汗的口唇。

成吉思汗從揭開著的帳門望出去，向著帳外三萬精騎出了一會神，低沉著聲音道：「這麼寫，只要六個字。」頓了一頓，大聲道：「你要戰，便作戰！」

那書記吃了一驚，心想這牒文太也不成體統，但頭臉上吃了這許多鞭子，兀自熱辣辣的作痛，如何敢多說一句，當下依言在牒文上大大的寫了這六個字。成吉思汗道：「蓋上金印，即速送去。」木華黎上來蓋了印，派一名千夫長領兵送去。

諸將得悉大汗牒文中只寫了這六個字，都是意氣奮揚，耳聽得信使的蹄聲在草原上逐漸遠去，突然不約而同的叫道：「你要戰，便作戰！」帳外三萬兵士跟聲呼叫：「嗬呼，嗬呼！」這是蒙古騎兵衝鋒接戰時慣常的吶喊。戰馬聽到主人呼喊，跟著嘶鳴起來。刹時間草原上聲震天地，似乎正經歷著一場大戰。

成吉思汗遣退諸將士兵，獨自坐在黃金椅上出神。這張椅子是攻破金國中都時搶來的，椅背上鑄著盤龍搶珠，兩個把手上各彫有一隻猛虎，原是金國皇帝的寶座。成吉思汗支頤沉思，想到自己多苦多難的年輕日子，想到母親、妻子、四個兒子和愛女，想到無數美麗的妃子，想到百戰百勝的軍隊，無邊無際的帝國，以及即將面臨的強敵。

他年紀雖老，耳朵卻仍是極為靈敏，忽聽得遠處一匹戰馬悲鳴了幾聲，突無聲息。他知道是一匹老馬患了不治之症，主人不忍牠纏綿痛苦，一刀殺了。他突然想起：「我年紀也老了，這次出征，能活著回來嗎？要是我在戰場上送命，四個兒子爭做大汗，豈不吵得天翻地覆？唉，難道我就不能始終不死麼？」

任你是戰無不勝、無所畏懼的大英雄，待得精力漸衰，想到這個「死」字，心中總也不禁有慄慄之感。他想：「聽說南邊有一班人叫做『道士』，能教人成仙，長生不老，到底是不是真的？」手掌擊了兩下，召來一名箭筒衛士，命傳郭靖入帳。

須臾郭靖到來，成吉思汗問起此事。郭靖道：「長生成仙，孩兒不知真假，若說練氣吐納，延年益壽，那確是有的。」成吉思汗大喜，說道：「你識得有這等人麼？快去找一個來見我。」郭靖道：「這等有道之士，隨便徵召，他是決計不來的。」成吉思汗道：「不錯，我派一個大官，去禮聘他北來。你說該去請誰？」郭靖心想：「天下玄門正宗，自是全真派。全真六子中丘道長武功最高，又最喜事，或許請得他動。」當下說了長春子丘處機的名字。

成吉思汗大喜，當即召書記進來，將情由說了，命他草詔。那書記適才吃了他一頓打，想了良久，寫詔道：「朕有事，便即來。」學著大汗的體裁，詔書上也只有六字，自以為這一次定然稱旨。那知成吉思汗一聽大怒，揮鞭又打，罵道：「我跟狗王這生說，對有道之士也是這生說麼？要寫長的，寫得謙恭有禮。」

那書記伏在地下，草詔道：「天厭中原驕華大極之性，朕居北野嗜欲莫生之情，反朴還淳，去奢從儉。每一衣一食，與牛豎馬圉共弊同饗。視民如赤子，養士如兄弟，謀素和，恩素畜。練萬眾以身人之先，臨百陣無念我之後，七載之中成大業，六合之內為一統。非朕之行有德，蓋金之政無恆，是以受天之佑，獲承至尊。南連趙宋，北接回紇，東夏西夷，悉稱臣佐。念我單于國千載百世之來，未之有也。然而任大守重，治平猶懼有缺。且夫刳舟剡楫，將欲濟江河也。聘賢選佐，將以安天下也。朕踐祚已來，勤心庶政，而三九之位，未見其人。訪聞丘師先生，體真履規，博物洽聞，探賾窮理，道沖德著，懷古君子之肅風，抱真上人之雅操，久棲岩谷，藏身隱形。闡祖宗之遺化，坐致有道之士，雲集仙徑，莫可稱數。自干戈而後，伏知先生猶隱山東舊境，朕心仰懷無已。」

那書記寫到這裏，抬頭問道：「夠長了麼？」成吉思汗笑道：「這麼一大槪，夠啦。你再寫我派漢人大官劉仲祿去迎接他，請他一定要來。」

那書記又寫道：「豈不聞渭水同車，茅廬三顧之事？奈何山川懸闊，有失躬迎之禮。朕但避位側身，齋戒沐浴，選差近侍官劉仲祿，備輕騎素車，不遠千里，謹邀先生暫屈仙步，不以沙漠悠遠為念，或以憂民當世之務，或以恤朕保身之術。朕親侍仙座，欽惟先生將咳唾之餘，但授一言，斯可矣。今者，聊發朕之微意萬一，明於詔章，誠望先生既著大道之端，要善無不應，亦豈違眾生之願哉？故茲詔示，惟宜知悉。」

成吉思汗道：「好，就是這樣。」賞了那書記五兩黃金，又命郭靖親筆寫了一信，務懇丘處機就道，即日派劉仲祿奉詔南行。（按：成吉思汗徵請丘處機之詔書，係根據史書所載原文。）

次日，成吉思汗大會諸將，計議西征，會中封郭靖為「那顏」，命他統率一個萬人隊。「那顏」是蒙古最高的官銜，非親貴大將，不能當此稱號。

此時郭靖武功大進，但說到行軍打仗，卻是毫不通曉，只得向哲別、速不台等大將請教。但他資質本就魯鈍，戰陣之事又是變化多端，一時三刻之間那能學會？眼見眾大將點兵備糧，選馬揀械，人人忙碌。十五萬大軍西征，遠涉苦寒不毛之地，這番籌劃的功夫卻也非同小可。此等事務他全不通曉，只得吩咐手下十名千夫長分頭辦理。哲別與拖雷二人又時時提示指點。

過得月餘，越想越是不妥，自知拙於用智使計，攻打敵軍百萬之師，降龍十八掌與九陰真經可全然用不上，只要一個號令不善，立時敗軍覆師，不但損折成吉思汗威名，而且枉自送了這一萬人的性命。這一日正想去向大汗辭官，甘願做個小兵，臨敵之際只單騎陷陣殺將便是，忽然親兵報道，帳外有一千多名漢人求見。

郭靖大喜，心道：「丘道長來得好快。」急忙迎出帳去，只見草原上站著一羣人，都是化子裝束，心中一怔。三個人搶上來躬身行禮，原來是丐幫的魯有腳與簡梁兩個長老。郭靖急問：「你們得知了黃蓉姑娘的訊息麼？」魯有腳道：「小人等到處訪尋，未得幫主音訊，聽說官人領軍西征，特來相助。」郭靖大為奇怪，問道：「你們怎地得知？」魯有腳道：「大汗派人去徵召丘處機丘道長，我幫自全真教處得獲官人消息。」

郭靖呆了半晌，望著南邊天上悠悠白雲，心想：「丐幫幫眾遍於天下，連他們也不知蓉兒下落，只怕是凶多吉少。」言念及此，眼圈兒不禁紅了。當下命親兵安頓了幫眾，自去稟報大汗。

成吉思汗道：「好，都編在你麾下就是。」郭靖說起辭官之事，成吉思汗怒道：「是誰生下來就會打仗的？不會嘛，打得幾仗也就會了。你從小跟著我長大，怕甚麼帶兵打仗？成吉思汗的女婿豈有不會打仗的？」

郭靖不敢再說，回到帳中，只是煩惱。魯有腳問知此事，勸慰了幾句。到了傍晚，魯有腳進帳說道：「早知如此，小人從南邊帶部孫子兵法，或是太公韜略來，那就好了。」這一言提醒了郭靖，猛然想起自己身邊有一部武穆遺書，此是軍陣要訣，怎地忘了？當即從衣囊中取將出來，挑燈夜讀，直讀到次日午間，方始微有倦意。

這書中諸凡定謀、審事、攻伐、守禦、練卒、使將、布陣、野戰，以及動靜安危之勢，用正出奇之道，無不詳加闡述。當日郭靖在沅江舟中匆匆翻閱，全未留心，此刻當用之際，只覺無一非至理名言。

書中有些處所看不明白，便將魯有腳請來，向他請教。魯有腳道：「小人一時不明，待下去想想。」他只出帳片刻，立刻回來解釋得清清楚楚。郭靖大喜，繼續向他請教。但說也奇怪，魯有腳當面總是回答不出，只要出去思索一會，便即心思機敏，疑難立解。郭靖初時也不在意，但一連數日，每次均是如此，不禁奇怪起來。

這日晚間，郭靖拿書上一字問他。魯有腳又說記不起了，須得出去想想。郭靖心道：「書上疑難，你慢慢的想也就罷了。一個字若是不識，豈難道想想就會識得的？」他雖身為大將，究屬年輕，童心猶盛，等魯有腳一出帳，立即從帳後鑽了出去，伏在長草之中，要瞧他到底鬧的是甚麼玄虛。

只見他匆匆走進一個小小營帳，不久便即回出。郭靖急忙回帳。魯有腳跟著進來，說道：「小人想著了。」接著說了那字的音義。郭靖笑道：「魯長老，你既另有師傅，何不請來見我？」魯有腳一怔，說道：「沒有啊。」郭靖握了他手掌，笑道：「咱們出去瞧瞧。」說著拉了他出帳，向那小帳走去。

小帳前有兩名丐幫的幫眾守著，見郭靖走來，同時咳嗽了一聲。郭靖聽到咳聲，忙撇下魯有腳，急步往小帳奔去。一掀開帳幕，只見後帳來回抖動，顯是剛才有人出去。郭靖搶步上前，掀開後帳，但見一片長草，卻無人影，不禁呆在當地，做聲不得。

郭靖回身向魯有腳詢問，他說這營帳是他的居所，並無旁人在內。郭靖不得要領，再問他武穆遺書上的疑難，魯有腳卻直到第二日上方始回覆。郭靖心知這帳中人對己並無惡意，只是不願相見，料來必是江湖上的一位高人，也就不便強人所難，當下將這事擱在一邊。

他晚上研讀兵書，日間就依書上之法操練士卒。蒙古騎兵素習野戰，對這列陣為戰之法深感不慣，但主帥有令，不敢違背，只得依法操練。又過月餘，成吉思汗兵糧俱備，而郭靖所統的萬人隊，也已將天覆、地載、風揚、雲垂、龍飛、虎翼、鳥翔、蛇蟠八個陣勢演習純熟。這八陣原為諸葛亮依據古法而創，傳到岳飛手裏，又加多了若干變化。

岳飛少年時只喜野戰，上司宗澤說道：「爾勇智才藝，古良將不能過。然好野戰，非萬全計。」因授以布陣之法。岳飛說道：「陣而後戰，兵法之常。運用之妙，存乎一心。」宗澤對他的話也頗為首肯。但岳飛後來征伐既多，也知執泥舊法固然不可，但以陣法教將練卒，再施之於戰場，亦大有制勝克敵之功。這番經過也都記在「武穆遺書」之中。

這日天高氣爽，長空萬里，一碧如洗。蒙古十五個萬人隊一列列的排在大草原之上。成吉思汗祭過天地，誓師出征，對諸王諸將道：「石頭無皮，人命有盡。我頭髮鬍子都白了，這次出征，未必能活著回來。我的妃子也遂昨晚跟我提起，我想著不錯，今日我要立一個兒子，在我死後高舉我的大纛。」

開國諸將隨著成吉思汗東征西討，到這時身經百戰，盡已白髮蒼蒼，聽到大汗忽要立後，都不禁又驚又喜，一齊望著他的臉，靜候他說出繼承者的名字。

成吉思汗道：「朮赤，你是我的長子，你說我該當立誰？」朮赤心裏一跳，他精明幹練，立功最多，又是長子，向來便以為父王死後自然由他繼位，這時大汗忽然相問，卻不知如何回答才好。成吉思汗的次子察合台性如烈火，與大哥向來不睦，聽父王問他，叫了起來：「要朮赤說話，要派他作甚？我們能讓這蔑兒乞惕的雜種管轄麼？」原來成吉思汗初起時兵力微弱，妻子曾被仇敵蔑兒乞惕人擄去，數年後待得奪回，已然生了朮赤，只是成吉思汗並不以此為嫌，對朮赤自來視作親子。

朮赤聽兄弟如此辱罵，那裏忍耐得住，撲上前去，抓住察合台胸口衣襟，叫道：「父王並不將我當作外人，你卻如此辱我！你有甚麼本事強過我？你只是暴躁傲慢而已。咱倆這就出去比個輸贏。要是我射箭輸給你，我將大拇指割掉。要是我比武輸給你，我就倒在地上永遠不起來！」轉頭向成吉思汗道：「請父王降旨！」兩兄弟互扭衣襟，當場就要拚鬥。

眾將紛紛上前勸解，博爾朮拉住朮赤的手，木華黎拉著察合台的手。成吉思汗想起少年之時數為仇敵所窘，連妻子也不能保，以致引起今日紛爭，不禁默然。眾將都責備察合台不該提起往事，傷了父母之心。成吉思汗道：「兩人都放手。朮赤是我長子，我向來愛他重他，以後誰也不許再說。」

察合台放開了朮赤，說道：「朮赤的本事高強，誰都知道。但他不及三弟窩闊台仁慈，我推舉窩闊台。」成吉思汗道：「朮赤，你怎麼說？」朮赤見此情形，心知汗位無望，他與三弟向來和好，又知他為人仁愛，日後不會相害，於是道：「很好，我也推舉窩闊台。」四王子拖雷更無異言。窩闊台推辭不就。

成吉思汗道：「你不用推讓，打仗你不如你大哥二哥，但你待人親厚，將來做了大汗，諸王諸將不會自相紛爭殘殺。咱們蒙古人只要自己不打自己，天下無敵，還有甚麼好擔心的？」當日成吉思汗大宴諸將，慶祝新立太子。眾將士直飲至深夜方散。郭靖回營時已微有酒意，正要解衣安寢，一名親兵突然匆匆進帳，報道：「駙馬爺，不好啦，大王子、二王子喝醉了酒，各自帶了兵廝殺去啦。」郭靖吃了一驚，道：「快報大汗。」那親兵道：「大汗醉了，叫不醒他。」

郭靖知道朮赤和察合台各有親信，麾下都是精兵猛將，若是相互廝殺起來，蒙古軍力非大傷元氣不可，但日間兩人在大汗之前尚且毆鬥，此時又各醉了，自己去勸，如何拆解得開。一時徬徨無計，在帳中走來走去，以手擊額，自言自語：「若是蓉兒在此，必能教我一個計策。」只聽得遠處吶喊聲起，兩軍就要對殺，郭靖更是焦急，忽見魯有腳奔進帳來，遞上一張紙條，上寫：「以蛇蟠陣阻隔兩軍，用虎翼陣圍擒不服者。」

這些日子來，郭靖已將一部武穆遺書讀得滾瓜爛熟，斗然間見了這兩行字，頓時醒悟，叫道：「怎地我如此愚拙，竟然計不及此，讀了兵書何用？」當即命軍中傳下令去。蒙古軍令嚴整，眾將士雖已多半飲醉，但一聞號令，立即披甲上馬，片刻之間，已整整齊齊的列成陣勢。

郭靖令中軍點鼓三通，號角聲響，前陣發喊，向東北方衝去。馳出數里，哨探報道，大王子和二王子的親軍兩陣對圓，已在廝殺，只聽嗬呼、嗬呼之聲已然響起。郭靖心中焦急：「只怕我來遲了一步，這場大禍終於阻止不了。」忙揮手發令，萬人隊的右後天軸三隊衝上前去，右後地軸三隊列後為尾，右後天衝、右後地衝、西北風、東北風各隊居右列陣，左軍相應各隊居左，隨著郭靖軍中大纛，布成蛇蟠之陣，向前猛衝過去。

朮赤與察合台屬下各有二萬餘人，正手舞長刀接戰，郭靖這蛇蟠陣突然自中間疾馳而至，軍容嚴整。兩軍一怔之下，微見散亂。只聽得察合台揚聲大呼：「是誰？是誰？是助我呢，還是來助朮赤那雜種？」郭靖不理，令旗揮動，各隊旋轉，蛇蟠陣登時化為虎翼陣，陣面向左，右前天衝四隊居為前首，其餘各隊從察合台軍兩側包抄了上來，只左天前衝二隊向著朮赤軍，守住陣腳。

察合台這時已看清楚是郭靖旗號，高聲怒罵：「我早知賊南蠻不是好人。」下令向郭靖軍衝殺。但那虎翼陣變化精微，兩翼威力極盛，乃當年韓信在垓下大破項羽時所創。兵法云：「十則圍之。」本來須有十倍兵力，方能包圍敵軍，但此陣極盡變幻，竟能以少圍多。

察合台的部眾見郭靖一小隊一小隊的縱橫來去，不知有多少人馬，心中各存疑懼。片刻之間，察合台的二萬餘人已被割裂阻隔，左右不能相救。他們與朮赤軍相戰之時，鬥志原本極弱，一來對手都是族人，大半交好相識，二來又怕大汗責罵，這時被郭靖軍衝得亂成一團，更是無心拚鬥，只聽得郭靖中軍大聲叫道：「咱們都是蒙古兄弟，不許自相殘殺。快抛下刀槍弓箭，免得大汗責打斬首。」眾將士正合心意，紛紛下馬，投棄武器。

察合台領著千餘親信，向郭靖中軍猛衝，只聽三聲鑼響，八隊兵馬從八方圍到，霎時地下盡都布了絆馬索，千餘人一一跌下馬來。那八隊人四五人服侍一個，將察合台的親信揿在地下，都用繩索反手縛了。

朮赤見郭靖揮軍擊潰了察合台，不由得又驚又喜，正要上前敘話，突聽號角聲響，郭靖前隊變後隊，後隊變前隊，四下裏圍了上來。朮赤久經陣戰，但見了這等陣仗，也是驚疑不已，急忙喝令拒戰，卻見郭靖的萬人隊分作十二小隊，不向前衝，反向後卻。朮赤更是奇怪，那知道這十二隊分為大黑子、破敵丑、左突寅、青蛇卯、摧兇辰、前衝巳、大赤午、先鋒未、右擊申、白雲酉、決勝戌、後衛亥，按著十二時辰，奇正互變，奔馳來去。十二隊陣法倒轉，或右軍左衝，或左軍右擊，一番衝擊，朮赤軍立時散亂。不到一頓飯功夫，朮赤也是軍潰被擒。

朮赤想起初遇郭靖時曾將他鞭得死去活來，察合台想起當時曾嗾使猛犬咬他，都怕他乘機報復，驚嚇之下，酒都醒了，又怕父王重責，心中均悔恨不已。

郭靖擒了兩人，心想自己究是外人，做下了這件大事，也不知是禍是福，正要去和窩闊台、拖雷商議，突聽號角大鳴，火光中大汗的九旄大纛遠遠馳來。

成吉思汗酒醒後得報二子統兵拚殺，驚怒交迸之下，不及穿衣披甲，散著頭髮急來阻止。馳到臨近，只見兩軍將士一排排坐在地下，郭靖的騎軍監視在側，又見二子雖然騎在馬上，每人都被八名武士執刀圍住，不禁大奇。

郭靖上前拜伏在地，稟明原由。成吉思汗見一場大禍竟被他消弭於無形，欣喜不已。他趕來之時，心想兩子所統蒙古精兵自相殘殺，必已死傷慘重，兩個兒子說不定都已屍橫就地，豈知兩子無恙，三軍俱都完好，實是喜出望外。當即大集諸將，把朮赤與察合台狠狠責罵了一頓，重賞郭靖和他屬下將士，對郭靖道：「你還說不會帶兵打仗？這一仗的功勞，可比打下金國的中都還大。敵人的城池今天打不下，明天還可再打。我的兒子和精兵若是死了，怎麼還活得轉來？」

郭靖將所得的金銀牲口都分給了士卒，一軍之中，歡聲雷動。諸將見郭靖立了大功，都到他營中賀喜。

郭靖送了來客後，取出魯有腳交來的字條細看，見字跡扭曲，甚是拙劣，多半確是魯有腳所寫，但又起疑心：「蛇蟠、虎翼兩陣，我雖用以教練士卒，卻未和魯長老說起過陣勢的名字，我向他請教兵書上的疑難，也沒和這幾個陣勢是有關的。他怎知有此兩陣？難道是偷讀了我的兵書？」當下將魯有腳請到帳中，說道：「魯長老，這兵書你若愛看，我借給你就是。」魯有腳笑道：「窮叫化這一輩子是決計不會做將軍的，帶領些小叫化也不用講兵法，兵書讀了無用。」郭靖指著字條道：「你怎知蛇蟠、虎翼之陣？」魯有腳道：「官人曾與小人說過，怎地忘了？」郭靖知他所言不實，越想越是奇怪，始終不明他隱著何事。

次日成吉思汗升帳點將。前軍先鋒由察合台、窩闊台統領；左軍由朮赤統領；右軍由郭靖統領。前、左、右三軍各是三個萬人隊。成吉思汗帶同拖雷，自將主軍六個萬人隊隨後應援。每名軍士都攜馬數匹，交替乘坐，以節馬力，將官攜馬更多。十五個萬人隊，馬匹將近百萬。

號角齊鳴，鼓聲雷動，先鋒前軍三萬，士壯馬騰，浩浩蕩蕩的向西進發。

大軍漸行漸遠，入花剌子模境後，一路勢如破竹。摩訶末兵力雖眾，卻遠不是蒙古軍的敵手。郭靖攻城殺敵，也立了不少功勞。

第三十七回

從天而降

——

四營將士得訊，均到主帥帳前觀看奇景。眾人一齊用力，豎起冰柱。火把照耀下但見歐陽鋒露齒怒目，揮臂抬足，卻是困在大冰柱中段，半點動彈不得。眾將士歡聲雷動。

這一日郭靖駐軍那密河畔，晚間正在帳中研讀兵書，忽聽帳外喀的一聲輕響，帳門掀處，一人鑽了進來。帳前衛兵上前喝止，被那人手臂輕揮，一一點倒在地。那人抬頭而笑，燭光下看得明白，正是西毒歐陽鋒。郭靖離中土萬里，不意在此異邦絕域之地竟與他相遇，不禁驚喜交集，躍起身來，叫道：「黃姑娘在那裏？」

歐陽鋒道：「我正要問你，那小丫頭在那裏？快交出人來！」郭靖聽了此言，喜不自勝：「如此說來，蓉兒尚在人世，而且已逃脫他的魔手。」歐陽鋒厲聲又問：「小丫頭在那裏？」郭靖道：「她在江南隨你而去，後來怎樣？她……她很好嗎？你沒害死她，這可真要多謝你啦！我……我真要謝謝你。」說著忍不住喜極而泣。

歐陽鋒知他不會說謊，但從諸般跡象看來，黃蓉必在郭靖營中，何以他全然不知，一時思之不解，盤膝在地上鋪著的氈上坐了。

郭靖拭了眼淚，解開衛兵的穴道，命人送上乳酒酪茶。歐陽鋒喝了一碗馬乳酒，說道：「傻小子，我不妨跟你明言。那丫頭在嘉興府鐵槍廟中確是給我拿住了，那知過不了幾天就逃走了。」郭靖大喜叫好，說道：「她聰明伶俐，若是想逃，定然逃得了。她是怎生逃了的？」歐陽鋒恨恨的道：「在太湖邊歸雲莊上……呸，說他作甚，總之是逃走了。」郭靖知他素來自負，這等失手受挫之事豈肯親口說出，當下也不再追問，得知黃蓉無恙，心中喜樂不勝，只是大叫：「好極！好極！」

歐陽鋒道：「好甚麼？她逃走之後，我緊追不捨，好幾次差點就抓到了，總是給她狡猾免脫。但我追得緊急，這丫頭卻也沒能逃赴桃花島去。我們兩個一追一逃，到了蒙古邊界，忽然失了她的蹤跡。我想她定會到你軍中，於是反過來使個守株待兔之計。」郭靖聽說黃蓉到了蒙古，更是驚喜交集，忙問：「你見到了她沒有？」

歐陽鋒怒道：「若是見到了，我還不抓回去？我日夜在你軍中窺伺，始終不見這丫頭人影。傻小子，你到底在搗甚麼鬼？」郭靖呆了半晌，道：「你日夜在我軍中窺伺？我怎地半點也不知道？」歐陽鋒笑道：「我是你天前衝隊中的一名西域小卒。你是主帥，怎認得我？」蒙古軍中本多俘獲的敵軍，歐陽鋒是西域人，混在軍中，確是不易為人察覺。

郭靖聽他這麼說，不禁駭然，心想：「他若要傷我，我這條命早已不在了。」喃喃的道：「你怎說蓉兒在我軍中？」

歐陽鋒道：「你擒大汗二子，攻城破敵，若不是那丫頭從中指點，憑你這傻小子就辦得了？可是這丫頭從不現身，那也當真奇了。現下只得著落在你身上交出人來。」郭靖笑道：「倘若蓉兒現身，那我真是求之不得。可是你倒想想，我能不能將她交給你？」

歐陽鋒道：「你不肯交人，我自有對付之道。你雖手綰兵符，統領大軍，可是在我歐陽鋒眼中，嘿嘿，這帳外帳內，就如無人之境，要來便來，要去便去，誰又阻得了我？」郭靖點點頭，默然不語。

歐陽鋒道：「傻小子，咱倆訂個約怎樣？」郭靖道：「訂甚麼約？」歐陽鋒道：「你說出她的藏身之處，我擔保決不傷她一毫一髮。你若不說，我慢慢總也能找到，那時候啊，哼哼，可就沒甚麼美事啦。」

郭靖素知他神通廣大，只要黃蓉不在桃花島藏身，總有一日能給他找著擒去，這番話卻也不是信口胡吹，沉吟了片刻，說道：「好，我跟你訂個約，但不是如你所說。」歐陽鋒道：「你要如何？」郭靖道：「歐陽先生，你現下功夫遠勝於我，可是我年紀比你小，總有一天，你年老力衰，會打我不過。」郭靖以前叫他「歐陽伯伯」，但他害死了五位恩師，仇深似海，那「伯伯」兩字是再也不會出口了。

歐陽鋒從未想到「年老力衰」四字，給他一提，心中一凜：「這傻小子這幾句話倒也不傻。」說道：「那便怎樣？」郭靖道：「你與我有殺師深仇，此仇不可不報，你便走到天邊，我也總有一日要找上你。」

歐陽鋒仰頭哈哈大笑，說道：「乘著我尚未年老力衰，今日先將你斃了！」語聲甫畢，雙腿一分，人已蹲起，雙掌排山倒海般劈將過來。

此時郭靖早已將九陰真經上的「易筋鍛骨篇」練成，既得一燈大師譯授了真經總綱，經上其他的功夫也已練了不少，內力的精純渾厚更是大非昔比，身子略側，避開掌勢，回了一招「見龍在田」。歐陽鋒回掌接住，這降龍十八掌功夫他本知之已稔，又知郭靖得洪七公真傳，掌力極強，但比之自己終究還差著一截，不料這下硬接硬架，身子竟然微微晃動。高手對掌，只要真氣稍逆，立時會受重傷，他略有大意，險些輸在郭靖手裏，不由得吃了一驚：「只怕不等我年老力衰，這小子就要趕上我了。」當即左掌拍出。

郭靖又側身避過，回了一掌。這招歐陽鋒卻不再硬接，手腕迴勾，將他掌力卸開。郭靖不明他掌力運用的秘奧，只道他是消解自己去招，那知歐陽鋒寓攻於守，一勾之中竟是蓄有回力，郭靖只覺一股大力撲面而來，閃避不及，只得伸右掌抵住。

要論到兩人功力，郭靖仍略遜一籌，此時形勢，已與當日臨安皇宮水簾洞中抵掌相似，雖然郭靖已能支持較久，但時刻長了，終究非死即傷。歐陽鋒依樣葫蘆，再度將他誘入彀中，心下正喜，突覺郭靖右掌微縮，勢似不支，當即掌上加勁，那知他右掌輕滑，竟爾避開，歐陽鋒猛喝一聲，掌力疾衝而去，心想：「今日是你死期到了。」

眼見指尖要掃到他胸前，郭靖左掌橫過，在胸口一擋，右手食指伸出，猛向歐陽鋒太陽穴點去。這是他從一燈大師處見到的一陽指功夫，但一燈大師並未傳授，他當日只見其形，全不知其中變化訣竅，此時危急之下，以雙手互搏之術使了出來。一陽指正是蛤蟆功的剋星，歐陽鋒見到，如何不驚？立即躍後避開，怒喝：「段智興這老兒也來跟我為難了？」

其實郭靖所使指法並非真是一陽指，如何能破蛤蟆功，但歐陽鋒大驚之下，不及細辨，待得躍開，才想起這一陽指後招無窮，怎麼他一指戳過，就此縮手，想是並未學全，不等郭靖回答，雙掌一上一下，一放一收，斗然擊出。這一下來得好快，郭靖念頭未轉，已然縱身躍起，只聽得喀喇一聲巨響，帳中一張矮几已被西毒雙掌劈成數塊。

歐陽鋒重佔上風，次掌繼發，忽覺身後風聲颯然，有人偷襲，當下竟不轉身，左腿向後反踢。身後那人也是舉腿踢來，雙足相交，那人一交摔了出去，但腿骨居然並未折斷，倒是大出歐陽鋒意料之外。他回過身來，只見帳門處站著三個年老乞丐，原來是丐幫的魯、簡、梁三長老。魯有腳縱身躍起，雙臂與簡梁二人手臂相挽，這是丐幫中聚眾禦敵、以弱抗強之術，當日君山大會選立幫主，丐幫就曾以這功夫結成人牆，將郭靖與黃蓉逼得束手無策。

歐陽鋒從未和這三人交過手，但適才對了一腳，已試出魯有腳內力不弱，其餘二丐想來也都相類，自己與郭靖單打獨鬥雖穩操勝券，但加上一羣臭叫化，自己就討不了好去，當下哈哈一笑，說道：「傻小子，你功夫大進了啊！」曲起雙腿，盤膝坐在氈上，對魯有腳等毫不理會，說道：「你要和我訂甚麼約，且說來聽聽。」

郭靖道：「你要黃姑娘給你解釋九陰真經，她肯與不肯，只能由她，你不能傷她毫髮。」歐陽鋒笑道：「她若肯說，我原本捨不得加害，難道黃老邪是好惹的麼？但她如堅不肯說，豈不許我小小用點兒強？」郭靖搖頭道：「不許。」歐陽鋒道：「你要我答應此事，以甚麼交換？」郭靖道：「從今而後，你落在我手中之時，我饒你三次不死。」

歐陽鋒站起身來，縱聲長笑。笑聲尖厲奇響，遠遠傳送出去，草原上的馬匹聽了，都嘶鳴起來，好一陣不絕。

郭靖雙眼凝視著他，低聲道：「這沒甚麼好笑。你自己知道，總有一日，你會落入我的手中。」

歐陽鋒雖然發笑，其實卻也當真忌憚，暗想這小子得知九陰真經秘奧，武功進境神速，委實輕視不得，口中笑聲不絕，心下計議已定，笑道：「我歐陽鋒竟要你這臭小子相饒？好罷，咱們走著瞧。」郭靖伸出手掌，說道：「丈夫一言。」歐陽鋒笑道：「快馬一鞭。」在他掌上輕拍了三下。這三擊掌相約是宋人立誓的儀式，若是負了誓言，終身為人不齒。

三掌擊過，歐陽鋒正要再盤問黃蓉的蹤跡，一瞥眼間，忽在營帳縫中見有一人在外飛掠而過，身法快捷異常，心中一動，急忙揭帳追出，卻已不見人影。他回過頭來，說道：「十日之內，再來相訪，且瞧是你饒我，還是我饒你？」說罷哈哈大笑，倏忽之間，笑聲已在十數丈外。

魯簡梁三長老相顧駭然，均想：「此人武功之高，世所罕有，無怪能與洪幫主齊名當世。」郭靖將歐陽鋒來訪的原由對三人說了。魯有腳道：「他說黃幫主在咱們軍中，全是胡說八道。倘若黃幫主在此，咱們豈能不知？再說……」

郭靖坐了下來，一手支頤，緩緩道：「我卻想他的話也很有些道理。我常常覺得，黃姑娘就在我的身邊，我有甚麼疑難不決之事，她總是給我出個極妙的主意。只是不管我怎麼想念，卻始終見不著她。」說到這裏眼眶中已充滿淚水。魯有腳勸道：「官人也不須煩惱，眼下離別一時，日後終能團聚。」郭靖道：「我得罪了黃姑娘，只怕她再也不肯見我。不知我該當如何，方能贖得此罪？」魯簡梁三人相顧無語。郭靖又道：「縱使她不肯和我說話，只須讓我見上一面，也好令我稍解思念的苦楚。」簡長老道：「官人累了，早些安歇。明兒咱們須得計議個穩妥之策，防那歐陽鋒再來滋擾。」

次日大軍西行，晚間安營後，魯有腳進帳道：「小人年前曾在江南得到一畫，想我這等粗野鄙夫，怎領會得畫中之意？官人軍中寂莫，正可慢慢鑒賞。」說著將一捲畫放在案上。郭靖打開一看，不由得呆了，只見紙上畫著一個簪花少女，坐在布機上織絹，面目宛然便是黃蓉，只是容顏瘦損，顰眉含眄，大見憔悴。

郭靖怔怔的望了半晌，見畫邊又提了兩首小詞。一詞云：「七張機，春蠶吐盡一生絲，莫教容易裁羅綺。無端剪破，仙鸞彩鳳，分作兩邊衣。」另一詞云：「九張機，雙飛雙葉又雙枝，薄情自古多離別。從頭到底，將心縈繫，穿過一條絲。」

這兩首詞自是模仿瑛姑「四張機」之作，但苦心密意，語語雙關，似又在「四張機」之上。郭靖雖然難以盡解，但「薄情自古多離別」等淺顯句子卻也是懂的，回味半日，心想：「此畫必是蓉兒手筆，魯長老卻從何處得來？」抬頭欲問時，魯有腳早已出帳。郭靖忙命親兵傳他進來。魯有腳一口咬定，說是在江南書肆中購得。

郭靖就算再魯鈍十倍，也已瞧出這中間定有玄虛，魯有腳是個粗魯豪爽的漢子，怎會去買甚麼書畫？就算有人送他，他也必隨手拋棄。他在江南書肆中購得的圖畫，畫中的女子又怎會便是黃蓉？只是魯有腳不肯吐露真相，卻也無可奈何。

正沉吟間，簡長老走進帳來，低聲道：「小人適才見到東北角上人影一晃，倏忽間不知去向，只怕歐陽鋒那老賊今晚要來偷襲。」郭靖道：「好，咱們四人在這裏合力擒拿。」簡長老道：「小人有條計策，官人瞧著是否使得。」郭靖道：「想必是好的，請說罷。」簡長老道：「這計策說來其實平常。咱們在這裏掘個深坑，再命二十名士卒各負沙包，守在帳外。那老賊不來便罷，若是再來與官人囉唕，管教他有來無去。」

郭靖大喜，心想歐陽鋒素來自負，從不把旁人放在眼裏，此計雖舊，對付他倒是絕妙。當下三長老督率士兵，在帳中掘了個深坑，坑上蓋以毛氈，氈上放了張輕便木椅。二十名健卒各負沙包，伏在帳外。沙漠中行軍常須掘地取水，是以帳中掘坑，毫不引人注目。

安排已畢，郭靖秉燭相候。那知這一晚歐陽鋒竟不到來，次日安營後，三長老又在帳中掘下陷阱，這晚仍無動靜。

到第四天晚上，郭靖耳聽得軍中刁斗之聲此起彼息，心中也是思潮起伏。猛聽得帳外如一葉落地，歐陽鋒縱聲長笑，踏進帳來，便往椅中坐落。

只聽得喀喇喇一聲響，他連人帶椅跌入坑中。這陷阱深達七八丈，徑窄壁陡，歐陽鋒功夫雖高，落下後急切間那能縱得上來？二十名親兵從帳邊蜂湧搶出，四十個大沙包迅即投入陷阱，盡數壓在歐陽鋒身上。

魯有腳哈哈大笑，叫道：「黃幫主料事如神……」簡長老向他瞪了一眼，魯有腳急忙住口。郭靖忙問：「甚麼黃幫主？」魯有腳道：「小人說溜了嘴，我是說洪幫主。若是洪幫主在此，定然歡喜。」郭靖凝目瞧他，正要再問，突然帳外親兵發起喊來。

郭靖與三長老急忙搶出，只見眾親兵指著地下，喧譁叫嚷。郭靖排眾看時，見地下一個沙堆漸漸高起，似有甚麼物事要從底下湧出，登時醒悟：「歐陽鋒好功夫，竟要從地下鑽將上來。」當即發令，數十名騎兵翻身上馬，往沙堆上踹去。

眾騎兵連人帶馬份量已然不輕，再加奔馳起落之勢，歐陽鋒武功再強，也是禁受不起，只見沙堆緩緩低落，但接著別處又有沙堆湧起。眾騎兵見何處有沙堆聳上，立時縱馬過去踐踏，過不多時，不再有沙堆隆起，想是他支持不住，已然閉氣而死。

郭靖命騎兵下馬掘屍。此時已交子時，眾親兵高舉火把，圍成一圈，十餘名兵士舉鏟挖沙，挖到丈餘深處，果見歐陽鋒直挺挺站在沙中。此處離帳中陷坑已有數丈之遙，雖說沙地甚是鬆軟，但他竟能憑一雙赤手，閉氣在地下挖掘行走，有如鼹鼠一般，內功之強，確是罕見罕聞。眾士卒又驚又佩，將他抬了起來，橫放地下。

魯有腳探他已無鼻息，但摸他胸口卻尚自溫暖，便命人取鐵鍊來綑縛，以防他醒轉後難制。那知歐陽鋒在沙中爬行，頭頂始終被馬隊壓住，無法鑽上，當下假裝悶死，待上來時再圖逃走。這時他悄沒聲的呼吸了幾下，見魯有腳站在身畔，大聲命人取鍊，突然躍起，大喝一聲，伸手扣住了魯有腳右手脈門。

這一下變起倉卒，死屍復活，眾人都是大吃一驚。郭靖卻已左手按住歐陽鋒背心「陶道穴」，右手按住他腰間「脊中穴」。這兩個穴道都是人身背後的大穴，他若非在沙下被壓得半死不活，筋疲力盡，焉能輕易讓人按中？他一驚之下，欲待反手拒敵，只覺穴道上微微一麻，知道郭靖留勁不發，若是他掌力送出，自己臟腑登時震碎，何況此時手足酸軟，就算並非要穴被制，與郭靖平手相鬥也是萬萬不敵，只得放開了魯有腳手腕，挺立不動。

郭靖道：「歐陽先生，請問你見到了黃姑娘麼？」歐陽鋒道：「我見到她的側影，這才過來找她。」郭靖道：「你當真看清楚了？」歐陽鋒恨恨的道：「若非鬼丫頭在此，諒你也想不出這裝設陷阱的詭計。」郭靖呆了半晌，道：「你去罷，這次饒了你。」右掌輕送，將他彈出丈餘之外。他忌憚歐陽鋒了得，如若貿然放手，只怕他忽施反擊。

歐陽鋒回過身來，冷然道：「我和小輩單打獨鬥，向來不使兵刃。但你有鬼丫頭暗中相助，詭計多端，此例只好破了。十日之內，我攜蛇杖再來。杖頭毒蛇你親眼見過，可須小心了。」說罷飄然而去。

郭靖望著他的背影倏忽間在黑暗中隱沒，一陣北風過去，身上登感寒意，想起他蛇杖之毒，杖法之精，不禁慄慄危懼，自己雖跟江南六怪學過多般兵刃，但俱非上乘功夫，欲憑赤手對付毒杖，那是萬萬不能，但若使用兵器，又無一件擅長。一時徬徨無計，抬頭望天，黑暗中但見白雪大片大片的飄下。

回到帳中不久，寒氣更濃。親兵生了炭火，將戰馬都牽入營帳避寒。丐幫眾人大都未攜皮衣，突然氣候酷寒，只得各運內力抵禦。郭靖急令士卒宰羊取裘，不及硝製，只是擦洗了羊血，就令幫眾披在身上。

次日更冷，地下白雪都結成了堅冰。花剌子模軍乘寒來攻，郭靖早有防備，以龍飛陣大勝了一仗，連夜踐雪北追。

古人有詩詠寒風西征之苦云：「將軍金甲夜不脫。半夜軍行戈相撥，風頭如刀面如割。馬毛帶雪汗氣蒸，五花連錢旋作冰，幕中草檄硯水凝。」又云：「虜塞兵氣連雲屯，戰場白骨纏草根。劍河風急雲片闊，沙口石凍馬蹄脫。」郭靖久在漠北，向習寒凍，倒也不以為苦，但想黃蓉若是真在軍中，她生長江南，如何經受得起？不由得愁思倍增。

翌晚宿營後他也不驚動將士，悄悄到各營察看，但查遍了每一座營帳，又那裏有黃蓉的影子？

回到帥帳，卻見魯有腳督率士兵，正在地下掘坑，郭靖道：「這歐陽鋒狡猾得緊，吃了一次虧，第二次又怎再能上鉤？」魯有腳道：「他料想咱們必使別計，那知咱們卻給他來個依樣葫蘆。這叫作虛者實之，實者虛之，虛虛實實，人不可測。」

郭靖橫了他一眼，心道：「你說帶領小叫化不用讀兵法，這兵書上的話，卻又記得好熟。」魯有腳道：「但如再用沙包堆壓，此人必有解法。咱們這次給他來個同中求異。不用沙包，卻用滾水澆淋。」郭靖見數十名親兵在帳外架起二十餘隻大鐵鍋，將凍成堅冰的一塊塊白雪用斧頭敲碎，鏟入鍋中，說道：「那豈不活活燙死了他？」魯有腳道：「官人與他相約，若是他落入官人手中，你饒他三次。但如一下子便燙死了，算不得落入官人手中，要饒也無從饒起，自不能說是背約。」

過不多時，深坑已然掘好，坑上一如舊狀，鋪上毛氈，擺了張木椅。帳外眾親兵也已在鍋底生起了柴火，燒冰化水，只是天時實是寒冷過甚，有幾鍋柴薪添得稍緩，鍋面上轉眼又結起薄冰。魯有腳不住價催促：「快燒，快燒！」

突然間雪地裏人影一閃，歐陽鋒舉杖挑開帳門，叫道：「傻小子，這次再有陷阱，你爺爺也不怕了！」說著飛身而起，穩穩往木椅上一坐。

魯簡梁三長老料不到歐陽鋒來得這般快法，此時鍋中堅冰初熔，尚只是一鍋鍋冰涼的雪水，莫說將人燙死，即是用來洗個澡也嫌太冷，眼見歐陽鋒往椅上一坐，不禁連珠價叫苦。只聽得喀喇喇一聲響，歐陽鋒大罵聲中，又是連人帶椅的落入陷阱。

此時連沙包也未就手，以歐陽鋒的功夫，躍出這小小陷阱真是易如反掌，三長老手足無措，只怕郭靖受害，齊叫：「官人，快出帳來。」忽聽背後一人低喝道：「倒水！」

魯有腳聽了這聲音，不須細想，立即遵從，叫道：「倒水！」眾親兵抬起大鍋，猛往陷阱中潑將下去。

歐陽鋒正從阱底躍起，幾鍋水突從頭頂瀉落，一驚之下，提著的一口氣不由得鬆了，身子立即下墮。他將蛇杖在阱底急撐，二次提氣又上，這次有了防備，頭頂灌下來的冷水雖多，卻已沖他不落。那知天時酷寒，冷水甫離鐵鍋，立即結冰，歐陽鋒躍到陷阱中途，頭上腳底的冷水都已凝成堅冰。他上躍之勁極是猛烈，但堅冰硬逾鋼鐵，咚的一下，頭上撞得甚是疼痛，欲待落下後蓄勢再衝，雙腳卻已牢牢嵌在冰裏，動彈不得。他這一驚非同小可，大喝一聲，運勁猛力掙扎，剛把雙腳掙鬆，上半身又已被冰裹住。

眾親兵於水灌陷阱之法事先曾演練純熟，四人抬鍋倒水後退在一旁，其餘四人立即上前遞補，此去彼來，猶如水車一般，迅速萬分。只怕滾水濺潑開來燙傷了，各人手上臉上都裹布相護。豈知雪水不及燒滾，冷水亦能困敵，片刻之間，二十餘大鍋雪水灌滿了陷阱，結成一條四五丈長、七尺圓徑的大冰柱。

這一下誤打誤撞，竟然一舉成功，眾人都是驚喜交集。三長老督率親兵，鏟開冰柱旁的泥沙，垂下巨索縛住，趕了二十四匹馬結隊拉索，將冰柱拖將上來。

四營將士得訊，均到主帥帳前觀看奇景。眾人一齊用力，豎起冰柱。火把照耀下但見歐陽鋒露齒怒目，揮臂抬足，卻是困在冰柱中段，半點動彈不得。眾將士歡聲雷動。

魯有腳生怕歐陽鋒內功精湛，竟以內力熔冰攻出，命親兵繼續燒水潑上，將那冰柱加粗。郭靖道：「我曾和他立約，要相饒三次不殺。打碎冰柱，放了他罷！」三長老都感可惜，但豪傑之士無不重信守義，當下也無異言。

魯有腳提起鐵錘正要往冰柱上擊去，簡長老叫道：「且慢！」問郭靖道：「官人，以歐陽鋒的功力，在這冰柱中支持得幾時？」郭靖道：「一個時辰諒可挨到，過此以外，只怕性命難保了。」簡長老道：「好，咱們過一個時辰再放他。性命能饒，苦頭卻不可不吃。」郭靖想起殺師之仇，點頭稱是。

訊息傳開，別營將士也紛紛前來觀看。郭靖對三長老道：「自古道：士可殺不可辱。此人雖然奸惡，究是武學宗師，豈能任人嬉笑折辱？」當下命士卒用帳篷將冰柱遮住，派兵守禦，任他親貴大將亦不得啓帳而觀。

過了一個時辰，三長老打碎冰柱，放歐陽鋒出來。歐陽鋒盤膝坐在地下，運功良久，嘔出三口黑血，恨恨而去。郭靖與三長老見他在冰中困了整整一個時辰，雖然神情委頓，但隨即來去自如，均各嘆服。

這一個時辰之中，郭靖一直神情恍惚，當時只道是歐陽鋒在側，以致提心吊膽，但破冰釋人之後，在帳中亦自難以寧靜。他坐下用功，鎮攝心神，約莫一盞茶時分，萬念俱寂，心地空明，突然之間，想到了適才煩躁不安的原因。原來當魯有腳下令倒水之前，他清清楚楚的聽到一人低喝：「倒水！」這聲音熟悉異常，竟有八九分是黃蓉的口音，只是當時正逢歐陽鋒落入陷阱，事勢緊急，未及留心，但此後這「倒水」兩個字的聲音，似乎始終在耳邊縈繞不去，而心中卻又捉摸不著。

他躍起身來，脫口叫道：「蓉兒果然是在軍中。我盡集將士，不教漏了一個，難道還查她不著？」但隨即轉念：「她既不肯相見，我又何必苦苦相逼？」展開圖畫，呆望畫中少女，心中悲喜交集。

靜夜之中，忽聽遠處快馬馳來，接著又聽得親衛喝令之聲，不久使者進帳，呈上成吉思汗的手令。原來蒙古大軍分路進軍，節節獲勝，再西進數百里，即是花剌子模的名城撒麻爾罕。成吉思汗哨探獲悉，此城是花剌子模的新都，結集重兵十餘萬守禦，械精糧足，城防完固，城牆之堅厚更是號稱天下無雙，料得急切難拔，是以傳令四路軍馬會師齊攻。

次晨郭靖揮軍沿那密河南行。軍行十日，已抵撒麻爾罕城下。城中見郭靖兵少，全軍開關出戰，卻被郭靖布下風揚、雲垂兩陣，半日之間，殺傷了敵人五千餘名。花剌子模軍氣為之奪，敗回城中。

第三日成吉思汗大軍，以及朮赤、察合台兩軍先後到達。十餘萬人四下環攻，那知撒麻爾罕城牆堅厚，守禦嚴密，蒙古軍連攻數日，傷了不少將士，始終不下。

又過一日，察合台的長子莫圖根急於立功，奮勇迫城，卻被城上一箭射下，貫腦而死。成吉思汗素來鍾愛此孫，見他陣亡，悲怒無已。親兵將王孫的屍體抬來，成吉思汗眼淚撲簌而下，抱在懷中，將他頭上的長箭用力拔出，只見那箭狼牙鵰翎、箭桿包金，刻著「大金趙王」四字。左右識得金國文字的人說了，成吉思汗怒叫：「啊，原來是完顏洪烈這奸賊！」躍上馬背，傳令道：「大小將士聽者：任誰鼓勇先登，破城擒得完顏洪烈為王孫復仇，此城子女玉帛，盡數賞他。」

一百名親兵站在馬背之上，將大汗的命令齊聲喊出。三軍聽到，盡皆振奮踴躍，一時箭如飛蝗，殺聲震天，或疊土搶登，或豎立雲梯，或拋擲鉤索攀援，或擁推巨木衝門。但城中將士百計守禦，攻到傍晚，蒙古軍折了四千餘人，撒麻爾罕城卻仍是屹立如山。成吉思汗自進軍花剌子模以來，從無如此大敗，當晚在帳中悲痛愛孫之亡，怒如雷霆。

郭靖回帳翻閱武穆遺書，要想學一個攻城之法，但那撒麻爾罕的城防與中國大異，遺書所載的戰法均無用處。

郭靖請魯有腳入帳商議，知他必去就教黃蓉，待他辭出後悄悄跟隨，豈知魯有腳前後布滿丐幫幫眾，一見郭靖便都大聲喝令敬禮。郭靖尋思：「這當然又是蓉兒的計謀，唉，她總有避我之法，我的一舉一動，無不在她料中。」

過了一個多時辰，魯有腳回報道：「這大城急切難攻，小人也想不出妙計。且過幾日，看敵軍有無破綻，再作計較。」郭靖點頭不語。

他初離蒙古南下之時，只是個渾渾噩噩、誠樸木訥的少年，但一年來迭經憂患，數歷艱險，見識增進了不少，這晚在帳中細細咀嚼畫上兩首詞的詞義，但覺纏綿之情不能自已，心想：「蓉兒決非對我無情，定是在等我謝罪。只是我生來愚蠢，卻不知如何補過，方合她的心意。」一想到此處，不禁煩惱不已。

這晚睡在帳中，翻來覆去思念此事，直到三更過後，才迷迷糊糊的睡去，夢中卻與黃蓉相遇，當即問她該當如何謝罪，只見她在自己耳邊低聲說了幾句。郭靖大喜，便即醒轉，卻已記不起她說的是幾句甚麼話。他苦苦思索，竟連一個字也想不起來，要待再睡，得以與黃蓉重在夢中相會，卻偏偏又睡不著了。焦急懊悶之下，連敲自己腦袋，突然間靈機一動：「我記不起來，難道不能再問她？」大叫：「快請魯長老進帳。」

魯有腳只道有甚麼緊急軍務，披著羊裘赤足趕來。郭靖道：「魯長老，我明晚無論如何要與黃姑娘相見，不管是你自己想出來的也好，還是去和別人商量也好，限你明日午時之前，給我籌劃一條妙策。」魯有腳吃了一驚，說道：「黃幫主不在此間，官人怎能與她相見？」郭靖道：「你神機妙算，定有智計。明日午時若不籌劃妥善，軍法從事。」自覺這幾句話太也橫蠻，不禁暗暗好笑。

魯有腳欲待抗辯，郭靖轉頭吩咐親兵：「明日午時，派一百名刀斧手帳下伺候。」親兵大聲應了。魯有腳愁眉苦臉，轉身出帳。

次日一早大雪，城牆上堅冰結得滑溜如油，如何爬得上去？成吉思汗收兵不攻，心想此時甫入寒冬，此後越來越冷，非至明春二三月不能轉暖，如捨此城而去，西進時在後路留下這十幾萬敵軍精兵，隨時會被截斷歸路，腹背受敵；但若屯兵城下，只怕敵人援軍雲集，倘是寡不敵眾，一戰而潰，勢不免覆軍異域，匹馬無歸。他負著雙手在帳外來回踱步，徬徨無計，望著城牆邊那座高聳入雲的雪峯皺起了眉頭出神。

眼見這雪峯生得十分怪異，平地斗然拔起，孤零零的聳立在草原之上，就如一株無枝無葉的光幹大樹，是以當地土人稱之為「禿木峯」。撒麻爾罕城倚峯而建，西面的城牆借用了一邊山峯，營造之費既省，而且堅牢無比，可見當日建城的將作大匠極具才智。這山峯陡削異常，全是堅石，草木不生，縱是猿猴也決不能攀援而上。撒麻爾罕城得此屏障，真是固若金湯。

成吉思汗心想：「我自結髮起事，大小數百戰，從未如今日之困，難道竟是天絕我麼？」眼見大雪紛紛而下，駝馬營帳盡成白色，城中卻是處處炊煙，不由得更增愁悶。

郭靖卻另有一番心事，只怕這蠻幹之策被黃蓉一舉輕輕消解，再說魯有腳若是當真不說，自己也決不能將他斬首。時近正午，他沉著臉坐在帳中，兩旁刀斧手各執大刀侍立，只聽得軍中號角吹起，午時已屆。魯有腳走進帳來，說道：「小人已想得一個計策，但怕官人難以照計行事。」郭靖大喜，說道：「快說，就是要我性命也成，有甚麼難行？」

魯有腳指著禿木峯的峯頂道：「今晚子時三刻，黃幫主在峯頂相候。」郭靖一呆，道：「她怎上得去？你莫騙我。」魯有腳道：「我早說官人不肯依言，縱然想得妙計，也是枉然。」說罷打了一躬，轉身出帳。

郭靖心想：「果然蓉兒隨口一句話，就叫我束手無策。這禿峯山比鐵掌山中指峯尚高數倍，蒙古的懸崖更是不能與之相比。難道峯上當真有甚麼神仙，能垂下繩子吊我上去麼？」當下悶悶不樂的遣去刀斧手，單騎到禿木峯下察看，但見那山峯上下便似一般粗細，峯周結了一層厚冰，晶光滑溜，就如當日凍困歐陽鋒的那根大冰柱一般，料想自有天地以來，除了飛鳥之外，決無人獸上過峯頂。他仰頭望峯，忽然拍的一聲，頭上皮帽跌落雪地，剎那間心意已決：「我不能和蓉兒相見，生不如死。此峯雖險，我定當捨命而上，縱然失足跌死了，也是為她的一番心意。」言念及此，心下登時舒暢。

這晚他飽餐一頓，結束停當，腰中插了匕首，背負長索，天未全黑，便即舉步出帳。只見魯簡梁三長老站在帳外，說道：「小人送官人上峯。」郭靖愕然道：「送我上峯？」魯有腳道：「正是，官人不是與黃幫主有約，要在峯頂相會麼？」郭靖大奇，心道：「難道蓉兒並非騙我？」又驚又喜，隨著三人走到禿木峯下。

只見峯下數十名親兵趕著數十頭牛羊相候。魯長老道：「宰罷！」一名親兵舉起尖刀，將一頭山羊的後腿割了下來，乘著血熱，按在峯上，頃刻間鮮血成冰，將一條羊腿牢牢的凍在峯壁，比用鐵釘釘住還要堅固。

郭靖尚未明白此舉用意，另一名親兵又已砍下一條羊腿，黏上峯壁，比先前那條羊腿高了約有四尺。郭靖大喜，才知三長老是用羊腿建搭梯級，當斯酷寒，再無別法更妙於此。只見魯有腳縱身而起，穩穩站在第二條羊腿之上。簡長老砍下一條羊腿，向上擲去，魯有腳接住了又再黏上。

過不多時，這「羊梯」已高達十餘丈，在地下宰羊傳遞上去，未及黏上峯壁，已然凍結。郭靖與三長老垂下長索，將活羊吊將上去，隨殺隨黏。待「羊梯」建至山峯半腰，罡風吹來比地下猛烈倍增，幸好四人均是武功高手，身子雖微微搖晃，雙腳在羊腿上站得極穩，兀自生怕滑溜失足，四人將長索縛在腰間，互為牽援，直忙到半夜，這「羊梯」才建到峯頂。三長老固然疲累之極，郭靖也已出了好幾身大汗。

魯有腳喘了好幾口氣，笑道：「官人，這可饒了小人麼？」郭靖又是歉仄，又是感激，說道：「真不知該當如何報答三位才好。」魯有腳道：「這是幫主之令，再為難的事也當遵辦。誰教我們有這麼一位刁鑽古怪的幫主呢。」三長老哈哈大笑，面向山峯，緩緩爬下。

郭靖望著三人一步步的平安降到峯腰，這才回身，只見那山峯頂上景色瑰麗無比，萬年寒冰結成一片琉璃世界，或若瓊花瑤草，或似異獸怪鳥，或如山石嶙峋，或擬樹枝椏槎。郭靖越看越奇，讚嘆不已。料想不久黃蓉便會從「羊梯」上峯，霎時之間不禁熱血如沸，面頰通紅，正自出神，忽聽身後格格一聲輕笑。

這一笑登時教他有如雷轟電震，立即轉過身來，月光下只見一個少女似笑非笑的望著他，卻不是黃蓉是誰？

郭靖雖明知能和她相見，但此番相逢，終究是乍驚乍喜，疑在夢中。兩人凝望片刻，相互奔近，不提防峯頂寒冰滑溜異常，兩人悲喜交集，均未留意，嗤嗤兩響，同時滑倒。郭靖生怕黃蓉跌傷，人未落地，運勁向前急縱，搶著將她抱住。兩人睽別經年，相思欲狂，此時重會，摟住了那裏還能分開？

過了好一陣子，黃蓉輕輕掙脫，坐在一塊高凸如石凳的冰上，說道：「若不是見你想得我苦，才不來會你呢。」郭靖傻傻的望著她，半句話也說不出來。隔了良久，才叫了聲：「蓉兒。」黃蓉應了他一聲。郭靖喜悅萬分，又叫道：「蓉兒。」

黃蓉笑道：「你還叫不夠麼？這些日子來，我雖不在你眼前，難道你每天不是叫我幾十遍麼？」郭靖道：「你怎知道？」黃蓉微笑道：「你見不著我，我卻常常見你。」郭靖道：「你一直在我軍中，幹麼不讓我相見？」黃蓉嗔道：「虧你還有臉問呢？你一知道我平安無恙，就會去和那華箏公主成親。我寧可不讓你知曉我的下落好。你道我是傻子麼？」

郭靖聽她提到華箏的名字，狂喜之情漸淡，惆悵之心暗生。

黃蓉四下一望，道：「那座水晶宮多美，咱們到裏面坐下說話。」郭靖順著她眼光瞧去，只見一大塊堅冰中間空了一個洞穴，於月光下暗影朦朧，掩映生姿，真似是一座整塊大水晶彫成的宮殿。

兩人攜手走進冰洞，挨著身子坐下。黃蓉道：「想到你在桃花島上這般待我，你說我該不該饒你？」郭靖站起身來，說道：「蓉兒，我給你磕一百個響頭賠罪。」他一本正經，當真就跪了下來，重重的磕下頭去。

黃蓉嫣然微笑，伸手扶起，道：「算了罷，若是我不饒你，你就是砍掉魯有腳一百個頭，我也懶得爬這高峯呢！」郭靖喜道：「蓉兒，你真好。」黃蓉道：「有甚麼好不好的？先前只道你一心一意就想給師父報仇，心裏沒我這個人半點影子，我自然生氣啦！後來見你和歐陽鋒立約，為了我肯饒他三次不死，這麼說，你倒當真把我放在心上。」

郭靖搖頭道：「你到這時候才知道我的心。」黃蓉又抿嘴一笑，道：「你瞧我穿的是甚麼？」郭靖的眼光一直望著她臉，聽到這句話才看她身上，只見她穿著一襲黑色貂裘，正是當日兩人在張家口訂交時自己所贈，心中一動，伸手握住了她手。

兩人偎倚著坐了片刻，郭靖道：「蓉兒，我聽大師父說，你在鐵槍廟裏被歐陽鋒逼著同行，後來怎生逃出了他手掌？」黃蓉嘆道：「就只可惜了陸師哥好好一座歸雲莊。老毒物那日逼我跟他講解九陰真經，我說講解不難，但須得有個清淨所在。老毒物說這個自然，咱們去僻靜之地找所寺院。我說寺院中和尚討厭，我又不愛吃素。老毒物說那怎麼辦。我說太湖旁有座歸雲莊，風景既美，酒菜又好，只不過莊主是我朋友，未免令他放心不下。」

郭靖道：「是啊，他定然不肯去。」黃蓉道：「不，他這人可有多自大，那把旁人放在眼內。我越是這麼說，他越是要去。他說不管那莊上你有多少朋友，老毒物全對付得了。兩人到了歸雲莊上，陸師哥父子卻全不在家，原來一齊到江北寶應程大小姐府上探訪親家去啦。你知道那莊子是按著我爹爹五行八卦之術建造的。老毒物一踏進莊子，就知不妙，正想拉了我退出，可是我東一鑽西一拐，早就躲了個沒影沒蹤。他找我不到，怒起上來，一把火將歸雲莊燒成了白地。」

郭靖「啊」的一聲，道：「我去歸雲莊找過你的，只見到滿地瓦礫，那料到竟是老毒物幹的好事。」黃蓉道：「我料到他要燒莊，要大夥兒事先躲開啦。老毒物雖抓我不到，可是他當真歹毒，守著去桃花島的途徑候我，幾次險些兒給他撞到，後來我索性北赴蒙古，他又隨後跟著。傻哥哥，幸好你傻裏傻氣的，若是跟老毒物一般機靈，來個前後合圍，我可不知該躲到那裏去啦。」郭靖赧然獃笑。

黃蓉道：「但最後還是你聰明，知道逼魯有腳想計策。」郭靖道：「蓉兒，是你教我的啊。」黃蓉奇道：「我教你的？」郭靖道：「你在夢裏教我的。」當下把夢中情景說了一遍。

黃蓉這次卻不笑他，心中甚是感動，幽幽的道：「古人說精誠所至，金石為開。你這般思我念我，我其實早該與你相見了。」郭靖道：「蓉兒，以後你永遠別離開我，好不好？」

黃蓉望著團團圍繞山峯的雲海出了一會神，忽道：「靖哥哥，我冷。」郭靖忙將身上皮裘解下，給她披在身上，道：「咱們下去罷。」黃蓉道：「好，明晚我們再來這裏，我把九陰真經的要義詳詳細細說給你聽。」郭靖大感詫異，問道：「甚麼？」黃蓉的右手本來與他的左手握著，這時用力揑了一把，說道：「我爹爹譯出了真經最後那一篇中嘰哩咕嚕的文字，明晚我來說給你聽。」郭靖心想：「這篇梵文明明是一燈大師譯出來的，怎麼說是她爹爹？」心頭疑惑，正要再問，黃蓉又在他手上揑了一把。

他心知其間必有緣故，當下隨口答應，兩人一齊下峯。回到帳中，黃蓉在他耳邊低聲道：「歐陽鋒也到了禿木峯上，咱們說話之時，他就躲在後面偷聽。」郭靖大吃一驚，道：「啊，我竟沒發覺。」

黃蓉道：「他躲在一塊冰岩後面。老毒物老奸巨猾，這次卻忘了冰山透明，藏不了人。我也是直到月光斜射，才隔著冰山隱隱看到他稀淡的人影。」郭靖道：「原來你提九陰真經甚麼，是說給他聽的。」黃蓉道：「嗯，我要騙他到山峯絕頂，咱們卻撤了羊梯，教他在山峯頂上修仙鍊氣，做一輩子活神仙。」郭靖大喜，鼓掌叫好。

次日成吉思汗下令攻城，又折了千餘精銳。城頭守軍嘻笑辱罵。只氣得成吉思汗暴跳如雷，放眼又見滿野都是凍斃的蒙古馬匹屍體，更是心驚。

當晚郭靖、黃蓉與丐幫三老安排停當，只待歐陽鋒上得峯去，就在下面毀梯。豈知歐陽鋒狡猾殊甚，卻也防到了這著，遠遠守在一旁，不等靖蓉二人上峯，他竟不現身。

黃蓉微一沉吟，又生一計，令人備了幾條長索，用石油浸得濕透。花剌子模國地底到處遍藏石油。千餘年前，當地居民掘井取水，卻得了石油，遇火即焚，此後便用以煮飯燒物。蒙古軍亦自花剌子模百姓處奪得石油，作為燃料。

靖蓉二人背負油索上峯，將索子藏在岩石之後，然後坐在水晶宮中談論。過不多時，歐陽鋒的人影果在冰岩後面隱約顯現。他輕功已練至爐火純青之境，上峯履冰，竟是悄無聲息，料想二人定難知覺。黃蓉當即說了幾節經文，兩人假意研討。研討是假，談論的經文要旨卻句句是真。歐陽鋒聽在耳裏，但覺妙義無窮，不由得心花怒放，心想我若逼那丫頭，她縱然無奈說了，也必不肯說得這般詳盡，在此竊聽，那真是妙不可言。

黃蓉慢慢講解，郭靖假意詢問。歐陽鋒心道：「這麼淺顯的道理也不明白，當真笨得可以。」忽聽峯下號角聲響，甚是緊逼。郭靖一躍而起，叫道：「大汗點將，我得下去。」其實這號角聲卻是他事先安排下的。黃蓉道：「那麼咱們明兒再來。」郭靖道：「上峯下峯，極是費事，在帳中說不好嗎？」黃蓉道：「不，歐陽鋒那老兒到處找我，此人狡獪已極，沒地方躲得了他。可是憑他再奸猾十倍，也決想不到咱倆會到這山峯絕頂上來。」歐陽鋒暗自得意：「嘿，莫說小小一個山峯，就是逃到天邊，我也追得到你。」

郭靖道：「那麼你在這裏等著，半個時辰之內，我必可趕回。」黃蓉點頭答應。郭靖逕自下峯。他把黃蓉一人留在峯上，心中究是惴惴不安，但想到歐陽鋒一意要偷聽真經，必不致現身相害。

過了一頓飯時分，黃蓉站起身來，自言自語：「怎麼靖哥哥還不上來？這峯上不知有鬼沒有？想起楊康和歐陽克，當真心裏害怕，我且下去一會，再跟靖哥哥一起上來。」歐陽鋒只怕被她發覺，縮在冰岩後面不敢絲毫動彈，眼見她也攀下山峯去了。

郭靖與三長老守在峯腳，一見黃蓉下來，立刻舉火把點燃長索。原來郭靖下峯之時，將浸了石油的長索繞在一隻隻冰凍的羊腿之上。長索一路向上焚燒，羊腿受熱，附在峯壁上的血冰熔化，每步梯級自下而上的逐一跌落。眼見一條火蛇向上蜿蜒爬去，黑夜中映著冰雪，煞是好看。

黃蓉拍掌叫好，道：「靖哥哥，你說這次還饒不饒他？」郭靖道：「這是第三次，咱們不能失信背約。」黃蓉笑道：「我有個法兒，既不背約，又能殺了他給你師父報仇。」郭靖大喜，叫道：「蓉兒，你當真全身是計。怎麼能這般妙法？」

黃蓉笑道：「那一點也不難。咱們讓老毒物在峯上喝十天十夜西北風，叫他又凍又餓，熬個筋疲力盡，然後搭羊梯救他下峯，那是第三次饒他了，是不是？」郭靖道：「是啊。」黃蓉道：「你既饒了他三次，那就不用再跟他客氣。一等他下峯，踏上平地，咱倆同時動手，再加上三位長老相助，咱們五人打一個半死不活的病夫，你說能不能殺他？」郭靖道：「那當然能夠。只是這般殺了他，未免勝之不武。」黃蓉道：「嘿，跟這般歹毒狠惡之人，還講甚麼武不武呢？他害你五位師父之時，手下可曾容情了？」

想到恩師的血海深仇，郭靖不由目眥欲裂，又想歐陽鋒本領高強，若是這次放過了他，以後未必再有復仇機會，當下咬牙道：「好，就是這麼辦。」

兩人回到帳中，這番當真研習起九陰真經上的武功來，談論之下，均覺對方一年來武功大有長進，均感欣慰。

說到後來，郭靖道：「完顏洪烈那奸賊就在這城內，我們眼睜睜的瞧著，卻拿他無可如何。你倒想個攻城的妙法。」黃蓉沉吟道：「這幾日我一直在想，籌劃過十幾條計策，卻沒一條當真管用。」郭靖道：「丐幫兄弟之中，總有十幾個輕身功夫甚是了得，再加上你我二人，咱們試試爬城如何？」黃蓉搖頭道：「這城牆每一丈之內都有十幾把強弓守著，別說不易爬城，即令十幾人個個都衝進了城去，裏面十多萬守軍擋住了，也必無法斬關破門。」兩人長夜縱談，這一晚竟沒睡覺。

次日清晨成吉思汗又下令攻城，一萬餘名蒙古兵扳起彈石機，只見石彈如雨般落向城中。但守軍藏身於碉堡之中，石彈摧破民房甚眾，守軍傷亡卻少。一連三日，蒙古軍百計攻擊，始終不逞。

到第四日上，天空又飄下鵝毛大雪。郭靖望著峯頂道：「只怕等不到十日，歐陽鋒就凍得半死了。」黃蓉道：「他內功精湛，可以熬上十天。」一語甫畢，突然兩人同時驚叫，只見山峯上落下一物，正是歐陽鋒的身形。黃蓉拍手喜叫：「老毒物熬不住，自行尋死啦！」隨即奇道：「咦，奇怪！怎麼會這樣？」

只見他並非筆直下墮，身子在空中飄飄盪盪，就似風箏一般。靖蓉二人驚詫萬分，心想從這千丈高峯落下，不跌到粉身碎骨才怪，可是他下降之勢怎地如此緩慢，難道老毒物當真還會妖法不成？片刻之間，歐陽鋒又落下一程，二人這才看清，只見他全身赤裸，頭頂縛著兩個大圓球一般之物。黃蓉心念一轉，已明其理，連叫：「可惜！」

原來歐陽鋒被困禿木峯頂，他武功雖高，終究無法從這筆立千丈的高峯上溜下來，熬了幾日凍餓，情急智生，忽然想到一法。他除下褲子，將兩隻褲腳都牢牢打了個結，又怕褲子不牢，將衣衫都除下來縛在褲上，雙手持定褲腰，咬緊牙關縱身一躍，從山峯上跳將下來。這法子原本極為冒險，只是死中求生，除此更無他策，果然一條褲子中鼓滿了氣，將他下降之勢大為減弱。他不穿衣褲，雙手幾乎凍僵，當下仗著一身卓絕內功，強自運氣周流全身，與寒氣冰雪相抗。

黃蓉又好氣又好笑，一時倒想不出奈何他之法。此時城內城外兩軍盡已瞧見，數十萬人一齊仰起了頭望著這空中飛人。許多小兵只道是神仙下凡，都跪在地下磕頭膜拜。

郭靖看著歐陽鋒落下的方向，必是墮入城中，待他離地尚有數十丈，搶過一張鐵胎弓，連珠箭發，往他身上射去，心想他身在半空，無可騰挪閃避，只是想到相饒三次之約，箭頭對準他大腿非致命之處。歐陽鋒人在半空，卻是眼觀四方，見箭射到，當即彎腰弓身，雙足連揮，把郭靖射上來的箭枝一一踢開。

三軍喧譁聲中，成吉思汗已聽到郭靖的約略稟報，下令放箭。登時萬弩同張，箭似飛蝗，齊向歐陽鋒射去。

眼見他就是有千手萬腿，也難以逐一撥落。他全身赤裸，在空中又無可騰挪閃避，勢必要將他射得刺蝟相似。歐陽鋒見情勢危急，突然鬆手，登時頭下腳上的倒墮下來。數十萬人齊聲呼喊，當真驚天動地。

只見他在半空腰間一挺，撲向城頭的一面大旗。此時西北風正厲，將那大旗自西至東張得筆挺。歐陽鋒左手前探，已抓住了旗角，就這麼稍一借力，那大旗已中裂為二。歐陽鋒一個觔斗，雙腳勾住旗桿，直滑下來，消失在城牆之後。

兩軍見此奇事，無不駭然，一時談論紛紛，竟忘了廝殺。

郭靖心想：「此次不算饒他，下次豈非尚要相饒一次？蓉兒定然極為不快。」那知一轉頭，卻見黃蓉眼含笑意，忙問：「蓉兒，甚麼事高興？」黃蓉雙掌一拍，笑道：「我送一份大禮給你，你喜不喜歡？」郭靖道：「甚麼禮啊？」黃蓉道：「撒麻爾罕城。」郭靖愕然不解。黃蓉道：「老毒物教了我一個破城妙法，你去調兵遣將，今晚大功可成。」當下在他耳邊輕輕說了幾句話，只把郭靖喜得連連鼓掌。

是日未正，郭靖傳下密令，命部屬割破篷帳，製成一頂頂圓傘，下繫堅牢革索，限一個半時辰縫成一萬頂。將士盡皆起疑，心想篷帳割破，如此嚴寒，在這冰天雪地之中一夜也是難熬，但主帥有令，只得遵從。

郭靖又令調集軍中供食用的牛羊，在雪峯下候命。令一個萬人隊在北門外布成天覆、地載、風揚、雲垂四陣，專等捕帥捉將；令一個萬人隊在北門兩側布成龍飛、虎翼、鳥翔、蛇蟠四陣，勒逼敵軍投向天地風雲四陣之中；令第三個萬人隊輕裝勁束，以候調用。

當晚飽餐戰飯，兩個萬人隊依令北開。待到戌末亥初，郭靖派親兵稟報大汗，敵城眼下可破，請調重兵衝城。成吉思汗得報，將信將疑，急令郭靖進帳回報。親兵稟告：「金刀駙馬此時已率部出擊，只待大汗接應。」

郭靖陣中吹動號角，千餘軍士宰牛殺羊，將肉塊凍結在高峯之上。丐幫中高來高去的好手甚多，互相傳遞牽援，架成了數十道「羊梯」。郭靖一聲令下，當先搶上，一萬名將士以長索繫腰，慢慢爬上峯頂。此刻嚴令早傳，不得發出絲毫聲息。黑夜中但見數十條夭矯巨龍蜿蜒上峯。

這山峯絕頂方圓不廣，一萬人擁得密密層層，後來者幾無立足之地。郭靖令將士在腰裏繫上革傘，各執兵刃，躍入城中，齊攻南門。

他手掌一拍，首先躍下，數百名丐幫幫眾跟著湧身躍落。這般高峯下躍，自是極險，但蒙古將士素來勇悍，日間又曾見歐陽鋒從峯上降落，各人身上革傘比他鼓氣入褲之法更是穩當得多，再見主帥身先士卒，當下個個奮勇。一時之間，空中宛似萬花齊放，一頂頂革傘張了開來，帶著將士穩穩下墮。

黃蓉坐在峯頂冰岩之上，眼見大功告成，不由得心花怒放，尋思：「成吉思汗破城與否，原本與我無關。但若靖哥哥能聽我言語，倒可乘機了結一件大事。」

郭靖足一著地，立即扯下背上革傘，舞動大刀，猛向守軍掃去。此時城中已有少數守軍驚覺，但斗然間見到成千成萬敵軍從天而降，駭惶之餘，那裏還有鬥志？最先著地的又是丐幫幫眾，個個武藝高強，接戰片刻，早已攻近城門。接著蒙古軍先後降落，雖有數百名軍士因傘破跌斃，但十成中倒有九成多平安著地，大半受風吹盪，落入城中各處，被花剌子模軍圍住，或擒或殺，但落在城門左近的也有一二千人。郭靖令半數抵擋敵軍，半數斬關開城。

成吉思汗見到郭靖所部飛降入城，驚喜交集，當即盡點三軍，攻向城邊，只見南門大開，數百名蒙古軍執矛守住。當下幾個千人隊蜂湧衝入，裏應外合，奮勇攻殺。十餘萬守軍張惶失措，不知敵軍從何而來。蒙古軍一面廝殺，一面到處澆潑石油放火。城中大火衝天，花剌子模兵更是亂成一團。

未及天明，守軍大潰。花剌子模國王摩訶末得報北門尚無敵軍，當即開城北奔。那知郭靖的一個萬人隊早就候在兩側，箭矛齊施，大殺一陣。摩訶末無心戀戰，命完顏洪烈率兵殿後，自己在親兵擁護下當先逃命。

郭靖一心要拿完顏洪烈，亂軍中見他金盔閃動，率軍急追。花剌子模軍雖敗，畢竟人數眾多，此時困獸之鬥，個個情急拚命。郭靖兵少，阻攔不住，前面快馬不住報來，說道敵軍即將突圍。

郭靖想起兵法有云：「餌兵勿食，歸師勿遏。圍師必闕，窮寇勿追。」當即下令變陣，令旗展處，天地風雲四陣讓開通路，數萬花剌子模軍疾衝而過，又見令旗揚起，號炮響動，四陣重又合圍。此時敵軍只剩殿後萬餘人，雖皆精銳，然敗軍之餘，士無鬥志，盡數為郭靖部屬所擒。郭靖檢點俘虜，卻不見完顏洪烈在內，此仗雖獲全勝，仍是不免怏怏。

待到天明，城中殘敵肅清。成吉思汗在摩訶末王宮大集諸將。

郭靖正在整軍，查點慰撫部下傷亡，聽得大汗的金角吹動，忙循聲趕去，奔到王宮前面廣場，見宮門旁站著一小隊軍士，黃蓉與魯有腳等三長老都在其內。黃蓉雙手一拍，兩名小軍抬上一隻大麻袋。她笑道：「喂，你猜猜這裏面是甚麼？」郭靖笑道：「這城中千奇百怪的物事都有，怎猜得著？」黃蓉道：「這是我送給你的，定要教你歡喜。」

郭靖忽地想起，莫非她在城中尋到甚麼美貌女子，來開自己一個玩笑？當下搖頭道：「我不要。」黃蓉笑道：「你當真不要？見到了可別改口。」

她將麻袋一抖，袋中果然跌出一個人來，只見他頭髮散亂，滿臉血污，披著一件花剌子模兵所穿的皮襖。看他面目時，赫然是大金國趙王完顏洪烈。郭靖大喜，道：「妙極了，你從那裏捉來？」黃蓉道：「我見敗兵從北門出來，一隊兵打著趙王旗號，一個金盔錦袍的將軍領軍奔東。我想完顏洪烈這廝狡猾得緊，敗軍之後決不會公然打起趙王旗號，定是個金蟬脫殼之計。旗號打東，他定必向西遁逃，當下與魯長老等在西邊埋伏，果然拿到這廝。」郭靖向她深深打了一躬，說道：「蓉兒，你為我報了先父之仇，我真不知說甚麼好。」

黃蓉抿嘴笑道：「那也是碰巧罷啦。你立下此功，大汗必有重賞，那才教好呢。」郭靖道：「我也沒甚麼想要的。」黃蓉向旁走開，低聲道：「你過來。」郭靖跟了過去。黃蓉道：「這世上難道你當真沒甚麼想要的了？」郭靖一怔，道：「我只要一樣，就是盼望永遠不和你分離。」黃蓉微笑道：「今日你立此大功，縱然有甚麼事觸犯大汗，我想他也決不會生氣發作。」郭靖「嗯」了一聲，還未明白。黃蓉道：「此刻你若是求他封甚麼官爵，他必答應。但若求他不封你甚麼官爵，他也難以拒絕。要緊的是須得要他先行親口明言，不論你求甚麼，他都允可。」郭靖道：「是啊！」

黃蓉聽他說了「是啊」兩字，不再接口，只是搔頭，惱道：「你這金刀駙馬做得挺美，是不是？」這句話才把郭靖說得恍然大悟，叫道：「嗯，我明白啦。你叫我去向大汗辭婚，叫他答允在先，待我說出口後難以拒絕。」黃蓉惱道：「那可全憑你自己了，說不定你想做駙馬爺呢？」郭靖道：「蓉兒，華箏妹子待我一片真心，可是我對她始終情若兄妹。起初我拘於信義，不便背棄婚約，若是大汗肯收回成命，那當真兩全其美。」

黃蓉心中甚喜，向著他微笑斜睨。郭靖欲待再說，忽聽宮中二次金角響起，伸手在黃蓉手上一握，說道：「蓉兒，你聽我好音。」當下押著完顏洪烈進宮朝見大汗。

成吉思汗見郭靖進來，心中大喜，親下寶座迎接，攜著他手上殿，命左右搬來一張錦凳，叫他坐在自己身旁。待聽郭靖說起拿到完顏洪烈，成吉思汗更喜，見完顏洪烈俯伏在地，提起右足踏在他的頭上，笑道：「當時你到蒙古來耀武揚威，可曾想到也有今日？」完顏洪烈自知不免一死，抬頭說道：「當時我金國兵力強盛，恨不先滅了你小小蒙古，致成今日之患。」成吉思汗大笑，命親兵牽將出去，就在殿前斬首。郭靖想起父親大仇終於得復，心中又喜又悲。

成吉思汗道：「我曾說破城擒得完顏洪烈者，此城子女玉帛全數賞他，你領兵點收去罷。」郭靖搖頭道：「我母子受大汗恩庇，足夠溫飽，奴僕金帛，多了無用。」成吉思汗道：「好，這正是英雄本色。那麼你要甚麼？但有所求，我無不允可。」郭靖離座打了一躬，說道：「欲求大汗一事，請大汗勿怒。」成吉思汗笑道：「你說罷。」

郭靖正欲說出辭婚之事，忽聽得遠處傳來成千成萬人的哭叫呼喊之聲，震天撼地，驚心動魄。殿上諸將盡皆躍起，抽出長刀，只道城中投降了的花剌子模軍民突然起事，都要奔出去鎮壓。成吉思汗笑道：「沒事，沒事。這狗城不服天威，累得我損兵折將，又害死了我愛孫，須得大大洗屠一番。大家都去瞧瞧。」當下離座步出，諸將跟隨在後。

眾人出宮後上馬馳向西城。但聽得哭叫之聲愈來愈是慘厲。一出城門，只見數十萬百姓奔逃哭叫，推擁滾撲，蒙古兵將乘馬來回奔馳，手舞長刀，向人羣砍殺。

原來蒙古人命令居民盡數出城，不得留下一個。當地居民初時還道是蒙古人點閱戶口，以防藏匿奸細，那知蒙古軍先搜去居民全部兵器，再點出諸般巧手工匠，隨即在人叢中拉出美貌的少婦少女，以繩索縛起。撒麻爾罕居民此時才知大難臨頭，有的欲圖抵抗，當場被長刀長矛格斃。蒙古軍十幾個千人隊齊聲吶喊，向人叢衝去，舉起長刀，不分男女老幼的亂砍。這一場屠殺當真是慘絕人寰，自白髮蒼蒼的老翁，以至未離母親懷抱的嬰兒，無一得以倖免。當成吉思汗率領諸將前來察看時，早已有十餘萬人命喪當地，四下裏血肉橫飛，蒙古馬的鐵蹄踏著遍地屍首，來去屠戮。

成吉思汗哈哈大笑，叫道：「殺得好，殺得好，叫他們知道我的厲害。」郭靖看了片刻，再也忍耐不住，馳到成吉思汗馬前，叫道：「大汗，你饒了他們罷。」成吉思汗手一擺，喝道：「盡數殺光，一個也不留。」郭靖不敢再說，只見一個七八歲的孩子從人叢中逃了出來，撲在一個被戰馬撞倒的女子身上，大叫：「媽媽！」一名蒙古兵疾衝而過，長刀揮處，母子兩人斬為四段。那孩子的雙手尚自牢牢抱著母親。

郭靖胸中熱血沸騰，叫道：「大汗，你說過這城中的子女玉帛都是我的，怎麼你又下令屠城？」成吉思汗一怔，笑道：「你自己不要的。」郭靖道：「你說不論我求你甚麼，你都允可，是麼？」成吉思汗點頭微笑。郭靖大聲道：「大汗言出如山，我求你饒了這數十萬百姓的性命。」

成吉思汗大為驚詫，萬想不到他會求懇此事，但既已答應，豈能反悔？心中極為惱怒，雙目如要噴出火來，瞪著郭靖，手按刀柄，喝道：「小傢伙，你當真求我此事？」

諸王眾將見大汗發怒，都是嚇得心驚膽戰。成吉思汗左右一列排開，無一不是身經百戰的勇將，剛猛剽悍，視死如歸，但大汗一怒，卻是人人不寒自慄。

郭靖從未見成吉思汗如此兇猛的望著自己，也是極為害怕，身子不由得微微打戰，說道：「只求大汗饒了眾百姓的性命。」

成吉思汗低沉著嗓子道：「你不後悔？」郭靖想起黃蓉教他辭婚，現下放過這個良機，終身要失去大汗的歡心，那也罷了，而自己與黃蓉的良緣卻也化為流水，但眼見這數十萬百姓呼叫哀號的慘狀，如何能見死不救？當即昂然道：「我不後悔。」

成吉思汗聽他聲音發抖，知道他心中害怕，但仍是鼓勇強求，也不禁佩服他的倔強，拔出長刀，叫道：「收兵！」親兵吹起號角，數萬蒙古騎兵身上馬上都是濺滿鮮血，從人叢中縱馬而出，整整齊齊的排列成陣。

成吉思汗自任大汗以來，從無一人敢違逆他的旨意，這次被郭靖硬生生的將他屠城之令扼住，心中甚是惱怒，大叫一聲，將長刀重重擲在地下，馳馬回城。諸將都向郭靖橫目而視，心想大汗盛怒之下，不知是誰倒霉，難免要大吃苦頭。攻破撒麻爾罕城後本可大掠大殺數日，這麼一來，破城之樂是全盤落空了。

郭靖知道諸將不滿，也不理會，騎著小紅馬慢慢向僻靜之處走去。此時大戰初過，城內城外成千成萬座房屋兀自焚燒，遍地都是屍骸，雪滿平野，盡染赤血。他想：「戰禍之慘，一至於斯。我為了報父親之仇，領兵來殺了這許多人。大汗為了要征服天下，殺人更多。可是千萬將士百姓卻又犯了甚麼罪孽，落得這般肝腦塗地，骨棄荒野？」他越想心中越是不安：「我破城為父報仇，卻害死了這許多人，到底該是不該？」

他一人一騎，在荒野中走來走去，苦苦思索，直到天黑，才回到城中宿營之處。來到營門，只見大汗的兩名親兵候在門外，上前行禮，稟道：「大汗宣召駙馬爺，小人相候已久，請駙馬爺快去。」

郭靖心想：「我日間逆了大汗旨意，他要將我斬首也未可知。事已如此，只好相機行事。」當下招手命自己的一名親兵過來，低聲囑咐了幾句，叫他急速報與魯有腳知道，自己逕行入宮。他惴惴不安，但打定了主意：「不管大汗如何威逼震怒，我總是不收回饒赦滿城百姓的求懇。他是大汗，不能食言。」

他滿心以為成吉思汗必在大發脾氣，那知走到殿門，卻聽得大汗爽朗的大笑之聲一陣陣從殿中傳出。郭靖不由得微感詫異，加快腳步走進殿去，只見成吉思汗身旁坐著一人，腳邊又坐著一個少女，倚在他的膝上。坐著的童顏白髮，原來是長春子丘處機，腳邊的少女卻是華箏公主。

郭靖大喜，忙奔上相見。成吉思汗從侍從手中搶過一枝長戟，掉過頭來，戟桿往郭靖頭上猛擊下去。郭靖一驚，側頭讓開，這一桿打在他的左肩，崩的一聲，戟桿斷為兩截。成吉思汗哈哈大笑，叫道：「小傢伙，就這麼算了。若不是瞧在丘道長和女兒份上，今日要殺你的頭。」

華箏跳起身來，叫道：「爹，我不在這兒，你定是儘欺侮我郭靖哥哥。」成吉思汗將斷戟往地下一擲，笑道：「誰說的？」華箏道：「我親眼見啦，你還賴呢。因此我不放心，要和丘道長一起來瞧瞧。」

成吉思汗一手拉著女兒，一手拉著郭靖，笑道：「大家坐著別吵，聽丘道長讀詩。」

原來丘處機在煙雨樓鬥劍後，眼見周伯通安好無恙，又知害死了譚處端的正兇是歐陽鋒，當下與馬鈺等向黃藥師鄭重謝罪。全真六子後來遇到柯鎮惡，得悉備細，都是不勝浩歎。丘處機想起收徒不慎，對楊康只授武功而不將他帶出王府，少年人習於富貴，把持不定，終於落此下場，更是自責甚深。這日得到成吉思汗與郭靖來信，心想蒙古人併吞中國之勢已成，難得成吉思汗前來相邀，正好乘機進言，若能啓他一念之善，便可令普天下千千萬萬百姓免於屠戮，實是無量功德，心中又掛念郭靖，當下帶了十餘名弟子冒寒西來。

丘處機見郭靖經歷風雪，面目黝黑，身子卻更為壯健，甚是欣喜。郭靖未到之時，他正與成吉思汗談論途中見聞，說有感於風物異俗，做了幾首詩，當下捋鬚吟道：「十年兵災萬民愁，千萬中無一二留。去歲幸逢慈詔下，今春須合冒寒遊。不辭嶺北三千里，仍念山東二百州。窮急漏誅殘喘在，早教生民得消憂。」一名通曉漢語的文官名叫耶律楚材，將詩義譯成蒙古語。成吉思汗聽了，點頭不語。

丘處機向郭靖道：「當年我和你七位師父在醉仙樓頭比武，你二師父從我懷中摸去了一首未成律詩。此番西來，想念七位舊友，終於將這首詩續成了。」當下吟道：「『自古中秋月最明，涼風屆候夜彌清，一天氣象沉銀漢，四海魚龍耀水精。』這四句是你二師父見過的，下面四句是我新作，他卻見不到了：『吳越樓台歌吹滿，燕秦部曲酒肴盈。我之帝所臨河上，欲罷干戈致太平。』」郭靖想到江南七怪，不禁淚水盈眶。

成吉思汗道：「道長西來，想必已見我蒙古兵威，不知可有詩歌讚詠否？」

丘處機道：「一路見到大汗攻城掠地之威，心中有感，也做了兩首詩。第一首云：『天蒼蒼兮臨下土，胡為不救萬靈苦？萬靈日夜相凌遲，飲氣吞聲死無語。仰天大叫天不應，一物細瑣徒勞形。安得大千復混沌，免教造物生精靈。』」

耶律楚材心想大汗聽了定然不喜，一時躊躇不譯。丘處機不予理會，續念道：「我第二首是：『嗚呼天地廣開闢，化生眾生千萬億。暴惡相侵不暫停，循環受苦知何極。皇天后土皆有神，見死不救知何因？下士悲心卻無福，徒勞日夜含酸辛？』」

這兩首詩雖不甚工，可是一股悲天憫人之心，躍然而出。郭靖日間見到屠城的慘狀，更是感慨萬分。成吉思汗道：「道長的詩必是好的，詩中說些甚麼，快譯給我聽。」耶律楚材心想：「我曾向大汗進言，勸他少殺無辜百姓，他那裏理睬。幸得這位道長深有慈悲心腸，作此好詩，只盼能說動大汗。」當下照實譯了。成吉思汗聽了不快，向丘處機道：「聽說中華有長生不老之法，盼道長有以教我。」

丘處機道：「長生不老，世間所無，但道家練氣，實能卻病延年。」成吉思汗問道：「請問練氣之道，首要何在？」丘處機道：「天道無親，常與善人。」成吉思汗問道：「何者為善？」丘處機道：「聖人無常心，以百姓心為心。」成吉思汗默然。

丘處機又道：「中華有部聖書，叫作『道德經』，吾道家奉以為寶。『天道無親』、『聖人無常心』云云，都是經中之言。經中又有言道：『兵者不祥之器，非君子之器，不得已而用之，恬淡為上。而美之者，是樂殺人。夫樂殺人者，則不可以得志於天下矣。』」

丘處機一路西行，見到戰禍之烈，心中惻然有感，乘著成吉思汗向他求教長生延年之術，當下反復開導，為民請命。

成吉思汗以年事日高，精力駸衰，所關懷的只是長生不老之術，眼見丘處機到來，心下大喜，只道縱不能修成不死之身，亦必可獲知增壽延年之道，豈知他翻來覆去總是勸告自己少用兵、少殺人，言談極不投機，說到後來，對郭靖道：「你陪道長下去休息罷。」

註：一、花剌子模為回教大國，國境在今蘇聯南部、阿富汗、伊朗一帶。撒麻爾罕城在今蘇聯烏孜別克共和國境內。據「元史」載，成吉思汗攻花剌子模舊都玉龍傑赤時，曾以石油澆屋焚燒，城因之破。

二、據史籍載，丘處機與成吉思汗來往通信三次，始攜弟子十八人經崑崙赴雪山相見。弟子李志常撰有「長春真人西遊記」一書，備記途中經歷，此書今尚行世。

第三十八回

錦囊密令

郭靖解下長衣，執住一端，縱馬馳過。
歐陽鋒伸手拉住長衣的另一端。
郭靖雙腿一夾，大喝一聲。
小紅馬奮力前衝，波的一聲響，
將歐陽鋒從軟沙中直拔出來，
在雪地裏拖曳而行。

郭靖陪了丘處機與他門下十八名弟子李志常、尹志平、夏志誠、于志可，張志素、王志明、宋德方等辭出。來到宮外，只見黃蓉與魯、簡、梁三長老以及千餘名丐幫幫眾，都騎了馬候在宮外。

眼見郭靖出宮，黃蓉拍馬迎上，笑問：「沒事嗎？」郭靖笑道：「運氣不錯，剛碰著丘道長到來，大汗心情正好。」黃蓉向丘處機行禮見過，對郭靖道：「我怕大汗發怒要殺你，領人在這裏相救。大汗怎麼說？答應了你辭婚麼？」郭靖躊躇半晌，道：「我沒辭婚。」黃蓉一怔，道：「為甚麼？」郭靖道：「蓉兒你千萬別生氣，因為……」剛說到這裏，華箏公主從宮中奔出，大聲叫道：「郭靖哥哥。」

黃蓉見到是她，臉上登時變色，立即下馬，閃在一旁。郭靖要待對她解釋，華箏卻拉住了他手，說道：「你想不到我會來罷？你見到我高不高興？」郭靖點點頭，轉頭尋黃蓉時，卻已人影不見。

華箏一心在郭靖身上，並未見到黃蓉，拉著他手，咭咭呱呱的訴說別來相思之情。郭靖暗暗叫苦：「蓉兒必道我見到華箏妹子，這才不肯向大汗辭婚。」華箏所說的話，他竟一句也沒有聽進耳裏。華箏說了一會，見他呆呆出神，嗔道：「你怎麼啦？我大老遠的趕來瞧你，你理也不理人家？」

郭靖道：「妹子，我掛念著一件要事，先得去瞧瞧，回頭再跟你說話。」囑咐親兵款待丘處機，逕行奔回營房去找黃蓉。親兵說道：「黃姑娘回來拿了一幅畫，出東門去了。」郭靖驚問：「甚麼畫？」那親兵道：「就是駙馬爺常常瞧的那幅。」郭靖更驚，心想：「她將這畫拿去，顯是跟我決絕了。我甚麼都不顧啦，隨她南下便是。」匆匆留了字條給丘處機，跨上小紅馬出城追去。

那小紅馬腳力好快，郭靖生怕找不著黃蓉，心中焦急，更是不住的催促，轉眼之間，已奔出數十里，城郊人馬雜沓，屍骸縱橫，一到數十里外，放眼但見一片茫茫白雪，雪地裏卻有一道馬蹄印筆直向東。郭靖心中甚喜：「小紅馬腳力之快，天下無雙，再過片刻，必可追上蓉兒。我和她同去接了母親，一齊南歸。華箏妹子縱然怪我，那也顧不得了。」

又奔出十餘里，只見馬蹄印轉而向北，蹄印之旁突然多了一道行人的足印。這足印甚是奇特，雙腳之間相距幾有四尺，步子邁得如此之大，而落地卻輕，只陷入雪中數寸。郭靖吃了一驚：「這人輕身功夫好生厲害。」隨即想到：「左近除歐陽鋒外，更無旁人有此功夫，難道他在追趕蓉兒？」

想到此處，雖在寒風之下，不由得全身出汗。那小紅馬甚通靈性，知道主人追蹤蹄印，不待郭靖控韁指示，順著蹄印一路奔了下去。只見那足印始終是在蹄印之旁，但數里之後，這一對印痕在雪地中忽爾折西，忽爾轉南，彎來繞去，竟無一段路是直行的。郭靖心道：「蓉兒必是發現歐陽鋒在後追趕，故意繞道。但雪中蹄痕顯然，極易追蹤，老毒物自是緊追不捨。」

又馳出十餘里，蹄印與足印突然與另外一道蹄印足形重疊交叉。郭靖下馬察看，瞧出一道在先，一道在後，望著雪地中遠遠伸展出去的兩道印痕，斗然醒悟：「蓉兒使出她爹爹的奇門之術，故意東繞西轉的迷惑歐陽鋒，教他兜了一陣，又回上老路。」

他躍上馬背，心中又喜又憂，喜的是歐陽鋒多半再也追不上黃蓉，憂的是蹄印雜亂，自己卻也失了追尋她的線索，站在雪地中呆了一陣，心想：「蓉兒繞來繞去，終究是要東歸，我只是向東追去便了。」躍上馬背，認明了方位，逕向東行。奔馳良久，果然足印再現，接著又見遠處青天與雪地相交之處有個人影。

郭靖縱馬趕去，遠遠望見那人正是歐陽鋒。這時歐陽鋒也已認出郭靖，叫道：「快來，黃姑娘陷進沙裏去啦。」

郭靖大吃一驚，雙腿一夾，小紅馬如箭般疾衝而前。待離歐陽鋒數十丈處，只感到馬蹄忽沉，踏到的不再是堅實硬地，似乎白雪之下是一片泥沼。小紅馬也知不妙，急忙拔足斜著奔出，再繞彎奔到臨近，只見歐陽鋒繞著一株小樹急轉圈子，片刻不停。郭靖大奇：「他在鬧甚麼玄虛？」一勒韁繩，要待駐馬相詢，那知小紅馬竟不停步，疾衝奔去，隨又轉回。

郭靖隨即醒悟：「原來地下是沼澤軟泥，一停足立即陷下。」轉念一想，不由得大驚：「莫非蓉兒闖到了這裏？」向歐陽鋒叫道：「黃姑娘呢？」歐陽鋒足不停步的奔馳來去，叫道：「我跟著她馬蹄足印一路追來，到了這裏，就沒了蹤跡。你瞧！」說著伸手向小樹上一指。

郭靖縱馬過去，只見樹枝上套著一個黃澄澄的圈子。小紅馬從樹旁擦身馳過，郭靖手一伸，拿起圈子，正是黃蓉束髮的金環。他一顆心幾乎要從腔子中跳了出來，圈轉馬頭，向東直奔，馳出里許，只見雪地裏一物熠熠生光。他從馬背上俯下身來，長臂拾起，卻是黃蓉襟頭常佩的一朵金鑲珠花。他更是焦急，大叫：「蓉兒，蓉兒，你在那裏？」極目遠望，白茫茫的一片無邊無際，沒見一個移動的黑點，又奔出數里，左首雪地裏鋪著一件黑貂裘，正是當日在張家口自己所贈的。

他令小紅馬繞著貂裘急兜圈子，大叫：「蓉兒！」聲音從雪地上遠遠傳送出去，附近並無山峯，竟連回音也無一聲。郭靖大急，幾欲哭出聲來。

過了片刻，歐陽鋒也跟著來了，叫道：「我要上馬歇歇，咱們一塊尋黃姑娘去。」郭靖怒道：「若不是你追趕，她怎會奔到這沼澤之中？」雙腿一夾，小紅馬急竄而出。

歐陽鋒大怒，身子三起三落，已躍到小紅馬身後，伸手來抓馬尾。郭靖沒料想他來得如此迅捷，一招「神龍擺尾」，右掌向後拍出，與歐陽鋒手掌相交，兩人都是出了全力。郭靖被歐陽鋒掌力一推，身子竟離鞍飛起，幸好紅馬向前直奔，他左掌伸出，按在馬臀，借力又上了馬背。

歐陽鋒卻向後倒退了兩步，由於郭靖這一推之力，落腳重了，左腳竟深陷入泥，直沒至膝。歐陽鋒大驚，知道在這流沙沼澤之地，左腳陷了，若是用力上拔提出左腳，必致將右腳陷入泥中，如此愈陷愈深，任你有天大本事也是難以脫身。情急之下橫身倒臥，著地滾轉，同時右腳用力向空踢出，一招「連環鴛鴦腿」，憑著右腳這一踢之勢，左足跟著上踢，泥沙飛濺，已從陷坑中拔出。

他翻身站起，只聽得郭靖大叫：「蓉兒，蓉兒！」一人一騎，已在里許之外，遙見小紅馬跑得甚是穩實，看來已走出沼澤，當下跟著蹄印向前疾追，愈跑足下愈是鬆軟，似乎起初尚是沼澤邊緣，現下已踏入了中心。他連著了郭靖三次道兒，最後一次在數十萬人之前赤身露體，狼狽不堪，旁人佩服他武藝高強，他自己卻認為是生平的奇恥大辱。此時與郭靖單身相逢，好歹也要報了此仇，縱冒奇險，也是不肯放過這個良機，何況黃蓉生死未知，也決不能就此罷休，當下施展輕功，提氣直追。

這番輕功施展開來，數里之內，當真是疾逾奔馬。郭靖聽得背後踏雪之聲，猛回頭，只見歐陽鋒離馬尾已不過數丈，一驚之下，急忙催馬。

一騎一人，頃刻間奔出十多里路。郭靖仍是不住呼叫：「蓉兒！」但眼見天色漸暗，黃蓉出現的機緣越來越是渺茫，他呼喊聲自粗嗄而嘶啞，自哽咽而變成哭叫。小紅馬早知危險，足底愈軟，起步愈快，到得後來竟是四蹄如飛，猶似凌空御風一般。汗血寶馬這般風馳電掣般全速而行，歐陽鋒輕功再好，時刻一長，終於呼吸迫促，腿勁消減，腳步漸漸慢了下來。小紅馬身上也是大汗淋漓，一點點的紅色汗珠濺在雪地上，鮮艷之極，顆顆蹄印之旁，宛如開了朵朵櫻花。

待馳到天色全黑，紅馬已奔出沼澤，早把歐陽鋒拋得不知去向。郭靖心想：「蓉兒的坐騎無此神駿，跑不到半里，就會陷在沼澤中動彈不得。我寧教性命不在，也要設法救她。」他明知黃蓉此時失蹤已久，若是陷在泥沙之中，縱然救起，也已返魂無術，這麼想也只是自行寬慰而已。他下馬讓紅馬稍息片刻，撫著馬背叫道：「馬兒啊馬兒，今日休嫌辛苦，須得拚著命兒再走一遭。」

他躍上馬鞍，勒馬回頭。小紅馬害怕，不肯再踏入軟泥，但在郭靖不住催促之下，終於一聲長嘶，潑刺刺放開四蹄，重回沼澤。牠知前途尚遠，大振神威，越奔越快。

正急行間，猛聽得歐陽鋒叫道：「救命，救命。」郭靖馳馬過去，白雪反射微光下只見他大半個身子已陷入泥中，雙手高舉，在空中亂抓亂舞，眼見泥沙慢慢上升，已然齊胸，一抵口鼻，不免窒息斃命。

郭靖見他這副慘狀，想起黃蓉臨難之際亦必如此，胸中熱血上湧，幾乎要躍下馬來，自陷泥中。歐陽鋒叫道：「快救人哪！」郭靖切齒道：「你害死我恩師，又害死了黃姑娘，要我相救，再也休想。」歐陽鋒厲聲道：「咱們曾擊掌為誓，你須饒我三次。這次是第三次，難道你不顧信義了？」郭靖垂淚道：「黃姑娘已不在人世，咱們的盟約還有何用處？」

歐陽鋒破口大罵。郭靖不再理他，縱馬走開。奔出數十丈，聽得他慘厲的呼聲遠遠傳來，心下終是不忍，嘆了口氣，回馬過來，見泥沙已陷到他頸邊。郭靖道：「我救你便是。但馬上騎了兩人，馬身吃重，勢必陷落泥沼。」歐陽鋒道：「你用繩子拖我。」郭靖未攜帶繩索，轉念間解下長衣，執住一端，縱馬馳過他身旁。歐陽鋒伸手拉住長衣的另一端，郭靖雙腿一夾，大喝一聲。小紅馬奮力前衝，波的一聲響，將歐陽鋒從軟沙之中直拔出來，在雪地裏拖曳而行。

若是向東，不久即可脫出沼澤，但郭靖懸念黃蓉，豈肯就此罷休？當下縱馬西馳。歐陽鋒仰天臥在雪上，飛速滑行，乘機喘息運氣。小紅馬駸駸騑騑，奔騰駿發，天未大明，又已馳過沼澤，只見雪地裏蹄印點點，正是黃蓉來時的蹤跡，可是印在人亡，香魂何處？郭靖躍下馬來，望著蹄印呆呆出神。

他心裏傷痛，竟然忘了大敵在後，站在雪地裏左手牽著馬韁，右手挽了貂裘，極目遠跳，心搖神馳，突覺背上微微一觸，待得驚覺急欲回身，只覺歐陽鋒的手掌已按在自己背心「陶道穴」上。歐陽鋒那日從沙坑中鑽出，也是被郭靖如此制住，此時即以其人之道，還治其人之身，不禁樂得哈哈大笑。

郭靖哀傷之餘，早將性命置之度外，淡然道：「你要殺便殺，咱們可不曾立約要你饒我。」歐陽鋒一怔，他本想將郭靖盡情折辱一番，然後殺死，那知他竟無求生之想，當即了然：「這傻小子和那丫頭情義深重，我若殺他，倒遂了他殉情的心願。」轉念又想：「那丫頭既已陷死沙中，倒要著落在他身上譯解經文。」當下提著郭靖手膀，躍上馬背，兩人並騎，向著南邊山谷中馳去。

行到巳牌時分，見大道旁有個村落。歐陽鋒縱馬進村，但見遍地都是屍骸，因天時寒冷，屍身盡皆完好，死時慘狀未變，自是被蒙古大軍經過時所害的了。歐陽鋒大叫數聲，村中靜悄悄地竟無一人，只有幾十頭牛羊高鳴相和。歐陽鋒大喜，押著郭靖走進一間石屋，說道：「你現下為我所擒，我也不來殺你。只要打得過我，你就可出去。」說著去牽了一條羊來宰了，在廚下煮熟。

郭靖望著他得意的神情，越看越是憤恨。歐陽鋒拋一隻熟羊腿給他，說道：「等你吃飽了，咱們就打。」郭靖怒道：「要打便打，有甚麼飽不飽的？」飛身而起，劈面就是一掌。歐陽鋒舉手擋開，回了一拳。頃刻之間，兩人在石屋之間打得桌翻凳倒。

拆了三十餘招，郭靖究竟功力不及，被歐陽鋒搶上半步，右掌抹到了脅下。郭靖難以閃避，只得停手待斃，那知歐陽鋒竟不發勁，笑道：「今日到此為止，你練幾招真經上的功夫，明日再跟你打過。」

郭靖「呸」了一聲，坐在一張翻轉的凳上，拾起羊腿便咬，心道：「他有心要學真經功夫的訣竅，盼我演將出來，便可從旁觀摩，我偏不上當。他要殺我，就讓他殺好了……嗯，他剛才這一抹，我該當如何拆解？」遍思所學的諸般拳術掌法，並無一招可以破解，卻想起真經上載得有一門「飛絮勁」的巧勁，似可將他這一抹化於無形。

他心想：「我自行練功，他要學也學不去。」當下將一隻羊腿吃得乾乾淨淨，盤膝坐在地下，想著經中所述口訣，依法修習。他自練成「易筋鍛骨篇」後，基礎紮穩，又得一燈大師傳授，經中要旨早已了然於胸，如「飛絮勁」這等功夫只是末節，用不到兩個時辰，已然練就，斜眼看歐陽鋒時，見他也正坐著用功，當下叫道：「看招！」身未站直，已揮掌劈將過去。

歐陽鋒迴掌相迎，鬥到分際，他依樣葫蘆又是伸掌抹到了郭靖脅下。突覺手掌一滑，斜在一旁，身子不由自主的微微前傾，郭靖左掌已順勢向他頸中斬落。歐陽鋒又驚又喜，索性加力前衝，避過了這一招斬勢，迴身叫道：「好功夫，這是經中的麼？叫甚麼名字？」郭靖道：「沙察以推，愛未琴兒。」歐陽鋒一怔，隨即想到這是經中的古怪文字，心想：「這傻小子一股牛勁，只可巧計詐取，硬逼無用。」掌勢一變，又和他鬥在一起。

兩人纏鬥不休，郭靖一到輸了，便即住手，另練新招。當晚郭靖坦然而臥，歐陽鋒卻是提心吊膽，既怕他半夜偷襲，又恐他乘黑逃走。

兩人如此在石屋中一住月餘，將村中的牛羊幾乎吃了一半。這一個多月之中，倒似歐陽鋒硬逼郭靖練功。歐陽鋒武學深邃，瞧著郭靖練功前後的差別，也悟到了不少經中要旨，但以之與所得的經文參究印證，卻又全然難以貫通。他越想越是不解，便逼得郭靖越緊，這麼一來，郭靖的功夫在這月餘之中竟然突飛猛進。歐陽鋒不由得暗暗發愁：「如此下去，我尚未參透真經要義，打起來卻要不是這傻小子的對手了。」

郭靖初幾日滿腔憤恨，打到後來，更激起了克敵制勝之念，決意和他拚鬥到底，終究要憑真功夫殺了他才罷，明知此事極難，卻是毫不氣餒，怒火稍抑，堅毅愈增。這一日他在村中死屍身畔拾到一柄鐵劍，便即苦練兵刃，使劍與歐陽鋒的木杖過招。歐陽鋒本使蛇杖，當日與洪七公舟中搏鬥，蛇杖沉入大海，後來另鑄鋼杖，纏上怪蛇，被困冰柱後又被魯有腳收了毀去。現下所用的只是一根尋常木棍，更無怪蛇助威，然而招數奇幻、變化無窮，累次將郭靖的鐵劍震飛，若是杖上有蛇，郭靖自是更難抵擋了。

耳聽得成吉思汗的大軍東歸，人喧馬嘶，數日不絕，兩人激鬥正酣，於此毫不理會。這一晚大軍過完，耳邊一片清靜。郭靖挺劍而立，心想：「今晚雖然不能勝你，但你的木杖卻無論如何震不掉我的劍了。」他急欲一試練成的新招，靜候敵手先攻，忽聽得屋外有人喝道：「好奸賊，往那裏逃？」清清楚楚是老頑童周伯通的口音。

歐陽鋒與郭靖相顧愕然，均想：「怎麼他萬里迢迢的也到西域來啦？」兩人正欲說話，只聽得腳步聲響，兩個人一先一後的奔近石屋。村中房屋不少，可是僅這石屋中點著燈火。歐陽鋒左手揮處，一股勁氣飛出，將燈滅了。就在此時，大門呀的一聲推開，一人奔了進來，後面那人跟著追進，自是周伯通了。

聽這兩人的腳步聲都是輕捷異常，前面這人的武功竟似不在周伯通之下。歐陽鋒大是驚疑：「此人居然能逃得過老頑童之手，當世之間，有此本領的屈指可數。若是黃藥師或洪七公，老毒物可大大不妙。」當即籌思脫身之計。

只聽得前面那人縱身躍起，坐在樑上。周伯通笑道：「你跟我捉迷藏，老頑童最是開心不過，可別再讓你溜出去了。」黑暗中只聽他掩上大門，搬起門邊的大石撐在門後，叫道：「喂，臭賊，你在那裏？」一邊說，一邊走來走去摸索。郭靖正想出聲指點他敵人是在樑上，周伯通突然高躍，哈哈大笑，猛往樑上那人抓去。原來他早聽到那人上樑，故意在屋角裏東西摸索，教敵人不加提防，然後突施襲擊。

樑上那人也是好生了得，不等他手指抓到，已一個觔斗翻下，蹲在北首。周伯通嘴裏胡說八道，心中對他卻也甚是忌憚，留神傾聽那人所在，不敢貿然逼近。靜夜之中，他依稀聽到有三個人呼吸之聲，心想這屋中燈火戛然而滅，果然有人，只是幹麼不作聲，想是嚇得怕了，於是叫道：「主人別慌，我是來拿一個小賊，捉著了馬上出去。」他想常人喘氣粗重，內功精湛之人呼吸緩而長，輕而沉，稍加留心，極易分辨。那知側耳聽去，東西北三面三人個個呼吸低緩。周伯通一驚非小，叫道：「好賊子，原來在這裏伏下了幫手。」

郭靖本待開言招呼，轉念一想：「歐陽鋒窺伺在旁，周大哥所追的也是個勁敵，我且不表露身分，俟機助他的為是。」

周伯通一步一步走近門邊，低聲道：「看來老頑童捉人不到，反要讓人捉了去。」心下計議已定，只要局勢不妙，立時奪門而出。

就在此時，遠處喊聲大作，蹄聲轟轟隆隆，有如秋潮夜至，千軍萬馬，殺奔前來。

周伯通叫道：「你們幫手越來越多，老頑童可要失陪了。」說著伸手去搬門後的大石，似是要出門逃走，突然雙手舉起大石，往他所追之人的站身處擲去。這塊大石份量著實不輕，歐陽鋒每晚搬來撐在門後，郭靖若是移石開門，他在睡夢中必可醒覺。

歐陽鋒耳聽得風聲猛勁，心想老頑童擲石之際，右側必然防禦不到，我先將他斃了，眼前少了禍患，日後華山二次論劍更去了一個勁敵。心念甫動，身子已然蹲下，雙手齊推，運「蛤蟆功」直擊過去。他蹲在西端，這一推自西而東，勢道凌厲之極。郭靖與他連鬥數十日，於他一舉一動都已了然於胸，雖在黑夜之中，一聽得這股勁風，已知他忽向周伯通施襲，當即跨步上前，一招「亢龍有悔」急拍而出。站在北首那人聽到大石擲來，也是彎腿站定馬步，雙掌外翻，要以掌力將大石反推出去傷敵。

四人分站四方，勁力發出雖有先後，力道卻幾乎不分上下。那大石被四股力道從東南西北一逼，飛到屋子中心落下，砰的一聲大響，將一張桌子壓得粉碎。

這一聲巨響震耳欲聾，周伯通覺得有趣，不禁縱聲大笑。但他的笑聲到後來竟連自己也聽不見了，原來成千成萬的軍馬已奔進村子。但聽得戰馬嘶叫聲、兵器撞擊聲、士兵呼喊聲亂成一團。郭靖聽了軍士的口音，知是花剌子模軍隊敗入村中，意圖負隅固守。但布陣未定，蒙古軍已隨後趕到，只聽馬蹄擊地聲、大旗展風聲、吶喊衝殺聲、羽箭破空聲自遠而近。跟著短兵相接，肉搏廝殺，四下裏不知有多少軍馬在大呼酣鬥。

突然有人推門，衝了進來。周伯通一把抓起，甩了出去，捧起大石，又擋在門後。

歐陽鋒一擊不中，心想反正已被他發現蹤跡，叫道：「老頑童，你知我是誰？」周伯通隱約聽到人聲，但分辨不出說話，左手護身，右手伸出去便抓。歐陽鋒右手勾住他手腕，左手反掌拍出。周伯通接了一招，驚叫：「老毒物，你在這裏？」身形微晃，搶向左首，身子已側了過來，就在那時，北首那人乘隙而上，發掌向他背後猛擊。周伯通右手向歐陽鋒攻去，左拳迴擋身後來掌，心想自在桃花島上練得左右互搏之術，迄今未有機緣分鬥兩位高手，雖然今日情勢急迫，卻也是個試招良機，拳頭正與敵掌相接，突然郭靖從東撲至，右手架開了周伯通的拳頭，左手代接了這一掌。

三人同聲驚呼，周伯通叫的是「郭兄弟」，那人叫的是「郭靖」，郭靖叫的卻是「裘千仞」！

周伯通那日在煙雨樓前比武，他最怕毒蛇，眼見無路可走，於是橫臥樓頂，將屋面的瓦爿一片片蓋在身上，遮得密密層層，官兵的羽箭固然射他不著，歐陽鋒的青蛇也沒遊上屋頂來咬他。待得日出霧散，蛇陣已收，眾人也都走得不知去向。

他百無聊賴，四下閒逛，過了數月，丐幫的一名弟子送了一封信來，卻是黃蓉寫的。信中說道：他曾親口答應，不論她有何所求，必當遵命，現下要他去殺了鐵掌幫幫主裘千仞；此人與段皇爺的劉貴妃有深仇大怨，殺了他後，劉貴妃就不會再來找他，否則的話，劉貴妃就是尋到天涯海角，也非嫁給他不可。信中還書明鐵掌峯的所在。

周伯通心想「不論何事，必當遵命」這句話，確是對黃蓉說過的。裘千仞那老兒與金國勾結，原本不是好人，殺了他也是應該。至於自己和劉貴妃這番孽緣，更是一生耿耿於懷，自覺虧負她實多，她既與裘千仞有仇，自當代她出力，而她能不來跟自己囉唆，更是上上大吉，當下便找到鐵掌峯上。

裘千仞與他一動手，初時尚打成平手，待他使出左右互搏之術，登時不敵，只得退避。高手比武，若有一人認輸，勝負已決，本應了結，那知周伯通竟然窮追不捨。裘千仞數次問他為了何事，周伯通卻又瞠目結舌，說不出個所以然來，要知「劉貴妃」三字，那是殺他頭也不肯出口的。

兩人打打停停，逃逃追追，越走越遠。周伯通的武功雖比裘千仞略勝一籌，但要傷他性命，卻也大非易易。裘千仞千方百計難以擺脫，萬般無奈之餘，心想：「我若逃到絕西苦寒之地，難道你仍窮追不捨？」周伯通心想：「倒要瞧你逃到那裏才走回頭路子。」可是一到了塞外大漠，平野莽莽，追蹤極易，裘千仞更是無所遁形。好在周伯通很顧信義，裘千仞只要躺下睡覺，坐下吃飯，或是大便小解，他決不上前侵犯，自己也就跟著照做。可是不論裘千仞如何行奸使詐，老頑童始終陰魂不散，糾纏不休。

周伯通一路與裘千仞鬥智鬥力，越來越是興味盎然，幾次已制住了他，竟已不捨得下手殺卻。這一日也真湊巧，兩人竟誤打誤撞的闖到了石屋之中。

此時周郭兩人已知其餘三人是誰，但三人的呼聲為門外廝殺激鬥之聲淹沒，歐陽鋒與裘千仞卻還認不出對方。歐陽鋒尚知此人是周伯通的對頭，裘千仞卻認定屋中兩人自是一路。周、裘、歐三人武功卓絕，而郭靖與歐陽鋒鬥了這數十日後，刻苦磨練，駸駸然已可與三人並駕齊驅。這四大高手密閉在這漆黑一團、兩丈見方的斗室之中，目不見物，耳不聞聲，言語不通，四人都似突然變成又聾又啞又瞎。

郭靖心想：「我擋住歐陽鋒，讓周大哥先結果了裘千仞。那時咱兩人合力，殺歐陽鋒不難。」心中算計已定，雙掌虛劈出去，右掌打空，左掌卻與一個人的手掌一碰。郭靖在桃花島上與周伯通拆解有素，雙手一交，已知是他，當即縱上前去，待要拉他手臂示意，那知周伯通童心忽起，左臂疾縮，右手斗然出拳，一下擊在郭靖肩頭，這一拳並沒使上內勁，但郭靖絕無提防，倒給他打得隱隱作痛。周伯通道：「好兄弟，你要試試大哥的功夫來著？小心了！」左手跟著一掌。郭靖雖未聽到他的話聲，卻已有備，當下揮臂格開。

這時歐陽鋒與裘千仞也已拆了數招，均已從武功中認出對方。他兩人倒無仇怨，但想到日後華山論劍，勢須拚個你死我活，此時相逢，若能傷了對手，自是大妙，是以手上竟也毫不放鬆。鬥了片刻，只覺面上背後疾風掠來掠去，一愕之下，立時悟到周伯通在與郭靖過招。兩人心中奇怪，但想周伯通行事顛三倒四，人所難測，有此良機，如何不喜？當下不約而同的攻了上去。

周伯通與郭靖拆了十餘招，覺得他武功已大非昔比，又驚又喜，連問：「兄弟，你從那裏學來的功夫？」但門外廝殺正酣，郭靖怎能聽見？周伯通怒道：「好，你不肯說，卻賣甚麼關子？」只覺勁風撲面，歐、裘兩人同時攻到，當即足下一點，躍到了樑上，叫道：「讓你一人鬥鬥他們兩個。」

歐陽鋒與裘千仞從他袍袖拂風之勢中，察覺周伯通上樑暫息，心想正好合力斃了這傻小子，當下一左一右，分進合擊。郭靖先前被周伯通纏住了，連變四五般拳法始終無法抽身，好容易待他退開，兩個強敵卻又攻上，不禁暗暗叫苦，只得打起精神，以左右互搏術分擋二人。鬥得片刻，歐陽鋒與裘千仞都不禁暗暗稱奇。均知以郭靖功力，單是歐裘一人都能勝他，那知兩人聯手，他竟左掌擋歐、右拳擊裘，兩人一時之間居然奈何他不得。

周伯通在樑上坐了一陣，心想再不下去，只怕郭靖受傷，當下悄悄從牆壁溜下，雙手亂抓，一下子恰好抓到歐陽鋒後心。他蹲在地下，正以蛤蟆功向郭靖猛攻，突覺背後有人，急忙回掌抵擋。郭靖乘機向裘千仞踢出一腿，躍入屋角，不住喘氣，若是周伯通來遲了一步，歐陽鋒適才這一推定是擋架不住了。

四人在黑暗中倏分倏合，一時周伯通與裘千仞鬥，一時郭靖與裘千仞鬥，一時歐陽鋒與裘千仞鬥，一時周伯通與歐陽鋒鬥，一時郭靖又和周伯通交手數招。四人這一場混戰，就中周伯通最是興高采烈，覺得生平大小各場戰鬥，好玩莫逾於此。鬥到分際，他忽然纏住郭靖不放，說道：「我兩隻手算是兩個敵人，歐裘兩個臭賊自然也是兩個敵人。你以一敵四，試試成不成？這新鮮玩意兒你可從來沒玩過罷？」

郭靖聽不到他說話，忽覺三人同時向自己猛攻，只得拚命躲閃。周伯通不住鼓勵：「別怕，別怕。危險時我會幫你。」但在這漆黑一團之中，只要著了任誰的一拳一足，都有性命之憂，周伯通縱然事後相救，那裏還來得及？

再拆數十招，郭靖累得筋疲力盡，但覺歐裘兩人的拳招越來越沉，只得邊架邊退，要待躍到樑上暫避，卻始終給周伯通的掌力罩住了無法脫身，驚怒交集之下，再也忍耐不住，破口罵道：「周大哥你這傻老頭，儘纏住我幹甚麼？」

但苦於屋外殺聲震天，說出來的話別人一句也聽不見。郭靖又退幾步，忽在地下的大石上一絆，險些跌倒。他彎著腰尚未挺直，裘千仞的鐵掌已拍了過來。郭靖百忙之中不及變招，順手抱起大石擋在胸前。裘千仞一掌擊在石上，郭靖雙臂運勁，往外推出，接了他這一掌。只覺左側風響，歐陽鋒掌力又到，郭靖力透雙臂，大喝一聲，將大石往頭頂擲了上去，跟著側身避過來掌。

大石穿破屋頂飛出，磚石泥沙如雨而下，天空星星微光登時從屋頂射了進來。周伯通怒道：「瞧得見了，還有甚麼好玩？」

郭靖疲累已極，雙足力登，從屋頂的破洞中穿了出去。歐陽鋒急忙飛身追出。周伯通大叫：「別走，別走，陪我玩兒。」一長臂抓他左足。歐陽鋒一驚，急忙右足迴踢，破解了他這一抓，但身子不能在空中停留，又復落下。裘千仞不待他著地，飛足往他胸間踢去。歐陽鋒胸口微縮，伸指點他足踝。三人連環邀擊，又惡鬥起來。只是此時人影已隱約可辨，門外殺聲也漸漸消滅，遠不如適才胡鬥時的驚險。周伯通大為掃興，一口惡氣都出在兩人身上，拳法陡變，向兩敵連下殺手。

郭靖逃出石屋，眼裏只見人馬來去奔馳，耳中但聽金鐵鏗鏘撞擊，不時夾著一聲雙方士卒中刀中箭時的慘呼號叫。他衝過人叢，飛奔出村，在一處小樹林裏躺下休息。惡鬥了這半夜，這一躺下來，只覺全身筋骨酸痛欲裂，回想石屋中的情景更是慄慄危懼，雖然記掛周伯通的安危，但想以他武功，至不濟時也可脫身逃走，躺了一陣，便即沉沉睡去。

睡到第二日清晨，忽覺臉上冰涼，有物蠕蠕而動。他不及睜開眼睛，立即躍起，只聽一聲歡嘶，原來適才是小紅馬在舐他的臉。郭靖大喜，抱住紅馬，一人一馬劫後重逢，親熱了一陣。他被歐陽鋒囚在石屋之時，這馬自行在草地覓食，昨晚大軍激戰，牠仗著捷足機敏，居然逃過了禍殃，此刻又把主人找到。

郭靖牽了紅馬走回村子，只見遍地折弓斷箭，人馬屍骸枕藉，偶而有幾個受傷未死的士兵發出幾聲慘呼。他久經戰陣，見慣死傷，但這時想起自己身世，不禁感慨良多。悄悄回到石屋，在屋外側耳聽去，寂無人聲，再從門縫向內張望，屋中早已無人。推門入內前後察看，周伯通、歐陽鋒、裘千仞三人早已不知去向。

他呆立半晌，上馬東行。小紅馬奔跑迅速，不久就追上了成吉思汗的大軍。

此時花剌子模各城或降或破，數十萬雄師如土崩瓦裂。花剌子模國王摩訶末素來傲慢暴虐，眾叛親離之餘，帶了一羣殘兵敗將，狼狽西遁。成吉思汗令大將速不台與哲別統帶兩個萬人隊窮追，自己率領大軍班師。速不台與哲別直追到今日莫斯科以西、第聶伯河畔基輔城附近，大破俄羅斯和欽察聯軍數十萬人，將投降的基輔大公及十一個俄羅斯王公盡數以車轅壓死。這一戰史稱「迦勒迦河之役」，俄羅斯大片草原自此長期呻吟於蒙古軍鐵蹄之下。摩訶末日暮途窮，後來病死於裏海中的一個荒島之上。

成吉思汗那日在撒麻爾罕城忽然不見了郭靖，甚是憂急，擔心他孤身落單，死於亂軍之中，見他歸來，不禁大喜。華箏公主自是更加歡喜。

丘處機隨大軍東歸，一路上力勸大汗愛民少殺。成吉思汗雖然和他話不投機，但知他是有道之士，也不便過拂其意，因是戰亂之中，百姓憑丘處機一言而全活的不計其數。

花剌子模與蒙古相距數萬里，成吉思汗大軍東還，歷時甚久，回到斡難河畔後大宴祝捷，休養士卒。丘處機與魯有腳等丐幫幫眾分別辭別南歸。又過數月，眼見金風肅殺，士飽馬騰，成吉思汗又興南征之念，這一日大集諸將，計議伐金。

郭靖自黃蓉死後，忽忽神傷，長自一個兒騎著小紅馬，攜了雙鵰，在蒙古草原上信步漫遊，癡癡呆呆，每常接連數日不說一句話。華箏公主溫言勸慰，他就似沒有聽見。眾人得悉情由，知他心中悲苦，無人敢提婚姻之事。成吉思汗忙於籌劃伐金，自也無暇理會。這日在大汗金帳之中計議南征，諸將各獻策略，郭靖卻始終不發一言。

成吉思汗遣退諸將，獨自在山岡上沉思了半天，次日傳下將令，遣兵三路伐金。其時他長子朮赤、次子察合台均在西方統轄新征服的諸國，是以伐金的中路軍由三子窩闊台統率，左軍由四子拖雷統率，右軍由郭靖統率。

成吉思汗宣召三軍統帥進帳，命親衛暫避，對窩闊台、拖雷、郭靖三人道：「金國精兵都在潼關，南據連山、北限大河，難以遽破。諸將所獻方策雖各有見地，但正面強攻，不免曠日持久。現下我蒙古和大宋聯盟，最妙之策，莫如借道宋境，自唐州、鄧州進兵，直擣金國都城大梁。」

窩闊台、拖雷、郭靖三人聽到此處，同時跳了起來，互相擁抱，大叫：「妙計！」成吉思汗向郭靖微笑道：「你善能用兵，深得我心。我問你，攻下大梁之後怎樣？」郭靖沉思良久，搖頭道：「不攻大梁。」

窩闊台與拖雷明明聽父王說直擣大梁，怎地郭靖卻又說不攻，心下疑惑，一齊怔怔的望著他。成吉思汗仍是臉露微笑，問道：「不攻大梁便怎樣？」郭靖道：「既不是攻，也不是不攻；是攻而不攻，不攻而攻。」這幾句話把窩闊台與拖雷聽得更加胡塗了。成吉思汗笑道：「『攻而不攻，不攻而攻。』這八個字說得很好，你跟兩位兄長說說明白。」

郭靖道：「我猜測大汗用兵之策，是佯攻金都，殲敵城下。大梁乃金國皇帝所居之地，可是駐兵不多，一見我師迫近，金國自當從潼關急調精兵回師相救。中華的兵法上說：『卷甲而趨，日夜不處，倍道兼行，百里而爭利，則擒三將軍。勁者先，疲者後，其法十一而至。』百里疾趨，士卒尚且只能趕到十分之一。從潼關到大梁，千里赴援，精兵銳卒，十停中到不了一停，加之人馬疲敝，雖至而弗能戰。我軍以逸待勞，必可大破金兵。金國精銳盡此一役而潰，大梁不攻自下。若是強攻大梁，急切難拔，反易腹背受敵。」

成吉思汗拊掌大笑，叫道：「說得好，說得好！」取出一幅圖來，攤在案上，三人看後，無不大為驚異。

原來那是一幅大梁附近的地圖，圖上畫著敵我兩軍的行軍路線，如何拊敵之背，攻敵腹心，如何誘敵自潼關勞師遠來，如何乘敵之疲，聚殲城下，竟與郭靖所說的全無二致。窩闊台與拖雷瞧瞧父王，又瞧瞧郭靖，都是又驚又佩。郭靖心下欽服，尋思：「我從武穆遺書學得用兵的法子，也不算希奇。大汗不識字不讀書，卻是天生的英明。」

成吉思汗道：「這番南征，破金可必。這裏有三個錦囊，各人收執一個，待攻破大梁之後，你們三人在大金皇帝的金鑾殿上聚會，共同開拆，依計行事。」說著從懷裏取出錦囊，每人交付一個。郭靖接過一看，見囊口用火漆密封，漆上蓋了大汗的印章。成吉思汗又道：「未入大梁，不得擅自開拆。啓囊之前，三人相互檢驗囊口有無破損。」三人一齊拜道：「大汗之命，豈敢有違？」

成吉思汗問郭靖道：「你平日行事極為遲鈍，何以用兵卻又如此機敏？」郭靖當下將熟讀武穆遺書之事說了。成吉思汗問起岳飛的故事，郭靖將岳飛如何在朱仙鎮大破金兵、金兵如何稱他為「岳爺爺」、如何說「撼山易，撼岳家軍難」等語一一述說。成吉思汗不語，背著手在帳中走來走去，嘆道：「恨不早生百年，與這位英雄交一交手。今日世間，能有誰是我敵手？」言下竟是大有寂寞之意。

郭靖從金帳辭出，想起連日軍務倥偬，未與母親相見，明日誓師南征，以報大宋歷朝世仇，今日這一日該當陪伴母親了，當下走向母親營帳。卻見帳中衣物俱已搬走，只賸下一名老軍看守，一問之下，原來他母親李氏奉了大汗之命，已遷往另一座營帳。

郭靖問明所在，走向彼處，見那座營帳比平時所居的大了數倍，揭帳進內，不由得吃了一驚，只見帳內金碧輝煌，花團錦簇，盡是蒙古軍從各處掠奪來的珍貴寶物。華箏公主陪著李萍，正在閒談郭靖幼年時的趣事。她見郭靖進來，微笑著站起迎接。

郭靖道：「媽，這許多東西那裏來的？」李萍道：「大汗說你西征立了大功，特地賞你的。其實咱們清寒慣了，那用得著這許多物事？」郭靖點點頭，見帳內又多了八名服侍母親的婢女，都是大軍擄來的女奴。

三個人說了一會閒話，華箏告辭出去。她想郭靖明日又有遠行，今日跟她必當有許多話說，那知她在帳外候了半日，郭靖竟不出來。

李萍道：「靖兒，公主定是在外邊等你，你也出去和她說一會話兒。」郭靖答應了一聲，卻坐著不動。李萍嘆道：「咱們在北國一住二十年，雖然多承大汗眷顧，我卻是想家得緊。但願你此去滅了金國，母子倆早日回歸故鄉。咱倆就在牛家村你爹爹的舊居住下，你也不是貪圖榮華富貴之人，這北邊再也休來了。只是公主之事，卻不知該當如何，這中間實有許多難處。」

郭靖道：「孩兒當日早跟公主明言，蓉兒既死，孩兒是終生不娶的了。」李萍嘆道：「公主或能見諒，但我推念大汗之意，卻是甚為躭心。」郭靖道：「大汗怎樣？」李萍道：「這幾日大汗忽然對咱娘兒優遇無比，金銀珠寶，賞賜無數。雖說是酬你西征之功，但我在漠北二十年，大汗性情，頗有所知，看來此中另有別情。」郭靖道：「媽，你瞧是甚麼事？」李萍道：「我是女流之輩，有甚高見？只是細細想來，大汗是要逼咱們做甚麼事。」郭靖道：「嗯，他定是要我和公主成親。」李萍道：「成親是件美事，大汗多半不知你心中不願，也不須相逼。我看啊，你統率大軍南征，大汗是怕你忽起異心叛他。」郭靖搖頭道：「我無意富貴，大汗深知。我叛他作甚？」

李萍道：「我想到一法，或可探知大汗之意。你說我懷念故鄉，欲與你一同南歸，你去稟告大汗，瞧他有何話說。」郭靖喜道：「媽，你怎麼不早說？咱們共歸故鄉，那是何等美事，大汗定然允准。」他掀帳出來，不見華箏，想是她等得不耐煩，已怏怏離去。

郭靖去了半晌，垂頭喪氣的回來。李萍道：「大汗不准，是不是？」郭靖道：「這個我可不懂啦，大汗定要留你在這兒幹甚麼？」李萍默然。郭靖道：「大汗說，待破金之後，讓我再奉母回鄉，那時衣錦榮歸，豈非光采得多？我說母親思鄉情切，但盼早日南歸。大汗忽有怒色，只是搖頭不准。」

李萍沉吟道：「大汗今日還跟你說了些甚麼？」郭靖將大汗在帳中指點方略、傳交錦囊等情說了。李萍道：「唉，若是你二師父和蓉兒在世，定能猜測得出。只恨我是個蠢笨的鄉下女子，只越想越是不安，卻又不知為了何事。」

郭靖將錦囊拿在手裏玩弄，道：「大汗授這錦囊給我之時，臉上神色頗為異樣，只怕與此有關也未可知。」李萍接過錦囊，細細檢視，隨即遣開侍婢，說道：「拆開來瞧瞧。」郭靖驚道：「不！破了火漆上金印，那可犯了死罪。」李萍笑道：「臨安府織錦之術，天下馳名。你媽媽是臨安人，自幼學得此法。又何須弄損火漆，只消挑破錦囊，回頭織補歸原，決無絲毫破綻。」郭靖大喜。李萍取過細針，輕輕挑開錦緞上的絲絡，從縫中取出一張紙來，母子倆攤開一看，面面相覷，不由得都是身上涼了半截。

原來紙上寫的是成吉思汗一道密令，命窩闊台、拖雷、郭靖三軍破金之後，立即移師南向，以迅雷不及掩耳手段攻破臨安，滅了宋朝，自此天下一統於蒙古。密令中又說，郭靖若能建此大功，必當裂土封王，不吝重賞，但若懷有異心，窩闊台與拖雷已奉有令旨，立即將其斬首，其母亦必凌遲處死。

郭靖呆了半晌，方道：「媽，若不是你破囊見此密令，我母子性命不保。想我是大宋之人，豈能賣國求榮？」李萍道：「為今之計，該當如何？」郭靖道：「媽，你老人家只好辛苦些，咱倆連夜逃回南邊去。」李萍道：「正是，你快去收拾，可別洩露了形跡。」

郭靖點頭，回到自己帳中，取了隨身衣物，除小紅馬外，又挑選八匹駿馬。若是大汗點兵追趕，便可和母親輪換乘坐，以節馬力，易於脫逃。

他於大汗所賜金珠一介不取，連同那柄虎頭金刀都留在帳中，除下元帥服色，換上了尋常皮裘。他自幼生長大漠，今日一去，永不再回，心中不禁難過，對著居住日久的舊帳篷怔怔的出了會神，眼見天色已黑，又回母親帳來。

掀開帳門，心中突的一跳，只見地下橫著兩個包裹，母親卻已不在。郭靖叫了兩聲：「媽！」不聞應聲，心中微感不妙，待要出帳去找。突然帳門開處，光火耀眼，大將赤老溫站在帳門外叫道：「大汗宣召金刀駙馬！」他身後軍士無數，均是手執長矛。郭靖見此情勢，心中大急，若憑武功強衝，料那赤老溫攔阻不住，但尋思：「母親既已被大汗擒去，我豈能一人逃生？」當下跟著赤老溫走向金帳。只見帳外排列著大汗的兩千名箭筒衛士，手執長矛大戟，隊伍遠遠伸展出去。赤老溫道：「大汗有令將你綁縛。這可要得罪了，駙馬爺莫怪。」郭靖點點頭，反手就縛，走進帳中。

帳內燃著數十枝牛油巨燭，照耀有如白晝。成吉思汗虎起了臉，猛力在案上一拍，叫道：「我待你不薄，自小將你養大，又將愛女許你為妻。小賊，你膽敢叛我？」

郭靖見那隻拆開了的錦囊放在大汗案上，知道今日已是有死無生，昂然道：「我是大宋臣民，豈能聽你號令，攻打自己邦國？」成吉思汗聽他出言挺撞，更是惱怒，喝道：「推出去斬了。」郭靖雙手被粗索牢牢綁著，八名刀斧手舉刀守在身旁，無法反抗，大叫：「你與大宋聯盟攻金，中途背棄盟約，言而無信，算甚麼英雄？」成吉思汗大怒，飛腳踢翻金案，喝道：「待我破了金國，與趙宋之盟約已然完成。那時南下攻宋，豈是背約？快快斬了！」諸將雖多與郭靖交好，但見大汗狂怒，都不敢求情。郭靖更不打話，大踏步出帳。

忽見拖雷騎馬從草原上急奔而來，大叫：「刀下留人！」他上身赤裸，下身套著一條皮褲，想是睡夢中得到訊息，趕來求情。他直闖進帳，叫道：「父王，郭靖安答立有大功，曾救你救我性命，雖犯死罪，不可處斬。」成吉思汗想起郭靖之功，叫道：「帶回來。」刀斧手將郭靖押回。

成吉思汗沉吟半晌，道：「你心念趙宋，有何好處？你曾跟我說過岳飛之事，他如此盡忠報國，到頭來仍被處死。你為我平了趙宋，我今日當著眾人之前，答應封你為宋王，讓你統御南朝江山。」郭靖道：「我非敢背叛大汗。但若要我賣國求榮，雖受千刀萬箭，亦不能奉命。」成吉思汗道：「帶他母親來。」兩名親兵押著李萍從帳後出來。

郭靖見了母親，叫道：「媽！」走上兩步，刀斧手舉刀攔住。郭靖心想：「此事只我母子二人得知，不知如何洩漏。」

成吉思汗道：「若能依我之言，你母子俱享尊榮，否則先將你母親一刀兩段，這可是你害的。你害死母親，先做不孝之人。」郭靖聽了他這幾句話，只嚇得心膽俱裂，垂頭沉思，不知如何是好。

拖雷勸道：「安答，你自小生長蒙古，就與蒙古人一般無異。趙宋貪官勾結金人，害死你的父親，逼得你母親無家可歸。若非父王收留，你焉有今日？你我兄弟情深義重，我不能累你做個不孝之人，盼你回心轉意，遵奉大汗令旨。」

郭靖望著母親，就欲出口答應，但想起母親平日的教誨，又想起西域各國為蒙古征服後百姓家破人亡的慘狀，實是左右為難。

成吉思汗一雙老虎般的眼睛凝望著他，等他說話。金帳中數百人默無聲息，目光全都集於郭靖身上。郭靖道：「我……」走上一步，卻又說不下去了。

李萍忽道：「大汗，只怕這孩子一時想不明白，待我勸勸他如何？」成吉思汗大喜，連說：「好，你快勸他。」李萍走上前去，拉著郭靖臂膀，走到金帳的角落，兩人一齊坐下。

李萍將兒子摟在懷裏，輕輕說道：「二十年前，我在臨安府牛家村，身上有了你這孩子。一天大雪，丘處機丘道長與你爹結識，贈了兩把匕首，一把給你爹，一把給你楊叔父。」一面說，一面從郭靖懷中取出那柄匕首，指著柄上「郭靖」兩字，說道：「丘道長給你取名郭靖，給楊叔父的孩子取名楊康，你可知是甚麼意思？」郭靖道：「丘道長是叫我們不可忘了靖康之恥。」李萍道：「是啊。楊家那孩子認賊作父，落得個身敗名裂，那也不用多說了，只可惜楊叔父一世豪傑，身後子孫卻玷汚了他的英名。」嘆了口氣，又道：「想我當年忍辱蒙垢，在北國苦寒之地將你養大，所為何來？難道為的是要養大一個賣國奸賊，好叫你父在黃泉之下痛心疾首麼？」郭靖叫了聲：「媽！」眼淚從面頰上流了下來。

李萍說的是漢語，成吉思汗與拖雷、諸將都不知她語中之意，但見郭靖流淚，只道李萍貪生怕死，已將兒子說動，均各暗喜。

李萍又道：「人生百年，轉眼即過，生死又有甚麼大不了？只要一生行事無愧於心，也就不枉了在這人世走一遭。若是別人負了我們，也不必念他過惡。你記著我的話罷！」她凝目向郭靖望了良久，臉上神色極是溫柔，說道：「孩子，你好好照顧自己罷！」說著舉起匕首割斷他手上繩索，隨即轉過劍尖，刺入自己胸膛。

郭靖雙手脫縛，急來搶奪，但那匕首鋒銳異常，早已直沒至柄。成吉思汗吃了一驚，叫道：「快拿！」那八名刀斧手不敢傷害駙馬，拋下手中兵刃，縱身撲上。

郭靖傷痛已極，抱起母親，一個掃堂腿，兩名刀斧手飛跌出去。他左肘後挺，撞正在一名刀斧手胸口，格的一響，肋骨斷折。諸將大呼，猱身齊上。郭靖急撲後帳，左手扯住帳幕用力拉扯，將半座金帳拉倒，罩在諸將頭上。混亂之中，他抱起母親直奔而出。

但聽得號角急吹，將士紛紛上馬追來。郭靖哭叫數聲：「媽！」不聽母親答應，探她鼻息，早已斷氣。他抱著母親屍身在黑暗中向前急闖，但聽四下裏人喊馬嘶，火把如繁星般亮了起來。他慌不擇路的奔了一陣，眼見東南西北都是蒙古的將士，他縱然神勇，但孤身一人，如何能敵十多萬蒙古的精兵？若是騎在小紅馬背上，憑著寶馬腳力或能遠遁，現下抱了母親的屍身步行，那是萬難脫險了。

他一言不發，邁步疾奔，心想只要能奔到懸崖之下，施展輕功爬上崖去，蒙古兵將雖多，卻無人能爬得上來，當可暫且避得一時，再尋脫身之計。正奔之間，忽聽前面喊聲大振，一彪軍馬衝到，火光中看得明白，當先一員大將紅臉白鬚，正是開國四傑之一的赤老溫。郭靖側身避開赤老溫砍來的一刀，不轉身奔逃，反而直衝入陣。蒙古兵齊聲大呼。

郭靖左手前伸，拉住一名什長右腿，同時右足一點，人已縱起。他翻身騎上馬背，放穩母親屍身，隨手將那什長摔在馬下，搶過他手中長矛。上馬、放母、摔敵、搶矛，四件事一氣呵成，此時如虎添翼，雙腿一挾，搖動長矛，從陣後直衝了出去。赤老溫大聲發令，揮軍自後追來。

敵陣雖已衝出，但縱馬所向，卻與懸崖所在恰恰相反，越奔相距越遠。該當縱馬南逃，還是先上懸崖？心下計議未定，大將博爾忽又已領軍殺到。此時成吉思汗暴跳如雷，傳下將令，務須將郭靖活捉。大隊人馬一層一層的圍上，更有數千軍馬遠遠向南奔馳，先行布好陣勢，防他逃逸。

郭靖衝出博爾忽所領的千人隊，衣上馬上，全是斑斑血跡。若不是大汗下令必須活捉，蒙古兵將不敢放箭，廝殺時又均容讓三分，否則郭靖縱然神勇，又怎能突出重圍？他手上只覺母親身子已然冰冷，強行忍淚，縱馬南行。後面追兵漸遠，但天色也已明亮。身處蒙古腹地，離中土萬里，匹馬單槍，如何能擺脫追兵，逃歸故鄉？

行不多時，前面塵土飛揚，一彪軍馬衝來，郭靖忙勒馬向東。但那坐騎衝殺了半夜，已然支持不住，忽地前腿跪倒，再也無力站起。是時情勢危急已極，但他仍是不肯捨卻母親屍身，當下左手抱母，右手持矛，反身迎敵。

眼見軍馬奔近，煙塵中颼颼聲響，一箭飛來，正中長矛。這一箭勁道猛極，郭靖只覺手中長矛一震，矛頭竟被射斷。接著又是一箭射向前胸。郭靖拋開長矛，伸手接住，卻見那箭箭頭已然折去。他一怔之下，抬起頭來，只見一名將軍勒住部屬，單騎過來，正是當年教他箭法的神箭將軍哲別。郭靖叫道：「師父，你來拿我回去麼？」哲別道：「正是。」

郭靖心想：「反正今日難脫重圍，與其為別人所擒，不如將這場功勞送給師父。」便道：「好，讓我先葬了母親。」四下一望，見左首有個土岡，抱著母親走上岡去，用斷矛掘了個坑，把母親屍身放入，眼見匕首深陷胸口，他不忍拔出，跪下拜了幾拜，捧沙土掩上，想起母親一生勞苦，撫育自己成人，不意竟葬身於此，傷痛過甚，卻哭不出來。

哲別躍下馬來，跪在李萍墳前拜了四拜，將身上箭壺、鐵弓、長槍，盡數交給郭靖，又牽過自己坐騎，把馬韁塞在他手裏，說道：「你去罷，咱們只怕再也不能相見了。」郭靖愕然，叫道：「師父！」哲別道：「當年你捨命救我，難道我不是男子漢大丈夫，就不會捨命救你？」郭靖道：「師父，你干犯大汗軍令，為禍不小。」哲別道：「想我東征西討，立下不少汗馬功勞。大汗最多打我軍棍，不至砍頭。你快快去罷。」郭靖猶自遲疑。哲別道：「我只怕部屬不聽號令，這番帶來的都是你的西征舊部。你且過去問問，他們肯不肯貪圖富貴拿你？」

郭靖牽著馬走近，眾軍一齊下馬，拜伏在地，叫道：「小人恭送將軍南歸。」郭靖舉目望去，果然盡是曾隨他出死入生、衝鋒陷陣的舊部將士，心下感動，說道：「我得罪大汗，當受嚴刑。你們放我逃生，若是大汗知道，必受重罰。」眾軍道：「將軍待我等恩義如山，不敢有負。」郭靖嘆了口氣，舉手向眾軍道別，持槍上馬。

正要縱馬而行，忽然前面塵頭起處，又有一路軍馬過來。哲別、郭靖與眾軍盡皆變色。哲別心道：「我拚受重責，放走郭靖，但若與本軍廝殺，那可是公然反叛了。」叫道：「郭靖快走！」只聽前軍中發喊：「莫傷了駙馬爺。」眾人一怔，只見來軍奔近，打著四王子的旗號。

煙塵中拖雷快馬馳來，倏忽即至，原來騎的是郭靖的小紅馬。他策馬馳近，翻身下馬，說道：「安答，你沒受傷麼？」郭靖道：「沒有。哲別師父正要擒我去見大汗。」他故意替哲別掩飾，以免成吉思汗知曉內情。

拖雷向哲別橫了一眼，說道：「安答，你騎了這小紅馬快去罷。」又將一個包袱放在鞍上，道：「這裏是黃金千兩，你我兄弟後會有期。」

豪傑之士，當此時此情，也不須多言。郭靖翻身上了小紅馬馬背，說道：「你叫華箏妹子多多保重，另嫁他人，勿以我為念。」拖雷長嘆一聲，說道：「華箏妹子是永遠不肯另嫁別人的。我瞧她定會南下找你，那時我自當派人護送。」郭靖忙道：「不，不用來找我。且別說天下之大，難以找著，即令相逢，也只有徒增煩惱。」拖雷默然，兩人相顧無語。隔了半晌，拖雷道：「走罷，我送你一程。」

兩人並騎南馳，直行出了三十餘里。郭靖道：「安答，送君千里，終須一別，你請回罷！」拖雷道：「我再送你一程。」又行十餘里，兩人下馬互拜，灑淚而別。

拖雷眼望著郭靖的背影漸行漸小，在大漠中縮成一個黑點，終於消失，悵望南天，悄立良久，這才鬱鬱而回。

第三十九回

是非善惡

這是華山極險處之一，叫做「捨身崖」，
這一躍下去自是粉身碎骨。
黃蓉急忙縱前，
一把抓住郭靖背心衣衫，手上一使勁，
登足從他肩頭躍過，站在崖邊。

郭靖縱馬急馳數日，已離險地。緩緩南歸，天時日暖，青草日長，沿途兵革之餘，城破戶殘，屍骨滿路，所見所聞，盡是怵目驚心之事。一日在一座破亭中暫歇，見壁上題著幾行字道：「唐人詩云：『水自潺潺日自斜，盡無鷄犬有鳴鴉。千村萬落如寒食，不見人煙盡見花。』我中原錦繡河山，竟成胡虜鏖戰之場。生民塗炭，猶甚於此詩所云矣。」郭靖瞧著這幾行字怔怔出神，悲從中來，不禁淚下。

他茫茫漫遊，不知該赴何處，只一年之間，母親、黃蓉、恩師，世上最親厚之人，一個個的棄世而逝。歐陽鋒害死恩師與黃蓉，原該去找他報仇，但一想到「報仇」二字，花刺子模屠城的慘狀立即湧上心頭，自忖父仇雖復，卻害死了這許多無辜百姓，心下如何能安？看來這報仇之事，未必就是對了。

諸般事端，在心頭紛至沓來：「我一生苦練武藝，練到現在，又怎樣呢？連母親和蓉兒都不能保，練了武藝又有何用？我一心要做好人，但到底能讓誰快樂了？母親、蓉兒因我而死，華箏妹子因我而終生苦惱，給我害苦了的人可著實不少。

「完顏洪烈、摩訶末他們自然是壞人。但成吉思汗呢？他殺了完顏洪烈，該說是好人了，卻又命令我去攻打大宋；他養我母子二十年，到頭來卻又逼死我的母親。

「我和楊康義結兄弟，然而兩人始終懷有異心。穆念慈姊姊是好人，為甚麼對楊康卻又死心塌地的相愛？拖雷安答和我情投意合，但若他領軍南攻，我是否要在戰場上與他兵戎相見，殺個你死我活？不，不，每個人都有母親，都是母親十月懷胎、辛辛苦苦的撫育長大，我怎能殺了別人的兒子，叫他母親傷心痛哭？他不忍心殺我，我也不忍心殺他。然而，難道就任由他來殺我大宋百姓？

「學武是為了打人殺人，看來我過去二十年全都錯了，我勤勤懇懇的苦學苦練，到頭來只有害人。早知如此，我一點武藝不會反而更好。如不學武，那麼做甚麼呢？我這個人活在世上，到底是為甚麼？以後數十年中，該當怎樣？活著好呢，還是早些死了？若是活著，此刻已是煩惱不盡，此後自必煩惱更多。要是早早死了，當初媽媽又何必生我？又何必這麼費心盡力的把我養大？」翻來覆去的想著，越想越是胡塗。

接連數日，他白天吃不下飯，晚上睡不著覺，在曠野中躑躅來去，儘是思索這些事情。又想：「母親與眾位恩師一向教我為人該當重義守信，因此我雖愛極蓉兒，但始終不背大汗婚約，結果不但連累母親與蓉兒枉死，大汗、拖雷、華箏他們，心中又那裏快樂了？江南七俠七位恩師與洪恩師都是俠義之士，竟沒一人能獲善果。歐陽鋒與裘千仞多行不義，卻又逍遙自在。世間到底有沒有天道天理？老天爺到底生不生眼睛？」

這日來到山東濟南府的一個小鎮，他在一家酒家中要了座頭，自飲悶酒，剛吃了三杯，忽然一條漢子奔進門來，指著他破口大罵：「賊韃子，害得我家破人亡，今日跟你拚了。」說著揮拳撲面打來。

郭靖吃了一驚，左手一翻，抓住他的手腕，輕輕一帶，那人一交俯跌下去，竟是絲毫不會武功。郭靖見無意之中將他摔得頭破血流，甚是歉仄，忙伸手扶起，說道：「大哥，你認錯人了！」那人哇哇大叫，只罵：「賊韃子！」門外又有十餘條漢子湧進店來，撲上來拳打足踢。郭靖這幾日來常覺武功禍人，打定主意不再跟人動手，兼之這些人既非相識，又不會武，只是一味蠻打，當下東閃西避，全不還招。但外面人眾越來越多，擠在小酒店裏，他身上終於還是吃了不少拳腳。

他正欲運勁推開眾人，闖出店去，忽聽得門外有人高聲叫道：「靖兒，你在這裏幹甚麼？」郭靖抬頭見那人身披道袍，長鬚飄飄，正是長春子丘處機，心中大喜，叫道：「丘道長，這些人不知為何打我。」丘處機雙臂向旁推擠，分開眾人，拉著郭靖出去。

眾人隨後喝打，但丘郭二人邁步疾行，郭靖呼哨招呼紅馬，片刻之間，兩人一馬已奔到曠野，將眾人拋得影蹤不見。郭靖將一眾市人無故聚毆之事說了。丘處機笑道：「你穿著蒙古人裝束，他們只道你是蒙古韃子。」接著說起，蒙古兵與金兵在山東一帶鏖戰，當地百姓久受金人之苦，初時出力相助蒙古，那知蒙古將士與金人一般殘虐，以暴易暴，燒殺擄掠，也是害得眾百姓苦不堪言。蒙古軍大隊經過，眾百姓不敢怎樣，但官兵只要落了單，往往被百姓打死。

丘處機又問：「你怎由得他們踢打？你瞧，鬧得身上這許多瘀腫。」郭靖長嘆一聲，將大汗密令南攻、逼死他母親等諸般情事一一說了。

丘處機驚道：「成吉思汗既有攻宋之計，咱們趕快南下，好叫朝廷早日防備。」郭靖搖頭道：「那有甚麼好處？結果只有打得雙方將士屍如山積，眾百姓家破人亡。」丘處機道：「若是宋朝亡了給蒙古，百姓可更加受苦無窮了。」郭靖道：「丘道長，我有許多事情想不通，要請你指點迷津。」丘處機牽著他手，走到一株槐樹下坐了，道：「你說罷！」

郭靖當下將這幾日來所想的是非難明、武學害人種種疑端說了，最後嘆道：「弟子立志終生不再與人爭鬥。恨不得將所學武功盡數忘卻，只是積習難返，適才一個不慎，又將人摔得頭破血流。」

丘處機搖頭道：「靖兒，你這就想得不對了。數十年前，武林秘笈九陰真經出世，江湖上豪傑不知有多少人為此而招致殺身之禍，後來華山論劍，我師重陽真人獨魁羣雄，奪得真經。他老人家本擬將之毀去，但後來說道：『水能載舟，亦能覆舟，是福是禍，端在人之為用。』終於將這部經書保全了下來。天下的文才武略、堅兵利器，無一不能造福於人，亦無一不能為禍於世。你只要一心為善，武功愈強愈好，何必將之忘卻？」

郭靖沉吟片刻，道：「道長之言雖然不錯，但想當今之世，江湖好漢都稱東邪、西毒、南帝、北丐四人武功最強。弟子仔細想來，武功要練到這四位前輩一般，固是千難萬難，但即令如此，於人於己又有甚麼好處？」

丘處機呆了一呆，說道：「黃藥師行為乖僻，雖然出自憤世嫉俗，心中實有難言之痛，但自行其是，從來不為旁人著想，我所不取。歐陽鋒作惡多端，那是不必說了。段皇爺慈和寬厚，若是君臨一方，原可造福百姓，可是他為了一己小小恩怨，就此遁世隱居，亦算不得是大仁大勇之人。只有洪七公洪幫主行俠仗義，扶危濟困，我對他才佩服得五體投地。華山二次論劍之期轉瞬即至，即令有人在武功上勝過洪幫主，可是天下豪傑之士，必奉洪幫主為當今武林中的第一人。」

郭靖聽到「華山論劍」四字，心中一凜，道：「我恩師的傷勢痊愈了麼？他老人家是否要赴華山之約？」丘處機道：「我從西域歸來後亦未見過洪幫主，但不論他是否出手，華山是定要去的。我也正為此而路過此地，你就隨我同去瞧瞧如何？」

郭靖這幾日心灰意懶，對這等爭霸決勝之事甚感厭煩，搖頭道：「弟子不去，請道長勿怪。」丘處機道：「你要到那裏去？」郭靖木然道：「弟子不知。走到那裏算那裏罷啦！」

丘處機見他神情頹喪，形容枯槁，宛似大病初愈，心中很是擔憂，雖然百般開導，郭靖總是搖頭不語。丘處機尋思：「他素來聽洪幫主的言語，他若去到華山，師徒相見，或能使他重行振作，好好做人。但怎能勸他西去？」忽然想起一事，說道：「靖兒，你想全盤忘卻已經學會了的武功，倒有一個法兒。」郭靖道：「當真？」丘處機道：「世上有一個人，他無意中學會了九陰真經中的上乘武功，但後來想起此事違背誓約，負人囑託，終於強行將這些功夫忘卻。你要學他榜樣，非去請教他不可。」

郭靖一躍而起，叫道：「對，周伯通周大哥。」隨即想起周伯通是丘處機的師叔，自己脫口而叫他大哥，豈非比丘處機還僭長一輩，不禁甚是尷尬。

丘處機微微一笑，說道：「周師叔向來也不跟我們分尊卑大小，你愛怎麼稱呼就怎麼稱呼，我毫不在乎。」郭靖道：「他在那裏？」丘處機道：「華山之會，周師叔定是要去的。」郭靖道：「好，那我隨道長上華山去。」

兩人行到前面市鎮，郭靖取出銀兩，替丘處機買了一匹坐騎。兩騎並轡西去，不一日來到華山腳下。

那華山在五嶽中稱為西嶽，古人以五嶽比喻五經，說華山如同「春秋」，主威嚴肅殺，天下名山之中，最是奇險無比。兩人來到華山南口的山蓀亭，只見亭旁生著十二株大龍籐，夭矯多節，枝幹中空，就如飛龍相似。郭靖見了這古籐枝幹騰空之勢，猛然想起了「飛龍在天」那一招來，只覺依據九陰真經的總綱，大可從這十二株大龍籐的姿態之中，創出十二路古拙雄偉的拳招出來。正自出神，忽然驚覺：「我只盼忘去已學的武功，如何又去另想新招、鑽研傷人殺人之法？我陷溺如此之深，實是不可救藥。」

忽聽丘處機道：「華山是我道家靈地，這十二株大龍籐，相傳是希夷先生陳摶老祖所植。」郭靖道：「陳摶老祖？那就是一睡經年不醒的仙長麼？」丘處機道：「陳摶老祖生於唐末，中歷梁唐晉漢周五代，每聞換朝改姓，總是愀然不樂，閉門高臥。世間傳他一睡經年，其實只是他憂心天下紛擾，百姓受苦，不願出門而已。及聞宋太祖登基，卻哈哈大笑，喜歡得從驢子背上掉了下來，說道天下從此太平了。宋太祖仁厚愛民，天下百姓確是得了他不少好處。」

郭靖道：「陳摶老祖若是生於今日，少不免又要窮年累月的閉門睡覺了。」丘處機長嘆一聲，說道：「蒙古雄起北方，蓄意南侵，宋朝君臣又昏庸若斯，眼見天下事已不可為。然我輩男兒，明知其不可亦當為之。希夷先生雖是高人，但為憂世而袖手高臥，卻大非仁人俠士的行徑。」郭靖默然。

兩人將坐騎留在山腳，緩步上山，經桃花坪，過希夷匣，登莎蘿坪，山道愈行愈險，上西玄門時已須援鐵索而登，兩人都是一身上乘輕功，自是頃刻即上。又行七里而至青坪，坪盡，山石如削，北壁下大石當路。丘處機道：「此石叫作回心石，再上去山道奇險，遊客至此，就該回頭了。」遠遠望見一個小小石亭。丘處機道：「這便是賭棋亭了。相傳宋太祖與希夷先生曾弈棋於此，將華山作為賭注，宋太祖輸了，從此華山上的土地就不須繳納錢糧。」郭靖道：「成吉思汗、花剌子模國王、大金大宋的皇帝他們，都似是以天下為賭注，大家下棋。」丘處機點頭道：「正是。靖兒，你近來潛思默念，頗有所見，已不是以前那般渾渾噩噩的一個傻小子了。」又道：「這些帝王元帥們以天下為賭注，輸了的不但輸去了江山，輸去了自己性命，可還害苦了天下百姓。」

再過千尺峽、百尺峽，行人須側身而過。郭靖心想：「若是有敵人在此忽施突擊，那可難以抵擋。」

心念方動，忽聽前面有人喝道：「丘處機，煙雨樓前饒你性命，又上華山作甚？」丘處機忙搶上數步，佔住峯側凹洞，這才抬頭，只見沙通天、彭連虎、靈智上人、侯通海等四人並排擋在山道盡頭。

丘處機上山之時，已想到此行必將遇到歐陽鋒、裘千仞等大敵，但周伯通、洪七公、郭靖等既然都至，也儘可敵得住，卻不料到沙通天等人竟也有膽上山。他站身之處雖略寬闊，地勢仍是極險，只要被敵人一擠，非墮入萬丈深谷不可，事當危急，不及多想，刷的一聲拔出長劍，一招「白虹經天」，猛向侯通海刺去，眼前四敵中以侯通海最弱，又已斷了一臂，這一劍正是攻敵之弱。侯通海見劍招凌厲，只得側身略避，單手舉三股叉招架。彭連虎的判官筆與靈智上人的銅鈸左右側擊，硬生生要將丘處機擠入谷底。

丘處機長劍與侯通海的三股叉一黏，勁透劍端，一借力，身子騰空而起，已從侯通海頭頂躍過。彭連虎與靈智上人的兵刃擊在山石之上，火花四濺。沙通天在王鐵槍廟中失去一臂，此刻臂傷已然痊愈，眼見師弟誤事，立施「移形換位」之術，要想擋在丘處機之前。只見丘處機劍光閃閃，疾刺數招。沙通天身子一晃沒擋住，已被他急步搶前。沙彭兩人高聲呼喝，隨後追去。丘處機回劍擋架數招，靈智上人揮鈸而上。三般兵刃，綿綿急攻。

眼見丘處機情勢危急，郭靖本當上前救援，但總覺與人動武是件極大壞事，見雙方鬥得猛烈，甚覺煩惡，當下轉過頭不看，攀籐附葛，竟從別處下山。他信步而行，內心兩個念頭不住交戰：「該當前去相助丘道長？還是當真從此不與人動武？」

他越想越是胡塗，尋思：「丘道長若被彭連虎等害死，豈非全是我的不是？但如上前相助，將彭連虎等擊下山谷，又到底該是不該？」他越行越遠，終於不聞兵刃相接之聲，獨自倚在石上，呆呆出神。

過了良久，忽聽身旁松樹後簌的一響，一人從樹後探出身來。郭靖轉過身來，見那人白髮紅臉，原來是參仙老怪梁子翁，當下也不理會，仍是苦苦思索。梁子翁卻大吃一驚，知道郭靖武功大進，自己早已不是敵手，立即縮回，藏身樹後。躲了一會，見他並不追來，又見他失魂落魄，愁眉苦臉，不斷喃喃自語，似乎中邪著魔一般，心想：「今日這小子怎地這般怪模怪樣，且試他一試。」他不敢走近，拾起一塊石子向郭靖背後投去。郭靖聽到風聲，側身避過，仍是不理。

梁子翁膽子大了些，從樹後出來，走近幾步，輕聲叫道：「郭靖，你在這裏幹甚麼？」

郭靖道：「我在想，我用武功傷人，該是不該？」梁子翁一怔，隨即大喜，心想：「這小子當真傻得厲害。」又走近幾步，道：「傷人是大大惡事，自然不該。」郭靖道：「你也這麼想？我真盼能把學過的功夫盡數忘了。」

梁子翁見他眼望天邊出神，緩步走到他背後，柔聲道：「我也正在盡力要忘了自己的武功，待我助你一臂之力如何？」郭靖說道：「好啊，你說該當如何？」梁子翁道：「嗯，我有妙法。」雙手猛出，突以大擒拿手扣住了他後頸「天柱」和背心「神堂」兩大要穴。郭靖一怔之下，只感全身酸麻，已然無法動彈。梁子翁獰笑道：「我吸乾你身上鮮血，你就全然不會武功了。」一張口，已咬住郭靖咽喉，用力吮吸血液，心想自己辛苦養育的一條蝮蛇被這小子吸去了寶血，以致他武功日強，自己卻全無長進，不飲他的鮮血，難以補償。雖然事隔已久，蝮蛇寶血的功效未必尚在，卻也不必理會了。

這一下變生不測，郭靖只感頸中劇痛，眼前金星亂冒，急忙運勁掙扎，可是兩大要穴被敵人狠狠拿住，全身竟使不出半點勁力。但見梁子翁雙目滿布紅絲，臉色狠惡之極，咬住自己頭頸，越咬越狠，只要喉管被他咬斷，那裏還有性命？情急之下，再無餘暇思索與人動武是否應當，立即使出「易筋鍛骨篇」中的功夫，一股真氣從丹田中衝上，猛向「天柱」「神堂」兩穴撞去。

梁子翁雙手抓得極緊，那知對方穴道中忽有一股力量自內外鑠，但覺兩手虎口大震，不由自主的滑了下來。郭靖低頭聳肩，腰脇使力，梁子翁立足不住，身子突從郭靖背上甩了過去，慘呼聲中，直墮入萬丈深谷之中，這慘呼聲山谷鳴響，四下回音愈傳愈多，愈傳愈亂，郭靖聽了不由得毛骨悚然。

直過好半晌，他驚魂方定，撫著頸中創口，才想起無意中又以武功殺了一人，但想：「我若不殺他，他必殺我。我殺他若是不該，他殺我難道就該了麼？」探頭往谷底望去，山谷深不見底，參仙老怪已不知葬身何處。

郭靖坐在石上，撕下衣襟包住頸中創傷，忽聽鐸、鐸、鐸，數聲斷續，一個怪物從山後轉了出來。他嚇了一跳，定睛看時，原來是一個人。只是這人頭下腳上的倒立而行，雙手各持一塊圓石，以手代足，那鐸、鐸、鐸之聲就是他手中圓石與山道撞擊而發出。郭靖詫異萬分，蹲下身子去瞧那人面貌，驚奇更甚，這怪人竟是西毒歐陽鋒。

他適才受到襲擊，見歐陽鋒這般裝神弄鬼，心想定有詭計，當下退後兩步，嚴神提防。只見歐陽鋒雙臂先彎後挺，躍到一塊石上，以頭頂地，雙臂緊貼身子兩側，筆直倒立，竟似殭屍一般。郭靖好奇心起，叫道：「歐陽先生，你在幹甚麼？」歐陽鋒不答，似乎渾沒聽到他的問話。郭靖又退後數步，離得遠遠的，左掌揚起護身，防他忽出怪招，這才細看動靜。

過了一盞茶時分，歐陽鋒只是倒立不動。郭靖欲知原委，苦於他全身上下顛倒，不易查看他的臉色，當下雙足分開，低頭從自己胯下倒望下去，只見歐陽鋒滿頭大汗，臉上神色痛苦異常，似是在修習一項怪異內功，突然之間，他雙臂平張，向外伸出，身子就如一個大陀螺轉將起來，越轉越快，但聽呼呼聲響，衫袖生風。

郭靖心道：「他果然是在練功，這門武功倒轉身子來練，可古怪得緊。」但想修習這等上乘內功最易受外邪所侵，蓋因其時精力內聚，對外來侵害無絲毫抗禦之力，是以修習時若不是有武功高強的師友在旁照料，便須躲於僻靜所在，以免不測。但歐陽鋒獨自在此修習，似乎無人防護，實是大出於意料之外。眼下是華山二次論劍之期，高手雲集，人人對他極為相忌，即令善自防護，尚不免招人暗算，怎敢如是大膽，在這處所獨自練功？當此之時，別說高手出招加害，只要一個尋常壯漢上前一拳一腳，他也非遭重傷不可。眼見歐陽鋒如肉在俎，靜候宰割，郭靖心想此時再不報仇，更待何時？只是他適才殺了梁子翁，心下正大有自咎之意，走上兩步後便即站定，竟然下不了殺手。

歐陽鋒轉了約莫一盞茶功夫，漸漸緩了下來，終於不動，僵直倒立片刻，然後雙手抓起圓石撐地，又是鐸、鐸、鐸的從原路回去。郭靖好奇心起，要瞧他走向何處，這倒立而轉又是甚麼奇妙功夫，當下悄悄跟隨在後。

歐陽鋒以手行走，竟然不慢於雙腳，上山登峯，愈行愈高。郭靖跟著他一路上山，來到一座青翠秀冶的峯前，只見他走到一個山洞之前，停下不動。

郭靖躲在一塊大石後面，忽聽歐陽鋒厲聲喝道：「哈虎文砵英，星爾吉近，斯古耳。你解得不對，我練不妥當。」郭靖大奇，心想起初那三句明明是九陰真經總綱中的梵語，但與經中所載卻又有不同，一轉念，想起自己那日在海舟中被逼默經，受洪恩師之教故意默錯，這三句定是自己隨意所寫的了，卻不知他是在與誰說話？

只聽一個清脆的女子聲音自洞中傳出：「你功夫未到，自然不成，我又怎會解錯？」

郭靖一聽這聲音，險些兒驚呼出聲，卻不是他日夜感懷悼念的黃蓉是誰？難道她並未喪生大漠？難道此刻是在夢中，是在幻境？難道自己神魂顛倒，竟把聲音聽錯了？

歐陽鋒道：「我依你所說而練，絕無錯失，何以任脈與陽維脈竟爾不能倒轉？」那女子道：「火候不足，強求亦是枉然。」

這聲音明明白白是黃蓉，更無絲毫可疑，郭靖驚喜交集，身子搖晃，幾欲暈去，激奮之下，竟將頸中創口迸破，鮮血從包紮下的布片不絕滲出，卻全然不覺。

只聽歐陽鋒怒道：「明日正午，便是論劍之期，我怎等得及慢慢修習？快將全部經文盡數譯與我聽，不得推三阻四。」郭靖這才明白他所以干冒奇險修習內功，實因論劍之期迫在眉睫，無可延緩。

只聽黃蓉笑道：「你與我靖哥哥有約，他饒你三次不死，你就不能逼我，須得任我樂意之時方才教你。」郭靖聽她口中說出「我靖哥哥」四字，心中舒暢甜美，莫可名狀，恨不得縱起身來大叫大嚷，以抒快意。

歐陽鋒冷然道：「事機緊迫，縱然有約在先，今日之事也只好從權。」說著雙手一挺，一個觔斗，身子已然站立，抛下手中圓石，大踏步跨進洞去。黃蓉叫道：「不要臉，我偏不教你！」歐陽鋒連聲怪笑，低聲道：「我瞧你教是不教。」

只聽得黃蓉驚呼一聲「啊喲」，接著嗤的一聲響，似是衣衫破裂，當此之時，郭靖那裏還想到該不該與人動武，大叫：「蓉兒，我在這裏！」左掌護身，搶進山洞。

歐陽鋒左手抓住了黃蓉的竹棒，右手正要伸出去拿她左臂，黃蓉使一招「棒挑癩犬」，前伸斜掠，忽地將竹棒從他掌中奪出。歐陽鋒喝一聲采，待要接著搶攻，猛聽得郭靖在洞外

呼叫。他是武學大宗師，素不失信於人，此時為勢所逼，才不得不對黃蓉用強，忽然聽得郭

靖到來，不由得面紅過耳，料想他定會質問自己為何棄信背約，當下袍袖一拂，遮住臉面，

從郭靖身旁疾閃而過，出洞急竄，頃刻間人影不見。

郭靖奔過去握住黃蓉雙手，叫道：「蓉兒，真想死我了！」心中激動，不由得全身發顫。

黃蓉兩手一甩，冷冷的道：「你是誰？拉我幹麼？」郭靖一怔，道：「我……我是郭靖

啊。你……你沒有死，我……我……」黃蓉道：「我不識得你！」逕自出洞。郭靖趕上去連

連作揖，求道：「蓉兒，蓉兒，你聽我說！」黃蓉哼了一聲，道：「蓉兒的名字，是你叫得

的麼？你是我甚麼人？」郭靖張大了口，一時答不出話來。

黃蓉向他看了一眼，見他身形枯槁，容色憔悴，心中忽有不忍之意，但隨即想起他累次

背棄自己，恨恨啐了一口，邁步向前。

郭靖大急，拉住她的衣袖道：「你聽我說一句話。」黃蓉道：「說罷！」郭靖道：「我

在流沙中見到你的金環貂裘，只道你……」黃蓉道：「你要我聽一句話，我已經聽到啦！」

衣袖往裏一奪，轉身便行。

郭靖又窘又急，見她決絕異常，生怕從此再也見不著她，但實不知該當說些甚麼話方能

表明自己心意，見她衣袂飄飄，一路上山，只得悶聲不響的跟隨在後。

黃蓉乍與郭靖相遇，心情也是激盪之極，回想自己在流沙中拋棄金環貂裘，引開歐陽鋒

的追蹤，從西域東歸，萬念俱灰，獨個兒孤苦伶仃，只想回桃花島去和父親相聚，在山東卻

又生了場大病。病中無人照料，更是淒苦，病榻上想到郭靖的薄情負義，真恨父母不該將自

己生在世上，以致受盡這許多苦楚煎熬。待得病好，在魯南卻又給歐陽鋒追到，被逼隨來華山，譯解經文。回首前塵，盡是恨事，卻聽得郭靖的腳步一聲聲緊跟在後。

她走得快，郭靖跟得快，走得慢，郭靖也跟得慢。她走了一陣，忽地回身，大聲道：「你跟著我幹麼？」郭靖道：「我永遠要跟著你，一輩子也不離開的了。」

黃蓉冷笑道：「你是大汗的駙馬爺，跟著我這窮丫頭幹麼？」郭靖道：「大汗害死了我母親，我怎能再做他駙馬？」黃蓉大怒，一張俏臉兒脹得通紅，道：「好啊，我道你當真還記著我一點兒，原來是給大汗攆了出來，當不成駙馬，才又來找我這窮丫頭。難道我是低三下四之人，任你這麼欺侮的麼？」說到這裏不禁氣極而泣。

郭靖見她流淚，更是手足無措，欲待說幾句辯白之言、慰藉之辭，卻不知如何啓齒，呆了半晌，才道：「蓉兒，我在這裏，你要打要殺，全憑你就是。」

黃蓉淒然道：「我幹麼要打你殺你？算咱們白結識了一場，求求你，別跟著我啦。」郭靖見她始終不肯相諒，臉色蒼白，叫道：「你要怎麼，才信我對你的心意？」黃蓉道：「今日你跟我好了，明兒甚麼華箏妹子、華箏姊姊一來，又將我拋在腦後。除非你眼下死了，我才信你的話。」

郭靖胸中熱血上湧，一點頭，轉過身子，大踏步就往崖邊走去。這正是華山極險處之一，叫做「捨身崖」，這一躍下去自是粉身碎骨。黃蓉知他性子戇直，只怕說幹就幹，急忙縱前，一把抓住他背心衣衫，手上一使勁，登足從他肩頭躍過，站在崖邊，又氣又急，流淚道：「好，我知道你一點也不體惜我。我隨口說一句氣話，你也不肯輕易放過。跟你說，你不用這般惱我，乾跪永不見我面就是。」

她身子發顫，臉色雪白，憑虛凌空的站在崖邊，就似一枝白茶花在風中微微晃動。郭靖當時管不住自己，憑著一股蠻勁，真要湧身往崖下跳落，這會兒卻又怕她失足滑下，忙道：「你站進來些。」

黃蓉聽他關懷自己，不禁愈是心酸，哭道：「誰要你假情假意的說這些話？我在山東生病，沒一個人理會，那時你就不來瞧我？我給歐陽鋒那老賊撞到了，使盡心機也逃不脫他掌握，你又不來救我？我媽不要我，她撇下我自顧自死了。我爹不要我，他也沒來找我。你自然更加不要我啦！這世上沒一個人要我，沒一個人疼我！」說著連連頓足，放聲大哭，這些日子來的孤苦傷心，至此方得盡情一洩。

郭靖心中萬般憐愛，但覺她說得句句不錯，越聽越是惱恨自己。一陣風來，黃蓉只覺身上一寒，縮了一縮。郭靖解下外衣，正要給她披上，忽聽崖邊大喝道：「誰這麼大膽，竟敢欺侮咱們黃姑娘？」只見一人白鬚長髮，從崖邊轉了上來，卻是老頑童周伯通。

郭靖只是凝望著黃蓉，是誰來了，全不理會。黃蓉心中正沒好氣，喝道：「老頑童，我叫你去殺裘千仞，人頭呢？」周伯通嘻嘻一笑，沒法交代，只怕她出言怪責，要想個法兒哄她歡喜，說道：「黃姑娘，誰惹你惱啦？老頑童替你出氣。」黃蓉向郭靖一指道：「不是他是誰？」

周伯通一意要討好黃蓉，更不打話，反手一記，順手一記，拍拍兩下，重重的打了郭靖兩個耳光。郭靖正當神不守舍之際，毫沒防備，老頑童出手又重，只感眼前一黑，雙頰立時紅腫。周伯通道：「黃姑娘，夠了麼？若是不夠，我給你再打。」

黃蓉見郭靖兩邊面頰上都腫起了五個紅紅的指印，滿腔怒意登時化為愛憐，愛憐之情又轉為對周伯通大感惱怒，嗔道：「我自生他的氣，又關你甚麼事？誰叫你出手打人了？我叫你去殺裘千仞，幹麼你不聽我吩咐？」

周伯通伸出了舌頭，縮不回來，尋思：「原來老頑童拍馬屁拍在馬腳上。」正自狼狽，忽聽身後崖邊兵刃聲響，隱隱夾著呼叱之聲，心想此時不溜，更待何時？當即叫道：「多半是裘千仞那老兒來了，我這就去殺他。」語音甫畢，已一溜煙的奔到了崖後。

若是裘千仞當真趕到，周伯通避之惟恐不及，那敢前去招惹？那日他與裘千仞、歐陽鋒、郭靖三人在西域石屋中盲目瞎戰，郭靖與歐陽鋒先後脫身，裘千仞終於也俟機衝了出去。周伯通仍是緊追不捨。裘千仞被他迫得筋疲力盡，恚恨交迸，心想自己是武林大幫的幫主，竟然遭此羞辱，只盼尋個痛快法兒自戕而死，免得落入他的手中慘遭荼毒，一眼瞥見沙石裏盤著幾條毒蛇。他知道這類蛇劇毒無比，只要被咬中一口，立時全身麻木，死得最無痛苦，當即抓起一條，伸指揑住毒蛇七寸，叫道：「周伯通老賊，你好！」正要將蛇口放向自己手腕，那知周伯通生平怕極了蛇，大叫一聲，轉身便逃。

裘千仞一怔，過了半晌，方始會意他原來怕蛇。這一來，局面立時逆轉，裘千仞左手再捉了一條蛇，大喊大叫，隨後趕來。周伯通嚇得心膽俱裂，發足狂奔。裘千仞號稱「鐵掌水上飄」，輕身功夫還在他之上，若非對他心有忌憚，不敢過份逼近，早已追上。兩人一逃一追，鬧到天黑，周伯通才得乘機脫身。裘千仞這番追趕其實也是以進為退，心中只有暗暗好笑，卻不敢當真追逐。第二日周伯通搶到一匹駿馬，加鞭東歸，只怕給裘千仞追上了。

黃蓉見周伯通溜走，向郭靖凝望一會，嘆了口氣，低下頭不再言語。郭靖叫了聲「蓉兒！」黃蓉輕輕「嗯」了一聲。郭靖欲待說幾句謝罪告饒的話，但自知笨拙，生怕一句話說錯了，卻又惹得她生氣。兩人迎風而立，黃蓉忽然打了個噴嚏。郭靖本已解下外衣，當即給她披在身上。黃蓉低下了頭，只不理會。

猛聽得周伯通哈哈大笑，大叫：「妙極，妙極！」黃蓉伸出手來，握住了郭靖的手，低聲道：「靖哥哥，咱們瞧瞧去。」郭靖喜極而涕，說不出話來。黃蓉伸衣袖給他抹去淚水，笑道：「臉上又是眼淚，又是手指印，人家還道我把你打哭了呢。」

這麼盈盈一笑，兩人方始言歸於好，經此變故，情意卻又轉而深了一層。

兩人手拉著手轉過山崖，只見周伯通抱腹翹足，大是得意。丘處機按劍侍立在旁。沙通天、彭連虎、靈智上人、侯通海四人或持兵器撲擊，或縮身退避，神態各不相同，但都似泥塑木彫般動也不動，原來均被周伯通點中了穴道。

周伯通道：「那時我推下身上泥垢，做成丸藥給你們服下，你們這幾個臭賊倒也鬼機靈，瞧出無毒，竟然不聽你爺爺的話，哼哼，今日怎麼樣了？」他雖將這四人制住，但一時卻也想不出處置之法，見靖蓉二人過來，說道：「黃姑娘，這四個臭賊我送給你罷！」

黃蓉道：「我要來有甚麼用？哼，你不想殺人，又不想放人，捉住了臭賊卻沒法使喚，你叫我三聲好姊姊，我就教你一個乖。」周伯通大喜，連叫三聲：「好姊姊！」每叫一聲，又加上一個揖。黃蓉抿嘴一笑，指著彭連虎道：「你搜他身上。」周伯通依言搜檢，從彭連虎身上搜出一枚上生毒針的指環，兩瓶解藥。黃蓉道：「他曾用這針刺你師姪馬鈺，你在他們身上刺幾下罷。」

彭連虎等耳中聽得清清楚楚，只嚇得魂不附體，苦於穴道被點，動彈不得，但覺身上連連劇痛，各自已被周伯通刺了幾下。

黃蓉道：「解藥在你手裏，你叫他們幹甚麼，瞧他們敢不敢違抗？」周伯通大喜，側頭一想，從身上又推下許多污垢，將解藥倒在裏面，搓成一顆顆小丸，交給丘處機道：「你押這四個臭賊，到終南山重陽宮去幽禁二十年。他們路上若是乖乖的，就給一丸我的靈丹妙藥，否則讓他們毒發罷，這叫做自作自受，不用慈悲！」丘處機躬身答應。黃蓉笑道：「老頑童，你這幾句話倒說得入情入理，一年不見，你大有長進了啊！」

周伯通甚是得意，將彭連虎等人穴道解了，說道：「你們到重陽宮去，給我安安穩穩的住上二十年，若是誠心改過，日後還可做個好人。倘若仍不學好，哼哼，我全真教的道爺們個個是殺人不眨眼、抽筋不皺眉的老手，將你這四個臭賊做成人肉丸子，大家分來吃了，瞧你們還作得成甚麼怪？」彭連虎等那敢多說，諾諾連聲。丘處機忍住了笑，向周伯通行禮作別，仗劍押著四人下山。

黃蓉笑道：「老頑童，你幾時學會教訓別人了？前面的話倒還有理，到後來可越說越不成話啦。」

周伯通仰天大笑，忽見左側高峯上白光閃動，顯是兵刃為日光所映，叫道：「咦，那是甚麼？」靖蓉二人抬起頭來，閃光卻已不見。周伯通只怕黃蓉追問他裘千仞之事，說道：

「我去瞧瞧。」健步如飛，搶上峯去。

靖蓉二人都有滿腹言語要說，當下找了一個山洞，互訴別來之情。這一說直說到日落西山，意猶未盡。郭靖背囊中帶著乾糧，取出來分與黃蓉。

她邊吃邊笑，說道：「歐陽鋒那老賊逼我教他九陰真經，你那篇經文本就寫得顛三倒四，我給他再胡亂一解，他信以為真，已苦練了幾個月。我說這上乘功夫要顛倒來練，他果真頭下腳上的練功，強自運氣叫周身經脈逆行。這廝本領也當真不小，已把陰維、陽維、陰蹻、陽蹻四脈練得順逆自如。若是他全身經脈都逆行起來，不知會怎生模樣？」說著格格而笑。郭靖也笑道：「怪不得我見他顛倒行路，這功夫可不易練。」

黃蓉道：「你到華山來，想是要爭那『武功天下第一』的名號了？」郭靖道：「蓉兒，你怎麼又來取笑？我是要向周大哥請教一個法子，怎生將已會的武功盡數忘卻。」當下將這些日來自己所思各節一一說了。

黃蓉側過頭想了一陣，道：「唉，忘了也好。咱倆武功越練越強，心中卻越來越不快活，反不如小時候甚麼也不會，倒是沒牽沒掛，無憂無慮。」她那想到一個人年紀大了，總有許多煩惱，有許多愁苦，與武功高低，殊不相干。她又道：「聽歐陽鋒說，明日是論劍之期，我爹爹定要上山，你既不想爭這第一，那麼咱們怎生想個法兒，助我爹爹獨冠羣雄。」郭靖道：「蓉兒，非是我不聽你言語，但我想洪恩師為人，實是勝過了你爹爹。」

黃蓉本來與他偎倚在一起，聽他說自己爹爹不好，一怒將他推開。郭靖一呆，黃蓉忽然笑道：「嗯，洪恩師待咱倆原也不錯。這樣罷，咱倆誰也幫，好不好？」郭靖道：「你爹爹與洪恩師都是光明磊落的君子，若知咱們暗中設法相助，反不喜歡。」黃蓉道：「好啊，我起心弄鬼，那就是奸惡小人了？」說著板起了臉。郭靖道：「糟糕，我這蠢才，就淨是說錯話，又惹你生氣。」不由得滿臉惶恐之色。

黃蓉噗哧一笑，道：「往後我不知要生你多少氣呢。」郭靖不解，搔頭呆望著她。黃蓉道：「若是你當真不再拋了我，咱倆以後在一起的日子才長呢。我真想不出你會有多少傻話要說。」郭靖大喜，握住她的雙手，連說：「我怎麼會拋了你？我怎麼會？」黃蓉道：「人家公主不要你，你自然只好要我這窮丫頭啦。」

郭靖給黃蓉這一語引動了心事，想起母親慘死大漠，黯然不語。此時新月初上，銀光似水，照在兩人身上。黃蓉見他臉色有異，知道自己也說錯了話，忙岔開話題道：「靖哥哥，過去的事誰也別提啦。我跟你在一起，心中喜歡得緊呢。我讓你親親我的臉，好不？」

郭靖臉上一紅，竟不敢去親她。黃蓉嫣然一笑，自覺不好意思，又轉換話題，說道：「你說明日論劍，誰能得勝？」郭靖道：「那真難說得緊，不知一燈大師來不來？」黃蓉道：「大師出家遁世，與人無爭，決不會來搶這個虛名兒。」郭靖點頭道：「我也這麼想。你爹爹、洪恩師、周大哥、裘千仞、歐陽鋒五人，個個有獨擅技藝。但不知洪恩師是否已全然康復？是否武功如昔？」說著蹙然有憂。黃蓉道：「按理說，原是老頑童武功最強，但若他不使九陰真經上的功夫，卻又不及另外四人了。」

兩人談談說說，黃蓉漸感疲倦，倚在郭靖懷中睡著了。郭靖正也有矇矓之意，忽聽腳步聲響，兩個黑影一前一後的從崖後急奔而出。

那二人衣襟帶風，奔跑得極是迅捷，看那身形步法，前一人是老頑童周伯通，後面追的竟是裘千仞。郭靖不知裘千仞用毒蛇威嚇取勝，不禁大奇，心想在西域時裘千仞被周大哥逼得亡命而逃，怎麼現下反其道而行之？輕推黃蓉，在她耳邊低聲道：「你瞧！」

黃蓉抬起頭來，月光下只見周伯通東奔西竄，始終不敢站定身子，聽他叫道：「姓裘的老賊，我在這兒伏下捉蛇的幫手，你還不快逃！」裘千仞笑道：「你當我是三歲孩兒？」周伯通大叫：「郭兄弟，黃姑娘，快來助我。」郭靖待要躍出，黃蓉倚在他的懷裏，輕聲道：「別動！」

周伯通轉了幾個圈子，不見靖蓉二人出來，叫道：「臭小子，鬼丫頭，再不出來，我可要罵你們十八代祖宗啦。」黃蓉站起身子，笑道：「我偏不出來，你有本事就罵。」周伯通見裘千仞雙手各握一條昂頭吐舌的毒蛇，嚇得腳都軟了，央求道：「黃姑娘，快來，快來，我罵自己周家十八代祖宗如何？」

裘千仞見靖蓉二人候在一邊，心中暗暗吃驚，尋思須得乘早溜走，否則這三人合力，自己決討不了好去，一到明日正午，那是單打獨鬥的爭雄賭勝，就不怕他們了，當下雙足一點，猛竄而前，舉起毒蛇往周伯通臉上挨去。

周伯通揮袖急擋，向旁閃避，突然間頭頂一聲輕響，只覺頸中一下冰涼，一個活東西從衣領中鑽到了背後，在衣服內亂蹦亂跳，又滑又膩。這一下他嚇得魂不附體，大叫：「死啦，死啦！」又不敢伸手到衣內去將毒蛇掏出來，只是狂奔翻躍，忽覺那蛇似乎在背心上咬了一口，心想這番再也沒命了，全身發麻，委頓在地。靖蓉兩人大驚，一齊飛步來救。

裘千仞見周伯通突然狼狽不堪，大感詫異，正要尋路下山，猛見樹叢中走出一個黑影，冷冷的道：「裘老賊，今日你再也逃不走啦。」這人背向月光，面目無法看清，裘千仞心中一凜，喝道：「你是誰？」

周伯通迷迷糊糊的縮在地下，只道正在走向陰曹地府，忽覺一人扶起了他，說道：「周老爺子，別怕，那不是蛇。」周伯通一楞，急忙站起，只覺背上那冰冷之物又在亂跳，不禁尖聲狂呼：「又在咬我啦，是蛇，是蛇！」那人道：「是金娃娃，不是蛇。」

這時靖蓉二人已看清那人容貌，卻是一燈大師座下漁樵耕讀四大弟子之一的漁人，只見他伸手探入周伯通頸後衣領，抓了一條金娃娃出來。原來他在華山山溪中見到一對金娃娃，捉住了放在懷中，卻給一條溜了出來，爬上了樹，無巧不巧，正好跌入了周伯通衣領。那金娃娃其實不會咬人，可是周伯通一心念著毒蛇，認定這冰涼滑膩之物在自己背心猛咬射毒，若是那漁人再遲來一步，只怕他要嚇得暈過去了。

周伯通睜開眼來，見到那漁人，此時驚魂未定，只覺眼前之人曾經見過，卻想不起是誰，一回頭，猛見裘千仞不住倒退，一個黑影正向他慢慢逼近。周伯通微一定神，只驚得魂飛魄散，看清楚這黑影正是大理國皇宮中的劉貴妃瑛姑。

裘千仞本以為當今之世，只周伯通的武功高過自己，若以毒蛇將他驚走，次日比武，大有獨魁羣雄之望，不料在這論劍前夕瑛姑斗然出現。那日青龍灘上，他曾見她發瘋蠻打，心想若被這瘋婆抓住，大敵環伺在旁，定然性命不保，只聽她嘶啞著嗓子叫道：「還我兒子的命來！」裘千仞心中一凜，暗想當年自己喬裝改扮，夜入皇宮傷她孩子，原意是要段皇爺耗費功力，那知他竟忍心不加救治，只是不知怎的被她窺破了真相？當下強笑道：「瘋婆子，你儘纏著我幹麼？」

瑛姑叫道：「還我兒子的命來！」裘千仞道：「甚麼兒子不兒子？你兒子喪命，跟我有甚相干？」瑛姑道：「哼，那晚上我沒瞧見你面貌，可記得你的笑聲。你再笑一下！笑啊，笑啊！」

裘千仞見她雙手伸出，隨時能撲上來抱住自己，當下又退了兩步，突然身子微側，左掌在右掌上一拍，右掌斜飛而出，直擊瑛姑小腹。這是他鐵掌功的十三絕招之一，叫作「陰陽歸一」，最是猛惡無比。瑛姑知道厲害，正要用泥鰍功化開，那知敵招來得奇快，自己腳步尚未移動，他手掌距身已不及半尺。

瑛姑心中一痛，自知報仇無望，拚著受他這一掌，縱上去要抱著他身子滾下山谷去同歸於盡，忽然間一股拳風從耳畔擦過，竟是刮面如刀。裘千仞這一掌未及打實，急忙縮回手臂，架開了從旁襲來的一拳，怒道：「老頑童，你又來啦。」卻是周伯通見瑛姑勢危，施展九陰真經中的上乘功夫，解開了他這鐵掌絕招。

周伯通不敢直視瑛姑，背向著她，說道：「瑛姑，你不是這老兒的對手，快快走罷。我去也！」正欲飛奔下山，瑛姑叫道：「周伯通，你怎不給你兒子報仇？」周伯通一楞，道：「甚麼，我的兒子？」瑛姑道：「正是，殺你兒子的，就是這裘千仞。」

周伯通尚不知自己與瑛姑歡好數日，竟已生下一子，心中迷迷糊糊，一時難解，回過頭來，卻見瑛姑身旁多了數人，除郭靖、黃蓉外，一燈大師與他四弟子都站在自己背後。

此時裘千仞離崖邊已不及三尺，眼見身前個個都是勁敵，形勢之險，實是生平未遇，當下雙掌一拍，昂然道：「我上華山，為的是爭武功天下第一的名號。哼哼，你們竟想合力傷我，好先去了一個勁敵，這等奸惡行徑，虧你們幹得出來。」

周伯通心想這廝的話倒也有幾分在理，說道：「好，那麼待明日論劍之後，再取你的狗命。」瑛姑卻厲聲叫道：「死冤家，我怎能等到明日？」黃蓉也道：「老頑童，跟信義之人講信義，跟奸詐之人就講奸詐。現下是擺明了幾個打他一個，瞧他又怎奈何得咱們？」

裘千仞臉色慘白，眼見凶多吉少，忽然間情急智生，叫道：「你們憑甚麼殺我？」那書生道：「你作惡多端，人人得而誅之。」裘千仞仰天打個哈哈，說道：「若論動武，你們恃眾欺寡，我獨個兒不是對手。可是說到是非善惡，嘿嘿，裘千仞孤身在此，那一位生平沒殺過人、沒犯過惡行的，就請上來動手。在下引頸就死，皺一皺眉頭的也不算好漢子。」

一燈大師長嘆一聲，首先退後，盤膝低頭而坐。各人給裘千仞這句話擠兌住了，分別想到自己一生之中所犯的過失。漁樵耕讀四人當年在大理國為大臣時都曾殺過人，雖說是秉公行事，但終不免有所差錯。周伯通與瑛姑對望一眼，想起生平恨事，各自內心有愧。郭靖西征之時戰陣中殺人不少，本就在自恨自咎。黃蓉想起近年來累得父親擔憂，大是不孝，至於欺騙作弄別人之事，更是屈指難數。

裘千仞幾句話將眾人說得啞口無言，心想良機莫失，大踏步向郭靖走去。眼見他側身避讓，裘千仞足上使勁，正要竄出，突然山石後飛出一根竹棒，迎面劈到。

這一棒來得突兀之極，裘千仞左掌飛起，正待翻腕帶住棒端，那知這棒連戳三下，竟在霎時之間分點他胸口三處大穴。裘千仞大驚，但見竹棒來勢如風，擋無可擋，閃無可閃，只得又退回崖邊。山石後一條黑影身隨棒至，站在當地。郭靖黃蓉齊叫：「師父！」正是九指神丐洪七公到了。

裘千仞罵道：「臭叫化，你也來多事。論劍之期還沒到啊。」洪七公道：「我是來鋤奸，誰跟你論劍？」裘千仞道：「好，大英雄大俠士，我是奸徒，你是從來沒作過壞事的大大好人。」洪七公道：「不錯。老叫化一生殺過二百三十一人，這二百三十一人個個都是惡徒，若非貪官污吏、土豪惡霸，就是大奸巨惡、負義薄倖之輩。老叫化貪飲貪食，可是生平從來沒殺過一個好人。裘千仞，你是第二百三十二人！」

這番話大義凜然，裘千仞聽了不禁氣為之奪。

洪七公又道：「裘千仞，你鐵掌幫上代幫主上官劍南何等英雄，一生盡忠報國，死而後已。你師父又何嘗不是一條鐵錚錚的好漢子？你接你師父當了幫主，卻去與金人勾結，通敵賣國，死了有何面目去見上官幫主和你師父？你上得華山來，妄想爭那武功天下第一的榮號，莫說你武功未必能獨魁羣雄，縱然是當世無敵，天下英雄能服你這賣國奸徒麼？」

這番話只把裘千仞聽得如癡如呆，數十年來往事，一一湧向心頭，想起師父素日的教誨，後來自己接任鐵掌幫幫主，師父在病榻上傳授幫規遺訓，諄諄告誡該當如何愛國為民，那知自己年歲漸長，武功漸強，越來越與本幫當日忠義報國、殺敵禦侮的宗旨相違。陷溺漸深，幫眾流品日濫，忠義之輩潔身引去，奸惡之徒蠭聚羣集，竟把大好一個鐵掌幫變成了藏垢納污、為非作歹的盜窟邪藪。一抬頭，只見明月在天，低下頭來，見洪七公一對眸子凜然生威的盯住自己，猛然間天良發現，但覺一生行事，無一而非傷天害理，不禁全身冷汗如雨，嘆道：「洪幫主，你教訓得是。」轉過身來，湧身便往崖下躍去。

洪七公手持竹棒，只防他羞愧之餘，忽施突擊，此人武功非同小可，這一出手必是極厲害的絕招，萬料不到他竟會忽圖自盡。正自錯愕，忽然身旁灰影一閃，一燈大師身子已移到了崖邊，他本來盤膝而坐，這時仍然盤膝坐著，左臂伸出，攬住裘千仞雙腳，硬生生將他拉了回來。說道：「善哉，善哉！苦海無邊，回頭是岸，你既已痛悔前非，重新為人尚自不遲。」

裘千仞放聲大哭，向一燈跪倒，心中有千言萬語，卻一句也說不出來。瑛姑見他背向自己，正是復仇良機，從懷中取出利刃，猛往他背心插落。

周伯通道：「且慢！」伸手在她手腕上一架。瑛姑大怒，厲聲道：「你幹甚麼？」周伯通自她出現，一直膽戰心驚，被她這麼迎面一喝，叫聲：「啊喲！」轉身急向山下奔去。瑛姑道：「你到那裏去？」隨後趕來。周伯通大叫：「我肚子痛，要拉屎。」瑛姑微微一怔，不加理會，仍是發足急追。周伯通大驚，又叫：「啊喲，不好啦。我褲子上全是屎，臭死啦，你別來。」瑛姑尋了他二十年，心想這次再給他走脫，此後再無相見之期，不理他拉屎是真是假，只是追趕。周伯通聽得腳步聲近，嚇得魂飛天外，本來他口叫拉屎是假，只盼將瑛姑嚇得不敢走近，自己就可乘機溜走，那知惶急之下，大叫一聲，當真是屎尿齊流。

郭靖與黃蓉見這對冤家越奔越遠，終於先後轉過了山崖，均感好笑，回過頭來，只見一燈大師在裘千仞耳邊低聲說話，裘千仞不住點頭。一燈說了良久，站起身來，道：「走罷！」靖蓉二人急忙上前拜見，又與漁樵耕讀四人點首為禮。

一燈伸手撫了撫兩人頭頂，臉現笑容，神色甚是慈祥，向洪七公道：「七兄，故人無恙，英風勝昔，又收得兩位賢徒，當真可喜可賀。」洪七公躬身道：「大師安好。」一燈微笑道：「山高水長，後會有期。」雙手合什行了一禮，轉身便走。洪七公叫道：「明日論劍啊，大師怎麼就走了？」

一燈轉過身來，笑道：「想老衲乃方外閒人，怎敢再與天下英雄比肩爭先？老衲今日來此，為的是要化解這一場糾纏二十年的冤孽，幸喜功德圓滿。七兄，當世豪傑捨你更有其誰？你又何必自謙？」說著又合什行禮，攜著裘千仞的手，逕自下山去了。大理四大弟子齊向洪七公躬身下拜，跟著師父而去。

那書生經過黃蓉身邊，見她暈生雙頰、喜透眉間，笑吟道：「隰有萇楚，猗儺其枝！」黃蓉聽他取笑自己，也吟道：「鷄棲於塒，日之夕矣。」那書生哈哈大笑，一揖而別。

郭靖聽得莫名其妙，問道：「蓉兒，這又是甚麼梵語麼？」黃蓉笑道：「不，這是詩經上的話。」郭靖聽說他們是對答詩文，也就不再追問。黃蓉笑吟吟的瞧著他，心想：「這位狀元公倒也聰明，猜到了我的心事。他引的那兩句詩經，下面有『樂子之無知，樂子之無家，樂子之無室』三句，本是少女愛慕一個未婚男子的情歌，用在靖哥哥身上，倒也十分合適，說他這冒冒失失的傻小子，還沒成家娶妻，我很是歡喜。」想到此處，突然輕輕叫聲：「啊喲！」郭靖忙問：「怎麼？」黃蓉微笑道：「我引這兩句詩經，下面接著是『羊牛下來，羊牛下括』，說是時候不早，羊與牛下山坡回羊圈、牛欄去啦，本是罵狀元公為牲畜。但這可將一燈大師也一併罵進去啦！」

郭靖也不去理會她這些不打緊的機鋒嘲謔，心中只是想著適才洪七公斥罵裘千仞的一番言語，這些日來苦惱他折磨他的重重疑團，由此片言而解，豁然有悟：「師父說他生平殺過二百三十一人，但這二百三十一人個個都是惡徒。只要不殺錯一個好人，那就是問心無愧。瞧師父指斥裘千仞之時，何等神威凜凜。這裘千仞的武功未必就在師父之下，只因邪不勝正，氣勢先就沮了。只要我將一身武功用於仗義為善，又何須將功夫拋棄忘卻？」這番道理其實極是平易淺白，丘處機也曾跟他說過，只是他對丘處機並不如何信服，而他隨成吉思汗西征，眼見屠戮之慘，戰陣之酷，生民之苦，母親又慘死刀下，心中對刀兵征戰大是憎惡，方有這番苦思默想。但經此一反一覆，他為善之心卻是更堅一層了。

靖蓉二人上前拜見師父，互道別來之情。原來洪七公隨黃藥師同赴桃花島養傷，以九陰真經總綱中所載上乘內功自通經脈，經半年而內傷痊愈，又半年而神功盡復。黃藥師因掛念女兒，待他傷勢一愈，即行北上尋女。洪七公反而離島較遲，他日前曾與魯有腳相遇，因而於靖蓉二人之事已得知大略。

三人談了一陣，郭靖道：「師父，你休息一會罷，天將破曉，待會論劍比武，用勁必多。」洪七公笑道：「我年紀越老，好勝之心卻是越強，想到即將與東邪西毒過招，心中竟然惴惴不安，說來大是好笑。蓉兒，你爹爹近年來武功大進，你倒猜猜，待會比武，你爹爹和你師父兩人，到底是誰強誰弱？」

黃蓉道：「您老人家的武功和我爹爹向來難分上下，可是現下你會了九陰神功，我爹爹怎麼還是你的對手？待會見到爹爹，我就跟他說乾脆別比了，早些兒回桃花島是正經。」

洪七公聽她語氣之中有些古怪，微一沉吟，已明白了她心意，哈哈大笑，說道：「你不用跟我繞彎兒說話，九陰神功是你們倆的，你就是不激我，老叫化也不會老著臉皮使將出來。待會和黃老邪比武，我只用原來的武功就是。」

黃蓉正要他說這句話，笑道：「師父，若是你輸在我爹爹手裏，我燒一百樣菜肴給你吃，教你贏了固然喜歡，輸了卻也開心。」洪七公吞了一口饞涎，哼了一聲，道：「你這女孩兒心地不好，又是激將，又是行賄，刁鑽古怪，一心就盼自己爹爹得勝。」

黃蓉一笑，尚未答話，洪七公忽然站起身來，指著黃蓉身後叫道：「老毒物，你到得好早啊！」

郭靖與黃蓉急忙躍起，站在洪七公身旁，回過頭來，只見歐陽鋒高高的身軀站在當地。他悄沒聲的忽爾掩至，兩人竟沒知覺，都是大為駭異。

第四十回

華山論劍

成吉思汗取下鐵胎畫弓，扣上長箭，對著雌鵰射去。雌鵰側過身子，左翼一掃，竟將長箭撲落。雄鵰大怒，一聲長唳，向成吉思汗頭頂撲擊下來。

歐陽鋒冷冷的道：「早到早比，遲到遲比。老叫化，你今日跟我是比武決勝呢，還是性命相拚？」洪七公道：「既賭勝負，亦決死生，你下手不必容情。」歐陽鋒道：「好！」他左手本來放在背後，突然甩將出來，手裏握著蛇杖，將杖尾在山石上重重一登，道：「就在這兒呢，還是換個寬敞的所在？」

洪七公尚未回答，黃蓉接口道：「華山比武不好，還是到船裏去比。」洪七公一怔，問道：「甚麼？」黃蓉道：「好讓歐陽先生再來一次恩將仇報、背後襲擊啊！」洪七公哈哈大笑，道：「上一次當，學一次乖，你別指望老叫化再能饒你。」

歐陽鋒聽黃蓉出口譏嘲，卻是絲毫不動聲色，雙腿微曲，杖交右手，左掌緩緩運起蛤蟆功的勁力。

黃蓉將打狗棒交給洪七公，說道：「師父，打狗棒加九陰神功，跟這老奸賊動手，不必講甚麼仁義道德。」洪七公心想：「單憑我原來武功，要勝他原極不易，待會尚要與黃老邪比武，若與老毒物打得筋疲力盡，就不能敵黃老邪了。」當下點了點頭，接過打狗棒，左一招「打草驚蛇」，右一招「撥草尋蛇」，分攻兩側。

歐陽鋒與他對敵數次，從未見他使過打狗棒法，當日在大海火船中性命相搏，情勢緊迫，洪七公卻也一直未用。歐陽鋒曾見黃蓉使這棒法時招數精奇，早就不敢小視了，這時見洪七公兩招打出，棒夾風聲，果然非同小可。當下蛇杖抖處，擋左避右，直攻敵人中宮。他的蛇杖已失落兩次，現下手中所持的是第三次新製，杖上人頭彫得更是詭奇可怖，只是兩條怪蛇雖然毒性無異，但馴養未久，臨敵之時卻不如最初那兩條這般熟習靈動。

洪七公當日背心被他怪蛇咬中，又受他狠力一掌，險些送命，直養了將近兩年方始康復。那是他一生從所未有之大敗，亦是從所未遇之奇險，此仇豈可不報？當下運棒成風，奮力進攻。

兩人第一次華山論劍，爭的是榮名與九陰真經；第二次在桃花島過招，是為了郭靖與歐陽克爭婚；那均是只決勝負，不關生死。第三次海上相鬥，生死只隔一線，但洪七公手下尚自容讓；現下第四次惡戰，才是各出全力，再無半點留情。兩人均知對方年齒雖增，武功卻只有較前更是狠辣，只要自己稍有疏神，中了對方一招半式，難免命喪當地。

兩人翻翻滾滾的鬥了兩百餘招，忽然月亮隱沒，天色轉黑。這是黎明之前的昏黯不明，轉瞬隨即破曉。兩人生怕黑暗中著了對方毒手，只是嚴守門戶，不敢搶攻。

郭靖與黃蓉不禁擔心，踏上數步，若是洪七公有甚差失，立即出手相助。郭靖眼裏瞧著二人惡鬥，心中思潮起伏：「這二人都是當今一等一的高手，可是一個行俠仗義，一個恃強為惡，可見武功本身並無善惡，端在人之為用。行善則武功愈強愈善，肆惡則愈強愈惡。」一到後來天色陰暗，兩人招式已瞧不清楚，但聞兵刃破空和竄撲呼喝之聲，不禁心中怦怦亂跳，暗想：「師父因運功療傷，躭誤了兩年進修。高手功勁原本差不得分毫，這一進一退，莫要由此而輸在歐陽鋒的手裏。若是如此，當初實不該三次相饒。」他又想起丘處機曾解說「信義」兩字，該分大信大義與小信小義之別，若是因全一己的小信小義而虧大節，那就算不得是信義了。想到此處，熱血上湧，心道：「雖然師父與他言明單打獨鬥，但若他害了師父，從此橫行天下，卻不知有多少好人要傷在他的手裏。我從前不明『信義』二字的真意，以致做了不少胡塗事出來。」當下心意已決，雙掌一錯，就要上前相助。

忽聽黃蓉叫道：「歐陽鋒，我靖哥哥和你擊掌相約，饒你三次不死，那知你仍是恃強欺我。你言而無信，尚不及武林中一個無名小卒，怎有臉來爭武功天下第一的名號？」

歐陽鋒一生惡行幹了不計其數，可是說出話來始終說一是一，說二是二，從無反悔，生平也一直以此自負，若非事勢迫切，他決不致違約強逼黃蓉，此時與洪七公鬥得正緊，忽聽她提起此事，不禁耳根子發燒，心神大亂，出杖稍偏，險些被打狗棒戳中。

黃蓉又叫道：「你號稱西毒，行事奸詐原也不在話下，可是要一個後生小輩饒你三次不死，已經丟盡了臉面，居然還對後輩食言，真叫江湖上好漢笑歪了嘴巴。歐陽鋒啊歐陽鋒，有一件事，普天下當真無人及得上你老人家，那就是不要臉天下第一！」

歐陽鋒大怒，但隨即想到這是黃蓉的詭計，有意要引得自己氣惱慚愧，只要內力運轉微有不純，立時便敗在洪七公手下，於是便給她來個聽而不聞。那知黃蓉越罵越是刁鑽古怪，武林中許多出名的壞事與他本來全無干係，卻都栽在他的名下。給她這麼東拉西扯的一陣胡說，似乎普天下就只他一個歹人，世間千千萬萬椿惡事皆是他一人所作所為。倘若單是說他大做陰毒壞事，歐陽鋒本來也不在乎，可是黃蓉數說他做的盡是江湖上諸般不入流的下三濫勾當，說見他向靈智上人苦苦哀求，又叫沙通天做「親叔叔」，硬要拜彭連虎為「乾爹」，為的是乞求一張毒藥的秘方，種種肉麻無恥，匪夷所思；曾聽得他一再向完顏洪烈自薦，要做他的親兵隊長，得以每晚在趙王府中守夜。至於郭靖在西域如何饒他三次不死，如何從流沙中將他拉出來，更是加上了十倍油鹽醬醋，說得他不堪已極。

初時歐陽鋒尚能忍耐，到後來聽得她有些話實在太過不近情理，忍不住反駁幾句。不料黃蓉正是要惹他與自己鬥口，越加的跟他歪纏胡鬧。這麼一來，歐陽鋒拳腳兵刃是在與洪七公惡鬥，與黃蓉卻另有一場口舌之爭，說到費心勞神，與黃蓉的鬥口似猶在與洪七公角力之上。

又過半晌，歐陽鋒心智漸感不支，心想：「我若再不使九陰真經的功夫，定然難以取勝。」他雖未能依照黃蓉所說將全身經脈逆轉，但修習了半年，憑著武學淵深，內功渾厚，竟爾已有小成，當下蛇杖揮動，忽變怪招。洪七公吃了一驚，凝神接戰。

黃蓉叫道：「源思英兒，巴巴西洛著，雪陸文兵。」歐陽鋒一怔：「這幾句話是甚麼意思？」他那知黃蓉全是在信口胡說，捲起舌頭，將一些全無意義的聲音亂喊亂叫。只是她叫嚷的語氣卻變化多端，有時似是憤怒喝罵，有時似是誠懇勸誡，忽爾驚歎，忽爾歡呼，突然之間，她用追問的語氣連叫數聲，顯是極迫切的質詢。歐陽鋒雖欲不理，卻不由自主的道：「你問甚麼？」

黃蓉以假梵語答了幾句。歐陽鋒茫然不解，竭力往郭靖所寫的「經文」中去追尋，一時之間，腦中各種各樣雜亂無章的聲音、形貌、招數、秘訣，紛至沓來，但覺天旋地轉，竟不知身在何處。洪七公見他杖法中忽然大露破綻，叫聲：「著！」一棒打在他的天靈蓋上。

這一棒是何等的勁力，歐陽鋒腦中本已亂成一團，經此重擊，更是七葷八素，不知所云，大叫一聲，倒拖了蛇杖轉身便走。郭靖叫道：「往那裏跑？」縱身趕上，歐陽鋒忽然躍起，在半空連翻三個觔斗，轉瞬間連滾帶爬的轉入崖後，不知去向。洪七公、郭靖、黃蓉三人相顧愕然，駭極而笑。

洪七公嘆道：「蓉兒，今日打敗老毒物，倒是你的功勞大。只不過咱師徒聯手，以二敵一，未免勝之不武。」黃蓉笑道：「師父，這功夫不是你教的罷？」洪七公笑道：「你這功夫是天生的。有你爹爹這麼鬼精靈的老頭，才有你這麼鬼精靈的女兒。」

忽聽山後有人叫道：「好啊，他人背後說短長，老叫化，你羞也不羞？」黃蓉大叫：「爹爹！」躍起奔去。此時朝暾初上，陽光閃耀下一人青袍素巾，緩步而來，正是桃花島主東邪黃藥師。

黃蓉撲上前去，父女倆摟在一起。黃藥師見女兒臉上稚氣大消，已長成一個亭亭少女，與亡妻更為相似，心中又是歡喜，又是傷感。

洪七公道：「黃老邪，我曾在桃花島上言道：你閨女聰明伶俐，鬼計多端，只有別人上她的當，她決不能吃別人的虧，叫你不必擔心。你說，老叫化的話錯了沒有？」

黃藥師微微一笑，拉著女兒的手，走近身去，說道：「恭喜你打跑了老毒物啊。此人一敗，了卻你我一件大心事。」洪七公道：「天下英雄，唯使君與叫化啦。我見了你女兒，肚裏的蛔蟲就亂鑽亂跳，饞涎水直流。咱們爽爽快快的馬上動手，是你天下第一也好，是我第一也好，我只等吃蓉兒燒的好菜。」

黃蓉笑道：「不，你若敗了，我才燒菜給你吃。」洪七公道：「呸，不怕醜，你想挾制我，是不是？」黃藥師道：「老叫化，你受傷之後躭誤了兩年用功，只怕現下已不是我的對手。蓉兒，不論誰勝誰敗，你都燒菜相請師父。」洪七公道：「是啊！這才是大宗師的說話，堂堂桃花島島主，那能像小丫頭這般小氣。咱們也別等正午不正午，來罷！」說著竹棒一擺，就要上前動手。

黃藥師搖頭道：「你適才跟老毒物打了這麼久，雖然說不上筋疲力盡，卻也是大累了一場，黃某豈能撿這個便宜？咱們還是等到正午再比，你好好養力罷。」洪七公雖知他說得有理，但不耐煩再等，堅要立時比武。黃藥師坐在石上，不去睬他。

黃蓉見兩人爭執難決，說道：「爹爹，師父，我倒有個法兒在此。你倆既可立時比武，爹爹又不佔便宜。」洪七公與黃藥師齊道：「好啊，甚麼法兒？」黃蓉道：「你們兩位是多年好友，不論誰勝誰敗，總是傷了和氣。可是今日華山論劍，卻又勢須分出勝敗，是不是？」洪黃二人本就想到此事，這時聽她言語，似乎倒有一個妙法竟可三全其美，既能立時動手，又可不讓黃藥師佔便宜，而且還能使兩家不傷和氣，齊問：「你有甚麼好主意？」

黃蓉道：「是這樣：爹爹先跟靖哥哥過招，瞧在第幾招上打敗了他，然後師父再與靖哥哥過招。若是爹爹用九十九招取勝，而師父用了一百招，那就是爹爹勝了。倘若師父只用九十八招，那就是師父勝了。」洪七公笑道：「妙極，妙極！」黃蓉道：「靖哥哥先和爹爹比，兩人都是精力充沛，待與師父再比，兩人都是打過了一場，豈不是公平得緊麼？」黃藥師點頭道：「這法兒不錯。靖兒，來罷，你用不用兵刃？」郭靖道：「不用！」正要上前，黃蓉又道：「且慢，還有一事須得言明。若是你們兩位前輩在三百招之內都不能將靖哥哥打敗，那便如何？」洪七公哈哈大笑，道：「黃老邪，我初時尚羨你生得個好女兒，這般盡心竭力的相助爹爹，咳，那知女生外向，卻是顛撲不破的至理。她一心要傻小子得那武功天下第一的稱號啊！」

黃藥師生性怪僻，可是憐愛幼女之心卻是極強，暗道：「我成全了她這番心願就是。」當下說道：「蓉兒的話也說得是。咱兩個老頭若不能在三百招內擊敗靖兒，還有甚麼顏面自居天下第一？」轉念又想：「我原可故意相讓，容他擋到三百招，但老叫化卻不肯讓，必能在三百招內敗他。那麼我倒並非讓靖兒，卻是讓老叫化了。」一時沉吟未決。

洪七公在郭靖背後一推，道：「快動手罷，還等甚麼？」郭靖一個踉蹌，衝向黃藥師面前。黃藥師心道：「好，我先試試他的功夫，再定行止。」左掌翻起，向他肩頭斜劈下去，叫道：「第一招！」

當黃藥師舉棋不定之際，郭靖心中也是好生打不定主意：「我決不能佔那天下第一的名號，可是該當讓黃島主得勝，還是讓師父得勝？」正在遲疑，黃藥師已揮掌劈到。他右臂舉起架開，身子一晃，險些摔倒，心道：「我好胡塗，竟想甚麼讓不讓的？我縱出全力，也決擋不了三百招。」眼見黃藥師第二招又到，當下凝神接戰，此時心意已決，任憑二人各用真功夫將自己擊敗，誰快誰慢，由其自決，自己絕無絲毫偏袒。

數招一過，黃藥師大是驚異：「這傻小子的武功怎麼竟練到了這個地步？我若是稍有容讓，莫說被他擋到三百招之外，只怕還得輸在他手裏。」高手比武，實是讓不得半分。黃藥師初時出手只用了七分勁，那知被郭靖全力奮擊，竟然壓在下風。他心中一急，忙展開落英神劍掌法，身形飄忽，力爭先著。

可是郭靖的功力實已大非昔比，黃藥師連變十餘種拳法，始終難以反先，待拆到一百餘招，他倏施詭招，郭靖料不到他竟會使詐，險些被他左腳踢中，只得退開兩步，這才扳成平衡之局。黃藥師舒了一口氣，暗叫：「慚愧！」欲待乘機佔到上風，不料郭靖守得堅穩之極，儘管他攻勢有如驚風駭浪，始終是不求有功，但求無過，拳腳上竟沒半點破綻。耳聽得女兒口中已數到「二百零三，二百零四」，黃藥師大是焦躁：「老叫化出手剛猛，若是他在一百招內敗了靖兒，我這張臉往那裏擱去？」招勢一變，掌影飄飄，出手快捷無倫。

這一來，郭靖登處下風，只感呼吸急促，有似一座大山重重壓向身來，眼前金星亂冒，堪堪抵擋不住。黃藥師出手加快，攻勢大盛，黃蓉口中，卻也跟著數得快了。郭靖唇乾舌燥，手足酸軟，越來越是難擋，只是憑著一股堅毅之氣硬挺下來，正危急間，忽聽黃蓉大叫一聲：「三百！」黃藥師臉色一變，向後躍開。

此時郭靖已被逼得頭暈眼花，身不由主的向左急轉，接連打了十多個旋子，眼見再轉數下，就要摔倒，危急中左足使出了「千斤墜」功夫，要待將身子定住。可是黃藥師內力的後勁極大，人雖退開，拳招餘勢未衰，郭靖竟然定不住身子，只得彎腰俯身，右手用力在地下撥動，借著「降龍十八掌」的猛勁，滴溜溜的向右打了十多個旋子，腦中方得清明，呆了一呆，向黃藥師道：「黃島主，你再出數招，我非摔倒不可。」

黃藥師見他居然有此定力，抗得住自己以十餘年之功練成的「奇門五轉」，不怒反喜，笑道：「老叫化，我是不成的了，天下第一的稱號是你的啦。」雙手一拱，轉身欲走。

洪七公道：「慢來，慢來，我也未必能成。你的鐵簫借給靖兒罷。」黃藥師的玉簫已然折斷，腰帶裏插著一根鐵簫，當下拔出來遞給郭靖。洪七公對郭靖道：「你用兵刃，我空手跟你過招。」郭靖一愣，道：「這個……」洪七公道：「你掌法是我教的，拳腳有甚麼比頭？上罷！」左手五指如鉤，一把抓住他手腕，將鐵簫奪了過來。郭靖沒懂他的用意，脫手放簫，竟未抵禦。洪七公罵道：「傻小子，咱們是在比武哪！」左手將鐵簫還給了他，右手卻又去奪。郭靖這才迴簫避開。黃蓉數道：「一招！」

高手比武，手上有無兵刃相差其實不多，洪七公將降龍十八掌使將開來，掌風掃到一丈開外，郭靖雖有鐵簫，又那能近身還擊？他本來不擅使用兵器，但自在西域石屋之中被歐陽鋒逼著過招，劍法已大有進益。自來武功必是攻守兼習，郭靖的兵刃功夫練的卻是八成守禦，二成攻敵。要知江南六怪授他的兵刃招數不能算是極上乘武功，他習得九陰真經後再此進修，卻是在西域石屋之中，那時他但求自保，不暇傷敵，以長劍抵擋歐陽鋒的木杖，鑽研出不少防身消勢之法，此刻以簫作劍，用以抵擋洪七公凌厲無倫的掌風，便也大見功效。

洪七公見他門戶守得極是緊密，心下甚喜，暗道：「這孩子極有長進，也不枉了我教導一場，但我若在二百招之內敗他，黃老邪臉上須不好看。過得二百招後，我再使用重手便是。」當下依著降龍十八掌的招式，自一變以至九變順序演將下去，疾風呼呼，掌影已將郭靖全身裹住。

此時洪七公若猛下重手，郭靖兵刃功夫未至登峯造極，原是不易抵擋，但洪七公要在二百招後再行取勝，卻是想錯了一著。須知郭靖正當年富力壯，練了「易筋鍛骨篇」後內力更是渾厚，洪七公年歲卻不輕了，背上中了歐陽鋒的蛇咬掌擊，究亦大見摧傷，降龍十八掌招招須用真力，到九變時已是一百六十二掌，勢道雖仍剛猛狠辣，後勁卻已漸見衰減。

待拆到兩百招外，郭靖鐵簫上的劍招倒還罷了，左手配合的招勢卻漸見強勁。洪七公暗想不妙，若與他以力相拚，說不定會輸在他手裏，傻小子可以智取，不必力敵，當下雙掌外豁，門戶大開，郭靖一怔，心想：「這招掌法師父卻從未教過。」若與敵人對敵，自可直進中宮，攻敵前胸，但眼前對手是自己恩師，豈能用此殺手？微一遲疑間，洪七公笑道：「你上當啦。」左足倏起，將他手中鐵簫踢飛，右掌斜翻，打在他的肩頭。

這一掌手下容情，不欲傷他身子，只使了八成力，準以為他定要摔倒，那就算是勝了。豈知郭靖這幾年來久歷風霜，身子練得極為粗壯，受了這一掌只晃得幾晃，肩頭雖是一陣劇痛，竟未跌倒。洪七公見他居然硬挺頂住，不禁大吃一驚，道：「你吐納三下，調勻呼吸，莫要受了內傷。」郭靖依言吐納，胸氣立舒，說道：「弟子輸了。」洪七公道：「不，適才你讓我在先，若是就此認輸，黃老邪如何能服？接招！」說著又是發掌劈去。

郭靖手中沒了兵刃，見來招勢道鋒銳，當下以周伯通所授的空明拳化開。那空明拳是天下至柔的拳術，是周伯通從「道德經」中化出來的，「道德經」中有言道：「兵強則滅，木強則折。堅強處下，柔弱處上。」又云：「天下莫柔弱於水，而攻堅強者莫之能勝，其無以易之。弱之勝強，柔之勝剛，天下莫不知，莫能行。」那降龍十八掌卻是武學中至剛至堅的拳術。語有云：「柔能克剛」，但也須視「柔」的功力是否勝「剛」而定，以洪七公的修為，縱然周伯通以至柔之術對敵，卻也未必能勝。但郭靖習了那左右互搏的法子，右手出的是空明拳，左手出的卻是降龍掌，剛柔相濟，陰陽為輔，洪七公的拳招雖然剛猛莫京，竟也奈何他不得。

黃蓉在旁數著拳招，眼見三百招將完，郭靖全無敗象，心中甚喜，一招一招的數著。洪七公耳聽得她數到二百九十九招，不禁好勝心起，突然一掌「亢龍有悔」，排山倒海般直擊過去，此招既出，心下登時懊悔，只怕郭靖抵擋不住，受了重傷，大叫：「小心啦！」

郭靖聽到叫聲，掌風已迎面撲到，但覺來勢猛烈之極，知道無法以空明拳化解，危急之下，右臂劃個圓圈，呼的一聲，也是一招「亢龍有悔」拍出。只聽砰的一響，雙掌相交，兩人都是全身大震。黃藥師與黃蓉齊聲驚呼，走近觀看。

只見兩人雙掌相抵，膠著不動。郭靖有心相讓，但知師父掌力厲害，若是此刻退縮，被他順勢推將過來，自己必受重傷，決意先運勁抵擋一陣，待他掌勁稍殺，再行避讓認輸。洪七公見郭靖居然擋得住自己畢生精力之所聚的這一掌，不由得又驚又喜，憐才之意大盛，好勝之心頓滅，決意讓他勝此一招，以成其名，當下留勁不發，緩緩收力。

便在這雙方不勝不敗、你退我讓之際，忽聽山崖後一人大叫三聲，三個觔斗翻將出來，正是西毒歐陽鋒。洪七公與郭靖同時收掌，向後躍開。只見歐陽鋒全身衣服破爛，滿臉血痕斑斑，大叫：「我九陰真經上的神功已然練成，我的武功天下第一！」舉起蛇杖，向四人橫掃過來。

洪七公拾起打狗棒，搶上去將他蛇杖架開，數招一過，四人無不駭然。歐陽鋒的招數本就奇特，此時更如怪異無倫，忽爾伸手在自己臉上猛抓一把，忽爾反足在自己臀上狠踢一腳，每一杖打將出來，中途方向必變，實不知他打將何處。洪七公驚奇萬分，只得使開打狗棒法緊守門戶，那敢貿然進招？

鬥到深澗，歐陽鋒忽然反手拍拍拍連打自己三個耳光，大喊一聲，雙手據地，爬將過來。洪七公又是吃驚，又是好笑，心想：「我這棒法打狗最為擅長，你忽作狗形，豈非自投羅網？」竹棒伸處，向他腰間挑去。那知歐陽鋒忽地翻身一滾，將竹棒半截壓在身下，隨即順勢滾去，洪七公拿捏不定，竹棒脫手。歐陽鋒驟然間飛身躍起，雙足連環猛踢。洪七公大驚，向後急退。

這時黃蓉早已拾起地下鐵簫，還給父親。黃藥師挺簫斜刺而出。歐陽鋒叫道：「段皇爺，我不怕你的一陽指！」說著縱身撲上。黃藥師見了他的舉止，已知他神智錯亂，只是心中雖瘋，出手卻比未瘋時更是厲害。饒是他智慧過人，卻也想不明白其中道理，怎知歐陽鋒苦讀郭靖默寫的假經，本已給纏得頭昏腦脹，黃蓉更處處引他走入歧路，盲練瞎闖，兼之急欲取勝，貪圖速成，用功更為莽撞，只是他武功本強，雖然走了錯道，錯有錯著，出手恢誕，竟教洪黃兩位大宗師差愕難解。

數十招一過，黃藥師又敗下陣來。郭靖搶上迎敵。歐陽鋒忽然哭道：「我的兒啊，你死得好慘！」拋去蛇杖，張開雙臂，撲上來便抱。郭靖知他將自己認作了姪兒歐陽克，聽他叫聲悽慘，心中又是不忍，又是駭怕，發掌要將他推開。歐陽鋒左腕陡翻，已抓住郭靖手臂，右臂將他牢牢抱住。郭靖忙運勁掙扎，可是歐陽鋒力大無窮，抱得他絲毫動彈不得。

洪七公與黃藥師父女大驚，一齊搶上救援。洪七公伸指疾點歐陽鋒背心「鳳尾穴」，要迫他鬆手。不料他此時全身經脈倒轉，穴道全已變位，洪七公挺指戳將下去，他茫然未覺，全不理會。黃蓉回身撿起一塊石頭，向他頭頂砸落。歐陽鋒右手握拳，自下揮擊上來。黃蓉拿揑不住，石頭脫手飛落山谷。郭靖乘歐陽鋒鬆了右手，用力猛掙，向後躍開，定了定神，只見歐陽鋒與黃藥師已鬥得甚是猛烈。黃藥師插簫於腰，空手而搏。

此時歐陽鋒所使的招數更是希奇古怪，詭異絕倫，身子時而倒豎，時而直立，甚而有時一手撐地，身子橫挺，只以一手與敵人對掌。黃藥師全神貫注的發招迎敵，倒還不覺得怎樣，洪七公、郭靖、黃蓉三人卻看得心搖神馳。黃蓉眼見父親連遇險招，叫道：「師父，對付這瘋子不必依武林規矩，咱們齊上！」

洪七公道：「若在平時，咱們原可合力擒他。只是今日華山論劍，天下英雄都知須得單打獨鬥，咱們以眾敵寡，須惹江湖上好漢恥笑。」但覺歐陽鋒瘋勢更是厲害，口吐白沫，舉頭猛撞。黃藥師抵擋不住，只是倒退。

突然之間，歐陽鋒俯身疾攻，上盤全然不守。黃藥師大喜，心想：「這瘋子畢竟胡塗了。」運起「彈指神通」功夫，急彈他鼻側的「迎香穴」。這一指去勢快極，那知剛觸到他臉皮，歐陽鋒微微側頭，一口咬住他的食指。黃藥師大驚，急出左手拍他「太陽穴」，逼他鬆口。歐陽鋒右手亦出，將他招數化開，牙齒卻咬得更加緊了。

郭靖與黃蓉從兩側齊上，歐陽鋒才鬆齒放脫黃藥師的手指，十指往黃蓉臉上抓去。日光直射之下，但見他面容獰惡，滿臉是血，黃蓉心下害怕，驚呼逃開。郭靖忙發掌救援。歐陽鋒回手抵敵，黃蓉方得脫身。

只十餘合，郭靖肩上腿上接連中招。洪七公道：「靖兒退下，再讓我試試。」空手搶上。兩人這一番激鬥，比適才更是猛惡。洪七公當歐陽鋒與黃藥師、郭靖對掌之時，在旁留神觀看，見他出招雖然怪異無比，其中實也有理路可尋，主要是將蛤蟆功逆轉運用，上者下之，左者右之，雖然並非盡皆如此，卻也是十中不離七八，心中有了個大概，對戰之時雖仍處於下風，卻已是有攻有守，三招中能還得一招。

黃蓉取出手帕，給父親包紮指上創口。黃藥師更瞧出許多路子來，接連叫道：「七兄，踢他環跳。」「上擊巨闕！」「反掌倒劈天柱。」黃藥師旁觀者清，洪七公依言施為，片刻間便將戰局拉平。只是兩人心中都暗自慚愧：「這是合東邪、北丐二人之力，合拚西毒一人了。」眼見即可取勝，歐陽鋒忽然張嘴，一口唾沫往洪七公臉上吐去。

洪七公忙側身避開，歐陽鋒竟然料敵機先，發掌擊向他趨避的方位，同時又是一口濃痰吐將過來。洪七公處境窘迫，欲待不避，可是那口痰勢挾勁風，若是打中眼珠，就算不致受傷，定也十分疼痛，而敵人必乘機猛攻，那就難以抵擋，百忙中伸右手將痰抄在掌中，左手還了一招。戰不數合，歐陽鋒又是一口唾沫急吐，他竟將痰涎唾沫也當作了攻敵利器，夾在拳招之中使用，令人眼花繚亂，心意煩躁。

洪七公見他顯然輕辱於己，不由得怒氣勃發，同時右手握著一口濃痰，滑膩膩的極不好受，又不想抹在自己身上，鬥到分際，他突然張開右掌，叫聲：「著！」疾往歐陽鋒臉上抹去。這一招明裏是用痰去抹他的臉，暗中卻另藏厲害殺著。歐陽鋒神智雖亂，耳目四肢只有比平時更為靈敏，眼見洪七公手掌抹到，立即側臉微避。洪七公手掌翻轉，直戳過去，歐陽鋒斗然張口急咬。

這正是他適才用以擊敗黃藥師的絕招，看來似乎滑稽，但因他張口快捷，教人難以躲閃，以黃藥師如此登峯造極的武功竟也著了道兒。黃藥師、黃蓉、郭靖看得分明，但見洪七公的手掌已伸到他嘴邊，相距不及一寸，而他驀地張口，一副白牙在日光下一閃，已向洪七公手上咬落，不禁齊聲叫道：「小心！」

豈知他們三人與歐陽鋒竟都忘了一事。洪七公號稱九指神丐，當年為了饞嘴貪吃，誤了時刻，來不及去救一個江湖好漢的性命，大恨之下，將自己食指發狠砍下。歐陽鋒這一咬又快又準，倘若換了旁人，食指定會被他咬住，偏生洪七公沒有食指，只聽喀的一響，他兩排牙齒自相撞擊，卻是咬了個空。洪七公沒有食指，歐陽鋒原本熟知，但他這時勢如瘋虎般亂打亂撲，那裏還想得到這些細微末節？

高手比武，若是雙方武功都到了爐火純青的地步，往往對戰竟日，仍是難分上下，唯一取勝之機端在對方偶犯小錯，此刻歐陽鋒一口咬空，洪七公那能放過？立即一招「笑口啞啞」，中指已戳在他嘴角的「地倉穴」上。

旁觀三人見洪七公得手，正待張口叫好，不料一個「好」字還未出口，洪七公已是一個觔斗倒翻出去。歐陽鋒踉踉蹌蹌的倒退幾步，有如醉酒，但終於站穩身子，仰天大笑。原來他經脈倒轉，洪七公這一指雖戳中他「足陽明胃經」的大穴，他只是全身微微一麻，立即如常，卻乘機一掌擊在洪七公的肩頭。幸得他中指在先，這一掌的力道已不如何凌厲，洪七公順著來勢倒翻觔斗，將他掌力消去大半，百忙中還回了一招「見龍在田」，也將歐陽鋒打得倒退幾步。洪七公幸而消解得快，未受重傷，但半身酸麻，一時之間已無法再上。他是大宗師身分，若不認輸那就跡近無賴，同時心中確也佩服對方武功了得，抱拳說道：「歐陽兄，老叫化服了你啦，你是武功天下第一！」

歐陽鋒仰天長笑，雙臂在半空亂舞，向黃藥師道：「段皇爺，你服不服我？」黃藥師心中不忿，暗想：「武功天下第一的名號，竟教一個瘋子得了去，我跟老叫化二人豈不教天下好漢恥笑？」但若上前再鬥，自忖卻又難以取勝，只得點了點頭。

歐陽鋒向郭靖道：「孩兒，你爹爹武藝蓋世，天下無敵，你喜不喜歡？」歐陽克是他與嫂子私通所生的孩子，名是叔姪，實是父子，此時他神智半迷半醒，把郭靖當作歐陽克，竟將藏在心中數十年的隱事說了出來。郭靖心想這裏各人都不是他對手，他天下第一的名號當之無愧，說道：「咱們都打不過你！」

歐陽鋒嘻嘻傻笑，問黃蓉道：「好媳婦兒，你喜不喜歡？」黃蓉見父親、師父、郭靖三人相繼敗陣，早在苦思對付這瘋漢之法，但左思右想，實無妙策，這時聽他相問，又見他手舞足蹈，神情怪異，日光映照之下，他身後的影子也是亂晃亂搖，靈機忽動，說道：「誰說你是天下第一？有一個人你就打不過。」

歐陽鋒大怒，搥胸叫道：「是誰？是誰？叫他來跟我比武。」黃蓉說道：「此人武功了得，你定然打他不過。」歐陽鋒道：「是誰？是誰？叫他來跟我比武。」黃蓉道：「他名叫歐陽鋒。」歐陽鋒搔搔頭皮，遲疑道：「歐陽鋒？」黃蓉道：「不錯，你武功雖好，卻打不過歐陽鋒。」

歐陽鋒心中愈是胡塗，只覺「歐陽鋒」這名字好熟，定是自己最親近之人，可是自己是誰呢？脫口問道：「我是誰？」黃蓉冷笑道：「你就是你。你自己都不知道，怎來問我？」歐陽鋒心中一寒，側頭苦苦思索，但腦中混亂一團，愈要追尋自己是誰，愈是想不明白。須知智力超異之人，有時獨自瞑思，常會想到：「我是誰？我在生前是甚麼？死後又是甚麼？」等等疑問。古來哲人，常致以此自苦。歐陽鋒才智卓絕，這些疑問有時亦曾在腦海之中一閃而過，此時連鬥三大高手而獲勝，而全身經脈忽順忽逆，心中忽喜忽怒，驀地裏聽黃蓉這般說，不禁四顧茫然，喃喃道：「我，我是誰？我在那裏？我怎麼了？」

黃蓉道：「歐陽鋒要找你比武，要搶你的九陰真經。」歐陽鋒道：「他在那裏？」黃蓉指著他身後的影子道：「喏，他就在你背後。」歐陽鋒急忙回頭，見到了自己的影子，怔了一怔，道：「這……這……他……他……」黃蓉道：「他要打你了！」

歐陽鋒蹲低身子，發掌向影子劈去。影子同時發出一掌。歐陽鋒大急，左掌右掌，連環邀擊，那影子也是雙手抖動不已。歐陽鋒見對方來勢厲害，轉身相避，他面向日光，影子已在身後。他發覺敵人忽然不見，大叫：「往那裏逃？」向左搶上數步。

左邊是座光禿禿的山壁，日光將他影子映在壁上，更像是個直立的敵人。歐陽鋒右掌猛揮，擊在石上，只疼得他骨節欲碎，大叫：「好厲害！」隨即左腳飛出。但見山壁上的影子也是舉腳踢來，雙足相撞，歐陽鋒奇痛難當，不敢再鬥，轉身便逃。

此時他是迎日而奔，果然不見了敵人，竄出丈餘，回頭一望，只見影子緊隨在後，嚇得大叫：「讓你天下第一，我認輸便是。」那影子動也不動。歐陽鋒轉身再奔，微一回頭，仍見影子緊緊跟隨。他驅之不去，鬥之不勝，只嚇得心膽欲裂，邊叫邊號，直往山下逃去。過了半刻，隱隱聽到他的叫聲自山坡上傳來，仍是：「別追我，別追我！」

黃藥師與洪七公眼見這位一代武學大師竟落得如此下場，不禁相顧嘆息。此時歐陽鋒的叫聲時斷時續，已在數里之外，但山谷間回音不絕，有如狼嗥鬼叫，四人身旁雖陽光明亮，心中卻都微微感到一陣寒意。洪七公嘆道：「此人命不久矣。」

郭靖忽然自言自語：「我？我是誰？」黃蓉知他是直性子之人，只怕他苦思此事，竟致著魔，忙道：「你是郭靖。靖哥哥，快別想自己，多想想人家的事罷。」郭靖凜然驚悟，道：「正是。師父，黃島主，咱們下山去罷。」

洪七公罵道：「傻小子，你還叫他黃島主？我劈面給你幾個老大耳括子。」郭靖一怔，只見黃蓉臉現紅暈，似笑非笑，登時醒悟，忸忸怩怩的叫道：「岳父！」

黃藥師哈哈大笑，一手挽了女兒，一手挽著郭靖，向洪七公道：「七兄，武學之道無窮無盡，今日見識到老毒物的武功，實令人又驚又愧。自重陽真人逝世，從此更無武功天下第一之人了。」

洪七公道：「蓉兒的烹調功夫天下第一，這個我卻敢說。」黃蓉抿嘴笑道：「不用讚啦，咱們快下山去，我給你燒幾樣好菜就是。」

洪七公、黃藥師、郭靖、黃蓉四人下得華山，黃蓉妙選珍肴，精心烹飪，讓洪七公吃了個酣暢淋漓。當晚四人在客店中宿了，黃藥師父女住一房，郭靖與洪七公住一房。次晨郭靖醒來，對榻上洪七公已不知去向，桌面上抹著三個油膩的大字：「我去也」，也不知是用鷄腿還是豬蹄寫的。

郭靖忙去告知黃藥師父女。黃藥師嘆道：「七兄一生行事，宛似神龍見首不見尾。」向靖蓉二人望了幾眼，道：「靖兒，你母亡故，世上最親之人就是你大師父柯鎮惡了，你隨我回桃花島去，請你大師父主婚，完了你與蓉兒的婚事如何？」郭靖悲喜交集，說不出話來，只是連連點頭。黃蓉抿嘴微笑，想出口罵他「傻子」，但向父親瞧了一眼，便忍住了不說。

三人一路上遊山玩水，迤邐向東南而行，不一日來到兩浙南路境內，眼見桃花島已不在遠，忽然空中鵰鳴聲急，兩頭白鵰自北急飛而至。

郭靖大喜，縱聲呼嘯，雙鵰撲了下來，停在他的肩頭。他離蒙古時走得倉皇，未及攜帶雙鵰，此時相見，欣喜無已，伸手不住撫摸鵰背，忽見雄鵰足上縛著一個皮革捲成的小筒，忙解下打開，但見革上用刀尖刻著幾行蒙古文字道：

「我師南攻，將襲襄陽，知君精忠為國，冒死以聞。我累君母慘亡，愧無面目再見，西赴絕域以依長兄，終身不履故土矣。願君善自珍重，福壽無極。」

那革上並未寫上下款，但郭靖一見，即知是華箏公主的手筆，當下將革上文字譯給黃藥師父女聽了，問道：「岳父，您說該當如何？」

黃藥師道：「此地離臨安雖近，但若報知朝廷，當國者未必便信，遷延不決，必誤大事。你小紅馬腳力快，即日趕赴襄陽。那守將若肯聽話，你就助他守城，否則一掌斃了，逕自率領百姓士卒，共禦蒙古大軍。我與蓉兒在桃花島候你好音。」郭靖連聲稱是，黃蓉臉上卻有不豫之色。當真是知女莫若父，黃藥師笑道：「好，蓉兒你也去。大事一了，即日言歸，朝廷縱有封賞，理也莫理。」黃蓉大喜，笑道：「這個自然。」

兩小拜別了父親，共騎一馬，縱轡西行。郭靖只怕遲了一日，蒙古大軍先破了城池。那時屠戮之慘可就難以想像，是以路上毫不停留。這日晚間投宿，已近兩浙南路與江西南路交界之處。

郭靖懷裏藏著華箏刻著字的那塊皮革，想到兒時與華箏、拖雷同在大漠遊戲，種種情狀宛在目前，心頭甚有黯然之意。黃蓉任他呆呆出神，自行在燈下縫補衣衫。

郭靖忽道：「蓉兒，她說累我母親慘亡，愧無面目見我，那是甚麼意思？」黃蓉道：「她爹爹逼死你母親，她自然心中過意不去。」郭靖「嗯」了一聲，低頭追思母親逝世前後的情景，突然躍起，伸手在桌上用力一拍，叫道：「我知道啦，原來如此！」

黃蓉給他嚇了一跳，針尖在手指上刺出了一滴鮮血，笑問：「怎麼啦？大驚小怪的，知道了甚麼？」郭靖道：「我與母親偷拆大汗的密令，決意南歸，當時帳中並無一人，大汗卻立即知曉，將我母子捕去，以致我母自刎就義。這消息如何洩漏，我一直思之不解，原來，原來是她。」黃蓉搖頭道：「華箏公主對你誠心相愛，她決不會去告密害你。」郭靖道：「她不是害我，而是要留我。她在帳外聽到我母子說話，去告知了爹爹，只道大汗定會留住我不放，那知卻生出這等大禍來。」說著連連嘆息。

黃蓉道：「既是她無心之過，你就該到西域去尋她啊！」郭靖道：「我與她只有兄妹之情，她現下依長兄而居，在西域尊貴無比，我去相尋幹麼？」黃蓉嫣然一笑，心下甚喜。

這一日兩人一騎來到江西南路的上饒，山道上長草拂及馬腹，甚是荒涼，眼見前面黑壓壓的一片森林。正行之間，兩頭白鵰突在天空高聲怒鳴，疾衝而下，瞬息間隱沒在林後。靖蓉二人心知有異，急忙催馬趕去。繞過林子，只見雙鵰盤旋飛舞，正與一人鬥得甚急，看那人時，原來是丐幫的彭長老。但見他舞動鋼刀，護住全身，刀法迅狠，雙鵰雖勇，卻也難以取勝。鬥了一陣，那雌鵰突然奮不顧身的撲落，抓起彭長老的頭巾，在他頭上猛啄了一口。彭長老鋼刀揮起，削下牠不少羽毛。

黃蓉見彭長老頭上半邊光禿禿的缺了大塊頭皮，不生頭髮，登時醒悟：「當日這鵰兒胸口中了一支短箭，原來是這壞叫化所射。後來雙鵰在青龍灘旁與人惡鬥，抓下一塊頭皮，那就是這惡丐的了。」大聲叫道：「姓彭的，你瞧我們是誰。」彭長老抬頭見到二人，只嚇得魂飛天外，轉身便逃。雄鵰疾撲而下，向他頭頂啄去。

彭長老舞刀護住頭頂，雌鵰從旁急衝而至，長嘴伸處，已啄瞎了他的左眼。彭長老大叫一聲，拋下鋼刀，衝入了身旁的荆棘叢中，那荆棘生得極密，彭長老性命要緊，那裏顧得全身刺痛，連滾帶爬的鑽進了荆棘深處。這一來雙鵰倒也無法再去傷他，只是不肯干休，兀自在荆棘叢上盤旋不去。

郭靖招呼雙鵰，叫道：「他已壞了一眼，就饒了他罷。」忽聽身後長草叢中傳出幾聲嬰兒呼叫。郭靖叫聲：「啊！」躍下紅馬，撥開長草，只見一個嬰兒坐在地下，身旁露出一雙女子的腳，忙再撥開青草，只見一個青衣女子暈倒在地，卻是穆念慈。

黃蓉驚喜交集，大叫：「穆姊姊！」俯身扶起。郭靖抱起了嬰兒。那嬰兒目光炯炯的凝望著他，也不怕生。黃蓉在穆念慈身上推拿數下，又在她鼻下人中用力一捏。

穆念慈悠悠醒來，睜眼見到二人，疑在夢中，顫聲道：「你……你是郭大哥……黃家妹子……」郭靖道：「穆世姊，你怎麼會在這裏？你沒受傷嗎？」穆念慈掙扎著要起身，但未及站直，又已摔倒，只見她雙手雙足都被繩索縛住。黃蓉忙過來給她割斷繩索。穆念慈忙不迭的從郭靖手中接過嬰兒，定神半晌，才含羞帶愧的述說經過。

原來穆念慈在鐵掌峯上失身於楊康，竟然懷孕，只盼回到臨安故居，但行到上饒，已然支持不住，在樹林中一家無人破屋中住了下來，不久生了一子。她不願見人，索性便在林中捕獵採果為生，幸喜那孩子聰明伶俐，解了她不少寂寞淒苦。

這一天她帶了孩子在林中撿拾柴枝，恰巧彭長老經過，見她姿色，上前意圖非禮。穆念慈武功雖也不弱，但彭長老是丐幫四大長老之一，在丐幫中可與魯有腳等相頡頏，僅次於洪七公一人而已，穆念慈自不是他的對手，不久即被他打倒綁縛，驚怒交集之下，暈了過去。若不是靖蓉二人適於此時到來，而雙鵰目光銳利，在空中發現了仇人，穆念慈一生苦命，勢必又受辱於惡徒了。

這晚靖蓉二人歇在穆念慈家中。黃蓉說起楊康已在嘉興鐵槍廟中逝世，眼見穆念慈淚如雨下，大有舊情難忘之意，便不敢詳述真情，只說楊康是中了歐陽鋒之毒，心道：「我這也不是說謊，他難道不是中了老毒物的蛇毒而死嗎？」

郭靖見那孩兒面目英俊，想起與楊康結義之情，深為嘆息。穆念慈垂淚道：「郭大哥，請你給這孩兒取個名字。」郭靖想了一會，道：「我與他父親義結金蘭，只可惜沒好下場，我未盡朋友之義，實為生平恨事。但盼這孩子長大後有過必改，力行仁義。我給他取個名字叫作楊過，字改之，你說好不好？」穆念慈謝道：「但願如郭大哥所說。」

次晨，郭靖黃蓉贈了穆念慈不少銀兩，作為母子倆渡日之資。郭靖勸她回臨安去。穆念慈只是搖頭不語，過了一會，輕聲道：「我母子二人，得先去嘉興鐵槍廟，瞧瞧他爹爹的墳墓。」三人互道珍重，黯然而別。

兩人西行到了兩湖南路，折向北行，不一日到了襄陽，眼見民情安定，商市繁盛，全無征戰之象，知道蒙古大軍未到，心下喜慰。那襄陽是南宋北邊重鎮，置有安撫使府，配備精兵守禦。郭靖心想軍情緊急，不及投店，逕與黃蓉去謁見安撫使呂文德。

那安撫使手綰兵符，威風赫赫，郭靖在蒙古雖貴為元帥，在南宋卻只是個布衣平民，如何見得著他？黃蓉知道無錢不行，送了門房一兩黃金。那門房雖然神色立變，滿臉堆歡，可是一排安撫使見客的日子，最快也得在半月之後，那時接見的都是達官貴人，也未必能見郭靖。郭靖焦躁起來，喝道：「軍情緊急，如何等得？」黃蓉忙向他使個眼色，將他拉在一旁，悄聲道：「晚上闖進去相見。」

兩人尋了下處，候到二更過後，施展輕身功夫逕入安撫使府。那安撫使呂文德正擁了姬妾，高坐飲酒為樂，全心全意的在安撫自己和姬妾。郭黃二人跳將下去，郭靖長揖說道：「小人有緊急軍務稟告。」呂文德大驚，高叫：「有刺客！」推開姬妾，就往桌底鑽去。郭靖大踏步上前，一把提起，說道：「安撫使休驚，小人並無相害之意。」將他推回原座。

呂文德嚇得面無人色，只是發抖。只見堂下湧進數十名軍士，各舉刀槍，前來相救。黃蓉拔出匕首，指在呂文德胸前。眾軍士齊聲發喊，不敢上前。黃蓉道：「你叫他們別嚷，咱們有話說。」呂文德手足亂顫，傳下令去，眾軍士這才止聲。

郭靖見他統兵方面，身寄禦敵衛土的重任，卻是如此膿包，心中暗暗嘆息，當下將蒙古大軍行將偷襲襄陽的訊息說了，請他立即調兵遣將，布置守禦工具。呂文德心裏全然不信，口頭卻連聲答應。黃蓉見他只是發抖，問道：「你聽見沒有？」呂文德道：「聽……聽見了。」黃蓉道：「聽見甚麼？」呂文德道：「有……有金兵前來偷襲，須得防備，須得防備。」黃蓉怒道：「是蒙古兵，不是金兵！」呂文德嚇了一跳，道：「蒙古兵？那不會的，那不會的。蒙古與咱們丞相連盟攻金，決無他意。」黃蓉嗔道：「我說蒙古兵就是蒙古兵。」呂文德連連點頭，道：「姑娘說是蒙古兵，就是蒙古兵。」

郭靖道：「滿郡百姓的身家性命，全繫大人之手。襄陽是南朝屏障，大人務須在意。」呂文德道：「不錯，不錯，老兄說的一點兒也不錯。老兄快請罷。」靖蓉二人嘆了口氣，越牆而出，但聽身後眾人大叫：「捉刺客啊！捉刺客啊！」亂成一片。

兩人候了兩日，見城中毫無動靜。郭靖道：「這安撫使可惡！不如依岳父之言，先去殺了他，再定良策。」黃蓉道：「敵軍數日之內必至。這狗官殺了自不足惜，只是城中必然大亂，軍無統帥，難以禦敵。」郭靖皺眉道：「果真如此，這可怎生是好？」

黃蓉沉吟道：「左傳上載得有個故事，叫做『弦高犒師』，咱們或可學上一學。」郭靖喜道：「蓉兒，讀書真是妙用不盡。那是甚麼故事，你快說給我聽。咱們能學麼？」黃蓉道：「學是能學，就是須借你身子一用。」郭靖一怔，道：「甚麼？」黃蓉不答，卻格的一聲笑了起來。

她笑了一陣，方道：「好，我說那故事給你聽。春秋時候，鄭國有一個商人，叫做弦高，他在外經商，路上遇到秦國大軍，竟是來偷襲鄭國的。那時鄭國全沒防備，只怕秦兵一到，就得亡國。弦高雖是商人，卻很愛國，當下心生一計，一面派人星夜去稟告鄭伯，自己牽了十二頭牛去見秦軍的將軍，說是奉鄭伯之命前來犒勞秦師。秦軍的將軍以為鄭國早就有備，不敢再去偷襲，當即領兵回國。」郭靖喜道：「此計大妙。怎麼說要借我身子一用？」黃蓉笑道：「不是要用十二頭牛？你生肖屬牛，是不是？」郭靖跳了起來，叫道：「好啊，你繞彎兒罵我。」伸手指去呵她癢，黃蓉忙笑著逃開。

兩人說笑一陣，黃蓉道：「咱們今晚到安撫使府去盜他一筆金珠，明日我改扮男裝，穿了官家服飾，迎上去犒勞蒙古大軍。且看是否能騙得他們退兵。」郭靖鼓掌稱是。當晚二人依計而行，那安撫使搜刮得金珠山積，二人盜了大包金珠和一套官服，府中各人朦然未覺。黃蓉改穿官裝，宛然是個俊俏的貴官，當下攜了金珠，跨小紅馬北去。

到第二日午間，郭靖在北門外引領遙望，但見小紅馬絕塵而至，忙迎了上去。黃蓉勒住馬頭，臉現驚恐之色，顫聲道：「蒙古大軍只怕有十餘萬之眾，咱們怎抵擋得住？」郭靖吃了一驚，道：「有這麼多？」

黃蓉道：「看來成吉思汗是傾國出擊，想一舉滅宋。我將金珠送給了先鋒大將，他料不到咱們已知訊息，說是借道伐金，並非攻宋。我以言語點破，他驚疑不定，當即駐兵不進，想來是回報大元帥去了。」

郭靖道：「若是他們回師退兵，那自然最好不過，就只怕……就只怕……」黃蓉秀眉緊蹙，道：「瞧蒙古大軍這等聲勢，定是不肯輕易便退。」郭靖道：「你再想個妙策。」黃蓉搖頭道：「我已整整想了一天一晚啦。靖哥哥，若說單打獨鬥，天下勝得過你的只二三人而已，就說敵人有十人百人，自也不在咱倆心上。可是現下敵軍是千人、萬人、十萬人，那有甚麼法子？」郭靖嘆道：「咱們大宋軍民比蒙古人多上數十倍，若能萬眾一心，又何懼蒙古兵精？恨只恨官家膽小昏庸、虐民誤國。」

黃蓉道：「蒙古兵不來便罷，若是來了，咱們殺得一個是一個，當真危急之際，咱們還有小紅馬可賴。天下事原也憂不得這許多。」郭靖正色道：「蓉兒，這話就不是了。咱們既學了武穆遺書中的兵法，又豈能不受岳武穆『盡忠報國』四字之教？咱倆雖人微力薄，卻也要盡心竭力，為國禦侮。縱然捐軀沙場，也不枉了父母師長教養一場。」黃蓉嘆道：「我原知難免有此一日。罷罷罷，你活我也活，你死我也死就是！」

兩人計議已定，心中反而舒暢，當下回到下處，對酌談論，想到敵軍壓境，面臨生離死別，比往日更增一層親密。直飲到二更時分，忽聽城外號哭之聲大作，遠遠傳來，極是慘厲。黃蓉叫道：「來啦！」兩人一躍而起，奔到城頭，只見城外難民大至，扶老攜幼，人流滾滾不盡。

那知守城官令軍士緊閉城門，不放難民入城。過不多時，呂文德加派士卒，彎弓搭箭對住難民，喝令退去。城下難民大叫：「蒙古兵殺來啦！」守城官只是不開城門。眾難民在城下號叫呼喊，哭聲震天。

靖蓉二人站在城頭，極目遠望，但見遠處一條火龍蜿蜒而來，顯是蒙古軍的先鋒到了。郭靖久在成吉思汗麾下，知道蒙古軍攻城慣例，總是迫使敵人俘虜先登，眼見數萬難民集於城下，蒙古先鋒一至，襄陽城內城外軍民，勢非自相殘殺不可。

此時情勢緊急，已無遲疑餘裕，郭靖站在城頭，振臂大呼：「襄陽城若是給蒙古兵打破，無人能活，是好漢子快跟我殺敵去！」那北門守城官是呂安撫的親信，聽得郭靖呼叫，怒喝：「奸民擾亂人心，快拿下了！」郭靖從城頭躍下，右臂一探，已抓住守城官的前胸，將他身子舉起，自己登上了他的坐騎。

官兵中原多忠義之士，眼見難民在城下哀哭，俱懷不忿，此時見郭靖拿住守城官，不由得驚喜交集，並不上前救護長官。郭靖喝道：「快傳令開城！」那守城官性命要緊，只得依言傳令。北門大開，難民如潮水般湧入。

郭靖將守城官交與黃蓉看押，便欲提槍縱馬出城。黃蓉道：「等一等！」命守城官將甲冑脫下交與郭靖穿戴，在郭靖耳邊輕聲道：「假傳聖旨，領軍出城。」反手拂中了那守城官的穴道，將他擲在城門之後。郭靖心想此計大妙，當下朗聲大叫：「奉聖旨：襄陽安撫使呂文德昏庸無能，著即革職，眾軍隨我出城禦敵。」他內功深湛，這幾句話以丹田之氣叫將出來，雖然城內城外叫鬧喧譁，但人人聽得清清楚楚，剎時間竟爾寂靜半晌。慌亂之際，眾軍那裏分辨得出真偽？兼之軍中上下對呂文德向懷離心，知他懦弱怕死，當此強敵壓境、驚惶失措之際忽聽得昏官革職，有人領軍抗敵，四下裏齊聲歡呼。

郭靖領了六七千人馬出得城來，眼見軍容不整，隊伍散亂，如何能與蒙古精兵對敵？想起「武穆遺書」中有云：「事急用奇，兵危使詐」，當下傳下將令，命三千餘軍士赴東邊山後埋伏，聽號炮一響，齊聲吶喊，招揚旌旗，卻不出來廝殺；又命三千餘軍士赴西山後埋伏，聽號炮二響，也是叫喊揚旗，虛張聲勢。

兩隊軍士的統領見郭靖胸有成竹，指揮若定，各自接令領軍而去。

待得難民全數進城，天已大明。耳聽得金鼓齊鳴，鐵騎奔踐，眼前塵頭大起，蒙古軍先鋒已迫近城垣。

黃蓉從軍士隊中取過一槍一馬，隨在郭靖身後。郭靖朗聲發令：「四門大開！城中軍民盡數躲入屋中，膽敢現身者，立即斬首！」其實他不下此令，城中軍民也早躲得影蹤全無，勇敢請纓的都已在東西兩邊山後埋伏，如呂文德這般膽怯的，不是鑽在桌底大唸「救苦救難高皇經」，就是藏在被窩中瑟瑟發抖。

蒙古軍鐵騎數百如風般馳至，但見襄陽城門大開，一男一女兩個少年騎馬綽槍，站在護城河的吊橋之前。統帶先鋒的千夫長看得奇怪，不敢擅進，飛馬報知後隊的萬夫長。那萬夫長久歷戰陣，得報後甚是奇怪，心想世上那有此事，忙縱馬來到城前，遙遙望見郭靖，先自吃了一驚。他西征之時，數見郭靖迭出奇謀，攻城克敵，戰無不勝，飛天進軍攻破撒麻爾罕城之役，尤令他欽佩得五體投地，蒙古軍中至今津津樂道，此時見郭靖擋在城前，城中卻是空蕩蕩的沒半個人影，料得他必有妙策，那敢進攻？當下在馬上抱拳行禮，叫道：「金刀駙馬在上，小人有禮了。」

郭靖還了一禮，卻不說話，那萬夫長勒兵退後，飛報統帥。過了一個多時辰，大纛招展下一隊鐵甲軍鏗鏘而至，擁衛著一位少年將軍來到城前，正是四皇子拖雷。

拖雷飛馬突出衛隊之前，大叫：「郭靖安答，你好麼？」郭靖縱馬上前，叫道：「拖雷安答，原來是你麼？」他二人往常相見，必是互相歡喜擁抱，此刻兩馬馳到相距五丈開外，卻不約而同的一齊勒馬。郭靖道：「安答，你領兵來攻我大宋，是也不是？」拖雷道：「我奉父皇之命，身不由主，請你見諒。」

郭靖放眼遠望，但見旌旗如雲，刀光勝雪，不知有多少人馬，心想：「這鐵騎衝殺過來，我郭靖今日是要畢命於此了。」當下朗聲說道：「好，那你來取我的性命罷！」拖雷心裏微驚，暗想：「此人用兵如神，我實非他的敵手，何況我與他恩若骨肉，豈能傷了結義之情？」一時躊躇難決。

黃蓉回過頭來，右手一揮，城內軍士點起號炮，轟的一聲猛響，只聽得東邊山後軍士吶喊，旌旗招動。拖雷臉上變色，但聽號炮連響，西山後又有敵軍叫喊，心道：「不好，我軍中伏。」他隨著成吉思汗東征西討，豈但身經百戰而已，甚麼大陣大仗沒見過，這數千軍士的小小埋伏那裏在他眼內？只是郭靖在西征時大顯奇能，拖雷素所畏服，此時見情勢有異，心下先自怯了，當即傳下將令，後隊作前隊，退兵三十里安營。

郭靖見蒙古兵退去，與黃蓉相顧而笑。黃蓉道：「靖哥哥，恭賀你空城計見功。」郭靖笑容登斂，憂形於色，搖頭道：「拖雷為人堅忍勇決，今日雖然退兵，明日必定再來，那便如何抵敵？」黃蓉沉吟半晌，道：「計策倒有一個，就怕你顧念結義之情，不肯下手。」郭靖一凜，說道：「你要我去刺殺他？」黃蓉道：「他是大汗最寵愛的幼子，尊貴無比，非同別個統軍大將。四皇子一死，看來敵軍必退。」郭靖低頭無語，回進城去。

此時城中見敵軍已退，又自亂成一團。呂文德聽說郭靖片言之間就令蒙古大軍退去，歡天喜地的親來兩人所住的下處拜訪，要邀兩人去衙中飲酒慶賀。郭靖與他商量守城之策。呂文德一聽他說蒙古大軍明天還要再來，登時嚇得身子酥了半邊，半晌說不出話來，只叫：「備轎回府，備轎回府。」他是打定主意連夜棄城南逃了。

郭靖鬱悶不已，酒飯難以入口，天色漸漸黑了下來，耳聽得城中到處是大哭小叫之聲，心想明日此時，襄陽城中只怕更無一個活著的大宋臣民，蒙古軍屠城血洗之慘，他親眼看見過不少，當日撒麻爾罕城殺戮情狀不絕湧向腦中，伸掌在桌上猛力一拍，叫道：「蓉兒，古人大義滅親，我今日豈能再顧朋友之義！」黃蓉嘆道：「這件事本來難得很。」

郭靖心意已決，當下換過夜行衣裝，與黃蓉共騎小紅馬向北馳去，待至蒙古大軍附近，將紅馬放在山中，步行去尋覓拖雷的營帳。兩人捉到兩名守夜巡邏的軍士，點了穴道，剝下衣甲來換了。郭靖的蒙古話是自幼說慣了的，軍中規程又是無一不知，當下毫不費力的混到了大帳邊上。此時天色全黑，兩人伏在大帳背後，從營帳縫中向裏偷瞧。

只見拖雷在帳中走來走去，神色不寧，口中只是叫著：「郭靖，安答！安答，郭靖。」郭靖不察，只道他已發現自己蹤跡，險些脫口答應。黃蓉早有提防，一見他張口，立即伸手按住他嘴巴。郭靖暗罵自己蠢才，又是好笑，又是難過。黃蓉在他耳邊道：「動手罷，大丈夫當機立斷，遲疑無益。」

就在此時，只聽得遠處馬蹄聲急，一騎快馬奔到帳前。郭靖知有緊急軍情來報，俯在黃蓉耳邊道：「且聽過軍情，再殺他不遲。」但見一名黃衣使者翻身下馬，直入帳中，向拖雷磕頭，稟道：「四王子，大汗有令。」

拖雷道：「大汗說甚麼？」那使者跪在氈上，唱了起來。原來蒙古人開化未久，雖然已有文字，但成吉思汗既不識字，更不會寫，有甚旨意，常命使者口傳，只是生怕遺漏誤傳，常將旨意編成歌曲，令使者唱得爛熟，覆誦無誤，這才出發。

那使者只唱了三句，拖雷與郭靖一齊心驚，拖雷更流下淚來。原來成吉思汗於滅了西夏後得病，近來病勢日重，自知不起，召拖雷急速班師回去相見。旨意最後說：日來甚是思念郭靖，拖雷在南若知他下落，務須邀他北上與大汗訣別；他所犯重罪，盡皆赦免。

郭靖聽到此處，伸匕首劃開篷帳，鑽身進去，叫道：「拖雷安答，我和你同去。」拖雷吃了一驚，見是郭靖，不勝之喜，兩人這才相抱。那使者認得郭靖，上前磕頭，道：「金刀駙馬，大汗有旨，務必請你赴金帳相見。」

郭靖聽得「金刀駙馬」四字，心頭一凜，生怕黃蓉多心，忙從帳篷裂縫中躍了出去，拉住黃蓉的手，道：「蓉兒，我和你同去同歸。」黃蓉沉吟不答。郭靖道：「你信不信我？」黃蓉嫣然一笑，道：「你若再想做甚麼駙馬駙牛，我也大義滅親，一刀把你宰了。」

當晚拖雷下令退軍，次晨大軍啓行。郭靖與黃蓉找回紅馬雙鵰，隨軍北上。拖雷只怕不及見到父親，令副帥統兵回師，自與靖蓉二人快馬奔馳，未及一月，已來到西夏成吉思汗的金帳。拖雷遙遙望見金帳前的九旄大纛聳立無恙，知道父親安好，歡呼大叫，催馬馳至帳前。

郭靖勒住馬頭，想起成吉思汗撫養之恩、知遇之隆、殺母之仇、屠戮之慘，一時愛恨交迸，低頭不語。忽聽得號角吹起，兩排箭筒衛士在金帳前列成兩行。成吉思汗身披黑貂，扶著拖雷的右肩，從帳中大踏步而出。他腳步雖然豪邁如昔，只是落地微顫，身子隨著抖動。郭靖搶上前去，拜伏在地。

成吉思汗熱淚盈眶，顫聲道：「起來，起來！我天天在想著你們。」郭靖站起身來，只見大汗滿臉都是皺紋，兩頰深陷，看來在世之日已然無多，不禁仇恨之心稍減。成吉思汗另一手扶住郭靖左肩，瞧瞧拖雷，又瞧瞧郭靖，嘆了一口長氣，遙望大漠遠處，呆呆出神。郭靖與拖雷不知他心中所思何事，都不敢作聲。

過了良久，成吉思汗嘆道：「當初我與札木合安答結義起事，那知到頭來我卻非殺他不可。我做了天下的大汗，他死在我的手裏。再過幾天那又怎樣呢？我還不是與他一般的同歸黃土？誰成誰敗，到頭來又有甚麼差別？」拍拍二人的肩頭，說道：「你們須得始終和好，千萬別自相殘殺。札木合安答是一死完事，我每當想起結義之情，卻常常終夜難以合眼。」拖雷與郭靖想起在襄陽城下險些拚個你死我活，都是暗叫慚愧。

成吉思汗站了這一陣，但覺全身乏力，正要回帳，忽見一小隊人馬飛馳而至。當先一人白袍金帶，穿的是金國服色。成吉思汗見到是敵人，精神為之一振。

那人在遠處下馬，急步過來，遙遙拜伏在地，不敢走近。親衛報道：「金國使者求見大汗。」成吉思汗怒道：「金國不肯歸降，派人來見我作甚？」

那使者伏在地下說道：「下邦自知冒犯大汗天威，罪該萬死，特獻上祖傳明珠千顆，以求大汗息怒赦罪。這千顆明珠是下邦鎮國之寶，懇請大汗賜納。」使者稟罷，從背上解下包袱，取出一隻玉盤，再從錦囊中倒出無數明珠，跪在地下，雙手托起玉盤。

成吉思汗斜眼微睨，只見玉盤中成千顆明珠，都有小指頭般大小，繞著一顆大母珠滴溜溜的滾動。這些珠兒單就一顆已是希世之珍，何況千顆？更何況除了一顆母珠特大之外，其餘的珠兒都是差不多大小。但見珍珠光采柔和晶瑩，相輝交映，玉盤上竟似籠罩著一層淡淡的虹暈。若在平日，成吉思汗自是喜歡，但這時他眉頭皺了幾下，向親衛道：「收下了。」親衛接過玉盤。那使者見大汗收納禮物，歡喜無限，說道：「大汗許和，下邦自國君而下，同感恩德。」成吉思汗怒道：「誰說許和？回頭就發兵討伐金狗。左右，拿下了！」親衛一擁而上，將那使者擒住。

成吉思汗嘆道：「縱有明珠千顆，亦難讓我多活一日！」從親衛手裏接過玉盤，猛力一擲，連盤帶珠遠遠摔了出去，玉盤撞在石上，登時碎裂。眾人盡皆愕然。

那些珍珠後來蒙古將士拾起了不少，但仍有無數遺在長草之間，直到數百年後，草原上的牧人尚偶有拾到。

成吉思汗意興索然，回入金帳。黃昏時分，他命郭靖單獨陪同，在草原上閒逛。兩人縱馬而行，馳出十餘里，猛聽得頭頂鵰唳數聲，抬起頭來，只見那對白鵰在半空中盤旋翱翔。成吉思汗取下鐵胎畫弓，扣上長箭，對著雌鵰射去。郭靖驚叫：「大汗，別射！」成吉思汗雖然衰邁，出手仍是極快，聽到郭靖叫聲，長箭早已射出。

郭靖暗暗叫苦，他素知成吉思汗膂力過人，箭無虛發，這一箭上去，愛鵰必致斃命，豈知那雌鵰側過身子，左翼一掃，竟將長箭撲落。雄鵰大怒，一聲長唳，向成吉思汗頭頂撲擊下來。郭靖喝道：「畜生，作死麼？」揚鞭向雄鵰打去。雄鵰見主人出手，迴翼凌空，急鳴數聲，與雌鵰雙雙飛遠。

成吉思汗神色黯然，將弓箭拋在地下，說道：「數十年來，今日第一次射鵰不中，想來確是死期到了。」郭靖待要勸慰，卻不知說甚麼好。成吉思汗突然雙腿一夾，縱馬向北急馳。郭靖怕他有失，催馬趕上，小紅馬行走如風，一瞬眼間已追在前頭。

成吉思汗勒馬四顧，忽道：「靖兒，我所建大國，歷代莫可與比。自國土中心達於諸方極邊之地，東南西北皆有一年行程。你說古今英雄，有誰及得上我？」郭靖沉吟片刻，說道：「大汗武功之盛，古來無人能及。只是大汗一人威風赫赫，天下卻不知積了多少白骨，流了多少孤兒寡婦之淚。」成吉思汗雙眉豎起，舉起馬鞭就要往郭靖頭頂劈將下去，但見他凜然不懼的望著自己，馬鞭揚在半空卻不落下，喝道：「你說甚麼？」

郭靖心想：「自今而後，與大汗未必有再見之日，縱然惹他惱怒，心中言語終須說個明白。」當下昂然說道：「大汗，你養我教我，逼死我母，這些私人恩怨，此刻也不必說了。我只想問你一句：人死之後，葬在地下，佔得多少土地？」成吉思汗一怔，馬鞭打個圈兒，道：「那也不過這般大小。」郭靖道：「是啊，那你殺這麼多人，流這麼多血，佔了這麼多國土，到頭來又有何用？」成吉思汗默然不語。

郭靖又道：「自來英雄而為當世欽仰、後人追慕，必是為民造福、愛護百姓之人。以我之見，殺得人多卻未必算是英雄。」成吉思汗道：「難道我一生就沒做過甚麼好事？」郭靖道：「好事自然是有，而且也很大，只是你南征西伐，積屍如山，那功罪是非，可就難說得很了。」他生性戇直，心中想到甚麼就說甚麼。

成吉思汗一生自負，此際被他這麼一頓數說，竟然難以辯駁，回首前塵，勒馬回顧，不禁茫然若失，過了半晌，哇的一聲，一大口鮮血噴在地下。

郭靖嚇了一跳，才知自己把話說重了，忙伸手扶住，說道：「大汗，你回去歇歇。我言語多有冒犯，請你恕罪。」

成吉思汗淡淡一笑，一張臉全成蠟黃，嘆道：「我左右之人，沒一個如你這般大膽，敢跟我說幾句真心話。」隨即眉毛一揚，臉現傲色，朗聲道：「我一生縱橫天下，滅國無數，依你說竟算不得英雄？嘿，真是孩子話！」在馬臀上猛抽一鞭，急馳而回。

當晚成吉思汗崩於金帳之中，臨死之際，口裏喃喃念著：「英雄，英雄……」想是心中一直琢磨著郭靖的那番言語。

郭靖與黃蓉向大汗遺體行過禮後，辭別拖雷，即日南歸。兩人一路上但見骷髏白骨散處長草之間，不禁感慨不已，心想兩人鴛盟雖諧，可稱無憾，但世人苦難方深，不知何日方得太平。

正是：

兵火有餘燼，貧村纔數家。
無人爭曉渡，殘月下寒沙！

（全書完。郭靖、黃蓉等事蹟在「神鵰俠侶」中續有敘述。）

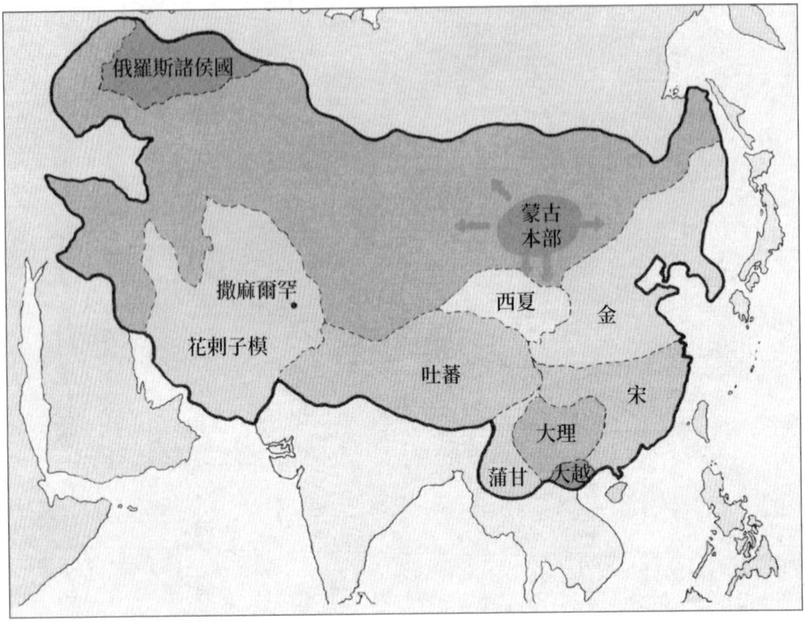

蒙古大帝國疆域圖

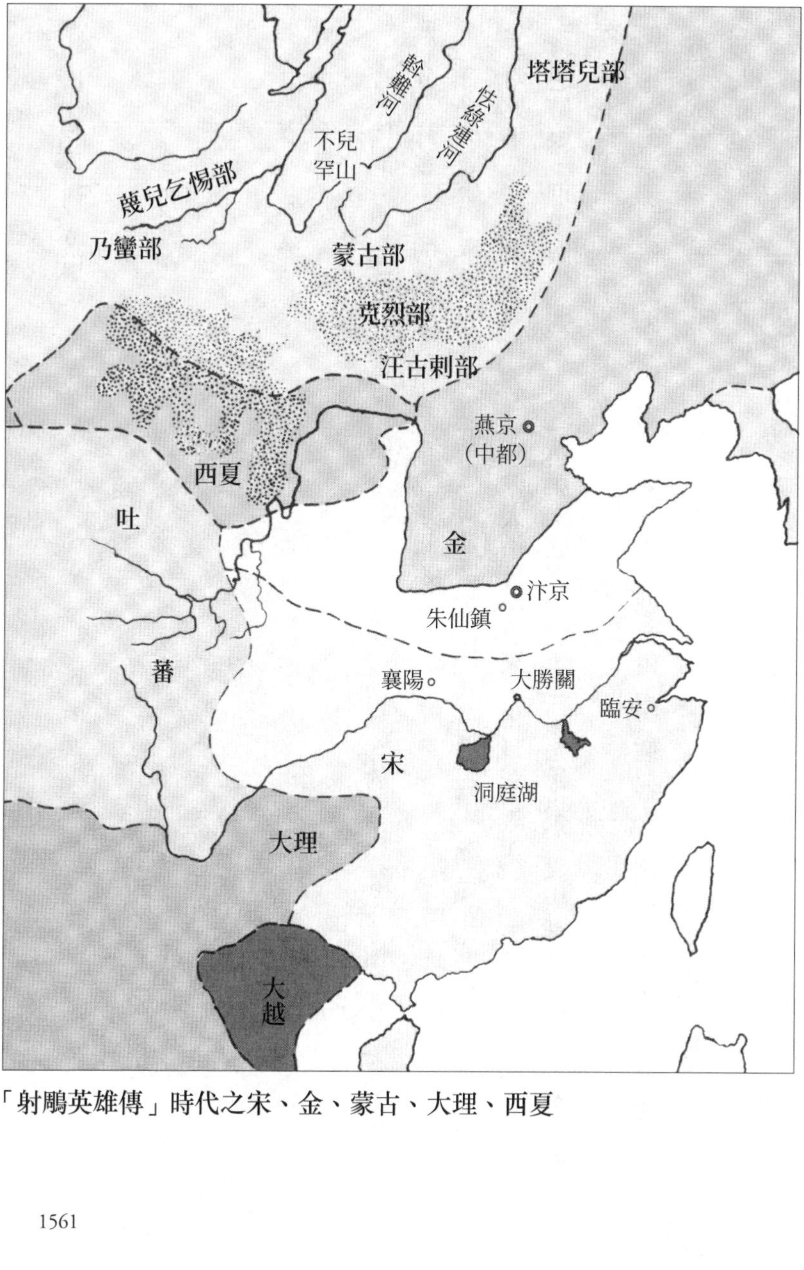

「射鵰英雄傳」時代之宋、金、蒙古、大理、西夏

附錄一

成吉思汗家族

祖先

在中國北方很寒冷的地方，山野、草原、沙漠、樹林裏的人以打獵、捕魚和遊牧為生。他們分為許多不同的部族，後來都稱為蒙古人。

有兄弟兩個，哥哥的眼力很好，所以傳說中他有三隻眼睛，額頭中間還有一隻。有一天，兩兄弟站在高山上瞭望，看見一羣人沿著河過來。哥哥對弟弟說：「那邊車上坐著一個美麗的姑娘，可以做你的妻子。」弟弟走過去一看，見那姑娘果然美貌動人。兩兄弟把那姑娘雅蘭花搶了來，做了弟弟的妻子。

雅蘭花生了兩個兒子。後來她丈夫死了。她又生了三個兒子。兩個大兒子暗地裏議論：「爸爸死了，媽媽卻又生了三個兒子。我們家裏只有一個男僕，這三個孩子是他的兒子罷？」雅蘭花知道了兩個大兒子的議論。在春天裏的一天，她煮了臘羊肉給五個兒子吃，然後叫他們並排坐在一邊，每個人給一支箭，叫他們折斷，他們很容易的就折斷了；又把五支箭合起來叫他們折斷，五兄弟輪流著使勁拗箭，都折不斷。

雅蘭花說道：「大孩兒，二孩兒，你們懷疑三個弟弟是怎麼生的，是誰的孩子。我也不怪你們。你們不知道，每天晚上，有一道光從天窗中照射到我帳幕裏，變成了一個淡黃色的男子，來撫摸我的肚皮，後來那人又變成了一道光，從天窗中出去。這三個孩子是天神的兒子。你們五人都是從我肚皮裏生出來的，如果一個個分散開，就會像一支箭那樣給任何人折斷。要是大家相親相愛，同心協力，就像合起來的五支箭那樣堅牢，誰也折不斷你們了。」

母親雅蘭花死後，五兄弟並不和睦。四個哥哥說小弟勃端察兒不喜歡說話，是傻子，不分牲畜給他。小弟弟只得騎了一匹禿尾巴生瘡的瘦馬，沿著斡難河出去打獵過活，揀拾野狼吃過後賸下來的殘肉。

但勃端察兒可不是傻子，是狼。他搶劫別人的牲口，搶了一個孕婦做妻子，又娶了別的女人做妻子，俘擄別族的人做奴隸。他是成吉思汗的祖先。

父親 母親

勃端察兒和四個哥哥都是子孫眾多，一代代的繁衍下來，分成蒙古人的許多部族。

勃端察兒的子孫所組成的許多部族之中，有一部的酋長叫做也速該。有一天，他在野外放鷹捕雀，看見一個男子帶了美麗的新婚妻子經過。也速該就回到家裏，叫了哥哥和弟弟，來追趕這對夫妻。

那男子名叫赤列都，是篾兒乞惕部人，見到三個人惡狠狠的追來，很是害怕，騎了馬急奔，三兄弟在後追趕，赤列都繞著山岡逃了一圈，又回到妻子坐著的車前。他妻子訶額倫（「雲」的意思）說：「那三個人追來，想殺死你。只要保住性命，不難再娶得妻子。每個車座上都有女子，每輛車中都可以找到夫人。你如果想念我，另外娶一個妻子，叫她用我的名字好了。現在你快逃，聞著我的香氣逃走罷。」把身上的衫子脫下來給他。赤列都剛接過衫子，看見那三個人繞過山坳追來，忙拍馬逃走了。

三兄弟追了一會，追他不上，回來把訶額倫帶走。她大聲哭叫，也沒有法子。也速該把她帶回家去，和她成親。

也速該和訶額倫生了四個兒子，一個女兒。大兒子生下來的時候，左手掌裏握著一塊凝結的血塊。那時也速該和敵人打仗，捉來的俘虜中有一個人名叫鐵木真，就把兒子取名為鐵木真，紀念這個勝仗。

鐵木真就是後來的成吉思汗。

鐵木真九歲（有的書上說是十三歲）的時候，父親也速該帶他到外婆家去求婚，半路上遇見了一個親戚德薛禪。

德薛禪見鐵木真眼睛明亮，臉有光采，很是歡喜，說他有個女兒，請他父子去看看。也速該見到小姑娘眉清目秀，就向德薛禪求婚。德薛禪答應了。那小姑娘名叫蒲兒帖，比鐵木真大一歲，十歲了。

也速該將帶來的馬匹當作財禮，把兒子留在德薛禪家裏，就回去了。路上遇到一羣塔塔兒人在宴會。塔塔兒人請他喝酒，但想起也速該以前搶掠過他們，便在食物裏放上了毒藥。也速該在回家途中，覺得很不舒服，勉強支撐著走了三天，回到家中，毒發而死；臨死時把妻子兒女託給親信蒙力克照顧。

蒙力克依著也速該的囑咐，去把鐵木真領回家來。鐵木真見父親死了，撲在地下大哭。也速該是部族的領袖，他死之後，兒子幼小，部族中人拋棄了訶額倫夫人母子，去歸附另一個部族泰亦赤兀惕人。訶額倫夫人趕上去苦苦哀求，也是沒用。有一個忠心的族人勸大家不要走，反給他們用刀砍死了。

訶額倫夫人一家生活很苦，她採拾野果野菜，撫養孩子長大。

也速該另外一個妻子生了兩個兒子，一個叫別克惕，一個叫別勒古台，也跟訶額倫夫人和鐵木真住在一起。

異母兄弟

有一天，鐵木真和比他小兩歲的親弟弟合撒兒，還有別克惕、別勒古台四人一起去釣魚。鐵木真和合撒兒釣到了一條銀魚，另外兩兄弟恃強搶了去。鐵木真兄弟氣憤得很，回去告訴母親。訶額倫夫人勸他們要和好，說大家同是一個父親的兒子，不應該爭鬧，要齊心合力，向泰亦赤兀惕人報仇。

鐵木真和合撒兒不聽母親的話，說道：「昨天射到一隻雀兒，給他們搶了去，今天又來搶魚。咱們可不能老是受他們欺侮。」兩兄弟氣憤憤的奔了出去。

別克惕坐在山岡上牧馬，忽然看見鐵木真從後面掩來，合撒兒從前面過來，手裏都拿著弓箭，知道事情不妙，說道：「咱們正受泰亦赤兀惕人的欺辱，仇還沒有報，你們為甚麼把我當作眼中釘？我們大家孤零零的，除了影子之外，沒有旁的朋友；除了馬尾之外，沒有旁的鞭子。為甚麼要自相殘殺？請你們不要殺弟弟別勒古台。」說罷，盤膝而坐，也不抵抗。鐵木真、合撒兒二人一前一後的把他射殺了。

兩兄弟回家。一進門，訶額倫夫人看了二人的神氣就明白了，大大生氣，狠狠的責罵了他們一頓。

妻子

鐵木真長大了，泰亦赤兀惕人把他捉了去，想殺死他，但給他逃了出來。後來鐵木真去娶了幼年時父親給他定下的妻子蒲兒帖。蒲兒帖帶來一件名貴的黑貂皮襖做嫁妝。鐵木真將這件貂皮襖拿去送給父親的老朋友王罕。

王罕念著也速該的舊情，對鐵木真很是照顧，認他為義子。

有一天半夜裏，篾兒乞惕人忽然前來襲擊，幸虧訶額倫夫人的女僕耳朵好，遠遠的就聽見了，忙叫醒眾人逃跑。鐵木真躲在不兒罕山裏，敵人尋他不到。可是鐵木真的妻子蒲兒帖沒有馬騎，躲在一輛牛車裏，給篾兒乞惕人發現了。

篾兒乞惕人就是訶額倫夫人的前夫赤列都的族人，他們為了報復訶額倫夫人被奪的仇恨，所以半夜裏來襲擊。他們捉到了年輕美貌的蒲兒帖，怨仇已報，又找不到鐵木真，就收兵回去，把蒲兒帖給了赤列都的兄弟做妻子。

鐵木真去向義父王罕求救。王罕點起了兵，又約了另一個義子札木合，和鐵木真三路會師去攻打篾兒乞惕人。打了很久時候的仗，才把篾兒乞惕部打垮。鐵木真把妻子奪了回來，很是高興。

蒲兒帖在歸途中生了個兒子，沒有嬰兒襁褓，就把他裹在麵粉裏。這個兒子是篾兒乞惕掠奪者和她生的。鐵木真也不介意，把孩子當作自己的親兒子，給他取名為朮赤，那是「客人」的意思。

鐵木真聰明勇敢，很有見識，勢力越來越大，打敗了無數敵人，做了蒙古許多部族的共同領袖。大家尊他為成吉思汗。「成吉思」是「大海」的意思，頌揚他和海洋一樣偉大。

他的妻子蒲兒帖和他生了三個兒子和幾個女兒。

成吉思汗報了仇，把泰亦赤兀惕部滅了，把害死他父親的塔塔兒部也打垮了。

成吉思汗和部屬商議，怎樣處置塔塔兒部的俘虜。大家說，塔塔兒部的男子，只要高過車軸的，一概殺死，婦女兒童就分給大家做奴隸。

成吉思汗的異母弟別勒古台開完了會，從帳房裏出來。塔塔兒部中有人問他：「你們商量些甚麼？」別勒古台說：「決定將你們高過車軸的男人都殺死。」塔塔兒的俘虜們知道後就奮力抵抗，使成吉思汗部下遭到很大損失。成吉思汗很是生氣，下命令說，以後開親族會議，不許別勒古台參加。[1]

成吉思汗娶了塔塔兒部美麗的姑娘依速甘[2]做妃子。依速甘說：「我的姊姊也遂比我還要美麗。」成吉思汗道：「如果我找到你的姊姊，你肯讓位給她麼？」依速甘說：「肯的。」成吉思汗便派人去找尋。

也遂和她丈夫正在樹林中避難，終於被兵士捉住，她丈夫卻逃跑了。也遂的確美麗非凡，成吉思汗很是愛她。

有一天，成吉思汗坐在也遂、依速甘兩姊妹中間飲酒，聽得也遂長嘆一聲，神色鬱鬱不樂。他就起了疑心，把博爾朮和木華黎兩員大將叫來，吩咐說：「把所有的人一部一部的分開。自己部裏不准有別部的人。」

這樣分開之後，剩下一個年輕男子無部可歸，查問出來，原來是塔塔兒人，就是也遂的丈夫。成吉思汗怒道：「這個人心懷惡意，混在我們這裏，想幹甚麼？塔塔兒部中凡是比車軸高的男人都要處死，還有甚麼說的？快快斬了。」就把他殺了。

成吉思汗對也遂還是一樣的寵愛。

叔父

成吉思汗東征西伐，捉了不少俘虜。

他分給母親和幼弟斡赤斤[3]一萬戶百姓，作為奴隸。他母親訶額倫夫人心裏嫌少，但沒有作聲。給長子朮赤九千戶，次子察合台八千戶，三子窩闊台五千戶，幼子拖雷也是五千戶。給二弟合撒兒四千戶，三弟合赤溫[4]二千戶，異母弟別勒古台一千五百戶。

他叔父曾經投降過敵人，成吉思汗不分俘虜給他，還想殺了他。大將博爾朮、木華黎等苦苦相勸，說他叔父和他父親從小在一個帳房中居住，在同一隻鍋子裏吃飯。成吉思汗想起了父親，才饒了叔父不殺。

胞弟　後父的兒子

成吉思汗的父親也速該臨死之時，將妻子兒女託給蒙力克照料。蒙力克有七個兒子。他又娶了訶額倫夫人為妻，成為成吉思汗的後父。

蒙力克的七個兒子中，有一個名叫闊闊出，是個巫師，在蒙古人中是最有學問的人。「成吉思汗」這個尊號就是他提議的。他裝神作怪，自稱常常騎馬到天上，所以蒙古各部的族長都很尊敬他。闊闊出越來越狂妄，有一次聯合了六個兄弟，把成吉思汗的弟弟合撒兒捉住了，吊起來狠狠的打了一頓。

合撒兒是草原上出名的勇士，據說力氣比三條牯牛還大，射箭能射到五百丈遠。他身材高大，人家說他一餐可以吃完一隻小牛。那當然都是誇張，然而他總是個了不起的好漢。

成吉思汗那時候心情正在不好，聽到了合撒兒被吊打的消息，就罵他道：「人家說，世上凡是活的東西，都打你不過。為甚麼你給人家打敗了？」合撒兒很難過，流著眼淚走了，三天沒見哥哥的面。

闊闊出去向成吉思汗挑撥離間，說道：「上天有指示：這一次讓鐵木真執掌大權，下一次讓合撒兒執掌大權。所以你如果不提防合撒兒，後患可大得很。」

成吉思汗信了，當即出發去逮捕合撒兒。

訶額倫夫人得到了訊息，急忙乘了白駱駝轎車，連夜奔馳，黎明時候趕到，只見成吉思汗已把合撒兒的衣袖縛住了，除下他的帽子，正在那裏嚴厲審問，想要殺死他。他見母親趕來，就避在一邊。訶額倫夫人怒氣沖沖的下車，親手解開合撒兒的袖子，盤膝坐下，解開衣衫，露出了兩隻乳房，說道：

「鐵木真孩兒，看見了嗎？你是吃這奶長大的。你三弟、四弟一個奶還沒吃完，你二弟合撒兒已把我兩個奶都吃完了。他吃完了我兩個奶的乳水，使我胸頭舒暢，心裏快活。合撒兒力大無比，箭法了得，打倒了無數敵人。現今敵人打完了，你就不要合撒兒了嗎？」

成吉思汗為了使母親息怒，就說：「母親責備得是，我很慚愧，以後我不敢這樣了。」

他雖然沒有殺死合撒兒，但總是擔心合撒兒會搶他的權位，暗中奪取了合撒兒所領的大部份百姓，原來的四千戶百姓，只給他剩下一千四百戶。後來訶額倫夫人知道了，很是愁悶，老得很快，不久就死了。合撒兒手下的人有許多很害怕，都悄悄逃走了。

巫師闊闊出的勢力漸漸擴大，許多部族都去投奔他，擁他為領袖。成吉思汗幼弟斡赤斤的奴隸有些逃到闊闊出那裏，斡赤斤派人去討還。闊闊出把他的使者打了一頓，不許使者騎馬，叫他背負了鞍子，徒步回來。

斡赤斤親自去講理。闊闊出七兄弟圍住了要打他。斡赤斤害怕得很，只得認錯。七兄弟強迫他跪在闊闊出的面前悔過。

第二天早晨，成吉思汗還沒有起床，斡赤斤就到帳裏跪下哭訴。和成吉思汗睡在一起的蒲兒帖夫人坐起身來，拉被子遮住自己赤裸的胸膛，見斡赤斤痛哭，不禁也掉下淚來，對丈夫道：「他們吊打了合撒兒，又逼迫斡赤斤下跪，欺侮你的好兄弟。將來你逝世之後，你留下來的廣大國土，當然就給他們搶去了。」成吉思汗對斡赤斤道：「闊闊出就要過來，你會知道怎樣報仇的。」斡赤斤拭乾了眼淚，走到帳外，預備下三個大力士。

過不多時，成吉思汗的後父蒙力克老翁領著七個兒子，一同走進帳裏。斡赤斤抓住闊闊出的衣領，說道：「昨天你強迫我下跪悔過，現今我們角力去。」闊闊出返身也把斡赤斤的衣領扭住。成吉思汗道：「到外面去，你們摔一場跤。」斡赤斤把闊闊出拉出去，預先伏下的三名大力士迎上來，捉住闊闊出，折斷了他的腰。斡赤斤回進帳去，說道：「闊闊出跟我摔跤，打敗了，要胡賴，躺在地下不肯起來。」

蒙力克老翁明白了原因，對成吉思汗道：「當你廣大的國土還只像小小土塊的時候，我就跟你做同伴。當洶湧的大江還只像小溪的時候，我就跟你相識了。你怎麼不念舊情？」

他六個兒子攔住了帳門，圍繞著火盆，挽起了袖子要打。成吉思汗急了，喝道：「讓開！」衝出帳去，眾衛士便上來保護。

成吉思汗見到闊闊出的屍身，命人取來一頂舊帳幕，搭在屍身上。

第二天早晨，帳幕本來關著的天窗打開了，帳幕的門仍然關著，闊闊出的屍身卻不見了，再也找不到。

成吉思汗對大家說：「巫師闊闊出打我的弟弟，又說壞話離間我們兄弟，違犯了天意，所以上天把他的性命和屍身都取去了。」[5]

成吉思汗又責備蒙力克不對，看在母親的份上，沒有處罰他和他別的兒子。

長子和次子爭吵

成吉思汗率領大軍去討伐花剌子模。那是在蒙古人西方的回教大國，土地廣大，人民眾多，兵力很強。[6] 花剌子模的蘇丹摩訶末傲慢而胡塗。

成吉思汗出兵的前夕，妃子也遂對他說：「大汗越高山、渡大河，長途遠征。如果你高山似的金身忽然倒塌了，你的蒙古國家由誰來治理？你像樑柱似的金身忽然倒塌了，你的神威大纛由誰來高舉？你四個兒子之中，由誰來執政？請大汗留下旨意。」

這件事大家心中都早已想到了的，但誰也不敢提。也遂是成吉思汗寵愛的妃子，所以她說了出來。

成吉思汗召集眾人，說道：「也遂雖是女子，她這話倒是很對。我的弟弟、兒子、博爾朮、木華黎，你們都不說。我倒不知自己已經老了，好像是不會死的，竟把這件事給忘了。朮赤，你是我長子，你怎麼說？」

朮赤還沒開口，次子察合台大聲道：「父王叫朮赤說話，要派他做甚麼？我們能讓這篾兒乞惕的雜種管轄麼？」

朮赤聽察合台這樣說，跳起來抓住他的衣襟，怒道：「我父王從來不把我當作外人，你為甚麼老是跟我過不去？你甚麼事勝過我了？你不過暴躁驕傲而已。我和你比箭，要是我輸了，就割下大姆指。我和你比武，要是我輸了，就倒在地上永遠不起來。請父王下令。」兩兄弟互相拉著衣襟。博爾朮搶上去拉住了朮赤的手，木華黎拉住察合台的手。成吉思汗鐵青了臉不作聲。

大臣闊可搠思說道：「察合台，你為甚麼說這樣的話？你們出生之前，各部各族的人都打得昏天黑地，連睡覺的時候也沒有，大家日夜只是打仗、擄掠。察合台啊，你的話讓你母親傷心。你們同是蒲兒帖夫人的兒子，是同胞親兄弟，你這樣的話，忘了母親的大恩，令她灰心落淚。你們英明的父王建國之初，何等艱難困苦，忍飢挨渴，汗流腳底。你們的母親一同吃苦，把好吃好喝的東西留給你們，清洗你們的屎尿，直到你們會站立騎馬。你們母親盼望的是愛子幸福，你們千萬不可令她憂愁。」

成吉思汗道：「不能這樣說朮赤。朮赤當然是我的長子，這種話不許再說。」

察合台笑道：「朮赤是有本事的。朮赤和我，都是父王的大兒子。我二人齊心合力為父王出力。三弟窩闊台仁慈，我推舉他將來繼承父王的大業。」

成吉思汗問朮赤：「你怎麼說？」朮赤知道自己沒有希望繼承大位，便道：「察合台的話不錯。我們二人齊心為你出力。我也推舉窩闊台。」成吉思汗道：「世界廣大，江河眾多。你們只要出力去攻打外國，地方有的是，你們儘可去佔來做牧場。朮赤、察合台，你們兩個今後一定要和睦，不可讓人恥笑。」兩人都答允了。

成吉思汗問窩闊台：「你有甚麼話說？」窩闊台道：「父王恩賜，兩位兄長推舉，我只有勉力去做。要是我的子孫不行，雖然包著草，牛也不吃，雖然包著油，狗也不吃，那麼自有兄弟們的子孫來高舉父王的大纛。」

成吉思汗點頭稱是，問四子拖雷道：「你有甚麼話說？」拖雷素來和窩闊台很是友愛，說道：「我願全力輔助窩闊台三哥。他忘了的，我提醒他。他睡著了，我叫他起來。他出去征戰，我總是在他身旁。」

於是成吉思汗便立窩闊台為繼承人。

在攻打花剌子模之時，朮赤和察合台兩人仍是不和，兩軍不能協調，征戰不利。成吉思汗派窩闊台做總司令，統率兩軍，這才節節勝利。

生兒子的氣

朮赤、察合台、窩闊台攻花剌子模的首都玉龍傑赤大城。[7] 三兄弟分取了城中的百姓工匠，沒有留給父王。三兄弟回來時，成吉思汗惱怒得很，三天沒有傳見。

博爾朮、木華黎等大將勸他說：「為了教訓花剌子模的蘇丹，我們已把他打得落花流水。玉龍傑赤的百姓雖然被大汗的三個兒子分了，也和大汗自己所有一樣。我軍大勝，大家都很歡喜，大汗何必發怒？兒子們做錯了事，心裏很害怕，以後一定會小心謹慎，請准許他們謁見罷。」

成吉思汗接受勸告，命三個兒子進見，引述祖言古語，重重責罵。朮赤、察合台、窩闊台三人站著，汗流滿面，又是慚愧，又是害怕。

三名親衛箭筒士勸大汗道：「兒子們打了勝仗，大汗這樣重責，令他們灰心。兒子們已經知錯了。從日出的地方到日落的地方，敵人還很多，讓我們去攻打他們，去攻打巴格達的蘇丹，去搶奪他們的金銀、綢緞。大汗請息怒罷。」

成吉思汗怒氣平息，重賞勸他的大將和三名親衛箭筒士，與三個兒子和好。

皇后和妃子

成吉思汗的皇后妃子很多，他讓她們分住在五個地方，蒙古人在帳幕裏居住，所以稱為五個斡兒朵，斡兒朵是「宮帳」的意思。

第一斡兒朵的正后是元配蒲兒帖皇后，其次有五個皇后，再下面有許多妃子。各斡兒朵的情形都相同，不過后妃的數目有多有少。蒲兒帖皇后生了朮赤、察合台、窩闊台、拖雷四個兒子，五個女兒。

第二斡兒朵的正后是忽蘭皇后。她父親是篾兒乞惕部的一個酋長，本來跟隨乃蠻部的塔陽汗對成吉思汗作戰。塔陽汗敗死後，那個酋長帶了女兒去向成吉思汗投降，要把美麗的女兒獻給他。走在路上，遇到成吉思汗部下的一名將領納牙阿。納牙阿說：「現今戰事激烈，你們父女倆如在路上遇到軍隊，恐怕會遭難，你女兒會受到污辱。你們留在我這裏，等戰事結束，我護送你們去見大汗。」於是父女倆在納牙阿的帳幕裏住了三天，再去見成吉思汗。

成吉思汗大怒，要殺納牙阿，說他不該將這樣美麗的姑娘在帳幕裏留了三天。忽蘭和納牙阿忙說明經過。成吉思汗發覺忽蘭果然仍是處女，對她很是寵愛，對忠誠的納牙阿也大加重用，覺得這樣美麗的姑娘在他帳幕裏住了三天，居然仍是處女，這人可以付託大事。

成吉思汗很喜歡忽蘭，稱她為「我那嬌小的美人兒」。忽蘭皇后生了一個兒子，叫做闊列堅。成吉思汗待他如同四個嫡子一樣。後來闊列堅隨拔都西征，在俄羅斯中箭而死。

第二斡兒朵的次后叫做古兒八速，是塔陽汗的後母。當塔陽汗和成吉思汗打仗的時候，古兒八速曾說蒙古人身上很臭。這句話給成吉思汗聽到了，後來將她俘虜了來，就問她：「你說我們蒙古人身上很臭嗎？」當晚就娶了她，大概要她聞聞自己身上臭不臭。

第三斡兒朵的正后是也遂皇后。在諸后之中，她和忽蘭皇后兩人最為得寵。成吉思汗出征，有時帶忽蘭同行，有時帶也遂同行。

第四斡兒朵的正后是依速甘皇后。她是也遂皇后的妹妹。由於她舉薦姊姊，成吉思汗才得到也遂皇后。她嫁給成吉思汗較早，但甘心位居姊姊之下。

第四斡兒朵的三后名叫合答安皇后，是四大功臣之一赤老溫的妹妹。成吉思汗少年時被泰亦赤兀惕人俘虜，脫逃後躲在赤老溫家裏的羊毛車中，才得免難。後來成吉思汗滅了泰亦赤兀惕部，合答安的丈夫被亂兵殺死，她給蒙古兵俘虜了。她遠遠望見成吉思汗，大叫：「鐵木真救我。」成吉思汗就收她為妻。

四大斡兒朵之外，又另有一個「公主斡兒朵」，正后是金國的公主。成吉思汗率兵圍困燕京，金國皇帝送女兒歧國公主求和。當時金國皇宮中未嫁的公主共有七人，歧國公主最美麗聰明，宮中稱她為「小姐姐」。這位「小姐姐」嫁了成吉思汗後，很受到敬重，蒙古人稱她為「公主皇后」。成吉思汗為她特別成立一個「公主斡兒朵」。[8]

五個斡兒朵分設在不同地方，相隔很遠。[9]

死亡

成吉思汗征服西夏，把西夏百姓殺了一大批，於豬兒年（丁亥，一二二七年）七月十二日在西夏去世，年七十三歲。去世的地方在今甘肅東部清水縣。也遂皇后一直陪伴著他。

車子載著大汗的金棺東歸，走到一個地方，車輪陷入了地裏不動，許多駿馬也拖拉不動。一個善歌的歌手唱道：「大汗啊，你棄掉天下而去了，你的皇后、皇子、親族、故土都在等你回去。你所出生的故鄉，還在遙遠的地方。你的蒲兒帖皇后、忽蘭皇后，你的夥伴博爾朮、木華黎他們，都在等你回去。由於西夏的姑娘們美麗，你忘了蒙古的親人麼？」

這樣唱了之後，車子動了，把成吉思汗的遺體送回蒙古。諸將嚴守秘密，路上遇到行人，一概殺卻，免得消息洩漏。

大汗的靈柩在各個皇后的斡兒朶中逐一陳列發喪，最後葬在不兒罕山中。

成吉思汗年輕的時候被篾兒乞惕人追逐，避入不兒罕山，躲過了大難。不兒罕山是斡難河和怯綠連河的發源地。成吉思汗曾在山谷中一株大樹下默思多時，說過要葬在這棵大樹的下面。兒子們遵從他的遺命。葬後不起墳墓，蒙古兵將騎了大羣馬匹踐平土地，後來四周長起密林。至今還沒有發現真正的所在地。[10]

長子朮赤

成吉思汗所征服的大帝國，從中心騎馬向四方奔跑，據說東南西北都要奔馳一年才到邊界。他把這個大帝國分給四個兒子。

長子朮赤的封地，在今日蘇聯的鹹海、頓河、伏爾加河一帶，稱為「欽察汗國」。因為那時候這些地方叫做欽察。

朮赤是長子，但不得繼承大位，封地又遠，所以怏怏不樂，後來就生病了。成吉思汗派他去征討裏海、黑海北方諸地，朮赤沒有很快的出動，成吉思汗很不高興。後來成吉思汗征伐了西域回蒙古，沿途幾次叫朮赤來相會。朮赤生了病，不能來見。那時有個蒙古人從朮赤的領地到來，成吉思汗問起朮赤的病況。那人說大王子身體很好，行前還見到他帶了大隊人馬在打獵。成吉思汗大怒，便率兵去征討問罪，派窩闊台與察合台作先鋒。大軍剛要出發，朮赤的死訊由快馬傳到。成吉思汗十分悲痛，問起死因，才知他生病已久，那次行獵的其實是朮赤的部將。大汗要將傳假訊的人捉來治罪，那人卻已逃走了。

朮赤死時四十九歲，有十四個兒子。長子鄂爾達，次子拔都。鄂爾達自知才能不及弟弟，兄弟倆又友愛，所以將繼承父位的權利讓給了拔都。

次子察合台

察合台的長子叫做莫圖根。成吉思汗在他的眾多孫子之中，最鍾愛莫圖根。在攻打花剌子模時，有一次圍城，莫圖根被敵人射死。成吉思汗很是悲痛，城破之後，把全城的百姓都殺光了，為孫兒報仇。

那時察合台還不知兒子已死，旁人都不敢告訴他。有一天，成吉思汗和幾個兒子一同吃飯，假裝大發脾氣，說兒子們都不聽話，對察合台尤其惱怒。察合台很是惶恐，說道：「我如不聽父王的吩咐，甘願被父王處死。」成吉思汗道：「我不論甚麼吩咐你都聽，是嗎？」察合台道：「是。兒子決計不敢違命。」成吉思汗道：「那麼你聽我吩咐。你的兒子莫圖根已經死了。我叫你不可悲傷。」察合台大驚，拚命的忍住眼淚，裝作並不悲傷，安安靜靜的吃完了飯，才獨自到野外去放聲大哭。

察合台脾氣暴躁，但很會辨別是非，軍中如果有甚麼爭執，疑難不決，由他來判斷，總是十分公平。

窩闊台能夠繼承大位，察合台擁立的功勛最大。窩闊台繼位後，遇到甚麼大事，總是派人去徵求二哥的意見，對他十分尊敬。

察合台的封地在新疆、阿富汗、蘇聯烏孜別克共和國一帶，稱為「察合台汗國」，地域也十分廣大。

三子窩闊台

窩闊台的領地「窩闊台汗國」在今蘇聯中亞細亞巴爾喀什湖附近。他是蒙古的共主，統治蒙古本部和中國北部，所以作為特別領地的「窩闊台汗國」，地域就很小了。

窩闊台做了十三年大汗，死時五十六歲，因酗酒得病。他個性光明磊落，寬大溫和，曾公開檢討自己，說：「我繼承父皇的大位以來，做了四件好的事情。第一，征服金國；第二，成立了驛站，因而數萬里之間交通便利；第三，在許多沒有水的地方開掘了水井，使得百姓有豐富的水草，繁殖牲口；第四，在所征服的各城各地設立治民官，讓眾百姓能夠安居樂業。但我也做了四件錯事，第一，我繼承大位，受命統治萬國，但我時時飲酒大醉；第二，我強娶叔父斡赤斤所屬部眾中的女子，這是不合道理的；第三，我誤信讒言，殺死了父親手下的功臣朵豁勒忽，他是忠義人，我十分後悔；第四，我下令構築圍牆，圈定兄弟們的牧地，以致兄弟們發出怨言。」

四子拖雷

拖雷是成吉思汗的小兒子，也最得他鍾愛。成吉思汗出征，經常叫拖雷陪在身邊，稱他是「伴當」。成吉思汗死後將大部份精兵猛將都交了給他，因此四個兒子中，拖雷這一系兵力最強，勢力最大。拖雷為人英明，很得人心。成吉思汗逝世時，察合台和窩闊台都領兵在外，只有拖雷在蒙古本部，所以軍國大事都由他決定，稱為「監國」。

蒙古習俗，國主由親王大將共同推舉，這個大會叫做「庫里爾台」。成吉思汗雖有遺命要窩闊台繼承，但根據傳統習慣，還是要召開「庫里爾台」來正式推舉。

大會中王公、駙馬、眾大將都極力推舉拖雷。窩闊台也不敢接任大位。拖雷卻主張尊重父皇遺命。會議一直開了四十幾天，始終不能決定。最後在拖雷堅持之下，斡赤斤和察合台也都贊成擁戴窩闊台，窩闊台才得到庫里爾台的承認。

兔兒年（辛卯，一二三一年），窩闊台大汗親征金國，攻破居庸關，佔領了許多城市，忽然得了病，說不出話。巫師卜占之後，說道：「因為殺害金國百姓太多，所以山川神靈作祟侵害大汗，必須由親族中一個人代死，否則病不能好。」

拖雷說：「我答應過父皇，一心輔助皇兄，我願意代皇兄死。巫師，你念咒罷。」巫師就念了咒，給拖雷飲了神水。拖雷說：「請皇兄照料我的孤兒和妻子。」不久就死了。拖雷代死之後，窩闊台的病果然就好了。[11]

蒙古人對拖雷都十分欽佩。窩闊台更加感激，曾說他將來死後，要將大位傳給拖雷的長子蒙哥。

孫子拔都（朮赤的次子）

窩闊台做大汗的第七年，俄羅斯諸部起來反抗。窩闊台聽從察合台的意見，命令諸王、駙馬、萬戶、千戶各派長子出征。因為每個長子麾下都是兵眾將廣，所以實力特別強大，總兵力大約是十五萬人。這次西征稱為「長子遠征」。

拔都是朮赤的繼承人，是長子中的長子（其實是次子），由他做統帥。察合台部派長子莫圖根（已死）的長子不里統軍，窩闊台部由長子貴由統軍，拖雷部由長子蒙哥統軍。統軍的是長子，但別的兒子也有不少參加遠征。

大軍西征，勢如破竹，平定了欽察、北俄羅斯、南俄羅斯，攻克莫斯科、基輔等大城。

在征服俄羅斯等十一個國家之後，拔都決定分兵三路西征，於是搭起大帳設宴。在宴會中卻發生了一場大爭吵。

拔都是長兄，又是大軍統帥，宴會還沒有開始，便拿起酒杯來先飲了幾杯。察合台的孫子不里、窩闊台的兒子貴由十分不滿，吵嚷起來。不里罵道：「拔都為甚麼先飲酒？他自以為是元帥，其實是個生鬍子的婆娘，早就該將他踏在腳底下。」貴由說：「這是個帶弓箭的婆娘，我們二人早就該用棍子狠狠的打他一頓。」還有一個大將附和二人。大吵之後，宴會不歡而散。

他們為甚麼罵拔都是「婆娘」？拔都很會打仗，對待部下將士很好，人人叫他為「賽因汗」。「賽因」在蒙古話裏是「好」的意思，說他是「好王子」。不里和貴由對部下卻很兇，他們覺得拔都婆婆媽媽，不夠威風，像個女人。

更重要的原因，是察合台系和窩闊台系的王子們心中對朮赤系的王子都瞧不起，總記得朮赤並不是成吉思汗的親兒子。

拔都派人去稟告了大汗。窩闊台很是惱怒，等貴由回來朝見報告戰況時，痛罵他：「聽說你在出征途中，把有屁股的人都打了屁股，把軍人的臉都丟光了。你自以為征服了俄羅斯，就可對兄長不敬嗎？其實那又不是你的功勞。」把他送去給拔都處分，把不里交給察合台處分。

拔都自然不敢當真處分大汗的兒子貴由，但這場怨仇互相結得很深。

拔都和貴由、不里兩人爭吵後，兵分三路。北路軍察合台部隊，由察合台的另一個兒子貝達爾任統帥，攻打波蘭。中路軍朮赤部隊，由拔都自己任統帥，攻打匈牙利。南部軍窩闊台部隊，由大將速不台及窩闊台另一個兒子合丹（貴由的弟弟）共任統帥。

北部軍擊破波蘭大軍，打得波蘭王布萊斯勞狼狽逃命，渡過奧得河，在華爾斯達特大平原上和波蘭日耳曼聯軍遭遇，一場大戰，波德聯軍全軍覆沒。貝達爾命部下在戰場上割下敵軍的耳朵，收集在一起，共有九巨綑之多。這是世界史上有名的一個戰役。

中路軍和南路軍也都節節勝利。北、中、南三路軍隊在多瑙河畔會師，只殺得歐洲人屍骨如山，藍色多瑙河變成了紅色多瑙河。[12]

拔都大軍一路打到亞德里亞海的威尼斯國邊界，一路打到離維也納三十里的地方，正要征服全歐洲，忽然接到窩闊台大汗逝世的消息，於是拔都下令班師。

這次西征一共打了六年，嚇得歐洲人心驚膽破，稱之為「黃禍」。

拔都班師回到俄羅斯，在自己汗國都城中駐守。從東到西，幾萬里的大片土地都是他的勢力範圍。他統治的欽察汗國，歐洲人稱為金帳汗國。俄羅斯侯王在金帳前戰慄聽命，達四百年之久。當元朝在中國的統治結束後，金帳汗國仍然統治著俄羅斯。直到十六世紀中葉，俄國彼得大帝興起，蒙古人在俄國的統治才衰退而消失。[13]

拔都的哥哥鄂爾達讓位給拔都，所以拔都將東方錫爾河一帶地方分給哥哥，鄂爾達一系建立了「白帳汗國」。拔都的弟弟昔班（朮赤第五個兒子）西征有功，拔都也分給他一片領地，建立的汗國叫做「青帳汗國」。這兩個汗國都遠不及金帳汗國重要。

孫子貴由（窩闊台的長子）

窩闊台死後，皇后和諸王大臣召開「庫里爾台」。幾次召拔都來參加，拔都始終不來。大會決定立窩闊台的長子貴由接位。

貴由做了大汗，便要統兵去征討拔都，朝中大臣極力勸阻，才打消了這主意。這是聰明的決定，如果出兵，多半打不過拔都。

貴由喜歡喝酒，手足有痙攣病，接位後第三年春天就死了。

孫子蒙哥（拖雷的長子）

短命的貴由死後，王公大將開「庫里爾台」大會推舉大汗。大會的地點是在拔都所管轄的地方。會中王公大將都推舉拔都。在成吉思汗的許多孫子中，拔都年紀最長，兵力強盛，西征的威名很大，仁慈而得人心，何況大會在他勢力範圍之內舉行。

然而拔都不肯當大汗，極力主張由拖雷的長子蒙哥接位。拔都很精明，知道自己如做大汗，別的三系會聯合起來反對，自己寡不敵眾，一定抵擋不住。

蒙哥在西征之時和拔都很合作，堂兄弟間感情很好。察合台系的不里、窩闊台系的貴由聯合起來反對拔都，拖雷系的蒙哥卻一直支持統帥。

庫里爾台大會尊重拔都的意見，推舉蒙哥當大汗。

這時朝中大權是在貴由的皇后海迷失手裏。她想叫自己的兒子做大汗，派人去對拔都說：「大會議向來是在東方蒙古本部舉行的，這次在西方開，不合祖宗規矩，而且許多王公大將都沒有參加，會議的決定不能算數。」拔都說：「那麼明年在東方再開大會好了。」

到了明年，拔都派自己的弟弟統領大軍，護送蒙哥到蒙古本部開會，自己駐在西方作後援。開大會之時，窩闊台與察合台兩個系統的王公知道爭不過拔都和蒙哥，都不到會。拔都傳下命令：那一個不遵大會決定，國法從事。朮赤和拖雷兩個系統的兵力很強，兩系聯合，窩闊台系和察合台系的力量及不上。蒙哥做大汗的決定，在東方的大會中又通過了。國家大權於是從窩闊台系轉移到了拖雷系的手裏。

窩闊台曾經說過將來要讓蒙哥做大汗。但窩闊台的性子隨隨便便，說過的話不大放在心上。他養了幾頭小獵豹，沒有奶吃，就叫人牽了一頭母牛來，讓小獵豹吃母牛的奶。窩闊台有一個小孫子，名叫失烈門，就說：「爺爺，你叫小豹吃母牛的奶，這頭母牛自己的小牛就沒有奶吃了，不是要餓死麼？」[14] 窩闊台很感動，說道：「失烈門這話很對。你很有仁愛心腸，將來可以繼我的位做大汗。」所以失烈門一直認為自己有權繼承大汗的位子。失烈門不是貴由的兒子，是他的姪兒。

蒙哥做了大汗，失烈門和貴由的兩個兒子都不服。貴由的兩個兒子在車中藏了兵器，想發動政變，結果被破獲了。蒙哥把這三人送到荒僻地方去監禁起來，後來都殺了他們。

察合台的孫子不里和貴由交好，曾在宴會中一起罵過拔都，也參與了貴由兒子姪兒的政變密謀。政變失敗後，蒙哥將不里送去交給拔都。拔都就把他殺了。

蒙哥英明果毅，善於處理政務，他滅了大理、征服今西康、西藏、印度支那一帶土地，派兵遠征，攻克今伊拉克的首都巴格達，遣兵攻朝鮮、印度，擄掠了大批百姓和財物回來。他做了九年大汗，在攻打四川重慶時而死。[15]

孫子忽必烈（拖雷的第四子）

蒙哥的胞弟忽必烈接任大汗，滅了南宋，統一全中國，是元朝的開國皇帝。[16]忽必烈做了二十年大汗後征服中國，統治了十五年，到八十歲才死。他治理國家的本事，是蒙古所有大汗之中最好的。[17]他曾派兵去攻打日本、緬甸、越南等國。

攻打日本的大軍十餘萬人，乘船在海中遇到颶風，全軍覆沒。蒙古兵天下無敵，但不懂海戰。征日本的大軍在陰曆八月初一出發，那正是颶風季節，只要遲得兩個月出發，日本一定也給蒙古人征服了。[18]蒙古兵從成吉思汗興起到忽必烈去世，一百年中只打了一個大敗仗。不是敗在敵人的手裏，而是敗給了颶風。

元朝在中國統治了八十九年，一共十個皇帝，都是拖雷的子孫。

孫子旭烈兀（拖雷的第六子）

拖雷有十一個兒子，其中兩個做皇帝，那是長子蒙哥，四子忽必烈。第六子旭烈兀也是大大有名之人，他比忽必烈小兩歲。

蒙古人有三次大西征。第一次西征是成吉思汗率領，第二次是拔都率領，第三次西征的統帥是旭烈兀。

忽必烈九歲時，成吉思汗從西域凱旋回來，忽必烈和七歲的弟弟同去迎接祖父。成吉思汗率眾打獵，忽必烈射死一隻兔子，旭烈兀射死一隻野山羊。蒙古人的習俗，兒童第一次射殺禽獸，要將獵物的血塗在長輩的手指上表示敬意。旭烈兀握住成吉思汗的手塗血，出力很重，成吉思汗怪他太粗魯。忽必烈卻捧住祖父的手輕輕塗拂，成吉思汗很是歡喜。

這件事顯示兩兄弟從小就性格不同。

蒙哥做大汗的時候，裏海、阿母河一帶的回教徒木刺夷教派行兇作亂，派遣刺客到處殺人。蒙哥派六弟旭烈兀西征，將這個實行暗殺政策的教派滅了。[19] 旭烈兀又再西行，攻破回教大教主哈里發的總部巴格達。[20]

旭烈兀在巴格達城中，見到大教主哈里發的宮殿華美之極，一座又高又大的藏寶塔中珍寶堆積如山，感到十分驚異，把哈里發叫來，說道：「你積聚了這麼許多金銀財寶，到底用來做甚麼？你為甚麼不把財寶分給部屬，叫他們為你出力死戰，保住你的性命和巴格達？」哈里發不知道怎樣回答才是。旭烈兀道：「你既然這樣喜歡財寶，這許多財寶我就都還給你。」於是把哈里發關在藏寶塔裏，不給他飲食，對他說：「這些財寶都是你的，你要吃便吃好了，沒有人來干涉。」

哈里發對著滿塔的金銀財物，但寶石珍珠是不能當飯吃的，困頓了七日就死了。[21]

旭烈兀再派部下的漢人大將郭侃[22]西征，攻打天房（今沙烏地阿拉伯），天房蘇丹投降。郭侃再渡海攻富浪（今地中海中的塞普魯斯島），島上的蘇丹也投降。那時蒙哥去世的訊息傳到，旭烈兀便停止西攻。

旭烈兀在伊朗、敘利亞、伊拉克、土耳其、沙烏地阿拉伯一帶建立一個大汗國，稱為「伊兒汗國」。伊兒汗國包括了中東當代所有的石油出產國家，邊境與埃及相接。埃及抵抗蒙古人入侵，各地回教難民紛紛湧到，所以埃及就成為回教的文化中心。

旭烈兀曾向東羅馬帝國國王求婚，要娶他女兒。東羅馬王不敢拒絕，但知道蒙古男人娶很多妻子，不捨得把公主嫁給他，於是送了自己的私生女兒瑪麗亞給他。瑪麗亞到時，旭烈兀剛逝世，旭烈兀的兒子阿八哈就娶了她。阿八哈瞧在妻子的面上，對待天主教徒很好，不加虐待，又和教皇、法蘭西等國建交，互通使節。[23]

孫子阿里不哥（拖雷的第七子）

拖雷的第七個兒子叫阿里不哥，當大哥蒙哥大汗逝世時，四哥忽必烈在攻打中國，六哥旭烈兀在西征，他自己在老家蒙古的和林大本營留守。他得到一批王公大將的擁戴，立為大汗，而忽必烈則在上都開平立為大汗。

兩兄弟爭奪大位，擁護阿里不哥的王公大將較多。但兩兄弟領兵打了幾仗，弟弟打不過哥哥，連戰連敗，終於投降。忽必烈問他：「你倒平心而論，到底是該你做大汗，還是該我做？」阿里不哥說：「以前是該我做，現今當然是你該做了。」他意思是說，我是根據蒙古祖傳的規矩，由王公大將開「庫里爾台」推舉的，你是用刀槍弓箭打出來的。

女兒

成吉思汗女兒很多，其中一個叫做阿剌海別吉，最有本事。她先嫁汪古部酋長的兒子，丈夫死後，改嫁丈夫的哥哥的兒子，丈夫又死，改嫁趙王孛要合。成吉思汗西征，四個兒子都帶兵隨行，派這個公主留守老家，稱為「監國公主」。這位監國公主處理政事很有見識，經常判斷得很對。監國公主的辦公廳有數千名女官和侍女，奉她命令辦理政務。那時在東方負責攻打金國的大將是木華黎，遇到軍國大事，都要向監國公主請示。

成吉思汗另有一個女兒布亦塞克，成吉思汗將她許配給宏吉剌部的酋長。那個酋長嫌她相貌太醜，不肯娶她，成吉思汗就將這酋長殺了。

宏吉剌部是蒙古各部中專出美女的地方。那個酋長平生美女見得多了，竟連大汗的公主也感到不能忍耐。

成吉思汗的妻子蒲兒帖就是宏吉剌部人，他的許多媳婦、孫媳也都是這部的女子。到了忽必烈時，更定下規矩，每兩年一次，到宏吉剌去選妃嬪和宮女。[24]

曠古未有的蒙古大帝國，到成吉思汗的孫子手裏才建成。但基礎是成吉思汗奠定的。無敵於天下的蒙古軍隊的一切軍事制度和軍事技術，也是成吉思汗一手建立的。他是人類歷史中位居第一的軍事大天才。他的西征南伐雖然也有溝通東西文化的功勞，但對於整個人類，恐怕終究還是罪大於功。

「射鵰英雄傳」所頌揚的英雄，是質樸厚道的平民郭靖，而不是滅國無數的成吉思汗。

註：

1 別勒古台據說有子孫八十人。

2 蒙古人譯名非常複雜。本文譯名大致上依照「新元史」，但也有若干改動。「依速甘」在「新元史」中譯作「也速干」，和成吉思汗的父親也速該的名字太接近了。

3 斡赤斤在蒙古語中是「灶君、火王」的意思。蒙古習俗，由幼子守家，看管家財。

丘處機西去見成吉思汗時，途中曾受斡赤斤的款待。斡赤斤知道他是大汗所召，不敢先向他請教長生的秘訣（見「長春真人西遊記」）。斡赤斤壽命很長，後來忽必烈和弟弟阿里不哥爭位時，蒙古多數王公支持阿里不哥，斡赤斤卻擁護忽必烈。據說他有一百個妻子、一百個兒子，妻兒走到他面前，有許多他竟不認識。

4 合赤溫早死，沒有留下甚麼重要事蹟。

5 成吉思汗知道闊闊出得族人崇信，說他的生命和屍首都被上天取去，族人就認為連上天都處罰他，不會因此而反對成吉思汗。猜想闊闊出的屍體一定是成吉思汗暗中派人取去的。這是蒙古部族中軍權、政權對抗神權、文化權的一場鬥爭。

6 花剌子模的領土包括今蘇聯中亞細亞南部、伊朗、阿富汗等地。

7 玉龍傑赤在今蘇聯烏孜別克共和國的阿母河畔，現名烏爾根赤。

8 金歧國公主的母親姓袁，是漢人。但蒙古歷代大汗、皇帝的后妃中無漢人，只有朝鮮人。

9 日本人箭內亙著「元朝怯薛及斡耳朵考」（陳捷、陳清泉譯）對四大斡兒朵的所在地有所考證，但沒有提到「公主斡兒朵」。

10 葉奇「草木子」中說：蒙古諸汗葬後，以萬騎踏平墓地，在上面殺一隻小駱駝，以千騎守墓。等明年青草生長，守軍移去，草原上一望平野，已無絲毫墓地的痕跡。要祭墓的時候，把小駱駝的母親牽來，母駱駝來回悲鳴的所在便是葬所。但等母駱駝死去，以後就誰也找不到墓地了。

成吉思汗陵寢的所在地，學者意見不一。宋人彭大雅、徐霆所著「黑韃事略」，言陵墓在外蒙古克魯倫河側。近人屠寄亦主此說。張相文「成吉思汗陵寢發見記」一文，根據蒙古人近世傳說和清朝官方文書，認為陵墓在河套的榆林附近。以主張外蒙古說的較多。

11 也許這只是巧合，更可能是巫師在神水中下了毒。「新元史」的作者卻大讚拖雷誠心感動了鬼神。

12 拔都遠征軍於一二四一年三月十八日在 Chmielnik 大破波蘭王 Boleslaw 統率的軍隊；當年四月九日在 Liegnitz 大破波德聯軍，殺了西里西亞（德國南部、捷克北部）國王亨利二世；另一個戰役中在戰場上殺了布希米亞國王（今捷克）Wenceslas，打敗了烏高林大主教所統率的匈牙利軍。大將速不台打敗了匈牙利王貝拉所統率的匈牙利、克羅茲、日耳曼、法國聯軍。

13 蒙古人統治黑海裏的克里米亞半島，直到一七八三年才給俄國人佔去，離開現在還不到二百年。

14 失烈門這幾句話，或許是提醒祖父：「你如讓拖雷的兒子蒙哥繼任大汗，你自己的兒子、孫子卻沒有奶吃了。」

15 在「神鵰俠侶」中，改寫為死於攻襄陽之役。

16 在中國歷史書中，成吉思汗為元朝「太祖」，窩闊台為「太宗」，貴由為「定宗」，蒙哥為「憲宗」，忽必烈為「世祖」。也速該和拖雷沒有做大汗，但因子孫做了大汗，所以追尊也速該為「烈祖」，拖雷為「睿宗」。

17 忽必烈在歷史上的評價很高。「新元史」說他：「混壹南北，紀綱法度燦然明備，致治之隆，庶幾貞觀。」極力讚揚他任用儒生；又說唐太宗玄武門之變，把哥哥和弟弟殺了，忽必烈也和弟弟爭位，但把弟弟捉來後沒有殺他，所以在這件事上還勝過唐太宗。「元史」說他：「度量弘廣，知任善使，信用儒術，能以夏變夷。」馬可波羅說他是：「自有人類祖先亞當以來，迄於今日，世上從來未見如此廣有人民、土地、財貨的強大君主。」又 Yule 本「馬可波羅行紀」中引波斯歷史家 Wassaf 的評論，說：「從我國（波斯）境到蒙古帝國的中心，有福皇帝公道可汗駐在之處，路程相距雖有一年之遠，但他的豐功偉業，傳到了我們的地方。他的制度法律，睿敏智慧，賢明判斷，可驚可羨的治績，據可信的證人如著名商賈和博學旅人的述說，都是遠遠超過了迄今所見的偉人之上。單以他的功業和才能而言，已使歷史上所有的名人都黯然失色。羅馬、波斯、中國、印度、阿拉伯等國所有的君主都及他不上。」這些歌頌當然是未免太誇張了。但忽必烈所統治的土地之廣，確是亙古未有。屠寄「蒙兀兒史記」說他：「目有威稜，而度量弘廣，知人善任，羣下畏而懷之……一變祖父諸兄武斷之風，漸開文明之治。」但忽必烈歧視漢人，征服中國後虐殺甚眾，橫征暴斂，元朝的規模制度遠不及清朝。

18 忽必烈派去征日本的統帥，是右丞相蒙古人阿剌罕、中書右丞漢人范文虎。范文虎是呂文煥之兄呂文德的女婿。呂文煥就是守襄陽多年的宋朝大將，後來投降了蒙古。遇到颶風而覆沒的蒙古主力部隊由范文虎統帶。范文虎落海後，漂流一晝夜，幸好抓到一塊船板而逃得性命。忽必烈很是寬大，說遇到颶風不是他的過失，繼續重用他。

19 木剌夷是回教的一個狂熱教派，起源於波斯，正統回教認為他們是異端邪派。這教派的領袖稱為「山中老人」，以暗殺作為主要手段，總部設在高峯的頂上，稱為「鷲巢」。在山谷中建立了一座大花園，花木庭榭，美麗無比。宮殿輝煌，裝飾有無數金銀珍寶，到處有管子流通美酒、蜜糖、牛乳。園中充滿各族美貌的少女，能歌善舞。山上養了一批幼童，從小就教導他們，說為領袖而死，可以上升天堂。等他們到了二十歲時，在他們的飲料中放入迷藥，於他們昏迷中每次四人、或六人、或十人一批抬入花園，任由他們在園裏無所不為，所有美女都溫柔的服侍他們。這些青年盡情享樂，舒服之極，相信確是到了「可蘭經」中所說的天堂樂園。過了一段時候，再用迷藥將他們迷倒，抬出花園。他們醒轉之後，甚是失望，山中老人召他們來見。這些青年自幼深受教育，確信山中老人是回教聖經中所說的大預言家，對他絕對崇拜。山中老人問他們從那裏來，都答稱來自天堂樂園。山中老人於是派他們去行刺，說為教盡力，死後可入天堂。這些青年為了返回天堂享樂，行刺時奮不顧身，但求早死，所以往往成功。各國君主對山中老人都十分害怕，對他所提的要求不敢不答應。刺客所服的迷藥是大麻一類，突厥語稱為Haschachin，西歐歷史家稱這個教派的教徒為Assassini。英文Assassin（刺客、暗殺者）一字就由此而來。旭烈兀攻破了該派在高峯上的城堡，一舉而將之殲滅，不分老小，全部殺光。但這教派分布甚廣，總部被摧毀後仍在別的地方繼續恐怖活動。

20 那時回教徒在中東一帶勢力極大。回教的大教主稱為哈里發，駐在巴格達（今伊拉克首都），就像基督教的教皇駐在羅馬一樣。哈里發統率大軍，兼管政治。當時在巴格達統治已近五百年，又佔領了基督教的聖城耶路撤冷。西歐的基督徒組織「十字軍東征」，一次又一次的和回教徒作戰，規模巨大的東征共有八次，但終於打不過回教徒而失敗。旭烈兀的西征卻只打一仗就摧毀了回教的大本營。

21 那個哈里發名叫木司塔辛，愛好音樂，是大食朝的第三十七代哈里發。一說旭烈兀將他裹在毛氈中，放在巴格達大街上，命軍士縱馬踐踏而死。

22 郭侃的祖父郭寶玉是郭子儀的後裔，成吉思汗手下大將，隨大汗西征，功勞很大，在攻打撒麻爾罕城時身受重傷，流血不止。成吉思汗命人剖開一條大牛的肚子，將郭寶玉放在大牛肚子裏，後來就血止傷愈。郭寶玉、郭侃在「元史」、「新元史」中均有傳。

23 洪鈞（賽金花的丈夫）對元史研究有極重大貢獻。在中國歷史家中，他最先參考大量歐西書籍材料，以補充及校正「元史」，所著「元史譯文證補」成為柯紹忞著「新元史」的主要參考資料。可惜他準備寫的「旭烈兀補傳」等篇，未及成而逝世。

24 「馬可波羅行紀」的剌木學本中詳述蒙古大汗選妃之法：大汗每兩年一次派使者到宏吉剌部，把所有的處女都召集了來，檢查她們的皮膚、頭髮、面貌、口唇等等是否與全身相稱，用品定黃金成色的「克拉」來定分數。最高滿分是廿四K。評定結果有的是十六K，有的是十七、十八K，要二十K、廿一K以上，才選到大汗的後宮。大汗再派人在這些二十K以上的處女中選出三四十人，派大臣的妻子三四十人分別陪她們睡覺，審查她們是否有隱疾或缺點，睡著後是否打鼾，身上有沒有難聞的氣息。淘汰了一批之後，每五人為一班（馮承鈞譯的本子則說是六人一班），每一班侍奉三日三夜，期滿改由第二班輪值，周而復始。淘汰出來的姑娘仍住在宮裏，蒙古貴人有要娶妻的，大汗就遣一名姑娘給他，贈送豐富的嫁妝。大汗到宏吉剌部這樣選女，該部族人都感到榮耀，因為選中的姑娘不是侍奉大汗，就是配給貴人，出路都很好。

本文材料主要出自下列各書：

1 元史（宋濂等）
2 新元史（柯紹忞）
3 蒙古秘史（外蒙古　策・達木丁蘇隆編譯，謝再善譯）
4 馮承鈞：成吉思汗傳
5 王國維：皇元聖武親征錄校注
6 馬可波羅行紀（馮承鈞譯注）
7 李思純：元史學
8 Henry H. Howorth: *History of the Mongols*
9 Jeremiah Curtin: *The Mongols, a history*
10 Gabriele Mondel: *The Life and Times of Genghis Khan*
11 成吉思汗（蘇聯　楊契維茨基著，邵循岱譯）

附錄二

關於「全真教」

道教開始於漢代的「太平道」與「五斗米道」。先秦的道家是哲學上的學派，到了漢代才成為宗教。六朝時有「干君道」（即太平道）、「天師道」（即五斗米道）、「帛家道」等。宋金以後，鍊養派分南宗、北宗；符籙科教派分為「龍虎」（即天師道，又稱正一教）、閣皂、茅山三宗。

道教鍊養派注重修仙長生之術，所鍊的丹分為外丹、內丹。外丹是黃白術，末流演變為點金術，成為化學的前身，中外相同。內丹是鍊氣，化為內功與內家拳術，以及醫學上針灸、經脈與穴道的研究，末流演變為房中術。

道教末流所吹噓的本事，是世俗人生的理想，既能財富無窮、長生不老、性能力特強，又能召仙降妖、招魂捉鬼，所以掌握了世俗最高權力的帝王也大感興趣。北宋之末，徽宗皇帝對道教尤其著迷，命道教的領導人冊封他為「教主道君皇帝」。

金兵佔領中國北方後，北方百姓流離失所，慘受欺壓，陝西、山東、河北一帶興起了三個新的道教教派，稱為「全真教」、「大道教」、「太一教」，結納平民，隱然和異族的統治者對抗，其中尤以全真教聲勢最盛。

全真教不尚符籙燒鍊，而以苦己利人為宗，所以大得百姓的尊敬。全真教屬於道教中的北宗。元朝虞集「道園學古錄」一書中說：「昔者汴宋之將亡，而道士家之說，詭幻益盛，乃有豪傑之士，佯狂玩世，志之所存，則求返其真而已，謂之全真。士有識變亂之機者，往往從之，門戶頗寬弘，雜出乎其間者不可勝紀。而潤飲谷食，耐辛苦寒暑，堅忍人之所不能堪，力行人之所不能守，以自致於道，亦頗有所述於世。」

王重陽

全真教的教祖是王喆。（這「喆」字也有寫作三個「吉」字重疊的，兩個字的聲音意義都和「哲」字相同。）關於他的生平，終南山重陽宮有一大碑，上刻劉祖謙所撰的「重陽仙跡記」，其中說：「師咸陽人，姓王氏，名喆，字知明，重陽其號。美鬚髯，目長於口，形質魁偉，任氣好俠，少讀書，係學籍，又隸名武選。天眷初，以財雄鄉里……後於南時村掘地為隧，封高數尺，榜曰：『活死人墓』。……大定丁亥夏，焚其居，人爭赴救，師婆娑舞於火邊，且作歌以見意。詰旦東邁，遙達寧海，首會馬鈺於怡老亭。馬亦儒流中豪傑者，與其家人孫氏俱執弟子禮。又得譚處端、劉處玄、丘處機、王處一、郝大通等七人，號馬曰丹陽、譚曰長真、劉曰長生、丘曰長春、王曰玉陽、郝曰廣寧、孫曰清淨散人……若其出神入夢、擲傘投冠、騰凌滅沒之事，皆其權智，非師之本教，學者期聞大道，無溺於方技可矣。」

金密國公金源璹撰有「全真教祖碑」，其中說：「先生美鬚髯，大目，身長六尺餘寸，氣豪言辯，以此得眾。家業豐厚，以粟貸貧人……有譚玉者，患大風疾垂死，乞為弟子，先生以滌面餘水賜之，盥竟，眉髮儼然如舊，頓親道氣蕭灑，訓名處端，號長真子。又有登州棲霞縣丘哥者，幼亡父母，未嘗讀書，來禮，先生使掌文翰，自後日記千餘言，亦善吟詠，訓名處機，號長春子者是也。後願禮師者雲集，先生詬罵捶楚以磨鍊之，往往散去，得先生道者，馬譚丘而已。八年三月，鑿洞崑崙山，於嶺上採石為用，不意有巨石飛落，人皆悚慄，先生振威大喝，其石屹然而止。山間樵蘇者歡呼作禮，遠近服其神變。又或餐瓦石，或現二首坐庵中。……九年己丑四月，寧海周伯通者，邀先生住庵，榜曰金蓮堂，夜有神光照耀如晝，人以為火災，近之，見先生行光明中。……至登州，游蓬萊閣下觀海，忽發颶風，人見先生隨風吹入海中，驚訝間，有頃復躍出，唯遺失簪冠而已，移時，卻見逐水波汎汎而出。或言先生目秀者，即示以病眸；或誇先生無漏者，即於州衙前登溷。凡為變異，人不可測者，皆此類也。……於寧海途中，先生擲油傘於空，傘乘風而起，至查山王處一庵，其傘始墮，至擲處已二百餘里也。……與眾別曰：『我將歸矣！』眾乞留頌。先生曰：『我於長安欒村呂道人庵壁上書矣。』枕左肱而逝。眾皆號慟。先生復起曰：『何哭乎？』於是呼馬公附身密語。……銘之曰：咸陽之屬，曰大魏村，山川溫麗，實生異人。幼之發秀，長而不羣，工乎談笑，妙於斯文。又善騎射，健勇絕倫。以文非時，復意於武，戡定禍亂，志欲斯舉。文武二進，天不我與……」

碑文中敘述王重陽許多希奇古怪的事蹟，自然不可盡信，喝斥飛岩、口嚼瓦石、墮海不溺、擲傘飛行等等，或許是他顯示一些武功，而傳聞者加以誇大。人家說他內功深厚，不必大小便，他即刻在官府衙門前大小便，作風十分幽默。

清末廣東東莞陳友珊著有「長春道教源流」八卷，考證王重陽曾起兵與金兵相抗，其中說：「王重陽，有宋之忠義也……據此則重陽不惟忠憤，且實曾糾眾與金兵抗矣。金時碑記，有所忌憚，不敢顯言。」

全真七子

全真七子都名顯當世，他們的事蹟在碑文或書籍記載中流傳下來。碑文和書籍都很多，重要的書籍有「歷世真仙體道通鑑」、「七真年譜」、「終南山祖庭仙真內傳」、「甘水仙源錄」、「金蓮正宗記」、「金蓮正宗仙源像傳」等。

元王利用「無為真人馬宗師道行碑」：「馬師鈺，字玄寶，號丹陽子……山東寧海州人……中元後，重陽祖師造其席，與之瓜，即從蒂而食，詢其故，曰：『甘從苦中來。』問：『奚自？』曰：『終南。不遠三千里，特來扶醉人。』……遂心服而師事之。祖師感化非一，師悟……頭分三髻，三髻者，三『吉』字，祖師諱也。十四年秋，與三道友言志於秦渡鎮，師曰：『鬥貧。』譚曰：『鬥是。』劉曰：『鬥志。』丘曰：『鬥閒。』師曰：『夫道以無心為體，忘言為用，柔弱為本，清淨為基。節飲食，絕思慮，靜坐以調息，安寢以養氣。心不馳則性定，形不勞則精至，神不擾則丹結，然後滅情於虛，寧神於極，不出戶庭而妙道得矣。」

金密國公璹「譚真人仙跡碑銘」：「譚公處端，字通正，號長真子，初名玉，寧海州人，其父即鏐鐐之工，每以己生資濟貧窘……往執弟子禮，重陽使宿庵中。時嚴冬飛雪，藉海藻而寐，重陽展足令抱之，少頃，汗流被體，如罩身炊甑中，拂曉以盥餘水使滌面，月餘，疾頓愈，由是推心敬事。」王重陽伸腳令譚處端抱住，譚感全身發熱，當是王重陽以內功為他治病，盥餘水中可能含有藥物，滌面月餘而風疾痊愈，這說法自比「全真教祖碑」中簡單的敘述更能入信。

金秦志安「長生真人劉宗師道行碑」：「劉先生處玄，字通妙，號長生子，東萊之武官莊人……承安丁巳，章宗召問至道之要。先生對曰：『寡嗜慾則身安，薄賦斂則國泰。』」

「元史・丘處機傳」：「丘處機，登州棲霞人，自號長春子……金宋之季，俱遣使來召，不赴。歲己卯，太祖自乃蠻命近臣徹伯爾劉仲祿持詔求之……處機乃與弟子十有八人同往見焉……經數十國，為地萬有餘里……既見，太祖大悅，賜食，設廬帳甚飭。太祖時方西征，日事攻戰。處機每言：『欲一天下者，必在乎不嗜殺人。』及問為治之方，則以敬天愛民為本。問長生久視之道，則告以清心寡慾為要。太祖深契其言，曰：『天賜仙翁，以悟朕志。』命左右書之，且以訓諸子焉。於是錫之虎符，副以璽書，不斥其名，惟曰『神仙』……時國兵踐蹂中原，河南北尤盛，民罹俘戮，無所逃命。處機還燕，使其徒持牒招求於戰伐之餘，於是為人奴者得復為良，與濱死而得更生者，毋慮二三萬人，中州人至今稱道之。」

元姚燧「王宗師道行碑銘」：「玉陽體玄廣度真人王處一，寧海東牟人……嘗俯大壑，一足跂立，觀者目瞬毛豎，舌撟然不能下，稱為『鐵腳仙』。洞居九年，制鍊形魄。長春頌以詩，有『九夏迎陽立，三冬抱雪眠』語。出遊齊魯間，大肆其術，度人逐鬼、踣盜碎石……或以為善幻誣民，因召飲可鴆。真人出門，戒其徒先鑿池灌水，撓而濁之，往則持杯盡飲，曰：『吾貧人也，未嘗從人丐取。今幸見招，願丐餘杯，以盡君歡。』與之，又盡飲，歸，解衣浴池中，有頃，池水沸涸，以故不死。……或讒其善幻，世宗試而鴆之，見不可殺，悔怒，逐讒者。」

元徐琰「郝宗師道德碑」：「郝師大通，字太古，號廣寧子，寧海人……研精於易，因通陰陽律歷之術，性不樂仕進，慕司馬季主、嚴君平之為人，以卜筮自晦……乃棄家禮重陽於煙霞洞，求為弟子，重陽……解衲衣，去其袖而與之，曰：『勿患無袖，汝當自成』，蓋傳法之意也。」「續文獻通考」：「廣寧坐趙州橋下，兒童戲累石為塔於其頂，囑以勿壞，頭竟不側，河水溢，不動，亦不傷。」

據「續文獻通考」及「登州府志」：「孫仙姑不二，號清淨散人，寧海縣忠顯幼女……父以配馬丹陽，生三子。丹陽既棄家從道，重陽祖師畫骷髏勸化之，又畫天堂一軸示之。姑棄三子詣金蓮堂祈度。重陽贈以詩，改今名，遂授以道要。」

「長春真人西遊記」

丘處機遠赴西域去見成吉思汗的事跡，隨行弟子李志常著有「長春真人西遊記」（有王國維校注本）一書，詳述經過及旅途見聞。

「長春真人西遊記」載有丘處機旅途中的一首長詩：「金山東畔陰山西，千巖萬壑攢深溪。溪邊亂石當道臥，古今不許道輪蹄。前年軍興二太子（即察合台），修道架橋徹溪水。今年吾道欲西行，車馬喧闐復經此。銀山鐵壁千萬重，爭頭競角誇清雄。日出下觀滄海近，月明上與天河通。參天松如筆管直，森森動有百餘尺。萬株相倚鬱蒼蒼，一鳥不鳴空寂寂，羊腸孟門壓太行，比斯大略猶尋常。雙車上下苦敦顛，百騎前後多驚惶。天池海在山頭上，百里鏡空含萬象。縣車束馬西下山，四十八橋低萬丈。河南海北山無窮，千變萬化規模同。未若茲山太奇絕，磊落峭拔加神功。我來時當八九月，半山已上皆為雪。山前草木暖如春，山後衣衾冷如鐵。」

丘處機、李志常一行，在西行途中見到成吉思汗攻破花剌子模諸城後屠戮之慘，「長春真人西遊記」中有云：「方算端（即蘇丹，回教國王）之未敗也，城中常十餘萬戶，國破而來，存者四之一。」

近代史家新會陳垣先生著「南宋初河北新道教考」對全真教甚為推重，書中說：「自永嘉以來，河北淪於左衽者屢矣，然卒能用夏變夷，遠而必復，中國疆土乃愈拓而愈廣，人民愈生而愈眾，何哉？此固先民千百年之心力艱苦培植而成，非倖致也。三教祖之所為，亦先民表現之一端耳。」後記中文說：「……覺此所謂道家者類皆抗節不仕之遺民，豈可以其為道教而忽之也……諸人所以值得表揚者，不僅消極方面有不甘事敵之操，其積極方面復有濟人利物之行，固與明季遺民之逃禪者異曲同工也。」

據陳垣先生考證，全真教歷教掌教，自王喆以後，依次為馬鈺、譚處端、劉處玄、丘處機、尹志平、李志常、張志敬、王志坦、祁志誠、張志僊、苗道一、孫德彧、藍道元、孫履道、苗道一（二次接任）、完顏德明。其中譚處端曾任教主，尹志平壽至八十三歲，「射鵰」、「神鵰」兩書中寫他們早死，並非根據史實。

全真七子和以後歷任教祖未必都會武功，他們鍊氣修習內功，主要是健身卻病之術。

在「神鵰俠侶」書中出現的耶律楚材，是成吉思汗的近臣（「蒙古」兩字的漢譯，據說是耶律楚材所創），當丘處機會見成吉思汗時，耶律楚材和他時相往來，作詩唱和。但耶律楚材信奉佛教，對於丘處機得到成吉思汗的優待（命丘處機通管天下僧尼，豁免道士賦稅差役，但僧人不能豁免）十分不滿，在他所著的「西遊錄」中對丘處機大肆攻擊。今人姚從吾先生著有「耶律楚材西遊錄足本校註」專文，詳加分析，認為耶律楚材的攻擊都是從宗教的偏見出發，不能成立。

「列仙全傳」

「列仙全傳」是明朝萬曆年間刊行的一部有文有圖的道家傳說故事書。

中國的神仙傳記，以題名漢劉向撰的二卷「列仙傳」為最早，陶洪景、葛洪、孫夷中、杜光庭、沈汾等相繼有所編撰。最大部頭的是北宋初年樂史所撰的「總仙記」，共一百三十卷，相信傳說中的全部仙人都已包括在內，但已失傳。「列仙全傳」九卷，敘述了五百八十一位仙人的故事，起自老子、木公、西王母，一直敘至明朝成化、弘治年間。其中許多並不是仙人，只是會幻術或得到皇帝封號的道士。在現存的這類書籍中，這是內容最豐富的了。

這書號稱是王世貞編輯，又有李攀龍序，但多半是刊行此書的汪雲鵬所偽託。汪雲鵬是徽州「玩虎軒」書鋪的主人，曾刊行許多附有精美插圖的書籍和戲曲本子。「射鵰」第四集中所附王喆、馬鈺、譚處端、丘處機、郝大通、王處一等六人的圖像都出於此書。「列仙全傳」中也有劉處玄與孫不二兩人的故事，但沒有圖。

六幅圖中所繪全真教六位領袖的故事，都強調神怪法力。

圖中王重陽手中提鐵罐，因他曾提鐵罐乞食。他有許多特立異行，常人以為他是瘋子，叫他「王害風」，風同瘋，即稱他為「王瘋子」。馬鈺逝世那一天，對門人說：「今日當有非常之喜。」不久聽得空中有音樂聲，仰見仙姑乘雲而過，仙童玉女，擁導前後，對馬鈺說：「我們先去蓬島等你。」當夜馬鈺在大風雷中去世。譚處端在高唐縣寫了「龜蛇」二字送給茶館主人吳六，吳掛在茶館裏，後來鄰舍失火，延燒甚廣，只有吳六的茶館不遭波及。延祥館中有枯槐一株，丘處機以杖遶而擊之，喝道：「槐樹復生！」槐樹至今榮茂。郝大通圖中所繪是他在趙州橋邊頭頂磚石小塔的故事。王處一圖中所繪是王重陽飛傘二百里而傳書的故事。

黃裳

「射鵰英雄傳」中所說的黃裳真有其人。近人陳國符先生「道藏源流考」中考證宋徽宗訪求天下道教遺書刻板的經過頗詳。徽宗於政和三年下詔天下訪求道教仙經，所獲甚眾。政和五年設經局，敕道士校定，送福州閩縣，由郡守黃裳役工鏤板。所刊道藏稱為「政和萬壽道藏」，共五百四十函，五千四百八十一卷。

黃裳，字冕仲，人稱演山先生，福建延平人，高宗建炎三年卒，年八十七。「演山先生神道碑」中說他：「頗從事於延年養生之術。博覽道家之書，往往深解，而參諸日用。」

黃裳刊印道藏的名氣很響，後來「明教」刊印經書，也借用他的名字。陸游「渭南文集卷五．條對狀」：「明教偽經妖像，至於刻版流佈。假借政和中道官程若清為校勘、福州知州黃裳為監雕。」

後記

「射鵰英雄傳」作於一九五七年到一九五九年，在「香港商報」連載。回想十多年前「香港商報」副刊編輯李沙威兄對這篇小說的愛護和鼓勵的殷殷情意，而他今日已不在人世，不能讓我將這修訂本的第一冊書親手送給他，再想到他那親切的笑容和微帶口吃的談吐，心頭甚感辛酸。

「射鵰」中的人物個性單純，郭靖誠樸厚重、黃蓉機智狡獪，讀者容易印象深刻。這是中國傳統小說和戲劇的特徵，但不免缺乏人物內心世界的複雜性。大概由於人物性格單純而情節熱鬧，所以「射鵰」比較得到歡迎，曾拍過粵語電影，在泰國上演過潮州劇的連台本戲，目前香港在拍電視片集；曾譯成了暹羅文、越南文、馬來文（印尼）；他人冒名演衍的小說如「江南七俠」、「九指神丐」等等種類也頗不少。但我自己，卻覺得我後期的某幾部小說似乎寫得比「射鵰」有了些進步。

寫「射鵰」時，我正在長城電影公司做編劇和導演，這段時期中所讀的書主要是西洋的戲劇和戲劇理論，所以小說中有些情節的處理，不知不覺間是戲劇體的，尤其是牛家村密室療傷那一大段，完全是舞台劇的場面和人物調度。這個事實經劉紹銘兄指出，我自己才覺察到，寫作之時卻完全不是有意的。當時只想，這種方法小說裏似乎沒有人用過，卻沒有想到戲劇中不知已有多少人用過了。

修訂時曾作了不少改動。刪去了一些與故事或人物並無必要聯繫的情節，如小紅鳥、蛙蛤大戰、鐵掌幫行兇等等，除去了秦南琴這個人物，將她與穆念慈合而為一。也加上一些新的情節，如開場時張十五說書、曲靈風盜畫、黃蓉迫人抬轎與長嶺遇雨、黃裳撰作「九陰真經」的經過等等。我國傳統小說發源於說書，以說書作為引子，以示不忘本源之意。

成吉思汗的事跡，主要取材於一部非常奇怪的書。這部書本來面目的怪異，遠勝「九陰真經」，書名「忙豁侖紐察脫必赤顏」，一共九個漢字。全書共十二卷，正集十卷，續集二卷。十二卷中，從頭至尾完全是這些嘰哩咕嚕的漢字，你與我每個字都識得，但一句也讀不懂，當真是「有字天書」。這部書全世界有許許多多學者窮畢生之力鑽研攻讀，發表了無數論文、專書、音釋，出版了專為這部書而編的字典，每個漢字怪文的詞語，都可在字典中查到原義。任何一個研究過去八百年中世界史的學者，非讀此書不可。

原來此書是以漢字寫蒙古話，寫成於一二四〇年七月。「忙豁侖」就是「蒙古」，「紐察」在蒙古話中是「秘密」，「脫必赤顏」是「總籍」，九個漢字聯在一起，就是「蒙古秘史」。此書最初極可能就是用漢文註音直接寫的，因為那時蒙古人還沒有文字。這部書是蒙古皇室的秘密典籍，絕不外傳，保存在元朝皇宮之中。元朝亡後，給明朝的皇帝得了去，於明洪武十五年譯成漢文，將嘰哩咕嚕的漢字註音怪文譯為有意義的漢文，書名「元朝秘史」，譯者不明，極可能是當時在明朝任翰林的兩個外國人，翰林院侍講火原潔、修撰馬懿亦黑。怪文本（漢字蒙語）與可讀本（漢文譯本）都收在明成祖時所編的「永樂大典」中，由此而流傳下來。明清兩代中版本繁多，多數刪去了怪文原文不刊。

「元朝秘史」的第一行，仍是寫著原書書名的怪文「忙豁侖紐察脫必赤顏」。起初治元史的學者如李文田等不知這九字怪文是甚麼意思，都以為是原作者的姓名。歐陽鋒不懂「九陰真經」中的怪文「哈虎文缽英，呼吐克爾」等等，那也難怪了。

後來葉德輝所刊印的「怪文本」流傳到了外國，各國漢學家熱心研究，其中以法國人伯希和、德國人海涅士、蘇聯人郭增、日本人那珂通世等致力最勤。

我所參考的「蒙古秘史」，是外蒙古學者策・達木丁蘇隆先將漢字怪文本還原為蒙古古語（原書是十三世紀時的蒙古語，與現代蒙語大不相同），再譯成現代蒙語，中國的蒙文學者謝再善據以譯成現代漢語。

「秘史」是原始材料，有若干修正本流傳到西方，再由此而發展成許多著作，其中最重要的是波斯人拉施特所著的「黃金史」。西方學者在見到中國的「元朝秘史」之前，關於蒙古史的著作都根據「黃金史」。修正本中刪去事蹟甚多，如也速該搶人之妻而生成吉思汗、也速該被人毒死、成吉思汗曾被敵人囚虜、成吉思汗的妻子蒲兒帖被敵人搶去而生長子朮赤、成吉思汗曾射死其異母弟別克帖兒等，都是說起來對成吉思汗不大光彩的事。

「九陰真經」中那段怪文的設想從甚麼地方得到啓發，讀者們自然知道了。

蒙古人統治全中國八十九年，統治中國北部則超過一百年，但因文化低落，對中國人的生活沒有遺留重大影響。蒙古人極少與漢人通婚，所以也沒有被漢人同化。據李思純在「元史學」中說，蒙古語對於漢語的影響，可考者只有一個「歹」字，歹是不好的意思，歹人、歹事、好歹的「歹」，是從蒙古語學來的。撰寫以歷史作背景的小說，不可能這樣一字一語都考證清楚，郭嘯天、楊鐵心等從未與蒙古人接觸，對話中本來不該出現「歹」字，但我也不去故意避免。我所設法避免的，只是一般太現代化的詞語，如「思考」、「動機」、「問題」、「影響」、「目的」、「廣泛」等等。「所以」用「因此」或「是以」代替，「普通」用「尋常」代替，「速度」用「快慢」代替，「現在」用「現今」、「現下」、「目下」、「眼前」、「此刻」、「方今」代替等等。

第四集的插圖有一幅是大理國畫師張勝溫所繪的佛像，此圖有明朝翰林學士宋濂的一段題跋，其中說：

「右梵像一卷，大理國畫師張勝溫之所貌，其左題云『為利貞皇帝瞟信畫』，後有釋妙光記，文稱盛德五年庚子正月十一日，凡其施色塗金皆極精緻，而所書之字亦不惡云。大理本漢楪榆、唐南詔之地，諸蠻據而有之，初號大蒙，次更大禮，而後改以今名者，則石晉時段思平也。至宋季微弱，委政高祥、高和兄弟。元憲宗帥師滅其國而郡縣之。其所謂庚子，該宋理宗嘉熙四年，而利貞者，即段氏之諸孫也。」

其中所考證的年代弄錯了。宋濂認為畫中的「庚子」是宋理宗嘉熙四年（一二四〇年），其實他算遲了六十年，應當是宋孝宗淳熙七年庚子（一一八〇年）。原因在於宋濂沒有詳細查過大理國的歷史，不知道大理國盛德五年庚子是一一八〇年，而不是六十年之後的庚子。另有一個證據，畫上題明為利貞皇帝畫，利貞皇帝就是一燈大師段智興（一燈大師的法名和故事是我杜撰的），他在位時共有利貞、盛德、嘉會、元亨、安定、亨時（據羅振玉「重校訂紀元編」。「南詔野史」中無「亨時」年號）六個年號。宋濂所說的庚子年（宋理宗嘉熙四年），在大理國是孝義帝段祥興（段智興的孫子）在位，那是道隆二年。

此圖現藏台北故宮博物館，該館出版物中的說明根據宋濂的考證而寫，將來似可改正。

宋濂是明初有大名的學者，朱元璋的皇太子的老師，號稱明朝開國文臣之首。但明人治學粗疏，宋濂奉皇帝之命主持修「元史」，六個月就編好了，第二年皇帝得到新的資料，命他續修，又只六個月就馬馬虎虎的完成，所以「元史」是中國正史中質素最差者之一。比之「明史」從康熙十七年修到乾隆四年，歷六十年而始成書，草率與嚴謹相去極遠，無怪後人要另作「新元史」代替。單是從宋濂題畫、隨手一揮便相差六十年一事，便可想得到「元史」中的錯誤百出。但宋濂為人忠直有氣節，決不拍朱元璋的馬屁，做人的品格是很高的。

一九七五年十二月

金庸作品集 8

射鵰英雄傳 4 華山論劍

The Eagle-shooting Heroes, Vol. 4

作者／金庸

副總編輯／鄭祥琳
特約編輯／李麗玲、沈維君
封面與內頁設計／林秦華
內頁插畫／姜雲行
排版／連紫吟、曹任華
行銷企劃／廖宏霖

發行人／王榮文
出版發行／遠流出版事業股份有限公司
地址／臺北市中山北路一段 11 號 13 樓
電話／（02）2571-0297 傳真／（02）2571-0197 郵撥／ 0189456-1
著作權顧問／蕭雄淋律師

1987 年 2 月 1 日 初版一刷
2022 年 11 月 1 日 五版一刷
平裝版 每冊 380 元（本作品全四冊，共 1520 元）

ISBN 978-957-32-9805-2（套：平裝）
ISBN 978-957-32-9804-5（第 4 冊：平裝）
Printed in Taiwan

YL 遠流博識網 http://www.ylib.com E-mail: ylib@ylib.com
金庸茶館粉絲團 https://www.facebook.com/jinyongteahouse

射鵰英雄傳 . 4, 華山論劍 = The eagle-shooting heroes. vol.4 ／金庸著 . – 五版 . -- 臺北市：遠流 , 2022.11
面； 公分 --（金庸作品集；8）
ISBN 978-957-32-9804-5（平裝）

857.9　　111015848